HEYNE BÜCHER

SCIENCE FICTION

Herausgegeben
von Wolfgang Jeschke

Von Alan Dean Foster erschienen in der Reihe
HEYNE SCIENCE FICTION & FANTASY:

* Die Eissegler von Tran-ky-ky · 06/3591
* Das Tar-Aiym Krang · 06/3640
* Die denkenden Wälder · 06/3660
Alien · 06/3722
* Der Waisenstern · 06/3723
* Der Kollapsar · 06/3736
* Die Moulokin-Mission · 06/3777
Kampf der Titanen · 06/3813
Outland · 06/3841
* Cachalot · 06/4002
* Meine galaktischen Freunde · 06/4049
* Auch keine Tränen aus Kristall · 06/4160
* Homanx Eins · 06/4220
3 Romane in Kassette zum Sonderpreis
Das Tar-Aiym Krang
Der Waisenstern
Der Kollapsar
Die Bannsänger-Trilogie · (in Vorb.)
Bannsänger
Die Stunde des Tors
Der Tag der Dissonanz
Slipt · (in Vorb.)
Das Tor · (in Vorb.)
* Reise zur Stadt der Toten · (in Vorb.)
Das Schloß der Wunder · (in Vorb.)

In der ALLGEMEINEN REIHE:
Das Ding aus einer anderen Welt · 01/6107
Krull · 01/6286
Starman · 01/6369

Die mit * gekennzeichneten Romane und Erzählungsbände spielen in Alan Dean Fosters Homanx-Commonwealth.
Siehe dazu den Aufsatz »ALAN DEAN FOSTERS HOMANX-UNIVERSUM. DIE COMMONWEALTH-KONKORDANZ« von Michael C. Goodwin, in: HEYNE SCIENCE FICTION MAGAZIN 12 (HEYNE SCIENCE FICTION & FANTASY, Band 06/4167).

ALAN DEAN FOSTER

FLINX

Science Fiction Roman

Deutsche Erstveröffentlichung

WILHELM HEYNE VERLAG
MÜNCHEN

HEYNE SCIENCE FICTION & FANTASY
Band 06/4219

Titel der amerikanischen Originalausgabe
FOR LOVE OF MOTHER-NOT
Deutsche Übersetzung von Heinz Nagel
Das Umschlagbild schuf Alan Gutierrez

2. Auflage

Redaktion: E. Senftbauer

Printed in Germany 1985
Umschlaggestaltung: Atelier Ingrid Schütz, München
Satz: Schaber, Wels
Druck und Bindung: Elsnerdruck, Berlin

ISBN 3-453-31198-1

Für Michael
und Audrey und Alexa Whelan;
weil sie
gute Nachbarn sind …

1. Kapitel

Das ist vielleicht ein zerschundener, wertloser, kleiner Knirps, dachte Mutter Mastiff. Sie preßte den Beutel mit Schnitzereien etwas fester an sich und vergewisserte sich, daß ihr Slicker ihn vor dem Regen schützte. Der ewige für den Herbst auf Drallar so typische Nieselregen perlte von dem wasserfesten Material.

Außenweltler hatten es schwer, zwischen den Jahreszeiten der Stadt irgendwelche Unterschiede festzustellen. Im Sommer war der Regen warm, im Herbst und Winter etwas kühler, im Frühjahr wich er einem beständig lastenden Nebel. Daß die Sonne einmal durch die fast ewige Wolkendecke schielte, war eine solche Seltenheit, daß die Behörden dann gewöhnlich einen öffentlichen Feiertag verfügten.

Eigentlich konnte man das, woran Mutter Mastiff jetzt vorbeitrottete, nicht gerade einen Sklavenmarkt nennen. Das war ein archaischer Begriff, wie ihn nur Zyniker benutzten. Es war einfach der Ort, wo Arbeit und Einkommen auf formelle Art aufeinander abgestimmt wurden.

Drallar war die größte Stadt der Welt, die sich Moth nannte, die einzige echte Metropole, die sie besaß, und zwar keine besonders wohlhabende. Die Behörden hielten die Steuern niedrig und hatten es dadurch geschafft, eine ganze Anzahl Gewerbetreibender und Handelsunternehmen auf einen günstig gelegenen, aber im wesentlichen unwirtlichen Planeten zu ziehen. Den Ausgleich dafür schafften sie, indem sie kommerzielle Lästigkeiten wie Zölle oder einengende Vorschriften weitgehend abgeschafft hatten. Das führte zwar zu beträchtlichem Wohlstand für einige, brachte aber der Stadtregierung praktisch keine Einnahmen.

Zu den zahlreichen Bereichen des öffentlichen Lebens, die darunter litten, gehörte auch die Fürsorge für die Armen. In

Fällen von Bedürftigkeit, wenn das betreffende Individuum noch dazu durch die Umstände isoliert war, hielt man es daher für vernünftig, es wohlhabenderen Bürgern zu überlassen, der Regierung die Verantwortung abzunehmen.

Das reduzierte die Ansprüche an den Wohlfahrtsetat und sorgte dafür, daß die Bürokratie zufrieden blieb und verschaffte gleichzeitig dem betreffenden Individuum ein höheres Maß an Fürsorge – so behaupteten die Beamten wenigstens – als er oder sie von mit zu knappen Mitteln ausgestatteten Regierungsbehörden je erwarten konnten.

Die Vereinigte Kirche, der geistliche Arm des Commonwealth*, war von solch einseitiger Wirtschaftspolitik nicht gerade begeistert. Aber das Commonwealth hielt nicht viel davon, sich in die inneren Angelegenheiten einzelner Welten einzumischen, und die Beamten von Drallar beeilten sich, gelegentlich zu Besuch erscheinende Padres oder Ratsherren davon zu überzeugen, daß es genügend gesetzliche Sicherheitsvorkehrungen gab, die den Mißbrauch von auf diese Weise ›adoptierten‹ Individuen verhinderten.

So kam es, daß Mutter Mastiff sich auf ihren Stock stützte und ihren Beutel mit den kunstgewerblichen Gegenständen an sich drückte und etwas verschnaufte, während sie die zugedeckte Plattform musterte. Ein neugieriger Zuschauer drängte sich zu nahe an sie heran und blickte böse, als sie ihn mit dem Stock anstieß, trat aber zur Seite, da er die Auseinandersetzung mit ihr scheute.

Auf der Plattform, innerhalb des Kompensationskreises, stand ein hagerer, ernst blickender Knabe von acht oder neun Jahren. Der Regen hatte ihm das rote Haar, das in scharfem Kontrast zu seiner ziemlich dunklen Haut stand, an den Kopf geklebt. Weite, unschuldige Augen, so groß, daß sie sein ganzes Gesicht zu erfüllen schienen, starrten über die vom Regen eingeweichte Zuschauergruppe. Er hielt die Hände hinter dem Rücken verschränkt. Das einzi-

---

* Siehe dazu: »Alan Dean Fosters Homanx-Universum – Die Commonwealth-Konkordanz« von Michael C. Goodwin, in: »Heyne Science Fiction Magazin« Nr. 12 (HEYNE-BUCH Nr. 06/4167), S. 170–251.

ge, was sich an ihm bewegte, waren seine Augen, und ihr Blick huschte wie ein Insekt über die nach oben gerichteten Gesichter der Menge. Die Mehrzahl der Kauflustigen schien seine Anwesenheit überhaupt nicht zur Kenntnis zu nehmen.

Rechts von dem Jungen stand eine großgewachsene, schlanke Vertreterin der Regierung, die im Auftrag der Wohlfahrtsbehörde den offiziellen Verkauf – man bezeichnete ihn hier als ›Zuteilung von Verantwortung‹ – durchführte. Auf der anderen Seite konnte man von einem großen Bildschirm die wesentlichen Daten des Jungen ablesen, und diesen Bildschirm studierte Mutter Mastiff gerade.

Größe und Gewicht entsprachen dem, was sie sehen konnte. Haar-, Augen- und Hautfarbe hatte sie bereits wahrgenommen. Lebende Verwandte, zugeteilt oder sonst – keine Angabe. Persönliche Vorgeschichte – wieder keine Angabe. Ein Zufallskind, dachte sie, das man, wie so viele andere, der gleichgültigen Barmherzigkeit der Regierung zugeschoben hatte. Ja, so wie er aussah, wurde es tatsächlich besser für ihn sein, wenn er unter die Fittiche eines privaten Individuums käme. Zumindest würde er dann vielleicht ordentlich zu essen bekommen.

Und doch war da noch etwas Besonderes an ihm, etwas, das ihn irgendwie von der teilnahmslosen Schar von Waisen abhob, die Jahr für Jahr in gleichmäßiger Prozession über die vom Regen durchnäßte Plattform zogen. Mutter Mastiff spürte etwas, das hinter jenen weiten, traurigen Augen lauerte – eine Reife, über seine Jahre hinaus, mehr Intensität in seinem Blick, als man von einem Kind in seiner Lage erwarten durfte. Und dieser Blick schweifte immer noch über die Menge, suchte, tastete. Der Junge wirkte eher wie ein Jäger als wie ein Gejagter.

Und der Regen fiel ohne Unterlaß. Die Aufmerksamkeit der Zuschauer konzentrierte sich in erster Linie auf die rechte hintere Ecke der Plattform, wo ein einigermaßen attraktives sechzehnjähriges Mädchen als nächstes an der Reihe war. Mutter Mastiff rümpfte geringschätzig die Nase.

Was auch immer die Regierungsbeamten behaupteten, ihr würde keiner weismachen, daß diese drängelnden Schnösel in der vordersten Reihe nicht noch etwas anderes im Sinn hatten als unschuldig altruistische Sorge um die Zukunft des Mädchens. O nein!

Die Schar potentieller Wohltäter bildete eine Insel, um die der Rest der Bevölkerung des Marktplatzes strömte. Der Markt selbst konzentrierte sich in einem Ring aus Buden und Läden und Restaurants und Kneipen, die das ganze Stadtzentrum umgaben. Das Ergebnis des Ganzen war gerade modern genug, um zu funktionieren, und hinreichend ungeregelt, um auch jene anzuziehen, die das Geheimnis lockte.

Für Mutter Mastiff gab es auf diesem Markt nichts Geheimnisvolles. Der Marktplatz von Drallar war ihr Zuhause. Neunzig Jahre hatte sie im endlosen Kampf in jenem endlosen Strom aus Menschen und Aliens verbracht, manchmal nach unten gesogen und manchmal sich über die Flut erhebend, aber nie in Gefahr zu ertrinken.

Jetzt besaß sie einen Laden – klein, aber nur ihr gehörend. Sie handelte und feilschte um Kunstgegenstände, trieb Handel mit Elektronikgegenständen, kunstgewerblichen Arbeiten und vielerlei Schnickschnack, und verdiente daran gerade genug, um sich solchen Orten wie der Plattform fernzuhalten, auf der der Junge jetzt stand. Sie versetzte sich in seine Lage und schauderte. Eine neunzigjährige Frau würde keinen besonders hohen Preis einbringen.

Am Hals ihres Slicker gab es einen schlecht geflickten Riß, und der Regen fand inzwischen durch diesen Riß seinen Weg. Der Beutel mit Ware, den sie an sich drückte, wurde auch nicht leichter. Mutter Mastiff hatte noch andere Geschäfte zu erledigen und wollte zu Hause sein, ehe es dunkel wurde. Wenn die Sonne von Moth unterging, würde das düstere Tageslicht von Drallar zu schleimiger Dunkelheit verblassen, und dann würden aus den Slums etwas weniger höfliche Geschöpfe hervorkommen und den Markt verunsichern. Man mußte schon sehr unvorsichtig sein, oder auf

Händel aus, wenn man sich zu solcher Zeit noch draußen blicken ließ, und Mutter Mastiff war keines von beiden.

Die Augen des Jungen schweiften immer noch über die Zuschauerschar und erreichten schließlich die ihren – und hielten an. Plötzlich empfand Mutter Mastiff eine Art Schwindelgefühl. Ihre Hand griff an ihren Leib. Zu fett gefrühstückt, dachte sie. Die Augen waren bereits weitergewandert. Seit sie fünfundachtzig geworden war, mußte sie sehr aufpassen, was sie zu sich nahm. Aber dann hatte sie auch einer Freundin einmal gesagt, »lieber sterbe ich an Verdauungsschwierigkeiten und mit vollem Bauch, als mich mit Pillen und Konzentraten dahinzuquälen.«

»Zur Seite!« hörte sie sich plötzlich sagen, ohne selbst recht zu wissen, was sie tat oder warum. »Zur Seite!« Sie bahnte sich ihren Weg durch die Menge, stieß einem der Zuschauer mit dem Stock in die Seite, brachte das prunkvolle Arrangement von Schwanzfedern eines Ornithorpen in Unordnung und veranlaßte eine übergewichtige Matrone zu einem erregten Schnattern. Sie arbeitete sich bis zu der freien Fläche unmittelbar vor der Plattform durch. Der Junge achtete nicht auf sie; seine Augen fuhren fort, die gleichgültige Menge abzusuchen.

»Bitte meine Damen und Herren und sonstige Geschöpfe«, bat die Beamtin auf der Plattform, »ist denn niemand von Ihnen bereit, diesem gesunden Jungen ein Zuhause zu bieten? Ihre Regierung bittet Sie darum; die Zivilisation fordert es von Ihnen. Heute haben Sie die Chance, gleich zwei gute Taten auf einmal zu begehen; eine für Ihren König und die andere für diesen unglücklichen Jungen.«

»Ich würde für den König schon gern eine gute Tat verrichten«, sagte eine Stimme aus der Menge, »und zwar dort, wo sie ihm am meisten gut tun würde.«

Die Beamtin warf dem Zwischenrufer einen zornigen Blick zu, sagte aber nichts.

»Was ist denn das niedrigste Gebot?« Ist das *meine* Stimme? dachte Mutter Mastiff verblüfft.

»Bloße fünfzig Credits, Madam, um für die Verpflichtungen der Abteilung aufzukommen, und der Junge gehört Ihnen. Dann können Sie für ihn sorgen.« Sie zögerte und fügte dann hinzu: »Wenn Sie glauben, daß Sie mit einem so aktiven Jungen wie diesem zurande kommen.«

»Ich bin zu meiner Zeit mit genügend Jungs zurande gekommen«, erwiderte Mutter Mastiff knapp. Die amüsierte Menge reagierte mit ein paar zustimmenden Rufen. Sie studierte den Jungen, der jetzt wieder auf sie herunterblickte. Das Gefühl der Übelkeit, das sie kurzzeitig empfunden hatte, als ihre Blicke sich zum erstenmal begegnet waren, stellte sich nicht wieder ein. Das war schon das fette Essen, dachte sie, ich muß besser aufpassen, was ich brate.

»Fünfzig Credits also«, sagte sie.

»Sechzig.« Die tiefe Stimme, die irgendwo hinten aus der Menge dröhnte, riß sie aus ihren Gedanken.

»Siebzig«, reagierte Mutter Mastiff automatisch. Die Beamtin auf der Plattform warf einen schnellen Blick in die Menge.

»Achtzig«, tönte der unsichtbare Konkurrent.

Mit Konkurrenz hatte sie nicht gerechnet. Es war eine Sache, um einen vernünftigen Preis einem Kind etwas Gutes zu tun. Sich unvernünftige Kosten aufzuladen, war da etwas ganz anderes.

»Neunzig – verflucht sollen Sie sein«, sagte sie. Sie drehte sich um und versuchte, ihren Widersacher auszumachen, konnte aber nicht über die Köpfe der Menge hinwegsehen. Die Stimme, die gegen sie bot, war männlich, kräftig und durchdringend. Was, zum Teufel, konnte der Besitzer einer solchen Stimme mit einem solchen Kind schon vorhaben? dachte sie.

»Fünfundneunzig«, konterte die Stimme.

»Danke, danke. Die Regierung dankt Ihnen beiden.« Tonfall und Ausdruck der Beamtin waren sichtlich freundlicher geworden. Die lebhaften und völlig unerwarteten Gebote für den rotschöpfigen Knirps hatten ihre Langeweile und ihre Besorgnis gelindert. Wenn das so weiterging, würde sie ihrem Vorgesetzten eine bessere Abrechnung als üblich vorlegen können. »Gegen Sie ist geboten, Madam.«

»Der Teufel soll das Gebot holen«, murmelte Mutter Mastiff. Sie schickte sich schon an wegzugehen, aber da war etwas, das sie zurückhielt. Sie verstand sich ebensogut auf Menschen wie auf die Ware, die sie an sie verkaufte, und an diesem Jungen war irgend etwas Besonderes – wenn sie auch nicht genau sagen konnte, was, was ihr wiederum als ungewöhnlich vorkam. Aber am Ungewöhnlichen war auch immer Profit zu machen. Und außerdem rührte dieser traurige Blick an einen Teil ihres Wesens, den sie gewöhnlich verborgen hielt.

»Oh, zur Hölle, dann eben hundert, und zum Teufel damit!« Sie brachte es kaum fertig, die Zahl auszusprechen. Ihre Gedanken kreisten wie wild. Was machte sie da bloß, warum vernachlässigte sie ihr gewöhnliches Geschäft, ließ sich hier vom Regen aufweichen und bot für ein Waisenkind? Ihre mütterlichen Instinkte waren es doch ganz bestimmt nicht, die hier angeregt wurden. Gott sei Dank hatte sie ihr ganzes Leben lang niemals auch nur den Hauch von mütterlichen Instinkten verspürt.

Sie wartete auf ein dröhnendes »Einhundertfünf«, hörte statt dessen aber, wie sich hinten in der Menge etwas regte. Sie reckte den Hals, versuchte, etwas zu sehen, und verfluchte ihre Gene, die dafür gesorgt hatten, daß sie so klein geblieben war. Schreie waren zu hören, dann wütende Rufe und laute Flüche aus einem Dutzend verschiedener Kehlen. Jetzt konnte sie zu ihrer Linken hinter dem Ornithorpen, der hinter ihr stand, die purpurne Uniform von Gendarmen sehen, deren Slickers im schwachen Licht glänzten. Die Gruppe schien sich mit größerem Tempo zu bewegen, als sie das von Gendarmen gewöhnt war.

Sie drehte sich um und versuchte, sich ein Stück nach rechts zu schieben, wo ein paar Stufen zur Plattform hinaufführten. Als sie die Hälfte des Weges zurückgelegt hatte, drehte sie sich um und spähte in die Menge. Die purpurfarbenen Slickers hatten jetzt die erste Wand aus Büros und

Läden erreicht, und vor ihnen war eine hünenhafte menschliche Gestalt zu erkennen, die offenbar vor den Polizisten floh.

Mutter Mastiff gestattete sich ein wissendes Kopfnicken. Es gab immer Leute, die sich aus anderen als humanitären Gründen für einen jungen Knaben interessierten. Manche davon hatten Vorstrafenregister, die es an Länge mit ihrem Leben aufnehmen konnten. Offenbar hatte irgend jemand in der Menge, vielleicht sogar ein bezahlter Informant, das Individuum erkannt, das gegen sie geboten hatte, und hatte die Behörden verständigt, die mit lobenswerter Eile reagiert hatten.

»Hundert Credits also«, verkündete die Beamtin enttäuscht von der Plattform. »Höre ich mehr?« Natürlich rechnete sie nicht damit, trieb das Spiel aber weiter. Ein Augenblick verstrich in Schweigen. Sie zuckte die Achseln und blickte zu Mutter Mastiff hinüber, die immer noch auf der Treppe stand. »Er gehört Ihnen, Frau.« Aha, nicht mehr ›Madam‹, dachte Mutter Mastiff sarkastisch. »Zahlen Sie und beachten Sie die Vorschriften!«

»Ich kenne die Vorschriften dieser Regierung schon viel länger als Sie auf der Welt sind, Frau.« Sie stieg die letzten paar Stufen hinauf und ging, die Beamtin ebenso wie den Jungen ignorierend, auf das Büro zu.

Drinnen blickte ein gelangweilter Schreiber zu ihr auf, warf einen Blick auf die Akte, die auf dem Bildschirm seines Computers erschienen war, und fragte geschäftsmäßig: »Name?«

»Mastiff«, antwortete seine Besucherin und stützte sich auf ihren Stock.

»Ist das Ihr Familienname?«

»Vorname und Familienname.«

»Mastiff Mastiff?« Der Schreiber musterte sie.

»Nur *Mastiff*«, sagte die alte Frau.

»Die Regierung zieht mehrfache Namen vor.«

»Hören Sie! Was die Regierung vorzieht, ist mir piepegal!«

Der Schreiber seufzte und rührte ein paar Tastenfelder. »Alter?«

»Geht Sie nichts an.« Sie überlegte einen Augenblick lang und fügte dann hinzu: »Geben Sie *alt* ein.«

Das tat der Schreiber und schüttelte dabei mürrisch den Kopf. »Einkommen?«

»Ausreichend.«

»Jetzt hören Sie mir mal zu!« begann der Schreiber. »Wenn es um die Übernahme von Verantwortung für Wohlfahrtsindividuen geht, benötigt die Stadtregierung einige Einzelheiten.«

»Die Stadtregierung kann mir mit ihren Einzelheiten ebenso den Buckel runterrutschen wie mit ihren Doppelnamen!« Mutter Mastiff gestikulierte mit ihrem Stock in Richtung auf die Plattform. Eine weite, ausholende Bewegung, der der Schreiber nur dadurch entging, daß er sich geistesgegenwärtig duckte. »Die Gebote sind abgeschlossen. Der Bursche, der gegen mich geboten hat, ist verschwunden. Recht hastig sogar. Jetzt kann ich entweder mein Geld nehmen und nach Hause gehen oder meinen Betrag zur Zahlungsbilanz der Regierung und zu Ihrem Gehalt leisten. Wie hätten Sie's denn gern?«

»Ach, schon gut!« meinte der Schreiber verdrießlich. Er beendete seine Eintragungen und drückte einen Knopf. Ein scheinbar endloses Formular schob sich aus dem Ausdruckschlitz. Zusammengefaltet war es immer noch einen halben Zentimeter dick. »Lesen Sie das!«

Mutter Mastiff nahm sich das Bündel Papiere. »Was soll das alles?«

»Vorschriften bezüglich Ihres neuen Schützlings. Sie können den Jungen aufziehen, dürfen ihn aber nicht mißhandeln. Sollte man je feststellen, daß Sie die hierin angegebenen Anweisungen und Gesetze verletzen ...« – er deutete auf das Bündel Papier –, »kann er Ihnen weggenommen werden, und der von Ihnen geleistete Betrag ist verfallen. Außerdem müssen Sie sich vertraut machen ...« – er unterbrach seinen Vortrag, als der in Rede stehende Junge von einem anderen Beamten in den Raum geführt wurde.

Der Junge sah zuerst den Schreiber und dann Mutter Mastiff an. Dann ging er, gerade als hätte er früher schon ähnliche Rituale vollzogen, ruhig auf sie zu, nahm ihre linke Hand und legte seine rechte Hand hinein. Die weiten, scheinbar arglosen Augen eines Kindes blickten in die ihren. Seine Augen waren hellgrün, stellte sie abwesend fest.

Der Schreiber wollte fortfahren, stellte dann aber fest, daß ihm etwas in der Kehle saß, und wandte sich statt dessen seinem Schreibtisch zu. »Das wäre alles. Sie können gehen.«

Mutter Mastiff räusperte sich lautstark, als hätte sie einen Sieg errungen und führte den Jungen auf die Straßen von Drallar hinaus. Das eine wichtige Kleidungsstück, das auf Moth wesentlich war, hatten sie ihm gegeben: einen kleinen blauen Slicker. Er zog sich das billige Plastikmaterial über den Kopf, als sie die erste Querstraße erreichten.

»So Junge, das wär's. Der Teufel soll mich holen, wenn ich weiß, warum ich das getan habe. Aber anscheinend habe ich dich jetzt am Hals. Und du mich natürlich. Hast du irgend etwas im Schlafsaal gelassen, das wir holen sollten?«

Er schüttelte langsam den Kopf. Ein stiller Typ, dachte sie. Das war ganz gut so. Vielleicht würde er sich nicht gleich als Heulsuse erweisen. Sie fragte sich immer noch, was sie zu ihrem plötzlichen und für sie völlig uncharakteristischen Ausbruch von Großzügigkeit veranlaßt hatte. Die Hand des Jungen lag warm in ihrer knorrigen, alten Pranke. Gewöhnlich pflegte diese Hand eine Credcard zu halten, um das Geld anderer Leute auf ihr Konto zu übertragen, oder irgendwelche Kunstgegenstände, um ihren Wert abzuschätzen, oder gelegentlich sogar ein Messer, das für radikalere Zwecke als die Zubereitung von Nahrung benutzt wurde. Aber die Hand eines kleinen Kindes hatte sie noch nie gehalten. Es war ein ganz eigenartiges Gefühl.

Sie bahnten sich ihren Weg durch die Menschenmassen, die noch vor Einbruch der Nacht nachhause wollten, und wichen dabei den Abflußkanälen aus, die in der Mitte einer jeden Straße verliefen. Ein unbeschreibliches Gemisch von Düften schlug ihnen aus den Dutzenden von Garküchen und Restaurants entgegen, die die Straße säumten, auf der sie gingen. Aber der Junge sagte kein Wort. Schließlich war Mutter Mastiff es leid, daß sich sein Gesicht jedem Ort zuwandte, von dem solche einladenden Düfte kamen, und sie blieb vor einem Etablissement stehen, das ihr vertraut war. Sie waren ohnehin fast zu Hause angelangt.

»Bist du hungrig, Junge?«

Er nickte langsam, ein einziges Mal.

»Dumm von mir. Ich komme den ganzen Tag ohne Essen aus und denke nicht einmal daran. Manchmal vergesse ich, daß andere ihre Bäuche nicht so gut unter Kontrolle haben.« Sie deutete mit einer Kopfbewegung auf die Tür des Lokals. »Nun, worauf wartest du?«

Sie folgte ihm ins Innere des Restaurants und ging zu einer stillen Nische an einer der Wände. Aus der Mitte des Tisches erhob sich eine kreisförmige Konsole. Sie studierte die Speisekarte, die auf die Konsole aufgedruckt war, warf einen prüfenden Blick auf das Kind, das erwartungsvoll neben ihr saß, und berührte dann ein paar Tasten, die neben der Speisekarte angebracht waren.

Es dauerte nicht lange, und die Konsole versank im Tisch und erschien im nächsten Augenblick wieder mit Essen beladen; ein dicker, würzig duftender Eintopf mit Gemüse und ein großer Berg Brot.

»Nur zu«, sagte sie, als der Junge zögerte, und bewunderte dabei seine Zurückhaltung und seine Tischmanieren. »Ich habe keinen besonderen Hunger und esse ohnehin nie sehr viel.«

Sie sah ihm zu, während er das Essen verschlang, brach sich gelegentlich ein Stückchen von dem farbenfreudigen Brot ab, um ihren bescheidenen Hunger zu stillen, und achtete kaum auf die gelegentlichen Grüße vorübergehender Bekannter oder Freunde. Als der Junge seine Schüssel spiegelblank ausgeleckt hatte und das letzte Stück Brot in seinem Mund verschwunden war, fragte sie: »Hast du noch Hunger?«

Er zögerte, sah sie prüfend an und nickte dann. »Das überrascht mich nicht«, antwortete sie. »Aber ich möchte nicht, daß du heute abend noch mehr ißt. Du hast gerade genug für einen erwachsenen Mann in dich hineingeschlungen. Noch mehr, und du kannst es vielleicht nicht bei dir halten. Morgen früh, okay?«

Er nickte langsam, schien zu verstehen.

»Und nun eins, Junge. Kannst du reden?«

»Ja.« Seine Stimme war leiser, als sie erwartet hatte, aber ohne Angst, und klang wie sie fand, irgendwie dankbar.

»Ich kann recht gut reden«, fügte er hinzu, ohne daß sie ihm weiter zuzureden brauchte, und überraschte sie damit. »Man hat mir gesagt, daß ich für mein Alter recht gut reden kann.«

»Das ist hübsch. Ich hab schon angefangen, mir Sorgen zu machen.« Sie erhob sich von ihrem Sitz, stützte sich auf ihren Stock und griff wieder nach seiner Hand. »Jetzt ist es nicht mehr weit.«

»Nicht mehr weit wohin?«

»Dorthin, wo ich wohne. Wo du von nun an auch wohnen wirst.« Sie verließen das Restaurant, und die feuchte Nacht hüllte sie ein.

»Wie heißt du?« Er sprach, ohne zu ihr aufzublicken und zog es statt dessen vor, die schwach beleuchteten Ladenfassaden und Geschäfte zu studieren. Die Intensität, mit der er sie betrachtete, schien ihr unnatürlich.

»Mastiff«, sagte sie und grinste dann. »Das ist nicht mein richtiger Name, Junge. Aber jemand hat ihn mit vor vielen Jahren angehängt. Ob er mir nun paßt oder nicht, er ist länger an mir haften geblieben als irgendein Mann. Es ist der Name eines Hundes von außergewöhnlicher Wildheit und Häßlichkeit.«

»Ich finde nicht, daß du häßlich bist«, erwiderte der Junge. »Ich finde, du bist schön.«

Sie studierte seinen offenen, jungenhaften Gesichtsausdruck. Schwachsinnig, kurzsichtig oder einfach nur sehr schlau, dachte sie.

»Darf ich Mutter zu dir sagen?« fragte er hoffnungsvoll und verwirrte sie damit noch mehr. »Du bist doch jetzt meine Mutter, oder?«

»Irgendwie schon, denke ich. Frag mich bloß nicht warum!«

»Ich werd' dir keinen Ärger machen.« Seine Stimme klang plötzlich besorgt, fast verängstigt. »Ich hab noch nie jemandem Ärger gemacht, ehrlich. Ich will bloß, daß man mich in Frieden läßt.«

Was mochte ihn wohl zu einem solch verzweifelten Geständnis veranlaßt haben? fragte sie sich. Sie beschloß, nicht näher auf die Sache einzugehen. »Ich verlange gar nichts von dir«, versicherte sie. »Ich bin eine einfache alte Frau und lebe ein einfaches Leben. So gefällt es mir. Hoffentlich gefällt es dir auch.«

»Klingt nett«, meinte er freundlich. »Ich werd' mir Mühe geben, dir so gut zu helfen, wie ich kann.«

»Weiß der Teufel, im Laden ist genug zu tun. Ich bin nicht mehr so gelenkig wie ich einmal war.« Sie lachte laut und glucksend. »Ich werd jetzt immer schon vor Mitternacht müde. Kannst du dir vorstellen, daß ich tatsächlich volle vier Stunden Schlaf brauche? Ja, ich denke schon, daß du nützlich sein kannst. Hoffentlich bist du das. Hast genug gekostet.«

»Das tut mir leid«, sagte er, plötzlich niedergeschlagen.

»Hör damit auf! Davon will ich in meinem Haus nichts hören!«

»Ich meine, es tut mir leid, daß ich dich geärgert habe.«

Sie gab ein undefinierbares Stöhnen von sich, kniete nieder und stützte sich mit beiden Händen auf ihren Stock. Jetzt hatte sie ihr Gesicht vor seinen Augen. Er stand da und musterte sie mit ernstem Blick.

»Jetzt hör mir gut zu, Junge! Ich bin keine Agentin der Regierung und hab nicht die leiseste Vorstellung, welcher Teufel mich geritten hat, die Verantwortung für dich zu übernehmen. Aber jetzt ist es nun einmal geschehen. Ich werde dich nicht schlagen, es sei denn, du verdienst es. Ich werde dafür sorgen, daß du ordentlich zu essen bekommst und nie zu frieren brauchst. Als Gegenleistung verlange ich, daß du nicht rumläufst und blödes Zeug herumblökst, wie ›es tut mir leid‹. Geht das klar?«

Darüber brauchte er nicht lange nachzudenken. »Das geht klar – Mutter.«

»Dann wäre das erledigt.« Sie schüttelte seine Hand. Das führte zu einem neuen Phänomen. Seinem ersten Lächeln. Sein kleines, leicht mit Sommersprossen übersätes Gesicht schien dabei zu leuchten, und plötzlich wirkte die Nacht weniger kühl.

»Beeilen wir uns jetzt«, sagte sie und richtete sich wieder auf. »Ich bin nicht gern so spät draußen, und du bist als Leibwächter auch nicht gerade eindrucksvoll. Wirst es wahrscheinlich auch nie sein, wenn man dich so ansieht. Aber das ist nicht deine Schuld.«

»Warum ist es so wichtig, zu Hause zu sein, wenn es dunkel ist?« fragte er und fügte dann etwas unsicher hinzu: »Ist das eine dumme Frage?«

»Nein, Junge.« Sie lächelte auf ihn herab, während er die Straße entlanghopste. »Es ist eine sehr kluge Frage. Es ist wichtig, nach Einbruch der Dunkelheit zu Hause und in Sicherheit zu sein, weil die Toten sich nämlich in unmittelbarer Proportion zum Fehlen von Licht vermehren. Aber wenn du vorsichtig bist und lernst, mit der Dunkelheit zu leben, dann wirst du herausfinden, daß die Dunkelheit ebenso dein Freund wie dein Feind sein kann.«

»Das habe ich mir gedacht«, sagte er entschieden. »Das habe ich mir schon so lange gedacht« – sein Gesicht verzog sich etwas, so als müßte er sich konzentrieren –, »so lange ich mich erinnern kann.«

»Oh?« Sie lächelte ihm immer noch zu. »Und warum glaubst du das – ich meine, abgesehen davon, daß ich es dir gerade gesagt habe?«

»Weil«, antwortete er, »die meiste Zeit, wo ich mich erinnere, daß ich glücklich war, das immer im Dunkeln war.«

Sie dachte darüber nach, während sie um die Ecke bog. Der Regen hatte inzwischen nachgelassen und war dem Nebel gewichen, der in der Stadt als normale Luft galt. Ihren Lungen machte er nichts aus, aber sie war um den Jungen besorgt. Was sie ganz bestimmt nicht brauchen konnte, war ein krankes Kind. Er hatte sie schon genug gekostet.

Ihre Laden-Wohnung war eine von vielen, die den scheinbar endlosen Marktplatz übersäten. Massive Jalousien schützten die unauffällige Fassade, die am Ende einer Nebenstraße zehn Meter ausmachte. Sie drückte die Handfläche gegen das Türschloß. Der sensibilisierte Kunststoff leuchtete einen Augenblick lang hell auf, gab zwei piepende Töne von sich, und dann öffnete sich die Tür.

Drinnen angelangt, schob sie die Tür hinter ihnen zu und drehte sich dann automatisch im Kreis, um ihr Inventar zu inspizieren und sich zu vergewissern, daß in ihrer Abwesenheit nichts verschwunden war. Es gab Regale mit Waren aus Kupfer und Silber, und seltene Hartholzschnitzereien, für die Moth zurecht berühmt war, sauber geschnitzte Eß- und Trinkutensilien, darunter viele, die offensichtlich für Nichtmenschen bestimmt waren, billige Modelle von Moth selbst, mit seinen unterbrochenen Ringen aus blitzendem Glitzerzeug, und verschiedene Gegenstände, deren Sinn und Zweck nicht gleich zu erkennen war.

Der Junge schlenderte durch dieses Gewirr aus Farben und Formen. Seine Augen tranken alles in sich hinein, aber er stellte keine Fragen, und das kam ihr ungewöhnlich vor. Es lag im Wesen von Kindern, nach allem Fragen zu stellen. Aber dann war dies auch kein gewöhnliches Kind.

Ganz hinten im Laden stand eine silberne Kassette auf einem kleinen Podest. Ihre Sensorschalter verbanden den Laden unmittelbar mit der Zentralbank von Drallar und erlaubten es Mutter Mastiff, finanzielle Transaktionen für alle Kunden durchzuführen, gleichgültig, ob sie von jenseits der Straße oder der anderen Seite des Commonwealth kamen.

Eine universelle Credcard gestattete den Zugang zur gesamten Habe ihres Besitzers. Banken speicherten Informationen; alle harten Währungen waren in allgemeinem Umlauf.

Hinter dem Podest und der Tür, die es halb verdeckte, waren vier Räume: ein kleiner Lagerraum, ein Badezimmer, eine Küche mit Eßplatz und ein Schlafzimmer. Mutter Mastiff stand ein paar Minuten lang mit prüfendem Blick da und machte sich dann daran, den Lagerraum zu räumen. Uralte, seit langer Zeit nicht verkaufte Gegenstände flogen zusammen mit Reinigungsutensilien, Kleidung, Konserven und anderen Gegenständen auf den Boden. Irgendwie würde sie schon woanders dafür Platz finden.

Eine kräftige alte Pritsche lehnte an der Wand. Sie berührte einen Knopf an ihrer Seite, und der Gegenstand erwachte zum Leben, rutschte herum, während seine Beine sich streckten. Weiteres Wühlen brachte einen Beutel mit Trageöl zum Vorschein, den sie in die Matratze steckte. Nach wenigen Minuten war der Beutel voll und warm. Schließlich deckte sie die Pritsche mit einer dünnen, thermosensitiven Decke zu.

»Das ist jetzt dein Zimmer«, sagte sie. »Es ist kein Palast, aber es gehört dir. Ich weiß, wie wichtig es ist, daß man etwas hat, das einem selbst gehört. Du kannst dir diese Laube herrichten, wie es dir gefällt.«

Der Junge sah sie an, als hätte sie ihm gerade sämtliche Schätze Terras übereignet. »Danke, Mutter«, sagte er leise. »Das ist herrlich.«

»Ich verkaufe Sachen«, sagte sie und wandte sich von seinem strahlenden Gesicht ab. Sie deutete auf den Lagerraum vorne. »Die Dinge, die du beim Hereinkommen gesehen hast.«

»Das habe ich mir gedacht. Verdienst du viel Geld?«

»Jetzt klingst *du* wie der Typ von der Regierung.« Sie lächelte, um ihm zu zeigen, daß sie es nicht ernst meinte. »Ich komme so zurecht. Lieber hätte ich ein größeres Geschäft als das hier, aber in meinem Alter ...« – sie lehnte den Stock an ihr Bett, während sie in den größeren Raum schlenderte –

»ist es recht unwahrscheinlich, daß ich je eines bekomme. Mich stört das nicht. Ich hatte ein gutes, erfülltes Leben und bin es zufrieden. Du wirst bald herauskriegen, daß mein Knurren und Schimpfen größtenteils Show ist. Aber nicht immer.« Sie tätschelte ihm den Kopf und wies auf die Küche.

»Möchtest du gerne was Heißes zu trinken, ehe wir uns schlafen legen?«

»Ja, sehr.« Er nahm vorsichtig seinen Slicker ab, der inzwischen getrocknet war, und hängte ihn an einen Wandhaken in seinem Schlafzimmer.

»Wir werden dir neue Kleider besorgen müssen«, meinte sie aus der Küche.

»Die sind schon in Ordnung.«

»Für dich vielleicht, aber nicht für mich.« Sie rümpfte die Nase, um ihm zu erklären, was sie meinte.

»Oh, ich verstehe.«

»Und was würdest du gern trinken?«

Sein Gesicht hellte sich sofort wieder auf. »Tee. Was für Tee hast du denn?«

»Was für Tee magst du denn?«

»Allen möglichen.«

»Dann such ich dir einen aus.« Sie fand den Zylinder und berührte den Hauptschalter an der Seite, während sie ihn mit Wasser aus der Leitung füllte. Dann sah sie sich unter ihren Lebensmittelvorräten um.

»Das ist hier schwarzer Anar«, erklärte sie, »der kommt von Rhyinpine. Eine hübsch weite Reise für tote Blätter. Ich finde, er ist milder als weißer Anar, der von derselben Welt kommt, aber etwas weiter unten am Berg wächst. Wenn du deinen Tee gern süß trinkst, habe ich hiesigen Honig. Er ist teuer. Blumen sind auf Moth rar, außer wenn sie in Gewächshäusern wachsen. Diese Welt gehört den Pilzen und Bäumen; die Bienen, die armen Dinger, haben es hier schwer, selbst die, die sich einen wolligen Pelz wachsen lassen, der ihnen die Feuchtigkeit und die Kälte fernhält. Wenn dir Honig zu dick ist, habe ich anderen Süßstoff.«

Als sie keine Antwort hörte, drehte sie sich um und sah ihn reglos auf dem Boden liegen, ein dunkler Knirps mit roten Locken und schmutzigen, alten Kleidern. Er hatte die Hände unter der Wange zusammengeschoben, um ihm als Kissen zu dienen.

Sie schüttelte den Kopf und schaltete den Zylinger wieder ab. Der Topf seufzte und hörte zu kochen auf. Sie beugte sich vor, schob die knorrigen Arme unter ihn und hob ihn hoch. Irgendwie schaffte sie es, ihn auf die Pritsche zu legen, ohne ihn dabei aufzuwecken. Dann zog sie ihm die Thermodecke bis ans Kinn. Sie war programmiert und würde ihn schnell wärmen.

Dann stand sie eine Weile da und staunte darüber, wieviel Freude es einem doch machte, etwas so Einfaches zu tun, wie einem Kind beim Schlafen zuzusehen. Dann ging sie hinaus, weil sie sich immer noch darüber wunderte, was über sie gekommen war, ging in ihr eigenes Zimmer und zog sich beim Gehen langsam aus. Bald war das letzte Licht hinten in dem kleinen Laden ausgegangen, und die Nacht brach herein. Nur der leichte Wind und das Zischen der Feuchtigkeit, die aus den warmen Wänden verdunstete, durchbrach die Stille der vom Nebel verhangenen Finsternis.

2. Kapitel

Der Junge aß, als hätte die reichliche Mahlzeit vom vergangenen Abend nicht mehr Substanz gehabt als ein Traum. Sie bereitete ihm Frühstück – zwei reichliche Portionen – und sah ihm dabei zu, wie er es bis auf den letzten Bissen verspeiste. Als er den letzten Tropfen Pachnack getrunken und das letzte Stück Brot hinuntergeschlungen hatte, nahm sie ihn mit in den Laden.

Er sah ihr aufmerksam zu, wie sie die Kombination für die Metalljalousien eingab. Als diese sich am Fenster nach oben schoben, ließen sie eine Welt herein, die völlig anders als die leere Nacht war. Im einen Augenblick starrte er die stumpf reflektierenden Linien von Metallstreifen an, im nächsten hüllten ihn all der Lärm, das Durcheinander, das Gedränge, die Bilder und Gerüche des großen Marktes von Drallar ein; sie überfluteten den ganzen Laden, überwältigten ihn mit ihrer Vielfalt und ihrem Glanz. Mutter Mastiff pflegte nicht lange zu schlafen – was gut war, denn die Menge erhob sich gleichzeitig mit der verborgenen Sonne. Nicht daß der Markt je völlig verlassen gewesen wäre. Es gab immer ein paar Händler, deren Waren von der Maske der Nacht Nutzen zogen.

Der Junge konnte erkennen, daß es Tag war, weil es weniger dunkel geworden war. Aber die Sonne strahlte nicht; sie beleuchtete die Regentropfen. Der Morgen hatte warm gedämmert, ein gutes Zeichen, und die Feuchtigkeit war eher Nebel als Regen. Ein guter Tag für die Geschäfte.

Mutter Mastiff führte den Jungen im Laden herum, beschrieb ihm die verschiedenen Gegenstände und erwähnte ihre Preise und die Gründe, die hinter den Preisen standen. Sie hoffte, ihm eines Tages die Führung des Geschäftes übertragen zu können. Das würde besser sein als jedesmal schließen zu müssen, wenn sie ausruhen oder eine Reise unternehmen wollte. Je schneller er lernte, desto besser, besonders wenn man bedachte, wie er aß.

»Ich werde tun, was ich kann, Mutter«, versicherte er ihr, als sie die kurze Führung beendet hatte.

»Ich weiß, daß du das wirst, Junge.« Sie ließ sich in ihren Lieblingssessel sinken, eine zu üppig gepolsterte Monstrosität, die mit Gemmacpelz bedeckt war. Die Felle waren praktisch bis auf das blanke Leder abgewetzt, der Stuhl hatte nur noch wenig Wert, aber er war zu bequem, als daß sie sich von ihm hätte trennen wollen. Sie sah zu, wie der Junge sich umdrehte, um die draußen vorüberziehende Menschenmenge zu betrachten. Wie still er ist, dachte sie. Still und intensiv. Sie ließ ihn eine Weile die Passanten studieren, ehe sie ihn zu sich heranwinkte.

»Wir haben in der Nacht in der Eile einiges übersehen, insbesondere eine Sache.«

»Was denn?« fragte er.

»Ich nenne dich die ganze Zeit ›Junge‹. Hast du einen Namen?«

»Man nennt mich Flinx.«

»Ist das dein Nachname oder dein Vorname?«

Er schüttelte langsam den Kopf, und sein Ausdruck wurde unglücklich. »Mutter, ich weiß nicht. So hat man mich genannt.«

»›Man‹ hat dich so genannt. Wer ist dieser ›man‹? Deine ...« – sie zögerte – »Mutter? Dein Vater?«

Wieder das langsame Kopfschütteln, bei dem die roten Locken tanzten. »Ich habe keine Mutter und auch keinen Vater. Die Leute haben mich so genannt.«

»Was für Leute?«

»Die Leute, die auf mich aufpaßten, und die anderen Kinder.«

Das war nun seltsam. Sie runzelte die Stirn. »Andere Kinder? Dann hast du Brüder und Schwestern?«

»Ich ...« – er gab sich sichtlich Mühe, sich zu erinnern – »ich *glaube* nicht. Vielleicht waren wir das. Ich weiß es nicht.

Sie waren einfach nur andere Kinder. Ich erinnere mich an sie von ganz früher. Eine seltsame Zeit war das.«

»Was war so seltsam?«

»Ich war glücklich.«

Sie nickte, so als verstünde sie. »So. Du erinnerst dich an eine frühe Zeit, wo du glücklich warst. Und damals haben eine Menge anderer Kinder mit dir zusammengelebt.«

Er nickte lebhaft. »Jungen und Mädchen. Wir hatten alles, was wir uns wünschen konnten, alles, wonach wir verlangten. Alles mögliche gute Essen und auch Spielsachen und ...«

Eine wohlhabende Familie, die ruiniert oder ausgerottet worden ist, vielleicht. Sie ließ ihn eine Weile über diese frühe Zeit, die glückliche Zeit, weiterreden. Was für eine Katastrophe hatte den Jungen in seiner frühen Jugend aus der Bahn geworfen?

»Wie groß war diese Familie?« fragte sie. »Wir wollen sie für den Augenblick deine Familie nennen. Wie viele andere Jungs und Madchen hat es da gegeben?«

»Ich erinnere mich nicht genau. Vier.«

»Kannst du zählen?«

»Oh, sicher«, sagte er stolz. »Zwei, drei, vier, fünf und noch viel weiter.«

Das klang wie mehr als einfach nur eine Familie, obwohl man eine Großfamilie noch nicht ganz abtun konnte. »Erinnerst du dich daran, was mit ihnen geschehen ist, mit dir? Ihr wart alle glücklich und ihr hattet eine Menge Freunde. Dann passierte etwas.«

»Die bösen Leute kamen«, flüsterte er, und sein Gesicht verfinsterte sich. »Sehr böse Leute. Sie sind mit Gewalt dort eingedrungen, wo wir lebten. Die Leute, die auf uns aufpaßten und uns zu essen und Spielzeug gaben, haben gegen die bösen Leute gekämpft. Es gab eine Menge Lärm und Schüsse und – und Leute, die rings um mich niederfielen. Sowohl gute wie auch schlechte Leute. Ich stand da und weinte, bis mich jemand aufhob und mich wegtrug. Sie haben mich durch viele Gänge und dunkle Orte getragen. Und ich erinnere mich, daß ich in eine ... eine Art Wagen gebracht wurde.«

Sie nickte aufmunternd. »Wahrscheinlich. Weiter, Junge!«

»Man hat mich viel herumbewegt. Das war das Ende der glücklichen Zeit.«

»Was geschah nach dem?« fragte sie weiter.

»Das weiß ich nicht genau«, sagte er zögernd. »Es ist so schwer, sich daran zu erinnern.«

»Ich weiß, daß es dir Schmerzen bereitet, Flinx. Ich muß alles über dich wissen, was ich erfahren kann, damit ich dir nach besten Kräften helfen kann.«

»Wenn ich es dir sage«, fragte er unsicher, »dann läßt du nicht zu, daß die bösen Leute kommen und mich wegholen?«

»Nein«, sagte sie, und ihre Stimme klang plötzlich ganz weich. »Nein, ich werde nicht zulassen, daß sie kommen und dich wegholen, Flinx. *Keinen* lasse ich kommen und dich wegholen! Niemals! Das verspreche ich dir!«

Er schob sich etwas näher an sie heran und setzte sich auf die Fußstütze des großen Sessels. Er schloß die Augen, um sich besser konzentrieren zu können.

»Ich erinnere mich daran, daß ich nie lange Zeit an einem Ort blieb. Die Leute, die guten Leute, die sich um mich kümmerten und mir zu essen gaben, die haben dafür gesorgt, daß die bösen Leute nicht kamen. Sie waren immer über irgend etwas verärgert und haben mich oft angeschrien, viel früher als vorher.«

»Waren sie böse auf dich?«

»Ich glaube nicht. Eigentlich nicht.« Er leckte sich die Lippen. »Ich glaube, sie hatten Angst, Mutter. Ich weiß, daß ich Angst hatte, ich glaube, die hatten auch Angst. Und dann« – ein Ausdruck der Verwirrung schlich sich über sein Gesicht – »ging ich schlafen. Eine *lange* Zeit. Nur daß es kein richtiger Schlaf war. Es war, als würde ich schlafen, und doch habe ich es nicht.« Er schlug die Augen auf und blickte zu ihr auf. »Verstehst du das, Mutter? Ich nicht.«

»Nein, ich glaube, ich auch nicht, Junge.« Ihr Verstand arbeitete. Wer würde sich wohl die Zeit nehmen und sich der Mühe unterziehen, ein Kind über eine längere Zeitspanne hinweg zu betäuben? Und warum sich die Mühe machen?

»Und dann tauchten plötzlich noch mehr von den bösen Leuten auf, glaube ich«, fuhr er fort. »Diesmal habe ich sie nicht gesehen. Aber einige von den Leuten, die auf mich aufpaßten, sind gestorben oder weggegangen. Und dann war da bloß noch ich und ein Mann und eine Dame, und dann waren die auch weg.«

»Deine Mutter und dein Vater?«

»Nein, das glaube ich nicht«, meinte er. »Jedenfalls haben sie sich nie so genannt. Es waren einfach zwei von den guten Leuten. Und dann kamen andere Leute und haben mich gefunden. Leute, die ich noch nie gesehen hatte. Sie haben mich mitgenommen.«

»Waren es gute Leute oder böse Leute?«

»Keines von beidem, glaube ich«, antwortete der Junge vorsichtig. »Ich glaube, sie waren irgendwo dazwischen. Ich glaube, ich habe ihnen vielleicht leid getan. Sie versuchten, nett zu sein, aber ...« – er zuckte die Achseln – »es waren bloß Leute irgendwo dazwischen. Sie haben mich wieder da- und dorthin gebracht und da gab es wieder eine Menge neuer Kinder, die ich nicht kannte. Und dann war gestern, und du hast mich gekauft. Stimmt's?«

Sie griff sich an den Mund und hustete. »Ich hab dich nicht richtig gekauft. Ich habe mich verpflichtet, die Verantwortung für dich zu übernehmen.«

»Aber du hast der Regierung doch Geld für mich gegeben, nicht wahr? Man hat mir gesagt, daß das passieren würde.«

»Das war nur, um die Schulden zurückzubezahlen, die die Regierung auf sich genommen hat, um sich um dich zu kümmern«, erklärte sie ihm. »Eigentlich gehörst du mir auch nicht. Ich würde so etwas nie tun.«

»Oh«, sagte er ruhig, »das ist nett. Da bin ich froh.« Er zögerte einen Augenblick lang, sah sie an und fügte dann hinzu: »Das ist alles, woran ich mich erinnern kann.«

»Das hast du fein gemacht.« Sie beugte sich vor und wies nach rechts die Straße hinauf. Ihr Stuhl ächzte dabei. »Wenn du sechs Läden weit in die Richtung gehst, findest du einen ganz kleinen Laden, der von einem Murmann geführt wird. Er heißt Cheneth. Geh zu ihm und sag ihm, wer du bist und woher du kommst! Du darfst dir von ihm ...« – sie überlegte einen Augenblick lang, sie wollte es nicht übertreiben – »um einen halben Credit kaufen, was immer du in seinem Laden siehst.«

»Was für ein Laden ist das?« fragte er erregt.

»Süßigkeiten«, sagte sie und freute sich darüber, wie er plötzlich strahlte. »Du erinnerst dich doch, was das ist, oder? Aber ich sehe es dir am Gesicht an, daß du dich erinnerst.« Außerdem merkte sie es an dem Tempo, mit dem er die Straße hinunterrannte. Es dauerte nicht lange, bis er wieder zurück war, und seine tiefen, smaragdgrünen Augen leuchteten in seinem dunklen Gesicht. »Danke, Mutter.«

»Geh zu, geh zu, zur Seite! Du versperrst mir – uns – den Blick auf die Kunden. Du mußt herumgehen, bis du ganz genau weißt, wo du jetzt lebst.«

Er verschwand wie ein Sonnenstrahl, und sein rotes Haar tauchte in der Menge unter.

Teuer, dachte sie bei sich. Es wird teuer sein, diesen Jungen aufzuziehen. Wie konnte ich es nur so weit kommen lassen? Sie brummelte noch ein paar Minuten halblaut vor sich hin, bis ein potentieller Kunde auftauchte.

Flinx lernte schnell. Er war bescheiden, in hohem Maße anpassungsfähig und so ruhig, daß sie seine Anwesenheit kaum bemerkte. Bald überraschte er sie mit seinen Kenntnissen bezüglich der Anlage und des Funktionierens des Marktes und selbst der größeren Stadt jenseits des Marktes. Er arbeitete dauernd daran, seinen Kenntnisstand zu erweitern, und bedrängte die Ladenbesitzer mit hartnäckigen Fragen, wobei er sich nie mit einem ›ich weiß nicht‹ zufrieden gab.

Mutter Mastiff legte ihm keine Beschränkungen auf.

Niemand hatte ihr je gesagt, daß es unpassend wäre, einen Achtjährigen frei in einer Stadt herumlaufen zu lassen, die so gefährlich war wie Drallar. Da sie nie zuvor ein Kind großgezogen hatte, konnte sie immer auf Unwissenheit plädieren, und da er pflichtschuldig jeden Abend unverletzt zurückkehrte, sah sie keinen Anlaß, an dieser Praxis etwas zu ändern, auch wenn einige ihrer Nachbarn Mißbilligung äußerten.

»So geht man nicht mit einem Jungen in so zartem Alter um«, ermahnten sie sie. »Wenn du nicht vorsichtig bist, wirst du ihn verlieren. Eines Abends wird er von diesen einsamen Streifzügen nicht mehr nach Hause zurückkommen.«

»Ein Junge ist er, aber keineswegs zart«, antwortete sie dann. »Der Junge ist clever, und nicht nur für sein Alter. Ich mache mir um ihn keine Sorgen. Und außerdem hätte ich gar nicht die Zeit dazu. Ganz gleich, was ihm widerfährt, jedenfalls ist er besser dran als unter der Obhut der Regierung.«

»Wenn er irgendwo einmal in der Gosse liegt und tot ist, ist er bestimmt nicht mehr besser dran«, warnten sie sie.

»Dazu wird es nicht kommen«, pflegte sie darauf voll Zuversicht zu antworten.

»Es wird dir noch leid tun«, sagten sie. »Warte es nur ab!«

»Ich warte jetzt schon seit neunzig Jahren ab«, war ihre Standardantwort darauf, »und bis jetzt bin ich noch nie überrascht worden. Ich rechne nicht damit, daß dieser Junge den Rekord brechen wird.«

Aber darin irrte sie.

Es war früher Nachmittag. Der morgendliche Nebel war von einem kräftigen Regen abgelöst worden. Sie überlegte, ob sie den Jungen wegschicken sollte, damit er etwas zu essen hole, oder ob sie besser noch warten sollte. Ein halbes Dutzend Leute schlenderte im Laden herum und wartete, daß der Regenguß ein Ende nehme – eine ungewöhnlich große Zahl, auch wenn man den Regen berücksichtigte.

Nach einer ganzen Weile schlenderte Flinx zu ihr herüber und zupfte scheu an ihrem wallenden Rock. »Mutter Mastiff?«

»Was ist denn, Junge? Stör mich jetzt nicht!« Sie wandte sich wieder dem Kunden zu, der ihren antiken Schmuck inspizierte, der sich in einem verschlossenen Schaukasten ganz hinten im Laden befand. Es kam selten vor, daß sie von dem teuren Zeug ein Stück verkaufte. Aber wenn sie das tat, brachte es ihr beträchtlichen Profit.

Der Junge ließ nicht locker, und sie herrschte ihn an: »Ich hab dir doch gesagt, Flinx, nicht jetzt!«

»Es ist aber sehr wichtig, Mutter.«

Sie seufzte verzweifelt und sah den Außenweltler um Nachsicht heischend an. »Entschuldigen Sie mich bitte einen Augenblick, guter Herr. Sie wissen ja, Kinder ...«

Der Mann lächelte geistesabwesend und schien völlig in ein Collier aus eigenartigem Metall und abgewetztem von innen heraus glänzenden Holzstücken vertieft.

»Was ist denn, Flinx?« fragte sie ihn verärgert. »Hoffentlich ist es etwas Wichtiges. Du weißt, daß ich nicht gestört werden möchte, wenn ich mitten ...«

Er unterbrach sie und deutete zum anderen Ende des Ladens. »Siehst du den Mann dort drüben?«

Sie blickte auf. Der Mann, auf den er zeigte, war kahlköpfig und trug einen säuberlich gestutzten Bart und Ohrringe. Statt dem leichten Slicker, wie ihn die Bewohner von Moth bevorzugten, trug er einen schweren Außerplanetmantel aus schwarzem Material. Seine weichen Züge wollten nicht ganz zu seiner imposanten Größe passen, und sein Mund wirkte beinahe zart. Abgesehen von den Ohrringen trug er keinerlei Schmuck. Seine Stiefel wiesen ihn als einen Besucher von Außerplanet aus – sie waren relativ sauber.

»Ich sehe ihn. Was ist mit ihm?«

»Er hat Schmuck aus den Schaukästen gestohlen.«

Mutter Mastiff runzelte die Stirn. »Bist du sicher, Junge?« Ihre Stimme klang besorgt. »Er ist ein Außenweltler, und so wie er aussieht, ein ziemlich wohlhabender. Wenn wir falsche Anklage gegen ihn ...«

»Ich bin ganz sicher, Mutter.«

»Du hast ihn stehlen gesehen?«

»Nein, *gesehen* habe ich ihn nicht.«

»Wovon, zum Teufel, redest du dann?« fragte sie leise und anklagend.

»Sieh dir den Schaukasten an«, drängte er.

Sie zögerte, zuckte dann aber die Achseln. »Das schadet ja wohl nichts.« Was war nur in den Jungen gefahren? Sie ging auf den Schaukasten zu und gab sich dabei desinteressiert. Als sie näher kam, drehte sich der Außenweltler um und ging weg, von ihrem Kommen offenbar nicht beeindruckt. Er verhielt sich keineswegs wie ein nervöser Dieb, der im Begriffe ist, in flagranti ertappt zu werden.

Jetzt beugte sie sich über den Schaukasten. Tatsächlich, das Schloß war professionell aufgebrochen worden. Wenigstens vier Ringe, die zu den wertvollsten Stücken ihres bescheidenen Bestandes gehörten, fehlten. Sie zögerte nur kurz, ehe sie zu Flinx herunterblickte.

»Und du bist ganz sicher, daß er es war?«

Er nickte energisch.

Mutter Mastiff schob zwei Finger in den Mund und stieß einen durchdringenden Pfiff aus. Fast im gleichen Augenblick erschien ein halbes Dutzend benachbarter Ladenbesitzer. Der kahlköpfige Mann ließ immer noch kein Anzeichen von Panik erkennen, sondern starrte nur, ebenso wie die anderen, neugierig auf die so abrupt Erschienenen. Draußen peitschte immer noch der Regen auf die Straße. Mutter Mastiff hob die Hand und deutete direkt auf den Kahlköpfigen und sagte: »Haltet diesen Dieb fest!«

Die Augen des Mannes weiteten sich überrascht, er machte jedoch keine Anstalten zur Flucht. Ein paar zornige Ladenbesitzer packten ihn an den Armen. Wenigstens zwei von ihnen waren bewaffnet.

Der Kahlköpfige ließ sich das ein paar Augenblicke lang gefallen und schüttelte sie dann zornig ab. Als er jetzt zu sprechen begann, ließ ihn sein Akzent als einen Besucher von einer der weicheren Welten wie New Riviera oder Centaurus B erkennen. »Augenblick mal! Was geht hier vor? Ich warne Sie, der nächste, der mich anfaßt, wird das bedauern!«

»Bedrohen Sie uns nicht, Bürger«, sagte Alejan, die geschickte Schneiderin, deren großer Laden die Gasse beherrschte. »Wir werden die Angelegenheit ganz schnell erledigen, ohne dazu Polizei einzuschalten. Wir mögen hier in dieser Gasse keine Polizei.«

»In dem Punkt sympathisiere ich mit Ihnen«, sagte der Mann und strich sich seinen Mantel zurecht, den die unsanften Griffe der Ladenbesitzer verschoben hatte. »Ich mag sie auch nicht besonders.« Nach einer kurzen Pause fügte er schockiert hinzu: »Diese Frau will doch ganz sicherlich nicht andeuten, daß *ich* ...«

»Genau das deutet sie an«, meinte einer der Männer neben ihm. »Wenn Sie nichts zu befürchten haben, haben Sie auch keinen Anlaß, uns nicht ein paar Augenblicke Ihrer Zeit zu schenken.«

»Sicherlich nicht. Ich wüßte nicht, weshalb ...« Der Außenweltler musterte ihre Gesichter einen Augenblick lang und zuckte dann die Achseln. »Schön, wenn dieser Unsinn damit ein Ende hat.«

»Er wird ein Ende haben«, sagte ein anderer Mann hinter einer entsicherten Pistole.

»Sehr gut. Und dann wäre ich Ihnen noch dankbar, wenn Sie mit dieser Waffe nicht gerade auf mich zielen würden, bitte. Sie brauchen doch neben Ihrer zahlenmäßigen Überlegenheit nicht auch noch technische Mittel.«

Der Ladenbesitzer zögerte und ließ die Waffe dann sinken. Aber er steckte sie nicht weg.

Mutter Mastiff starrte den Mann einen Augenblick lang an und warf dann einen erwartungsvollen Blick auf Flinx. »Nun? Hast du gesehen, wo er die Ringe hingetan hat?«

Flinx sah den Kahlköpfigen mit seinen großen, grünen Augen gerade an. »Nein, das habe ich nicht, Mutter. Aber er hat sie genommen, da bin ich ganz sicher.«

»Also gut.« Ihre Aufmerksamkeit wandte sich wieder dem Außenweltler zu. »Mein Herr, ich muß Sie bitten, mit einer kurzen Durchsuchung einverstanden zu sein.«

»Das ist höchst unwürdig«, beklagte er sich. »Ich werde bei meinem Reisebüro Beschwerde einlegen.«

»Es tut mir leid«, sagte sie, »aber wenn Sie nichts zu verbergen haben, ist es wohl am besten, wenn wir uns davon überzeugen, daß es so ist.«

»Also schön. Bitte beeilen Sie sich und bringen Sie es hinter sich. Ich habe heute noch mehr vor. Schließlich bin ich auf Ferien hier, wissen Sie.«

Etwas unsicher durchsuchten zwei der Männer, die auf Mutter Mastiffs Pfiff hin aufgetaucht waren, den Besucher. Sie machten es sehr gründlich und ließen die Erfahrung von Menschen erkennen, die nicht das erste mal mit Dieben zu tun hatten. Sie durchsuchten alles, angefangen beim Futter seines Mantels bis zu seinen Stiefelabsätzen. Als sie fertig waren, blickten sie hilflos zu Mutter Mastiff hinüber und schüttelten den Kopf.

»Der hat nichts«, versicherten sie ihr. »Nichts zu finden.«

»Was fehlt denn, Mutter?« erkundigte sich Aljean mit sanfter Stimme.

»Killringe«, erklärte sie. »Die einzigen vier Killringe, die ich auf Lager habe. Ich habe Jahre dazu gebraucht, sie zu beschaffen, und wüßte nicht, wie ich sie ersetzen sollte. Durchsucht ihn noch einmal!« Sie wies mit einer Kopfbewegung auf den Kahlköpfigen. »Die sind nicht sehr groß, und man kann sie leicht verstecken.«

Sie kamen ihrer Bitte nach und widmeten diesmal ihre besondere Aufmerksamkeit der dicken Gürtelschnalle aus Metall, die der Mann trug. Sie entdeckten ein verstecktes Abteil mit der Credcard des Mannes, aber sonst sehr wenig, jedenfalls keine Ringe.

Als die zweite Durchsuchung sich als ebenso fruchtlos erwiesen hatte, warf Mutter Mastiff einen strengen Blick auf ihren Schützling. »Nun, Flinx, was hast du für dich zu sagen?«

»Er *hat* sie genommen, das hat er ganz bestimmt«, beharrte der Junge und weinte dabei fast. »Ich weiß, daß er es getan hat.« Er starrte immer noch den Kahlköpfigen an. Plötzlich weiteten sich seine Augen. »Er hat sie *verschluckt.*«

»Verschluckt – jetzt mal einen Augenblick!« fing der Besucher an. »Das fängt jetzt aber an, häßlich zu werden. Soll ich hier warten, bloß weil mich ein kleines Kind mit Schabernack im Sinn anklagt?« Er drohte Flinx zornig mit dem Finger, aber der wandte seinen kalten, grünen Blick nicht von ihm ab.

»Er hat sie genommen«, wiederholte der Junge, »und hat sie verschluckt.«

»Hast du gesehen, wie ich die Ringe weggenommen habe?« wollte der Kahlköpfige wissen.

»Nein«, gab Flinx zu, »das habe ich nicht. Aber Sie haben sie genommen, das wissen Sie auch ganz genau. Sie sind in Ihrem Magen.«

»Wirklich reizend, was man auf solchen Slumwelten erlebt«, sagte der Mann sarkastisch. »Aber ich muß schon sagen, jetzt hört der Spaß auf! Ich muß gehen. Meine Tour erlaubt mir nur zwei Tage in dieser *wunderschönen* Stadt, und ich habe wirklich keine Lust, noch mehr Zeit damit zu vergeuden, auf die seltsamen lokalen Gebräuche einzugehen. Aus reiner Freundlickeit verzichte ich darauf, die Polizei zu rufen, um Sie verhaften zu lassen. Zur Seite bitte!« Er schob sich an den verunsicherten Ladenbesitzern vorbei und trat in den Regen hinaus.

Mutter Mastiff blickte ihm nach. Ihre Freunde und Händlerkollegen beobachteten sie erwartungsvoll und hilflos. Sie blickte auf den Jungen hinab. Flinx hatte zu weinen aufgehört. Seine Stimme war ruhig und völlig frei von Emotionen, als er ihren Blick erwiderte.

»Er hat sie genommen, Mutter, und jetzt geht er mit ihnen weg.«

Sie konnte nicht erklären, was sie bewegte, als sie Aljean ruhig bat: »Dann ruf die Polizei!«

Das hörte der Kahlköpfige, blieb stehen und drehte sich

zu ihnen um. »Aber wirklich, alte Frau, wenn Sie glauben, ich werde jetzt warten ...«

»Aljean«, sagte Mutter Mastiff, »Cheneth?« Die beiden Ladenbesitzer tauschten Blicke und trabten dann los, um den Kahlköpfigen zurückzuholen – falls es zu einer Anzeige kommen sollte, würde sich diese gegen Mutter Mastiff und nicht gegen sie richten.

»Es tut mir leid, Sir«, sagte Cheneth, der Süßwarenhändler, und gestikulierte mit seiner Pistole, »aber wir werden Sie bitten müssen, hier zu warten, bis die Behörden da sind.«

»Und was dann? Wird man dann einen freien Bürger zum Magistrat schleppen, bloß weil ein Kind das verlangt?«

»Eine einfache Scannerüberprüfung sollte reichen«, meinte Mutter Mastiff, als die drei wieder in den Laden kamen. »Sie haben doch sicher keinen Anlaß, sich dem zu widersetzen?«

»Natürlich werde ich mich widersetzen!« ereiferte sich der Besucher. »Die haben weder Anlaß noch Grund ...«

»Oh, für jemanden, der nichts zu verbergen hat, sind Sie aber plötzlich sehr erregt«, meinte Aljean, die Schneiderin. Sie war zweiundvierzig Jahre alt und hatte schon vier Ehen hinter sich. Sie verstand sich daher besonders gut darauf, Lügen zu entdecken, und war plötzlich keineswegs mehr von der Unschuld dieses Besuchers überzeugt. »Wenn Sie natürlich jetzt begriffen haben, daß Sie irgendwie einen kleinen Fehler gemacht haben und daß wir seltsamen Eingeborenen gar nicht solche Dummköpfe sind, wie Sie geglaubt haben, und wenn Sie sich die Peinlichkeit einer Scanneruntersuchung ersparen wollen, ganz zu schweigen von der Aufmerksamkeit der Behörden, dann werden Sie feststellen, daß wir hier recht nachsichtig sind, sofern Sie Mutter Mastiff einfach zurückgeben, was Sie ihr weggenommen haben.«

»Überhaupt nichts habe ich genommen ...«, setzte der Kahlköpfige an.

»Die Gefängnisse von Drallar sind sehr, sehr unbequem«,

fuhr Aljean fort, als hätte sie ihn nicht gehört. »Unsere Regierung hält nichts davon, Geld für öffentliche Bedürfnisse auszugeben. Ganz besonders knausrig sind die, wenn es um den Komfort von Übeltätern geht. Sie als Außenweltler würden wahrscheinlich ein halbes Jahr ungefilterter Feuchtigkeit unter der Erde nicht besonders gut vertragen. Ich kann mir vorstellen, daß da in Ihren Lungen der Schimmel wächst, und Ihre Augen vermodern da wahrscheinlich ziemlich rasch.«

Plötzlich schien der Mann förmlich in sich zusammenzusacken. Er warf Flinx einen bösen Blick zu, der diesen ganz seelenruhig hinnahm.

»Ich weiß nicht, wie, zum Teufel, du mich gesehen hast, Junge. Ich schwöre es, niemand hat mich gesehen! Niemand!«

»Bei allen Heiligen«, murmelte Cheneth, und die Kinnlade sank ihm herunter, während sein Blick zwischen dem Dieb und dem Jungen, der ihn ertappt hatte, hin und her wanderte. »Dann haben Sie die Ringe also genommen!«

»Ja. Rufen Sie nicht die Behörden!« sagte er zu Aljean. »Sie haben gesagt, Sie wären zufrieden, wenn ich die Ringe zurückgebe. Ich bin einverstanden.«

Mutter Mastiff nickte. »Ich bin ebenfalls einverstanden, vorausgesetzt, Sie lassen Ihre so schön polierte Glatze nie mehr in diesem Teil des Marktes sehen.«

»Mein Wort darauf, als Profi«, versprach der Mann schnell. »Ich habe nicht gelogen, als ich sagte, daß ich auf Ferien bin.« Er lächelte schief. »Ich habe es nur gerne, wenn meine Ferien sich selbst tragen.«

Mutter Mastiff erwiderte das Lächeln nicht. Sie streckte die Hand aus. »Meine Killringe, wenn es nichts ausmacht.«

Wieder das schiefe Lächeln des Mannes. »Bald. Aber zuerste brauche ich bestimmte Nahrungsmittel. Es gibt einige Obstsorten, die sich dafür eignen, oder bestimmte pharmazeutische Mittel. Außerdem brauche ich saubere Tücher und ein Desinfektionsmittel. Der Junge hat nämlich recht, wissen Sie, ich habe die Ringe verschluckt. Geben Sie mir das, was ich brauche, dann haben Sie in einer reichlichen Stunde Ihre verfluchten Ringe zurück.«

Und so geschah es auch vierzig Minuten später.

Nachdem der Dieb und die kleine Truppe bewundernder Ladenbesitzer ihrer Wege gegangen waren, führte Mutter Mastiff Flinx ins Hinterzimmer und stellte ihm die Frage, die zu stellen keinem anderen in den Sinn gekommen war.

»So Junge, du sagst also, du hast nicht gesehen, wie er die Ringe verschluckt hat?«

»Nein, ich habe es nicht gesehen, Mutter.« Jetzt, wo die Menge sich verteilt hatte und er rehabilitiert war, war er wieder ganz scheu.

»Wie, bei allen Teufeln, hast du das dann gewußt?«

Flinx zögerte. »Komm schon, Junge, raus damit! Mir kannst du es sagen«, bedrängte sie ihn. »Vergiß nicht, ich bin jetzt deine Mutter, die einzige, die du hast. Ich bin fair und anständig zu dir gewesen. Jetzt bist du an der Reihe, dich zu revanchieren.«

»Bist du auch sicher?« Sie sah, daß er mit sich kämpfte. »Bist du auch sicher, daß du nicht nur deshalb nett zu mir bist, um mich zu täuschen? Du gehörst nicht zu den bösen Leuten?«

Sie fand es höchst seltsam, daß er das in diesem Augenblick sagte. »Natürlich gehöre ich nicht zu denen. Sehe ich denn wie die bösen Leute aus?«

»N-n-nein«, gab er zu. »Aber manchmal kann man das nur schwer erkennen.«

»Du hast jetzt schon eine ganze Weile mit mir zusammengelebt, Junge. Du kennst mich doch dafür viel zu gut.« Ihre Stimme wurde wieder sanft und einschmeichelnd. »Komm schon! Was fair ist, ist fair. Also hör auf, mich anzulügen und zu behaupten, du hättest nicht gesehen, wie er diese Ringe verschluckt hat!«

»Das habe ich auch nicht«, sagte er gereizt, »und ich lüge auch nicht. Der Mann – er wollte gerade von dem Schaukasten weggehen, und er fühlte sich unbehaglich. Er war ... er fühlte ... wie sagt man da? Er fühlte sich schuldig.«

»Woher weißt du das denn?«

»Weil ...«, murmelte er und sah sie dabei nicht an, sondern starrte auf die Straße hinaus, wo fremde Leute im Nebel, der sich inzwischen wieder eingestellt hatte, hin- und herhuschten, »weil ich es eben fühlte.« Er griff sich mit der kleinen Hand an die Stirn und rieb dort. »Hier.«

Großer Ganwrath der Fluten, dachte Mutter Mastiff. Der Junge ist ein Talent. »Du meinst«, fragte sie noch einmal. »Du hast seine Gedanken gelesen?«

»Nein«, korrigierte er sie. »So ist es nicht. Es ist nur ... es ... es ist so ein Gefühl, das ich manchmal habe.«

»Bekommst du dieses Gefühl jedesmal, wenn du jemanden ansiehst, der schuldig ist?«

»Nicht nur schuldig«, erklärte er, »das sind alle möglichen Gefühle. Leute sind ... es ist wie ein Feuer. Man kann Hitze von einem Feuer fühlen.« Sie nickte langsam. »Nun, ich kann gewisse Dinge aus den Köpfen der Leute fühlen. Glück oder Furcht oder Haß und eine Menge anderer Dinge, die ich nicht richtig verstehe. Wie wenn ein Mann und eine Frau zusammen sind.«

»Kannst du das immer tun, wenn du willst?« fragte sie.

»Nein, ganz selten nur. Meistens fühle ich überhaupt nichts. Dann ist alles ganz sauber und springt nicht auf mich zu, und ich kann mich entspannen. Und dann gibt es Zeiten, wo das Gefühl einfach da ist. Hier drinnen«, fügte er hinzu und griff sich wieder an die Stirn. »Ich habe diesen Mann angesehen, und die Schuld und die Sorge haben aus ihm herausgeleuchtet wie ein Feuer, ganz besonders, wenn er den Schaukasten mit dem Schmuck ansah. Und Sorgen hat er sich auch gemacht, daß man ihn irgendwie entdecken könnte und fangen, und eine Menge anderer Dinge. Er dachte daran, große Mengen von schnellem Geld hinauszuwerfen. Geld, das er auf unehrliche Weise bekommen würde.«

»Gefühle«, sinnierte sie, »alles Gefühle.« Dann fing sie glucksend zu lachen an. Sie hatte schon früher von solchen Dingen gehört. Der Junge war ein empathischer Telepath, wenn auch noch ein unausgebildeter. Er konnte die Gefühle anderer Menschen lesen, aber nicht ihre Gedanken.

»Es ist schon gut, Flinx«, beruhigte sie ihn. Sie streckte die Hand aus und zerzauste ihm spielerisch das Haar. »Du hast es gut gemacht. Du hast mir, du hast uns beiden eine Menge Geld erspart.« Sie sah zu dem kleinen Lederbeutel hinüber, in dem sich jetzt die vier zurückgewonnenen und gesäuberten Ringe befanden. Sie rochen immer noch nach Desinfektionsmittel.

»Kein Wunder, daß dieser Dieb sich nicht ausmalen konnte, wie du ihn entdeckt hast. Du hast wirklich nicht gesehen, wie er die Ringe genommen hat?«

»Nein, Mutter. Ich war nicht einmal sicher, was er genommen hatte.«

»Du hast einfach die Reaktion in seinem Bewußtsein gefühlt.«

»Ich glaube schon«, sagte er. »Ich ... ich weiß nicht, wie das geschieht, aber ich weiß, daß die meisten Leute das nicht können, nicht wahr?«

»Nein«, sagte sie sanft, »die meisten anderen Leute können das nicht. Und manchmal werden sie sehr ungehalten, wenn sie glauben, daß jemand in der Nähe ist, der es kann.«

Flinx nickte ernst. »Wie die bösen Leute.«

»Vielleicht«, sagte sie und dachte über diese Möglichkeit nach. »Vielleicht wie die bösen Leute. Und du bist ganz sicher, daß du diese Fähigkeit nicht steuern kannst?«

»Ja. – Ich habe es versucht. Manchmal ist es einfach da, ein Brennen in meinem Kopf. Aber die meiste Zeit ist es nicht da.«

Sie nickte.

»Das ist wirklich schade, sehr schade. Du hast etwas, was man als ein ›Talent‹ bezeichnet, Flinx.«

»Ein Talent.« Er dachte einen Augenblick lang darüber nach und fragte dann unsicher: »Ist das etwas Gutes?«

»Das kann es sein. Das kann auch etwas Gefährliches sein, Flinx. Wir müssen ein Geheimnis daraus machen, dein und mein Geheimnis. Du darfst davon nie sonst jemandem etwas sagen.«

»Das werde ich nicht«, murmelte er und fügte dann energisch hinzu, »das verspreche ich. Dann bist du mir also nicht böse?«

»Böse?« Sie kicherte. »Aber weshalb sollte ich dir denn böse sein, Junge? Ich hab meine Ringe zurück, und du hast dir bei unseren Nachbarn gehörigen Respekt verschafft. Auf dem Markt ist das so gut wie bares Geld, wie du vielleicht eines Tages feststellen wirst. Die meinen jetzt, daß du ein scharfes Auge und eine noch schärfere Zunge hast. Die Wirklichkeit wäre noch etwas mehr, aber ich zweifle nicht, daß du auch dem Besten von denen mit dem Mund gewachsen wärst. Behalte dein Talent für dich! Denk an unser Geheimnis!«

»Unser Geheimnis«, wiederholte er ernst.

»Kannst du sonst noch etwas?« fragte sie ihn, bemüht, nicht zu eifrig zu klingen. »Ich meine, noch etwas anderes, außer zu fühlen, was andere fühlen?«

»Ich glaube nicht. Obwohl ich manchmal das Gefühl habe ... – ich weiß nicht. Es brennt, und dann bekomme ich Angst. Ich weiß nicht, wie es mir geschieht oder warum.«

»Mach dir deshalb keine Sorgen, Junge.« Sie bedrängte ihn nicht weiter, weil sie bemerkte, daß es ihn unruhig machte. »Du brauchst vor nichts Angst zu haben.« Sie zog ihn an sich und preßte ihn an ihren dünnen, warmen Körper.

»Gebrauche nur deinen Verstand und alles andere, was du besitzt. Dazu hat man es dir gegeben. Ein Talent ist auch nichts anderes als jede andere Fähigkeit. Wenn da noch etwas ist, das du an dir selbst ausprobieren willst, tu es nur! Das ist dein Körper und dein Verstand, und darüber hat sonst keiner etwas zu sagen.«

3. Kapitel

Das Paar kam aus Burley. Mutter Mastiff erkannte das an ihrem groben Akzent und dem auffällig glitzernden Metallschmuck, den sie trugen. Sie waren auf der Suche nach kunstgewerblichen Gegenständen, und die schwarze Kesselholzschnitzerei in Mutter Mastiffs Laden war ihnen sofort aufgefallen. Sie zeigte in feinster Schnitzarbeit das Bild einer Torupedenkolonie, wie sie sie auf den Kontinenten der Nordhemisphäre von Moth in großer Zahl gab. Die Schnitzerei füllte die ganze Breite des Holzklotzes, nämlich beinahe zwei Meter. Sie war einen halben Meter dick und war auf Hochglanz poliert.

Es war eine ungewöhnliche Arbeit. Normalerweise hätte Mutter Mastiff nie daran gedacht, sich von ihr zu trennen, denn die Art von Stücken lockte Passanten in den Laden. Aber das Paar aus Burley zeigte größtes Interesse, und nur der unmöglich hoch angesetzte Preis schien sie noch am Kauf zu hindern.

Flinx kam von der Straße hereingeschlendert, machte sich an einem Haufen kleiner Armreifen zu schaffen und sah zu, wie der Mann und die Frau miteinander diskutierten. Und dann hatten sie plötzlich ihre Entscheidung getroffen. Sie mußten das Stück haben. Es war genau das, was in ihrem Freizeitraum noch fehlte, und alle ihre Freunde würden sie darum beneiden. Zum Teufel mit den Versandspesen, der Versicherung und dem Preis! Sie würden es kaufen. Und das taten sie auch, wenn auch ihre Credcard kaum für den Kaufpreis reichte. Später am Nachmittag kamen zwei Männer, um das Objekt abzuholen und es in das Hotel zu bringen, wo die Besucher abgestiegen waren.

Am Abend, nachdem der Laden geschlossen hatte, nach dem Abendessen, sagte Mutter Mastiff beiläufig: »Erinnerst du dich an die beiden Leute, die heute die Kesselholzschnitzerei gekauft haben?«

»Ja, Mutter?«

»Die waren bestimmt ein halbes Dutzend mal hier, ehe sie sich entscheiden konnten.«

»Das ist interessant«, sagte Flinx abwesend. Er saß in einer Ecke und studierte auf seinem tragbaren Betrachter einen Chip. Er war dabei sehr geschickt. Sie hatte nie daran gedacht, ihn auf eine formelle Schule zu schicken – für sie waren Mietchips als Kind auch gut gewesen, und damit würden sie für ihn auch reichen müssen.

»Ja«, fuhr sie fort. »Sie hatten gerade noch genug Geld dafür. Ich habe sie bedrängt, mich dann zurückgezogen, kurz, alles getan, was mir einfiel, um sie davon zu überzeugen, wie wertvoll das Stück ist, als mir auf einmal klar war, daß sie es wirklich ernst meinten. Aber jedesmal, ganz gleich, was ich sagte, gingen sie wieder hinaus und diskutierten miteinander.

Dann bist du aufgetaucht und standest einfach dort und hast sie beobachtet, und hopplahopp, ganz plötzlich brach ihr ganzer Verkaufswiderstand in sich zusammen und sie griffen zu. Ist das nicht interessant?«

»Eigentlich nicht«, antwortete er. »Passiert das nicht häufig?«

»Nicht, wenn etwas so teuer ist wie dieses Kesselholz. So etwas passiert praktisch nie. Ich nehme doch nicht an, daß du etwas mit ihrem plötzlichen Gesinnungswechsel zu tun hattest? Du hast doch nicht vielleicht etwa ihr Zögern verspürt und etwas getan, um ihnen zu helfen?«

»Aber natürlich nicht, Mutter.« Er blickte überrascht von seinem Betrachter auf. »So etwas kann ich nicht.«

»Oh«, murmelte sie enttäuscht. »Du lügst mich doch jetzt nicht etwa an, oder, Junge?«

Er schüttelte heftig den Kopf. »Warum sollte ich so etwas tun? Ich bin einfach nur glücklich, daß du bei dem Geschäft so viel Geld verdient hast. Ich bin immer froh, wenn du Geld verdienst.«

»Nun, das haben wir zumindest gemeinsam«, brummte sie. »Aber für heute abend reicht es jetzt mit dem Bildschirm. Du wirst dir deine Augen verderben. Geh ins Bett, Flinx!«

»In Ordnung, Mutter.« Er ging auf sie zu und gab ihr den obligatorischen Schmatz auf die Wange, ehe er in sein Zimmer ging. »Gute Nacht.«

»Gute Nacht, Junge.«

Sie blieb in ihrem Schlafzimmer noch eine Weile wach und sah sich auf dem eigenen Betrachter einen der gemieteten Unterhaltungschips an. Die Show war auf Evoria aufgezeichnet worden und gewann ihren Reiz aus dem exotischen Ort und der Anwesenheit von Thranxartisten. Es war ziemlich spät, als sie schließlich abschaltete und sich zum Bettgehen bereitmachte; eine kurze Dusche, eine halbe Stunde Haare bürsten, und sie schlüpfte wohlig seufzend unter ihre Thermodecke.

Wie sie so im Dunkeln dalag und darauf wartete, daß der Schlaf sich einstellte, schlich sich ein beunruhigender Gedanke in ihr Bewußtsein. Warum *sollte* der Junge eigentlich über eine solche Fähigkeit lügen?

Vielleicht, dachte sie, weil er, wenn er zwei Leute überzeugen konnte, etwas zu kaufen, was sie nicht wollten, er das wahrscheinlich auch mit anderen tun könnte. Und wenn er es bei anderen zuwege bringen konnte, was war dann diesen letzten Herbst geschehen, als sie auf ihrem Weg durch die Stadt an der Auktionsplattform vorbeigekommen war, und etwas sie, für sie selbst verblüffend, aufgehalten hatte. War es nicht möglich, daß der Kauf, den sie damals getätigt hatte – der bis zu diesem Tage unerklärliche Kauf, den sie nie zu gründlich bedacht hatte –, durch einen leichten geistigen Anstoß des Gekauften gefördert worden war? Warum hatte sie ihn gekauft? Auch keiner ihrer Freunde hatte das verstehen können.

Beunruhigt stieg sie wieder aus dem Bett und ging zum Zimmer des Jungen. Ein Blick hinein zeigte ihr, daß er tief schlief, ein unschuldig wirkendes Kind, wie man es sich unschuldiger nicht wünschen konnte. Aber jetzt war da noch etwas anderes, etwas Unsichtbares, Unvorhersehbares, dessen sie nie ganz würde sicher sein können. Sie würde nie wieder imstande sein, sich in Gegenwart des Jungen zu entspannen.

Sie hatte schon angefangen, ihr ursprüngliches Bedauern zu vergessen, und ihm all die Liebe entgegenzubringen, die sie vorher seinesgleichen nie hatte geben können. Er war wirklich ein lieber kleiner Knirps und hatte sich im Laden mehr als nützlich gemacht. Es war gut, auf ihre alten Jahre einen solchen Jungen zu haben, aber in nächster Zeit, wenigstens auf eine Weile, würde sie ihn mit der einen Hand tätscheln, und die andere für alle Fälle als Waffe bereithalten. Zumindest bis sie für sich, in ihrem eigenen Bewußtsein, sicher sein konnte, daß das, wessen sie sicher war, noch ihr eigenes Bewußtsein darstellte.

Du alte Närrin, dachte sie, als sie sich wieder ihrem eigenen Zimmer zuwandte. Zuerst hast du ihn gelobt, weil er ein Talent besitzt, und jetzt machst du dir seinetwegen Sorgen. Beides geht doch nicht. Außerdem, warum ein Talent fürchten, das sein Besitzer selbst nicht unter Kontrolle halten konnte? Jenes Geständnis des Jungen, zumindest, schien, seiner Verwirrung und seiner Sorge nach zu schließen, der Wahrheit zu entsprechen.

Als sie zum zweitenmal in ihr Bett schlüpfte, fühlte sie sich schon wohler. Es gab wirklich keinen Grund zur Besorgnis. Interessant war es, dieses Talent, das er da hatte, aber wenn er es nicht steuern konnte, brauchte man auch nicht besorgt zu sein.

Jemand, der eine solche Fähigkeit nicht meistern konnte, würde ohnehin nie viel zu bedeuten haben.

»Haithness, Cruachan, kommen Sie her!«

Die Frau vor dem Computerbildschirm hatte wieder einen ganzen Vormittag damit verbracht, sich endlose Reihen abstrakter Daten anzusehen. Sie versuchte, ein chemisches

Rätsel von einiger Kompliziertheit zusammenzufügen. Aber an dem Morgen hatte sich, wie das in ganz seltenen Glücksfällen gelegentlich geschieht, ein besonders wesentliches Stück des Rätsels ganz unerwarteterweise gelöst. Anstelle eines wahren Morasts von Zahlen und undisziplinierter Grafiken erstrahlte auf dem Schirm jetzt ein Bild perfekter Symmetrie.

Der Mann, der jetzt hastig zu ihr gelaufen kam, um über ihre Schulter zu blicken, war groß, mit einem von eindrucksvollen Linien gezeichneten Gesicht. Die dunkelhaarige Frau, die inzwischen neben ihn getreten war und ebenfalls den Bildschirm anstarrte, war in gleicher Weise beeindruckt.

Der Raum, in dem die drei arbeiteten, befand sich in einem kleinen, unauffälligen Bürogebäude in einer unwichtigen Stadt auf einer abgelegenen Welt. Die Geräte, mit denen sie beschäftigt waren, wirkten zwar zusammengeflickt, ihre Bedienung erforderte jedoch ungeheure Erfahrung in der Bedienung und erhebliche Mittel.

Wissen und Geld kamen von weit verstreuten, scheinbar untereinander nicht in Beziehung stehenden Orten im ganzen Commonwealth. Für die Männer und Frauen, die in dem Raum praktisch lebten, war diese Isoliertheit eine ehrenvolle Bürde, ihre Verborgenheit die mächtigste Waffe, die sie besaßen. Sie gehörten nämlich einer allgemein verachteten und verfolgten Minderheit an, die sich im Kriegszustand mit den Grundsätzen der zivilisierten Gesellschaft befand. Dabei waren sie durchaus reinen Herzens und edler Gesinnung – nur in ihren Methoden waren sie dem Rest der Zivilisation suspekt.

Die drei, die jetzt wie gebannt auf den Computerschirm starrten, sahen keineswegs so aus, als verdienten sie solch besondere Aufmerksamkeit. Der hochgewachsene Mann, Cruachan, sah aus wie ein freundlicher Großvater; die orientalische Dame, die vor der Konsole saß, hätte eher in eine antike Ära gepaßt, gekleidet in schmeichelnde Seide und Holzschuhe. Nur die große schwarze Frau, die Cruachan gegenüberstand, ließ in ihrem Gesicht etwas von ihrer inneren Härte erkennen.

Doch diese Härte und die damit einhergehende kalte Entschlossenheit lebte in jedem einzelnen von ihnen und war durch zwei Jahrzehnte der Verfolgung gefördert und verstärkt worden. Sie sahen in sich Männer und Frauen, die von der gemeinen Herde getrennt waren. Ihr Ziel war nichts weniger als eine Verbesserung der Menschheit, ob sie das wollte oder nicht. Daß ihre Methoden vielleicht für die Unschuldigen zu Schaden führen konnten, war etwas, das ihnen von Anfang an bekannt gewesen war. Dies und andere konventionelle Moralbegriffe hatten sie beiseite gelegt, im Glauben, daß solche Opfer notwendig waren zum größeren Nutzen der größeren Zahl. Sie nannten ihre Gruppe die ›Meliorare Gesellschaft‹, ein unschuldig klingender Name, den sie sich zugelegt hatten, um damit ihren Zweck zu tarnen, der darin bestand, die Menschheit durch künstliche Manipulation genetischen Materials zu verbessern.

Ihre Schwierigkeiten fingen an, als einige ihrer weniger erfolgreichen Experimente ans Licht kamen, was auf allen zivilisierten Welten einen Aufschrei der Empörung ausgelöst hatte. Deshalb waren sie jetzt gezwungen, in weit verstreuten Außenposten zu arbeiten, anstatt in einem einzigen Forschungsinstitut, und dennoch waren sie stets den sie verfolgenden Regierungsbehörden immer nur einen kurzen Sprung voraus. Die allgemeine Bevölkerung blickte auf sie voll Schrecken herab.

Viele ihrer Kollegen waren bereits verschwunden, von den unbarmherzigen Häschern einer ignoranten Beamtenschaft entdeckt und in Gewahrsam genommen: Märtyrer der Wissenschaft, wie die Überlebenden es sahen – unmenschliche Ungeheuer nach den Berichten in den Medien.

Natürlich waren die Ziele der Meliorare Gesellschaft gefährlich! Kurzsichtige hatten jede Verbesserung – jeden Wandel – stets als etwas Gefährliches betrachtet. Die Mitglieder der Gemeinschaft hatten sich mit dieser Denkweise abgefunden, und so belastete sie sie nicht länger. Das einzige, worauf es ankam, waren Resultate, nicht die Ansichten der unwisssenden Massen.

So fürchteten sie den Tod nicht, fürchteten auch die noch schreckliche Strafe einer selektiven Gehirnlöschung nicht, einfach, weil sie an das Gerechte ihrer Sache glaubten. Wenn auch nur eines ihrer Experimente Erfolg hatte, dann würde das die Rechtfertigung der Arbeit liefern, die der Gründer der Gesellschaft vor vierzig Jahren auf Terra geleistet hatte. Dann würden sie wieder in die wissenschaftliche Gemeinschaft hinaustreten können, die sie verstoßen hatte. Voll Stolz würden sie dann ein reifes und merkbar verbessertes menschliches Geschöpf vorweisen können.

Die Aura der Erregung, die den Raum erfüllte, war fast körperlich zu greifen, während sie wie gebannt auf den Bildschirm starrten.

»Ich hoffe nur, daß das der Anzeige entspricht, Nyassa-lee«, warnte Cruachan. »Ich habe noch ein halbes Band Informationen vom Cannachanna-System zu verarbeiten, und Sie wissen, daß wir höchstens noch einen Monat bleiben können, ehe wir weiterziehen müssen. Das heißt, die Geräte abbauen, neu einstellen, und all die anderen Probleme, die jedesmal beim Umziehen auftauchen.«

»Sie kennen mich doch schließlich, Cruachan«, sagte die Frau in dem Sessel. Da war keinerlei Triumph über das, was sie gerade getan hatte; über solche Belanglosigkeiten waren sie längst hinaus. »Ich habe schließlich die Aufzeichnungen über die Verteilung und die individuellen Charakteristika schon monatelang eingegeben und immer wieder miteinander verglichen. Diesmal klappt es. Ich habe Nummer Zwölf entdeckt.«

Die große schwarze Frau beugte sich über den Bildschirm. »Nummer Zwölf – daran erinnere ich mich. Männlich, nicht wahr?«

Nyassa-lee nickte und deutete auf den Bildschirm. »Da, ich zeige Ihnen die wesentlichen Daten noch einmal.«

Sie machten sich mit den Einzelheiten des betreffenden

Falles wieder vertraut. Acht Jahre waren verstrichen, seit der Fall abgeschlossen worden war. In den acht Jahren hatten sie eine ganze Anzahl anderer Versuchspersonen entdeckt. Doch keine von ihnen hatte eine normale Kindheit gehabt. Einige wenige hatten leichte Andeutungen einer positiven Entwicklung gezeigt, aber kein einziger war eine komplette Überprüfung wert gewesen. Dann hatte es natürlich Fälle gegeben, wo Geist und Körper durch die ursprünglichen chirurgischen Manipulationen in schrecklicher Weise verzerrt worden waren, und die Schuld daran trugen sie alle in gleicher Weise. Diese unglücklichen Mißerfolge waren es, die die Regierung veröffentlicht hatte, und die bei der wissenschaftlich ungebildeten Öffentlichkeit zu solcher Empörung geführt hatten, daß die Regierung schließlich imstande gewesen war, ihre Hexenjagd gegen die Gesellschaft zu legalisieren.

Die meisten behandelten Kinder waren von der Regierung ausfindig gemacht, in speziellen Heimen großgezogen und in ein normales Leben zurückgeführt worden. Wo immer möglich, hatte man die genetischen Veränderungen, die die Chirurgen der Gesellschaft vorgenommen hatten, korrigiert und damit allen Kindern die Möglichkeit gegeben, ein normales Leben zu leben.

Wenn wir die Normalen nicht verbessern können, dachte Haithness, verdienen wir es auch nicht, das Universum zu erforschen und schließlich zu beherrschen. Die Natur hilft dem, der sich selbst hilft. Warum sollten wir unser Wissen und unsere Ausbildung nicht einsetzen, um die Entwicklung zu beschleunigen?

Aus einem entfernten Winkel des abgedunkelten Raums rief ein Mann: »Brora meldet, daß ein Regierungsshuttle im Calaroom Shuttlehafen gelandet ist.«

»Das könnte die übliche Landung von Ackerbauspezialisten sein«, meinte Cruachan nachdenklich.

»Vielleicht«, pflichtete ihm der Mann am Kommunikator bei, »aber können wir dieses Risiko eingehen?«

»Ich möchte ungern auf einen so schwachen Hinweis hin

schon die Evakuierung befehlen. Wie viele Passagiere sind es denn?«

»Schwer zu sagen«, meinte der Mann, der immer noch auf das lauschte, was aus seinem Empfänger kam. »Brora sagt, wenigstens ein Dutzend, die er nicht erkennt.«

»Für Ackerbauspezialisten ist das eine ganze Menge, Cruachan«, meinte Haithness.

»Allerdings.« Er rief dem Mann am Kommunikator zu: »Sagen Sie Brora, er soll sich auf die Abreise vorbereiten. Wir dürfen nichts riskieren. Wir verlegen die Evakuierung auf heute abend.«

»Heute abend? Bis dahin habe ich nicht einmal die Hälfte der Geräte abgebaut.«

»Neue Kommunikationsgeräte können wir kaufen«, erinnerte ihn Cruachan. »Ersatz für uns gibt es nicht.«

Der Mann an der Konsole nickte und wandte sich wieder seiner Station zu. Er sprach leise und hastig in das Mikrofon. Cruachan wandte seine Aufmerksamkeit wieder dem Bildschirm zu.

Dort war jetzt zu lesen: NUMMER ZWOELF. MAENNLICH. OHNE BESONDERE UNTERSCHEIDUNGSMERKMALE. Es schlossen sich nähere Beschreibungen des Cerebralindex sowie Zahlen für die cortikale Energieverteilung an.

O ja; jetzt erinnerte sich Cruachan. Diese Nummer Zwölf war ein ziemlich komplizierter Fall gewesen. Gewisse Muster in der Gehirnaktivität hatten auf paranormale Aktivität hingewiesen, ohne daß es irgendwelche konkreten Erkenntnisse gegeben hatte. Besonders faszinierend war die starke Aktivität im linken Hirnlappen gewesen, wie man sie gewöhnlich nur bei weiblichen Personen entdeckt. Das für sich alleine betrachtet, war noch nicht sonderlich aufregend, aber es gab darüber hinaus auch kontinuierliche Funktionsanzeichen in wenigstens zwei Gehirnabschnitten, die normalerweise nicht aktiv waren, ›toten Bereichen‹ des Gehirns. Und die Aktivität war, ebenso wie das Kind selbst, außergewöhnlich gewesen.

Trotz dieser vielversprechenden Hinweise fehlten in der Fallgeschichte von Nummer Zwölf die üblichen vielversprechenden Entwicklungen. Keine Andeutung von Telepathie, Psychokinese, Pyrokinese, Doppelverteilung oder irgendeine von der Vielzahl anderer Fähigkeiten, die die Gesellschaft in ihren Experimentierkindern zur vollen Blüte hatte bringen wollen.

Trotzdem ließ Nummer Zwölf wenigstens Potential erkennen.

»Nun, der hier ist jedenfalls aussichtsreicher als das letzte Dutzend«, mußte Haithness einräumen. »Es ist so lange her, seit wir den letzten Kontakt mit ihm hatten, daß ich diese Daten fast vergessen hatte. Wir müssen so schnell wie möglich mit ihm Verbindung aufnehmen. Wo befindet er sich?«

Nyassa-lee drückte einige Tasten unter dem Anzeigeschirm und las dann ab: »Wo im Commonwealth ist das?« brummte Haithness.

»Eine Handelswelt«, erklärte Cruachan nach einiger Überlegung. »Zentral gelegen, aber nicht besonders wichtig. Ein Planet für Zwischenlandungen, schwach besiedelt.«

»Sobald Sie das einmal gesehen haben, wird es Ihnen nichts ausmachen, dort hinzureisen«, versicherte Nyassa-lee beiden. Ihre Finger huschten zum zweitenmal über die Tastatur, und auf dem Bildschirm leuchteten neue Informationen auf. »Das ist eine Nachricht aus allerjüngster Zeit, von unserem lokalen Agenten, der ihn überwacht. Anscheinend hat das Kind ganz eindeutig ein Talent erkennen lassen, möglicherweise sogar zwei. Darüber hinaus hat er es in der Öffentlichkeit getan, und wie es scheint ohne jede spezialisierte Ausbildung.«

»Ohne Ausbildung«, flüsterte Cruachan. »Erstaunlich, falls das stimmt.«

Nyassa-lee tippte an den Bildschirm. »Dieser Agent ist in der Vergangenheit sehr verläßlich gewesen, und seine Beobachtungen haben sich stets als richtig erwiesen. Bei dem fraglichen Talent handelt es sich um irgendeine telepathische Variante. Der Agent ist natürlich nicht wissenschaftlich ausgebildet und ist sich in bezug auf das zweite Talent noch weniger sicher, aber sein potentieller Wert könnte sogar noch größer sein.«

»Und was ist es?« fragte Haithness.

»Ich weiß nicht, wie man es nennen soll. Im wesentlichen scheint es, daß das Kind ein Emolterator sein könnte.«

Die andere Frau sah ihn verwirrt an. »Den Begriff habe ich noch nie gehört. Der steht doch nicht auf der Liste der Talente.«

»Da stand er bisher nicht. Das ist etwas ganz Neues. Etwas, was nur dieses Kind hat, wie es scheint«, erklärte Cruachan. Nyassa-lee nickte. »Das bedeutet, daß er möglicherweise imstande ist, die Handlungen anderer zu beeinflussen. Nicht Bewußtseinskontrolle, nichts so Starkes. Viel subtiler. Jemand der eine solche Fähigkeit besitzt, würde sie sehr vorsichtig einsetzen müssen. Wenn dieser Bericht stimmt ...« Er verstummte einen Augenblick lang, und seine Gedanken schienen abzuschweifen, während er den Text auf dem Bildschirm studierte.

»Anscheinend haben die Behörden die Talente des Kindes nicht bemerkt, und er hat sich natürlich entwickelt. Und alles das, ohne auch nur die rudimentärste Ausbildung. Aber alle Anzeichen deuten darauf hin, daß dort ein mächtiges Potential darauf wartet, entwickelt zu werden.«

»Entweder ist das Kind herangewachsen, ohne sich dieser Talente bewußt zu werden«, sagte Nyassa-lee und studierte weitere Daten, die inzwischen auf dem Bildschirm erschienen waren, »oder er ist ungemein raffiniert.«

»Das ist vielleicht nur ganz natürliche Vorsicht«, warf Haithness ein. »Es wird interessant sein, einmal herauszufinden, wie es wirklich ist.«

»Und genau das werden wir tun«, sagte Cruachan entschieden. »Es ist lange her, daß wir zuletzt eine so vielversprechende Versuchsperson zurückbekommen haben. Vielleicht ist er das, worauf wir seit Jahren warten.«

»Hoffentlich geht es uns nicht wie beim letztenmal«, warnte Haithness und wies auf eine neue Zahlengruppe, die auf dem Bildschirm erschienen war. »Sehen Sie sich nur diese neurologischen Potentiale an. Erinnern Sie sich an das eine andere Kind, das solche Zahlen zeigte?«

»Natürlich erinnere ich mich«, sagte Cruachan gereizt. »Aber den werden wir nicht so verlieren, wie wir dieses Mädchen verloren haben – wie, zum Teufel, hat das kleine Monstrum geheißen?«

»Mahnahmi«, erinnerte ihn Nyassa-lee. »Ja, wenn der Junge auch nur die entfernteste Ähnlichkeit mit ihr zeigt, müssen wir äußerst vorsichtig sein. Noch einmal könnte ich das nicht ertragen.«

»Ich, offen gestanden, auch nicht«, nickte Cruachan. »Der Fehler, den wir gemacht haben, war, daß wir versucht haben, die Kontrolle über sie direkt wieder zu übernehmen. Resultat: das Mädchen verschwindet aufs neue, und zwei weitere Mitglieder der Gesellschaft finden ein vorschnelles Ende. Und wir wissen immer noch nicht, wie sie es geschafft hat.«

»Eines Tages stoßen wir wieder auf sie, wenn wir unsere Methoden verbessert haben«, sagte Haithness kühl. »Dann werden wir das Nötige tun.«

»Ich bin gar nicht sicher, daß ich das riskieren möchte.« Nyassa-lee sah wieder auf den Schirm. »Jedenfalls sollten wir nicht aus dem Auge verlieren, daß das Potential von diesem Nummer Zwölf hier theoretisch sogar noch über das des Mädchens hinausgeht.«

»Stimmt«, räumte Cruachan ein und sah wieder auf die Zahlenreihen, »aber man kann auch klar sehen, daß seine Entwicklung sich viel langsamer vollzogen hat. Wir sollten reichlich Zeit haben, uns mit jedem heranreifenden Talent zu befassen, und sicherzustellen, daß es kein Unheil anrichtet, und zwar sowohl um des Kindes willen als auch zu unserem eigenen Nutzen.«

»Natürlich«, pflichtete Haithness ihm ruhig bei. »Ich würde nur gerne wissen, wie Sie das schaffen wollen. Sie wissen genau, wie unberechenbar ein Talent unter Anspannung sein kann.«

»Ja, dafür hat uns das Mädchen ja eine eindrucksvolle Demonstration geliefert, nicht wahr?« Nyassa-lees Finger entlockten der Konsole neue Informationen.

Von der anderen Seite des Raums hallte es jetzt herüber: »Brora sagt, er sei jetzt überzeugt, daß die Neuankömmlinge im Hafen nichts mit der Ackerbaustation zu tun haben. Sie waren gar nicht in der entsprechenden Abteilung des Regierungsbaus; statt dessen versammeln sie sich in dem unterirdischen Quartier.«

»Dann sagen Sie Brora, daß er sich beeilen soll«, antwortete Cruachan. »Ich möchte, daß die Anlage bis Mitternacht abgebaut ist.«

»Ja, Sir«, antwortete der Mann am Kommunikator.

»Sie haben meine Frage nicht beantwortet«, erinnerte Haithness den Großen. »Wie wollen wir vorgehen? Wenn wir versuchen, ihn direkt unter Kontrolle zu bekommen, wie wir es bei dem Mädchen getan haben, riskieren wir dieselben Konsequenzen. Es ist unmöglich, die Reaktion vorherzusehen.«

»Sie sollten nicht vergessen, daß das Mädchen, als wir es entdeckten, praktisch noch im Säuglingsalter war. Wir haben den Fehler gemacht, daraus auf Harmlosigkeit zu schließen. In ihrem Fall konnten wir nicht an ihre Vernunft appellieren – dazu war sie zu jung. Und ich hatte nie damit gerechnet, daß das gegen uns wirken würde.«

»Das ist nicht wichtig. Wichtig ist, daß er im Einsatz seines Talents noch ungeschickt ist. Und das macht ihn zugleich auch gefährlich.« Haithness zeigte auf die Zahlen auf dem Bildschirm. »Sehen Sie sich das an. Undiszipliniert oder nicht, wir müssen bei diesem Nummer Zwölf mit äußerster Vorsicht vorgehen. Wir brauchen ein Mittel, um irgendwelche jugendlichen emotionellen Reaktionen zu unterdrücken.«

Nyassa-lee sah ihren Kollegen von unten an. »Aber wir können nicht warten.«

»Da haben Sie recht. Das ist vielleicht unsere letzte Chance, ein Subjekt mit derartigem Potential unter Kontrolle zu bekommen. Wir dürfen diese Chance einfach nicht vertun.«

»Diese Überlegungen und Risiken sind mir wohl bewußt«, versicherte Cruachan beiden. »Ich beabsichtige daher nicht, so wie wir es bei dem Mädchen getan haben, die Kontrolle direkt zu übernehmen. Statt dessen werden wir versuchen, die Kontrolle über jemanden zu bekommen, der seinerseits das Subjekt unter Kontrolle hat. Gibt es jemanden, der da in Frage kommt?«

Nyassa-lee wandte sich wieder ihrer Konsole zu. Es dauerte eine Weile, bis sie antwortete: »Eine Person. Anscheinend ist das Subjekt von einer älteren Frau der Regierung abgekauft worden. Sie hat den Jungen an Kindes statt angenommen.«

»Eine Ersatzmutter«, murmelte Haithness. »Das ist gut. Besser können wir es uns gar nicht wünschen, eine stärkere emotionelle Bindung gibt es kaum.«

In der Stimme von Haithness war keine Spur von Wärme zu entdecken. Für sie war nur eines wichtig: der Erfolg des Experiments. Sie wußte, daß die Gesellschaft sich in einem Wettlauf gegen die Zeit befand; sie hatten keine Ahnung, wie lange es noch dauern würde, bis die Behörden ihrer Tätigkeit endgültig ein Ende machten. Sie brauchten *jetzt* einen Erfolg, und dieser Junge war vielleicht ihre letzte Chance.

»Einen möglichen Nachteil sehe ich«, sagte Cruachan, ohne dabei den Blick vom Bildschirm zu wenden. »Die Frau, die Ersatzmutter, ist schon fortgeschrittenen Alters, wenn auch allem Anschein nach gesund.« Er stieß Nyassa-lee etwas an, worauf diese ihm an der Konsole gehorsam Platz machte.

Cruachan betätigte die Tasten und runzelte die Stirn, als die von ihm gesuchte Information auf dem Bildschirm auftauchte. »Keine detaillierten medizinischen Daten über sie. Das könnte schwierig sein.«

Haithness zuckte gleichgültig die Achseln. »Ihr Zustand ist ohne Belang. Wir müssen handeln.«

»Ich weiß, ich weiß«, antwortete Cruachan ungeduldig. »Damit steht unser Kurs also fest. Wir werden von hier nicht nach Loser's World weiterreisen, in der Hoffnung, dort Subjekt Nummer Sechsundfünfzig ausfindig zu machen. Statt dessen werden wir die üblichen mobilen Operationen an Bord des Schiffes aufnehmen. Sobald wir sicher sind, daß man uns nicht verfolgt, setzen wir Kurs auf diesen Planeten Moth. Dann sollten wir genügend Zeit haben, um planmäßig weiterzumachen.«

»Es wird notwendig sein, das Subjekt von der Mutter zu isolieren«, sinnierte Haithness. »In Anbetracht der festgestellten Talente des Subjekts könnte es sein, daß es, falls unsere Information zutrifft, innerhalb einer beschränkten geografischen Zone imstande ist, unsere Aktivitäten zu verfolgen. Wir brauchen natürlich eine bestimmte Zeit mit der Ersatzmutter«, sie zögerte nur kurz, »um sie dazu zu überreden, mit uns zusammenzuarbeiten.« Das dünne Lächeln, das um ihre Mundwinkel spielte, veränderte ihren Ausdruck in nichts.

Cruachan nickte. »Das sollte nicht schwer zu arrangieren sein. Zu unserem Glück ist Moth nur dünn besiedelt. Die Technik ist nicht unbekannt, aber das Ausmaß der technischen Entwicklung wechselt je nach Ort stark. Es sollte daher leicht sein, uns und die nötigen Einrichtungen in hinreichender Distanz von der Metropole zu etablieren, wo das Subjekt und seine Ersatzmutter leben. Unsere Sicherheit sollte dabei ungefährdet bleiben.«

Der Mann am Kommunikator wandte sich von seinen Instrumenten ab und unterbrach sie, ohne zu zögern: »Brora meldet, daß wenigstens die Hälfte der neu eingetroffenen Ackerbauexperten bewaffnet sind.«

»Dann wäre das also klar«, murmelte Cruachan und seufzte resigniert. »Wieder eine überhastete Abreise, wieder Flucht zu einer weiteren fremden Welt.

Nyassa-lee, sorgen Sie dafür, daß diese Information weitergeleitet wird! Haithness, Sie ...«

»Ich weiß, was getan werden muß, Cruachan.« Sie

wandte sich von ihm ab und begann, in aller Ruhe, Daten aus dem Hauptspeicher in einen tragbaren Speicher zu überspielen.

Der Kommunikator lehnte sich in seinem Sessel zurück und musterte seine Instrumente mit gerunzelter Stirn. »Ich werde keine Zeit haben, viel abzubauen und zum Shuttle zu schaffen.«

»Das ist auch nicht wichtig, Osteen«, versicherte ihm Cruachan. »Wir haben entsprechende Ersatzgeräte an Bord. Mir gefällt es auch nicht, wertvolle Geräte zurücklassen zu müssen« – er deutete auf die teuren elektronischen Anlagen, mit denen der ganze Raum angefüllt war –, »aber wir haben keine Wahl. Immerhin haben wir den Trost, daß wir diesmal wirklich eine vielversprechende Spur haben. Nach all den Jahren sieht es so aus, als hätten wir eines der aussichtsreichsten Subjekte ausfindig gemacht.«

»Das ist wirklich eine gute Nachricht, Sir.« Osteen war einer der wenigen jungen Männer in der Meliorare Gesellschaft. Cruachan hätte einen erfahreneren Mann als Hauptkommunikator vorgezogen, aber solche Leute waren knapp. Osteen war wenigstens loyal und tüchtig. Daß er intellektuell den ursprünglichen Mitgliedern der Gesellschaft unterlegen war, war nicht seine Schuld. Aber daß sich noch einmal zu Cruachans Lebzeiten eine solche erlauchte Versammlung großer Geister mit einer Vision für die Zukunft sammeln würde, war unwahrscheinlich.

Es sei denn ... es sei denn, die Gesellschaft konnte in Gestalt eines einzigen erfolgreichen Subjekts ein glänzendes Zeugnis ihrer edlen Ideale vorstellen. Vielleicht war dieser Junge ihre Rechtfertigung. Sie mußten schnell zu ihm gelangen. In den letzten paar Jahren hatten sie immer weniger Zeit gehabt, denn die Verfolger des Commonwealth wichen ihnen nicht von den Fersen, und ihre Überlebensrate war kein gutes Omen für die Zukunft. Sie wurden älter, und der Abgang aus natürlichen Gründen war inzwischen ebenso schwerwiegend wie der, den die Regierung verursachte.

Ihre Dreiergruppe, im Verein mit dem scharfäugigen Brora, der die letzte Warnung durchgegeben hatte, stellte die größte überlebende Gruppe aus der ursprünglichen Mitgliederschaft dar. Auf ihnen ruhte die ganze Last der Verantwortung, dachte Cruachan. Sie mußten es schaffen.

Und der Junge durfte sie nicht enttäuschen.

4. Kapitel

Die Einsamkeit hatte Flinx bislang nie gestört. Er wußte natürlich, was Einsamkeit war – ein Zustand, den er sein ganzes kurzes Leben lang gekannt hatte. In der Vergangenheit hatte er sich immer ihren Schmerzen entziehen können, aber dieses Gefühl – dieses leere Alleinsein – war anders als jede Einsamkeit, die er bisher erlebt hatte. Sie war eine körperliche Realität, die an ihm fraß, und die in einem geheimnisvollen neuen Teil seines Gehirns Schmerz erzeugte. Sie war anders, nicht nur als seine eigene Einsamkeit, aber auch anders als das Alleinsein, das er gelegentlich vermittels seines Talents bei anderen empfunden hatte.

Tatsächlich war das, was er jetzt erlebte, so radikal, daß es für ihn nichts gab, womit er es vergleichen konnte. Und doch *war* es Einsamkeit; dessen war er sicher. Einsamkeit und noch etwas anderes, das ebenso intensiv und erkennbar war: Hunger. Eine nagende, hartnäckige Gier nach Nahrung.

Die Gefühle waren so klar und unkompliziert, daß Flinx sich unwillkürlich fragte, woher sie rührten. Sie trommelten hartnäckig auf sein Bewußtsein ein und wollten nicht verblassen. Noch nie zuvor waren solche Emotionen für ihn so offen, so klar und so stark gewesen. Normalerweise verblaßten sie immer wieder, aber diese wurden nicht schwächer, sondern stärker – und er schaffte es nicht, sie unter Kontrolle zu halten. Sie hämmerten unablässig auf ihn ein, bis sein Bewußtsein schließlich nachgab und ihn weckte.

Flinx rieb sich die Augen.

Das schmale Fenster über dem Bett ließ das schwache Licht der Monde herein, das irgendwie durch die dünne Wolkendecke sickerte. Flinx hatte den hell rostroten Mond, der Flamme hieß, selten gesehen, ebenso auch seine kleineren Begleiter, aber er hatte seine Studienjahre gut verbracht und wußte, woher das Licht kam.

Er schlüpfte lautlos aus dem Bett, stand auf, zog Hose und Hemd an. Ein warmes Leuchten hüllte die Küche und den Eßplatz in weiches, gelbes Licht. Aus Mutter Mastiffs Schlafzimmer drangen kräftige Schnarchlaute. Die Einsamkeit, die er fühlte, kam nicht von ihr.

Das Gefühl verharrte in seinen Wachzustand hinein. Es war also kein Traum gewesen, wie er zuerst geglaubt hatte. Sein Kopf schmerzte, so kräftig war die Empfindung. Aber obwohl der eigentliche Schmerz jetzt zu verblassen begann, war die Empfindung selbst immer noch so stark, wie sie im Schlaf gewesen war.

Er weckte Mutter Mastiff nicht, während er die Küche, das Badezimmer und den engen Garderobenraum durchsuchte. Dann öffnete er lautlos die Tür und schlüpfte in den Laden hinaus. Die Läden waren abgeschlossen und hielten Wetter wie ungebetene Eindringlinge fern. Das vertraute Schnarchen lieferte ihm einen beruhigenden Hintergrund zu seiner Suche.

Flinx war inzwischen zu einem gelenkigen jungen Mann von etwas unterdurchschnittlicher Größe und einigermaßen attraktivem Aussehen herangewachsen. Sein Haar war so rot, wie es auch in seiner Knabenzeit gewesen war, aber seine dunkle Haut überdeckte seine Sommersprossen. Er bewegte sich mit einer Eleganz und einer Lautlosigkeit, um die ihn viele der älteren erfahreneren Marktdiebe beneidet hätten. Tatsächlich war er imstande, durch einen mit Glasscherben übersäten Raum zu gehen, ohne dabei das leiseste Geräusch zu erzeugen. Es war dies eine Technik, die er sich sehr zum Leidwesen von Mutter Mastiff von einem der weniger angesehenen Bürger Drallars angeeignet hatte. Das war alles ein Teil seiner Erziehung, hatte er ihr versichert. Die Diebe hatten ein besonderes Wort dafür: ›Schattengang‹, also gehen wie ein Schatten. Nur Flinx' grellrotes Haar ließ die professionellen Übeltäter mißbilligend die Köpfe schütteln. Sie hätten ihn gerne in ihrer Mitte aufgenommen, falls er den Wunsch verspürt hätte, den Diebesberuf zu ergreifen. Aber Flinx stahl nur, wenn es absolut notwendig war, und auch dann nur von solchen, die es entbehren konnten.

»Ich will meine Fähigkeit nur gebrauchen, um mein Einkommen aufzubessern«, hatte er dem alten Meister erklärt, der sich nach seinen künftigen Absichten erkundigt hatte, »und das von Mutter Mastiff natürlich.«

Der Diebesmeister hatte gelacht und dabei seine Stummelzähne sehen lassen. »Ich verstehe, Junge. Ich hab mein Einkommen auf die Weise jetzt schon fünfzig Jahre aufgebessert.« Er und seine Kollegen konnten es nicht glauben, daß jemand, der solche Fähigkeiten zeigte, andere um ihre Habseligkeiten zu erleichtern, nicht auch den Wunsch verspürte, diese Laufbahn zu ergreifen, ganz besonders, wo die anderen Aussichten des jungen Mannes recht unsicher schienen.

»Du wirst wohl in die Kirche eintreten, nehme ich an?« hatte einer der anderen Diebe ihn verspottet, »und ein Ratsherr werden?«

»Ich glaube nicht, daß ich für das geistliche Leben geschaffen bin«, hatte Flinx erwidert. Darüber hatten sie alle herzlich gelacht.

Während er jetzt lautlos das Schloß der Außentür öffnete, dachte er an das zurück, was er in den letzten paar Jahren gelernt hatte. Ein weiser Mann vermied es, sich spät des nachts auf den Straßen und Gassen von Drallar aufzuhalten, besonders wenn es eine so feuchte und dunkle Nacht war. Aber er konnte auch nicht wieder schlafen gehen, ohne herauszufinden, wo diese Gefühle herstammten, die so auf ihn eingetrommelt hatten. Einsamkeit und Hunger, Hunger und Einsamkeit machten ihn unruhig. Wer war es wohl, der mit solcher Kraft zwei solch ausgeprägte Gefühle aussendete?

Als er durch die offene Tür blickte, sah er, daß es wieder regnete. Die geneigte Straße trug das Wasser in das höchst effiziente unterirdische Abflußsystem Drallars. Flinx stand eine lange Zeit unter der Tür und sah hinaus. Plötzlich ließ ihn eine heftige Aufwallung von Leere zusammenzucken. Jetzt traf er seinen Entschluß. Er konnte jenes heiße Flehen ebensowenig ignorieren, wie er eine ungestempelte Credcard verwaist auf der Straße liegen lassen konnte.

»Deine Neugierde wird noch einmal dein Untergang sein, Junge«, hatte Mutter Mastiff ihm mehr als einmal gesagt. »Hör auf meine Worte!«

Nun, er hatte auf ihre Worte gehört. Er hatte auf sie gehört und sie registriert. Er wandte sich von der Tür ab und ging zu seinem kleinen Zimmer zurück. Es war früher Sommer, und der Regen war relativ warm. Auf das Unterhemd verzichtend, schlüpfte er in einen Slicker, den er von der Wand nahm, und begab sich so geschützt in den Laden zurück und auf die Straße hinaus, wo er die Tür leise hinter sich verschloß.

Ein paar Lichter leuchten schwach hinter nicht von Jalousien geschützten Läden in der Hauptstraße, wo die Wohlhabenden in relativer Sicherheit ihren nächtlichen Vergnügungen nachgingen. In der Seitengasse, wo Mutter Mastiff ihre Geschäfte betrieb, war nur selten ein schwaches Flakkern von Licht hinter verschlosenen Fenstern und Fensterladen zu erkennen.

Während der Regen über seine Schultern rann, stand Flinx da und horchte in sich hinein. Etwas veranlaßte ihn, sich nach rechts zu wenden. Zwischen Mutter Mastiffs Laden und dem der alten Dame Marquin, die gerade im Süden Ferien machte, war ein schmaler Spalt, durch den er sich gerade hindurchzwängen konnte.

Kurz darauf stand er in der schmalen Gasse, die hinter den Läden und einem großen Bürogebäude durchführte. Seine Augen nahmen eine Landschaft aus Müll und Abfall in sich auf: alte Kisten aus Plastik, Metallkanister, wabenartig konstruierte Container für zerbrechliche Gegenstände und anderer gleichgültig beiseite geworfener Abfall. Ein paar Fleurms flohen hastig, als er sie mit den Schuhen aufscheuchte. Flinx beobachtete sie wachsam. Die allgegenwärtigen Fleurms störten ihn nicht, er empfand aber gesunden Respekt für sie. Die Biester waren von dickem silbernen Pelz bedeckt. Ihre kleinen Mäuler waren voll feiner Zähne. Jedes der Tiere war etwa so dick wie Flinx' Daumen und so lang wie sein Unterarm. Es waren keine richtigen Würmer, sondern Säugetiere ohne Beine, die sich in den Abfallhaufen und dem verrottenden Müll, der die Seitengassen von Drallar füllte, recht wohl fühlten. Er hatte Schreckensgeschichten von alten Männern und Frauen gehört, die im berauschten Zustand an solchen Orten eingeschlafen waren – und von denen man am nächsten Tag nur noch die abgenagten Gebeine gefunden hatte.

Aber Flinx war nicht betrunken. Die Fleurms konnten einem häßliche Bißwunden zufügen, aber sie waren scheue Geschöpfe, fast blind, die Vorsicht als den besseren Teil der Tapferkeit erkannt hatten, sofern sie die Wahl hatten.

Wenn es vor dem Laden auf der Straße schon dunkel gewesen war, dann herrschte in der Gasse stygische Nacht. Im Osten, weiter der Hauptstraße zu, konnte er ein Licht erkennen und gelegentliches Lachen hören. Eine seltsame Nacht für eine Party. Aber der Lichtschein gab ihm einen Bezugspunkt, selbst wenn das Licht zu weit entfernt war, um ihm bei der Suche zu helfen.

Die nachhaltende Aufwallung von Einsamkeit, die er empfand, kam aber nicht von jenem fernen Fest, noch ging sie von den mit Läden und Riegeln geschützten Türen aus, die sich auf die Gasse öffneten. Die Empfindungen, die Flinx wahrnahm, kamen von irgendwo ganz in der Nähe.

Er bewegte sich vorsichtig weiter, tastete sich zwischen den Unrathäufen durch und ließ sich Zeit, um den Fleurms und den rotblauen Aaskäfern Zeit zu lassen, ihm aus dem Weg zu gehen.

Und dann schlug plötzlich etwas mit unerwarteter Gewalt auf sein aufnahmebereites Bewußtsein ein. Der geistige Schlag trieb ihn in die Knie. Irgendwo schlug ein Mann seine Frau. Nichts Ungewöhnliches für Drallar, aber Flinx spürte es von der anderen Seite der Stadt. Die Frau war verängstigt und zornig, sie griff nach der winzigen Nadelpistole, die sie in der Nachttischschublade verwahrte, und richtete den dünnen Lauf auf den Mann. Jetzt erfüllte den Mann Angst. Er flehte um sein Leben, aber nicht mit Worten, die Flinx hören konnte, sondern durch eine Lawine von Emotionen, die in einem abrupten, wortlosen Schrei des Schocks endete. Und dann kam die Leere, die Flinx inzwischen als den Tod zu erkennen gelernt hatte.

Er hörte Gelächter, nicht von dem Fest weiter vorne, jenseits der Straße, sondern von einem der hohen Kristalltürme, die sich über die reichen Stadtenklaven erhoben, wo die Händler und die Raumkaufleute wohnten. Und da wurden Komplotte geschmiedet, jemand würde betrogen werden.

Und weit draußen, jenseits der Stadtgrenzen, im Wald, im Westen: Glück und Freude, begleitet von einem befreienden Gefühl des Heraustretens. Ein Baby wurde geboren.

Und ganz in der Nähe, vielleicht in einem der Geschäfte in Mutter Mastiffs Straße, ein Streit. Es ging um Konten und um Fälschungen, hitzige Anschuldigungen zwischen Partnern. Und das private Grollen eines Unbekannten, weit entfernt, jenseits der Stadtmitte, jemand, der einen anderen töten wollte, mehr als einmal töten, aber dies nur wollte, es sich ausmalte – die Art von Phantasien, die es im Gehirn eines jeden Menschen gibt, ob es nun gesund oder krank ist.

Und dann waren all die Empfindungen wie weggewischt, sie alle, die glücklichen und die bösartigen und die verträumten. Da war nur der Regen.

Blinzelnd richtete er sich auf und stand schwankend und unsicher am Rande der Gasse. Der Regen prasselte auf seinen Slicker herunter, suchte sich seinen Weg an den Ladenfassaden und den Bürogebäuden entlang und gurgelte in den Abfluß. Flinx ertappte sich dabei, wie er mit glasigem Blick die Gasse hinaufblickte, zu dem fernen Lichtpunkt, dort wo das Fest stattfand. Im gleichen Augenblick zeichneten sich die Gefühle aller Teilnehmer des Fests deutlich in seinem Bewußtsein ab. Nur daß er jetzt keinen Schmerz empfand. Da war nur ruhige Klarheit und Sicherheit.

Er konnte diese Frau sehen, die voll Eifer und doch unsicher, jenen Mann zu verführen suchte, konnte eine andere sehen, die das Mobiliar kritisierte, und einen Mann, der sich fragte, wie er es wohl schaffen sollte, den nächsten Tag zu überleben, konnte Gelächter fühlen, Furcht, Freude, Lust, Bewunderung, Neid: das ganze Spektrum menschlicher Empfindungen. Sie strömten auf ihn zu, wie der Sturm, den er gerade überstanden hatte, drohten ihn zu überwältigen.

AUFHÖREN! befahl er sich. Hör auf – ganz ruhig!

Indem er einen Bestandteil seines Bewußtseins in Gang setzte, von dessen Existenz er bisher gar nichts gewußt hatte, entdeckte er, daß er imstande war, die Intensität der Empfindungen zu steuern, die gedroht hatten, ihn zu überwältigen – und die auch gar nicht alle menschlicher Natur gewesen waren. Wenigstens zwei hatte er gefühlt, die bizarr und doch für ihn erkennbar genug gewesen waren, daß er sie hatte identifizieren können. Es waren die Gefühle eines Paares von Ornithorpen. Das war das erstemal, daß er nichtmenschliche Empfindungen aufgenommen hatte.

Langsam begann er zu erkennen, daß er imstande war, den Ansturm zu regulieren, ihn zu dämpfen, die einzelnen Gefühle herauszusortieren, zu wählen, zu analysieren – und dann waren sie ebenso plötzlich verschwunden, wie sie zugeschlagen hatten, zusammen mit all den grellen Emotionen, die er aus der ganzen Stadt in sich aufgesaugt hatte.

Zögernd versuchte er, sein Bewußtsein zu konzentrieren und die Empfindungen zurückzuholen. Es war wie vorher. So sehr er sich auch bemühte, sein Bewußtsein blieb bar aller Gefühle, abgesehen von seinen eigenen. Seinen eigenen – und einem anderen. Da war immer noch die Einsamkeit, die an ihm nagte. Das Gefühl war jetzt weniger fordernd geworden, beinahe zögernd. Und der Hunger war auch noch da.

Flinx trat einen Schritt vor, noch einen, einen dritten – und etwas Lebendes huschte schnell aus seinem Weg, schob leere Behälter und Dosen beiseite, so daß man das Klappern von Plastik und das Klirren von Metall hören konnte. Er bemühte sich, in dem schwachen Licht etwas zu erkennen, wünschte sich jetzt, er hätte eine Taschenlampe aus dem Laden mitgenommen. Er trat vorsichtig einen Schritt auf den Unrathaufen zu, jeden Augenblick bereit zurückzuspringen, falls die Fleurms oder sonst etwas sich als aggressiv erweisen sollten.

Aber es war kein Fleurm. Zum einen war es zu lang: fast einen Meter. Und dicker war es auch, wenn auch nicht viel. Er dachte an die schlangenähnlichen Geschöpfe, die in den Wäldern südlich von Drallar hausten. Einige davon waren giftig. Gelegentlich gelangten sie und andere Raubtiere aus dem Wald im Schutze des Regens und der Finsternis in die Stadt, um dort nach den kleinen Geschöpfen zu jagen, die die städtischen Unrathäufen unsicher machten. Gelegentlich kam es auch vor, daß ein Bürger auf einen solchen Eindringling stieß.

Flinx beugte sich vor, und in dem Augenblick ließ der Hunger nach. Gleichzeitig verstärkte sich das Gefühl der Einsamkeit; wurde so stark, daß er beinahe zurückgeschleudert wurde. Er war jetzt ganz sicher, daß das Gefühl von dem schlangenähnlichen Geschöpf herrührte.

Seine natürliche Neugierde – vor der Mutter Mastiff ihn so eindringlich gewarnt hatte – überkam schnell seine ebenso natürliche Vorsicht. In dem Augenblick empfand er nur Verwunderung darüber, daß von einem so primitiven Geschöpf so kräftige geistige Projektionen ausgingen. Außerdem war an dem Tier keinerlei Zorn, keinerlei Gefahrensignale. Nur jene hartnäckige Einsamkeit und das flüchtige Gefühl von Hunger.

Wieder bewegte sich das Geschöpf. Selbst im schwachen Licht der Gasse konnte er die hell blitzenden roten Augen erkennen. Das war ganz sicher kein echtes Reptil. Ein Kaltblütler wäre in der Nachtluft zu Lethargie erstarrt. Dieses Ding bewegte sich dafür viel zu schnell.

Flinx trat einen Schritt zurück. Jetzt kam das Geschöpf heraus. Es glitt über das feuchte Pflaster und tat dann etwas, womit er nicht gerechnet hatte. Kein Mensch erwartete von Schlangen, daß sie flogen.

Die gefalteten Schwingen waren blau und rosafarben, so helle Farben, daß er sie selbst in der Dunkelheit identifizieren konnte. Nein, lethargisch war dieses Schlangending ganz sicher nicht, denn seine Schwingen bewegten sich so schnell wie die eines Insekts. Plötzlich wirkte das Geschöpf wie eine riesengroße Biene. Eine blitzartige Bewegung, und es saß auf seiner Schulter. Flinx spürte, wie etwas Dünnes, Muskulöses sich fast vertraut um seine Schulter ringelte. Das Ganze war so schnell geschehen, daß er nicht hatte ausweichen können.

Aber das Geschöpf hatte ganz offenbar auch nicht vor, ihm Schaden zuzufügen. Es saß einfach da, ruhte an seiner Wärme und machte keine Anstalten, ihn anzugreifen. Seine Schnelligkeit hatte Flinx paralysiert, aber nur für einen Augenblick. Denn in dem Moment, als die Schlange sich auf ihm niedergelassen hatte, war all die unendliche Einsamkeit, jeder Funken jenes brennenden Bedürfnisses wie verflogen. Im gleichen Augenblick empfand Flinx in seinem eigenen Bewußtsein eine Art von Klarheit, wie er sie noch nie zuvor empfunden hatte. Was auch immer das Geschöpf war, woher auch immer es gekommen sein mochte, es besaß nicht nur die Fähigkeit, sich zu Hause zu fühlen, es schien auch seinem neuen Gastgeber das Gefühl des Behagens vermitteln zu können.

Eine neue Empfindung drang in Flinx' Bewußtsein ein, eine Empfindung, die ganz offensichtlich von der Schlange ausging. Das war das erstemal, daß er ein mentales Schnurren empfunden hatte. Er fühlte in dem Geschöpf keine Intelligenz, aber dafür irgend etwas anderes. In seiner eigenen Art war diese empathische Kommunikation ebenso klar wie Sprache, das emotionelle Äquivalent eines antiken chinesischen Ideogramms – eine ganze Folge komplizierter Gedanken, die als einzige Projektion ausgedrückt war, einfach und doch effizient.

Der kleine, wie eine Pfeilspitze geformte Kopf hob sich

von Flinx' Schulter, und seine hellen kleinen Augen musterten ihn eindringlich. Die Flügel waren jetzt wieder an den Leib der Schlange gefaltet, so daß dieser sich durch nichts von einer gewöhnlichen Schlange unterschied. Flinx erwiderte den Blick und ließ seine eigenen Gefühle aus sich herausströmen.

Langsam entspannte sich das Geschöpf. Der lange Muskelstrang, der Flinx' Schulter mit instinktiver Kraft gedrückt hatte, entspannte sich ebenfalls, bis er nur noch ganz locker anlag. Feine Nadeln schienen über Flinx' Arm herunterzulaufen. Er ignorierte sie. Der Kopf des Tieres senkte sich, bis er dicht an Flinx' Hals lag.

Die Schlange war eingeschlafen.

Flinx stand fast eine Ewigkeit lang da, obwohl es in Wirklichkeit höchstens halb so lange dauerte. Das seltsame Geschöpf, das die Nacht hervorgebracht hatte, schlief auf seiner Schulter. Sein kleiner Kopf ruhte in der Höhlung seines Schlüsselbeins und schien sich dort wohlzufühlen. Einmal fröstelte das Tier. Flinx wußte, daß es von seinem Körper keine Wärme beziehen konnte, da der Stoff des Slickermantels zwischen ihnen eine Isolierschicht bildete. Aber es war wohl besser, das arme Ding nach drinnen zu bringen, dachte er, als ihm plötzlich bewußt wurde, wie lange er jetzt schon im Regen stand. Sein neuer Gefährte brauchte Ruhe und Wärme. Woher er das wußte, hätte er nicht erklären können; aber er wußte es ebenso klar, wie er seine eigene Erschöpfung erkannte.

Bezüglich der Zukunft der Schlange hatte Flinx keinen Augenblick lang Zweifel. Ihre Anwesenheit auf seiner Schulter wie auch in seinem Bewußtsein war für ihn zu natürlich, als daß er hätte in Betracht ziehen können, sich von ihr zu trennen – es sei denn natürlich, irgendein Besitzer wäre in Erscheinung getreten, um Anspruch auf sie zu erheben. Dies war ganz offenkundig kein wildes Tier. Im übrigen war Flinx sehr belesen, und wenn dieses Geschöpf ein Eingeborener Drallars sein sollte, so war ihm das neu. Er hatte bisher noch nie von einem solchen Tier gehört oder eines gesehen. Wenn es irgendein wertvolles Haustier war, dann würde sein Besitzer sich sicher bald melden. Für den Augenblick jedoch war die Schlange ebenso eindeutig eine Waise wie Flinx selbst das einmal gewesen war. Flinx hatte in seinem eigenen Leben zuviel Leid erdulden müssen, um es bei irgendeinem anderen Lebewesen zu ignorieren, selbst einer armseligen Schlange. Eine Weile war sie seiner Obhut übergeben, sein Mündel sozusagen, so wie er das Mündel Mutter Mastiffs war.

Sie hatte an jenem ersten Tag, der so weit zurücklag, seinen Namen wissen wollen. »Wie soll ich dich nennen?« fragte er sich laut. Die schlafende Schlange antwortete nicht.

Flinx waren in Gestalt der Bibliothekschips, die er vom Zentralen Erziehungswesen mietete, Tausende von Büchern zugänglich. Er hatte nur vergleichsweise wenige gelesen, aber darunter auch eines, mit dem er sich in besonderem Maße identifiziert hatte. Es stammte aus der Zeit vor dem Commonwealth – sogar vor der Zivilisation – aber das hatte die Wirkung nicht verringert, die das Buch auf ihn gehabt hatte. Diese Leute mit den komischen Namen; einer von ihnen hatte – wie? ja, ›Pip‹, erinnerte er sich – geheißen. Er blickte wieder auf die schlafende Schlange. Das wird dein Name sein, sofern wir nicht eines Tages einen anderen erfahren.

Als er sich auf den Weg zurück zum Laden machte, versuchte er sich einzureden, daß er sich über jenes sprichwörtliche ›eines Tages‹ Sorgen machen würde, falls und wenn es je dazu kommen sollte. Dabei machte er sich jetzt schon Sorgen, weil das kleine Geschöpf, obwohl er kaum eine Stunde mit ihm Kontakt gehabt hatte, schon Teil seiner selbst zu sein schien. Der Gedanke, die Schlange irgendeinem gleichgültigen Besitzer von Außerplanet zurückgeben zu müssen, war für ihn plötzlich mehr, als er ertragen konnte. Er konnte sich seit seiner frühesten Jugend nicht daran erinnern, sich jemals so zu einem anderen lebenden Geschöpf hingezogen gefühlt zu haben. Nicht einmal Mutter

Mastiff nahm einen so wichtigen Platz in seinen Gefühlen ein.

Gefühle. Dieses Geschöpf, dieses Schlangending, *verstand,* was er fühlte, verstand, was es bedeutete, wenn die Emotionen von Fremden unverlangt in das eigene Bewußtsein hineinströmten, das eigene Leben unterbrachen und jeden wachen Augenblick zu einer potentiellen Abnormalität machten. Das war es, was diese Schlange so besonders machte. Er wußte es, und die Schlange wußte es auch. Sie waren nicht länger Individuen. Sie waren zwei Teile eines größeren Ganzen geworden.

Ich werde dich nicht aufgeben, entschied er in diesem Augenblick im kalten Morgenregen, nicht einmal dann, wenn irgendein reicher Außenweltler auftaucht und Anspruch auf dich erhebt. Du gehörst zu mir. Und die Schlange döste weiter, scheinbar ohne zu ahnen, welche Entscheidungen der Mensch vielleicht treffen würde.

Die Straße vor dem Laden war noch verlassen. Das Schloß öffnete sich auf seinen Handdruck, und er schlüpfte hinein, froh, das Wetter hinter sich lassen zu können. Sorgfältig schloß er die Tür wieder ab und ging an den Eßplatz zurück, wo immer noch weich das Glühlicht leuchtete. Mit beiden Händen wand er die Schlange auseinander. Sie leistete keinen Widerstand, als er sie von der Schulter nahm. Aus dem Schlafzimmer zu seiner Rechten war Mutter Mastiffs gleichmäßiges Schnarchen zu hören, ein Dröhnen, das wie ein Echo auf den trommelnden Regen wirkte, der auf das Dach herniederging.

Sanft setzte er die Schlange auf dem Tisch ab. Im helleren Licht der Glühleuchte konnte er jetzt zum erstenmal ihre wahren Farben sehen. Auf dem Rücken des Schlangenkörpers war ein helles Muster mit rosafarbenen und blauen Flecken zu erkennen, das zu den gefalteten Flügeln paßte. Der Unterleib leuchtete in einem stumpfen Goldton und der Kopf smaragdgrün.

»Wunderschön«, murmelte er der Schlange zu. »Wirklich einmalig.«

Die Augen des Geschöpfes – nein, verbesserte er sich, Pips Augen – öffneten sich im trägen Halbschlaf. Sie schien ihm zuzulächeln. Geistige Projektion, dachte Flinx, während er aus seinem Slicker schlüpfte und ihn an den Haken hängte.

»So, wo soll ich dich jetzt hintun?« flüsterte er sich selbst zu, während er sich in dem kleinen Wohnraum umsah. Der Laden draußen kam nicht in Frage. Mutter Mastiff hatte ganz sicher Kunden, die Angst vor Schlangen hatten, und die würden auf Pips Anwesenheit sicher unfreundlich reagieren – außerdem war der Laden nicht geheizt. Ebenso rechnete er auch nicht damit, daß Mutter Mastiff sehr viel Verständnis haben würde, wenn die Schlange sie verspielt aus einem der Küchenschränke ansprang, während sie eine Mahlzeit zubereitete.

Sein eigener Raum war spartanisch: es gab dort nur den kleinen Computerterminal, den Kleiderschrank, den er sich selbst gebaut hatte, und das Bett. Davon kam nur der Kleiderschrank in Frage. Er trug die Schlange in sein Zimmer und setzte sie auf das Fußende des Bettes. Dann machte er auf dem Boden des Schrankes einen Haufen aus schmutziger Kleidung. Pip sah ganz sauber aus; die meisten Schuppengeschöpfe pflegten Schmutz abzusondern, nicht zu sammeln. Er hob die Schlange auf und setzte sie vorsichtig in die Kleider, darauf bedacht, die zarten Flügel nicht zu verletzen. Sie ringelte sich sofort ein und schien mit ihrem Bett zufrieden zu sein. Flinx lächelte. Er lächelte nicht oft.

»So, da wirst du jetzt bleiben, Pip«, flüsterte er. »Und morgen werden wir sehen, ob wir für dich irgendwo etwas zu essen finden.« Er betrachtete die Schlange einige Minuten lang, ehe sich wieder die Müdigkeit einstellte. Gähnend schob er die eigenen Kleider vom Bett, stellte die Stiefel auf die Trockenmatte und kletterte ins Bett zurück. Ein paar Tröpfchen Wasser waren unter dem Rand seines Slickers durchgekrochen. Er wischte sie sich aus dem Haar, seufzte tief und sank in wohligen, ungestörten Schlaf.

Als der geistige Energiefluß des Menschen im Bett sich

geglättet hatte, und die Schlange sicher war, daß ihr neuer Symbiont nicht gleich in eine beunruhigende REM-Periode* treten würde, rollte sie sich leise auseinander und glitt aus dem Schrank. Lautlos arbeitete sie sich an einem der Bettbeine nach oben und kam schließlich neben dem zerdrückten Kissen heraus.

Dort ruhte das Tier lange und betrachtete den bewußtlosen Zweibeiner durch Augen mit doppelten Lidern. In sich fühlte die Schlange sich warm und behaglich. Der Hunger war immer noch vorhanden, aber sie hatte Andeutungen wahrgenommen, daß sie bald gefüttert werden würde.

Das Bett war sehr warm, sowohl die Thermodecke als auch die Masse des Symbionten, strahlten behagliche, trokkene Hitze aus. Die Schlange glitt über das Kissen, bis sie am Hinterkopf des Menschen ruhte. Sie streckte sich einmal, ihre Flügel dehnten sich und falteten sich dann wieder ein. Dann ringelte sie sich in die kleine Höhlung, die sich zwischen dem Hals und der Schulter des Symbionten gebildet hatte. Bald entsprachen ihre eigenen Hirnwellen denen des Menschen, als sie in ihre eigene Art des Schlafs versank.

---

* REM = Rapid Movement = Schnelle Augenbewegung, Kennzeichen von Traumaktivität. – *Anm. d. Übers.*

5. Kapitel

Mutter Mastiff achtete besorgt darauf, den Jungen nicht zu wecken, während sie sich langsam rückwärts wieder aus seinem Zimmer entfernte. Ihre Augen blickten wachsam und voll Angst starr auf das fremde Ding, das sich neben seinem Kopf eingeringelt hatte. Wer wußte schon, was es tun würde, wenn man es erschreckte?

Wie der Eindringling sich Zugang zu ihrem wohlgeschützten Zuhause hatte verschaffen können, war ihr ein Rätsel. Doch jetzt war nicht die Zeit, sich darüber Sorgen zu machen. Ihre Gedanken wanderten weiter, zu der kleinen Pistole, dem winzigen Nadler, den sie gewöhnlich unter ihrem Kissen verwahrte. Nein, zu riskant – die Schlange lag zu dicht beim Kopf des Jungen, und sie war nicht mehr so treffsicher, wie sie das vor zwanzig Jahren gewesen war.

Außerdem bestand immerhin die Möglichkeit, daß der Eindringling gar nicht gefährlich war. Sie jedenfalls erkannte ihn nicht. In den reichlich neunzig Jahren, die sie auf Moth verbracht hatte, hatte sie noch nie dergleichen gesehen. Zum einen war nirgendwo an seinem Körper auch nur eine Spur von Pelz zu sehen. Nur Schuppen. Das identifizierte das fremdartige Geschöpf sofort als einen Außenseiter. Nun, ganz eindeutig freilich nicht. Moth beherbergte einige wenige Lebewesen – hauptsächlich solche, die in den Tiefen zu graben pflegten – die keinen Pelz trugen. Aber diese Schlange sah ihr gar nicht wie ein Gräber aus. Aber sie war keine Zoologin und war auch nie weit über die Stadtgrenzen hinaus gekommen.

Ja, sie war sich ziemlich sicher, daß dieses Etwas von Außerplanet kam. Sie konnte den Finger nicht darauf legen, aber war trotzdem irgendwie sicher, daß dieses Tier ein

Alien war; aber das war nicht wichtig. Wichtig war, daß es irgendwie zum Zimmer des Jungen vorgedrungen war. Sie mußte also etwas unternehmen, ehe dieses fremde Etwas aufwachte und ihr die Entscheidung abnahm.

Du mußt es von ihm wegschaffen, sagte sie sich. Zumindest von seinem Kopf. Schaff es weg, halte es beschäftigt, dann wecke den Jungen und schick ihn nach der Pistole unter dem Kissen.

Der Besen, den sie in der Hand trug, hatte einen Stiel aus Leichtmetall und Drahtborsten. Sie hatte ihn aus dem Schrank, geholt und betrat jetzt Flinx' Zimmer wieder und schob das vordere Ende des Besens an seinem Kopf vorbei. Die Metallborsten berührten den Eindringling.

Die Schlange regte sich, als sie die Berührung spürte, schlug die Augen auf. Sie stieß noch einmal zu, diesmal kräftiger, versuchte, die Borsten zwischen den Kopf der Schlange und den frei daliegenden Hals des Jungen zu schieben. Die Schlange öffnete ihr Maul, und Mutter Mastiff zuckte instinktiv zurück, aber die Schlange gähnte nur. Also immer noch schläfrig, dachte sie. Gut, das bedeutete langsamere Reaktionen. Sie beugte sich wieder vor und stieß mit dem Besen erneut zu. Ein Teil der Schlange rutschte vom Bett, und jetzt konnte sie zum erstenmal ihre grelle Färbung erkennen.

Wieder stieß sie mit dem Besen zu. Die Schlange war jetzt nicht mehr auf dem Bett. Sie schwebte in der Luft, und ihre Schwingen bewegten sich so schnell, daß sie nur als blaurosa-farbenes Flimmern zu erkennen waren. Sie erzeugten in dem kleinen Raum ein kräftiges, vibrierendes Summen. Verblüfft und unsicher, wie sie diese neue Gefahr angreifen sollte, zog Mutter Mastiff sich zurück, wobei sie den Besen in Verteidigungsbereitschaft vor sich hielt. Der Junge war von dem letzten Stoß mit dem Besen erwacht und blinzelte ihr jetzt schläfrig zu. »Mutter? Was ist denn?«

»Pscht, sei still!« warnte sie ihn. »Ich weiß nicht, wie dieses Ding in dein Zimmer gekommen ist, aber ...«

Flinx setzte sich schnell auf. Sein Blick fiel auf die schwebende Schlange, bewunderte sie zum erstenmal bei Tageslicht und lächelte Mutter Mastiff beruhigend zu.

»Oh, das. Das ist Pip.«

Der Besen senkte sich leicht, und sie starrte ihren Schützling mit zusammengekniffenen Augen an. »Du meinst, du weißt, was das ist?«

»Sicher«, sagte er vergnügt. »Ich ... äh ... hab gestern nacht was gehört, also bin ich hinausgegangen, um nachzusehen.« Er deutete mit dem Daumen auf die Schlange. »Er lag draußen im Müll, kalt und hungrig. He, ich wette, er hat immer noch Hunger ...«

»Ja, das wette ich auch«, herrschte sie ihn an, »und ich will keinen schuppigen, gefräßigen Aasfresser in meinem Haus haben. Raus mit dir!« schrie sie die Schlange an. »Sch!« Sie schwang den Besen nach der Schlange, einmal, zweimal, ein drittes Mal, und zwang Flinx, sich vor den fliegenden Borsten wegzuducken. Jedesmal wich die Schlange geschickt aus und legte damit unerwartete Agilität an den Tag. Einmal schoß sie gerade nach links, dann nach rückwärts, dann auf die Decke zu.

»Nicht!« schrie Flinx plötzlich erschreckt. »Er könnte glauben, du willst mir wehtun!«

»Ein Schutzengel mit Knopfaugen und Schuppen? Papperlapapp, Junge! Der weiß ganz genau, wonach ich schlage!«

Tatsächlich war der Schlange wohl bewußt, daß der neu hinzugekommene Mensch nicht die Absicht hatte, seinen Symbionten zu verletzen, da sie ehrliche Zuneigung und Wärme verspüren konnte, die zwischen den beiden floß. Sie machte sich diesbezüglich also keine Sorgen. Andererseits floß von der neuen Person keine Liebe zu ihr hinüber, und es war recht schwierig, dem glänzenden Ding auszuweichen, mit dem in dem engen Raum nach ihm geschlagen wurde.

»Bitte, Mutter«, bat Flinx besorgt, kroch jetzt aus dem Bett und zog die Decke hinter sich her. »Hör auf! Ich weiß nicht, wie er darauf reagiert.«

»Das werden wir ja herausfinden, Junge«, verkündete sie grimmig. Der Besen zuckte wieder vor, verfehlte sein Ziel und prallte von der Wand ab. Sie holte zum nächsten Schlag aus.

Die Schlange war geduldig gewesen, sehr geduldig. Sie verstand die Bande, die zwischen den beiden Menschen bestanden. Aber der Besen hatte sie jetzt in die Ecke gedrängt, und die harten Borsten versprachen Gefahr, falls sie die Flügel der Schlange treffen sollten. Sie öffnete ihr Maul. Ein kaum wahrnehmbares Zischen war zu hören, ein scharfer, dünner Strahl einer klaren Flüssigkeit schoß heraus. Er funkelte im Licht und traf den Besen, als dieser gerade erneut zuschlug. Als Mutter Mastiff sich wieder fing und zum nächsten Schlag mit dem Besen ausholte, hörte sie ein schwaches, aber deutliches Zischen, das nicht von der Schlange kam. Sie zögerte, runzelte die Stirn und erkannte dann, daß das Geräusch von dem Besen kam. Bei genauerem Hinsehen erkannte sie, daß mindestens die Hälfte der Metallborsten weggeschmolzen waren. Etwas zischte und schäumte und fraß sich an dem Besenstiel hinauf.

Sie ließ die Waffe fallen, als ob der Metallgriff plötzlich rotglühend geworden wäre, und ihr Gesichtsausdruck wurde ängstlich. Die Flüssigkeit zischte und brodelte weiter, während sie das Metall auffraß. Bald hatte sie sich durch die letzten Borstenreste durchgearbeitet und fing jetzt an, in den Metallgriff selbst Löcher zu fressen.

»Junge, schau, daß du rauskommst, so lange du noch Gelegenheit dazu hast!« rief sie verstört, starrte die Schlange mit geweiteten Augen an und arbeitete sich gleichzeitig rückwärts auf ihr eigenes Schlafzimmer zu. »Wenn die Metall so zurichten kann, dann kann man nicht wissen, was ...«

Flinx lachte, fuhr sich aber dann hastig mit der Hand an den Mund und zwang sich zum Verständnis. »Es tut mir leid, Mutter«, sagte er um Nachsicht bittend. »Es ist nur so, daß Pip mir nie wehtun würde. Und er hat auch gerade bewiesen, daß er auch jemandem, der mir nahesteht, nicht wehtun würde.«

»Woher weißt du das denn?« stieß sie hervor.

»Das ... das *weiß* ich eben«, erwiderte er verwirrt. »Ich weiß nicht, wie ich das weiß. Aber es stimmt. Da, siehst du?« Er streckte den linken Arm aus.

Die Frau immer noch im Auge behaltend, die ihr weiterhin den Ausgang versperrte, zuckte die Schlange herunter und landete auf dem ihr angebotenen Rastplatz. Im nächsten Augenblick hatte sie sich um die Schulter des Jungen geschlungen. Jetzt entspannte sie sich, und ihre Flügelfalten legten sich glatt an den glänzenden Schlangenleib.

»Siehst du?« Flinx ließ den Arm sinken und strich der Schlange sanft über den Kopf. »Er ist einfach von Natur aus freundlich.«

»Von Natur aus häßlich, willst du wohl sagen«, schnaubte Mutter Mastiff. Sie beugte sich vor, hob die Überreste ihres Besens auf und inspizierte sie. Alle Borsten waren verschwunden, und dazu ein paar Zentimeter des Stiels. Dort, wo das Metall sich aufgelöst hatte, war immer noch ein schwaches Knistern zu hören, aber die außergewöhnlich korrosive Flüssigkeit schien sich im wesentlichen verbraucht zu haben.

Sie zeigte Flinx die Überreste des Besens und scheute sich immer noch davor, dem Ding näher zu kommen, das sich um seine Schulter geschlungen hatte. »Siehst du das? Jetzt überleg mal, was dieses Biest mit deiner Haut anrichten könnte.«

»Oh, Mutter, verstehst du denn nicht?« Flinx sprach mit all der Verzweiflung, die nur ganz junge Menschen aufbringen können, wenn sie sich von den Alten unverstanden fühlen. »Er wollte sich schützen, aber weil er fühlte, daß du für mich wichtig bist, hat er aufgepaßt, daß dich nichts von dem Zeug getroffen hat.«

»Da hat er aber Glück gehabt«, sagte sie mit einem Anflug ihres sonstigen Selbstbewußtseins. »Nun, hier kann das Biest jedenfalls nicht bleiben.«

»Doch, kann es schon«, argumentierte Flinx.

»Nein, habe ich gesagt. Ich kann es nicht haben, wenn so

ein gefährliches Biest hier rumflattert und kriecht und mir die Kunden vertreibt.«

»Er wird die ganze Zeit bei mir bleiben«, versicherte ihr Flinx einschmeichelnd. Seine Hand liebkoste den Kopf der Schlange, die daraufhin zufrieden die Augen schloß. »Siehst du? Er ist nicht anders als jedes andere Haustier. Er reagiert auf Wärme und Zuneigung.« Flinx rang sich einen Ausdruck hilflos bettelnder Traurigkeit ab. Und der hatte die beabsichtigte Wirkung.

»Nun, von mir kriegt er weder Wärme noch Zuneigung«, murrte Mutter Mastiff, »aber wenn du fest entschlossen bist, es hier zu behalten ...«

»Ich glaube«, fügte Flinx hinzu und schüttete damit Öl ins Feuer, »er würde sehr ärgerlich werden, wenn jemand versuchte, uns zu trennen.«

Mutter Mastiff hob beide Hände und signalisierte damit gleichzeitig Zustimmung und Nachgeben. »Du lieber Gott, warum konntest du auch nicht über ein normales Haustier stolpern, eine Katze oder einen Saniff beispielsweise? Was frißt das kleine Monstrum denn überhaupt?«

»Das weiß ich nicht«, gab Flinx zu und erinnerte sich wieder an den Hunger, den er in der vergangenen Nacht empfunden hatte, und beschloß, bald etwas dagegen zu unter nehmen. Er war selbst hungrig gewesen und begriff besser als die meisten Leute, was dieses Wort bedeutete. »Sind denn nicht die meisten Schlangen Fleischfresser?«

»Die hier sieht jedenfalls so aus«, sagte sie.

Flinx griff nach dem Kopf der Schlange und strich mit dem Zeigefinger vorsichtig an ihrem Maul entlang, bis es sich öffnete. Die Schlange schlug ein Auge auf und musterte ihn neugierig, schien aber sonst keine Einwände zu haben. Mutter Mastiff hielt den Atem an.

Flinx beugte sich vor und sah genau hin. »Die Zähne sind so klein, daß man es nicht genau sagen kann.«

»Wahrscheinlich verschluckt es seine Nahrung ganz«, erklärte Mutter Mastiff. »Ich höre, daß das bei Schlangen so ist, obwohl das natürlich keine normale Schlange ist und ich keine Lust habe, irgendwelche Prophezeiungen darüber abzugeben, geschweige denn darüber, was es frißt.«

»Ich werde es schon herausbekommen«, versicherte ihr Flinx. »Wenn du mich heute nicht brauchst, um im Laden zu helfen, dann ...«

»Helfen, daß ich nicht lache! Nein, geh nur hin, wo du willst. Sorg nur dafür, daß dieses Monstrum mitkommt.«

»Ich werde ihm den Markt zeigen«, verkündete Flinx aufgeregt, »und sehen, ob ihn jemand erkennt. Da ist ganz bestimmt jemand.«

»Darauf würde ich keine Wetten eingehen, Junge«, warnte sie ihn. »Wahrscheinlich kommt er von Außerplanet.«

»Das habe ich mir auch gedacht«, meinte er. »Wäre das denn nicht interessant? Ich würde gern wissen, wie er hierhergekommen ist.«

»Jemand, der auf mich sauer ist, hat das Vieh wahrscheinlich mitgebracht«, murmelte sie halblaut und fügte dann etwas lauter hinzu: »Das kann man nicht sagen. Wenn es ein entlaufenes Haustier ist, und noch dazu ein seltenes, dann kannst du dich darauf verlassen, daß sein Besitzer in kürzester Zeit auftaucht.«

»Wir werden sehen.« Flinx wußte, daß die Schlange genau dort hingehörte, wo sie im Augenblick war, nämlich auf seine Schulter. Sie fühlte sich richtig an. Er glaubte, die Welle von Zufriedenheit, die sie erzeugte, förmlich körperlich zu spüren. »Und wenn ich mich darum kümmere, was er ist«, fügte er entschlossen hinzu, »werde ich auch herausfinden, was er frißt.«

»Ja, tu das!« ermunterte sie ihn. »Warum machst du es denn nicht gleich abends? Um die Essenszeit kommen ein paar wichtige Einkäufer. Die Händlervereinigung hat sie an mich verwiesen, sie scheinen sich besonders für einige unserer größeren Stücke zu interessieren, zum Beispiel diesen Muriholztisch. Nimm also dieses schreckliche Weiß-der-Teufel-was«, dabei fuchtelte sie drohend mit dem knochigen Finger in Richtung auf die Schlange, »und bleib bis nach der zehnten Stunde draußen. Dann will ich es mir *überlegen*, ob ich euch beide wieder in mein Haus lasse.«

»Ja, Mutter, danke.« Er lief auf sie zu, um ihr einen Kuß zu geben. Sie wich ihm aus.

»Komm mir nicht zu nahe! Nicht so lange dieses Monstrum auf deinem Arm schläft.«

»Der würde dir nie etwas zuleide tun, Mutter, wirklich.«

»Sicherer würde ich mich fühlen, wenn ich darauf auch das Wort der Schlange hätte und nicht nur deines. Und jetzt geh, verschwinde! Raus mit euch beiden! Wenn wir Glück haben, hat das Biest einen Ortsinstinkt und fliegt weg, wenn du nicht hinsiehst.«

Aber Pip flog nicht weg. Er ließ nicht erkennen, daß er irgendwo anders im Commonwealth sein wollte als auf der Schulter eines ganz bestimmten rothaarigen jungen Mannes. Während Flinx über den Markt schlenderte, stellte er zu seiner Verblüffung fest, daß sich seine Fähigkeit verstärkt hatte, Emotionen und Gefühle anderer zu empfangen, obwohl keine der isolierten Wahrnehmungen in ihrer Heftigkeit jener ersten überwältigenden Flut in der vergangenen Nacht glich. Seine Aufnahmefähigkeit hatte an Frequenz und Klarheit zugenommen, schien aber immer noch so unberechenbar wie zuvor. Flinx argwöhnte, daß sein neuer Gefährte vielleicht etwas mit seinen verstärkten Fähigkeiten zu tun hatte, hatte aber keine Ahnung wie das funktionierte, ebensowenig wie er wußte, wie sein Talent funktionierte.

Wenn er nur jemand finden könnte, der die Schlange identifizierte! Er konnte sich natürlich immer zu Hause an seinen Terminal setzen, aber Informationsbitten wurden automatisch in der Zentrale überwacht, und er war besorgt, daß Erkundigungen nach einem so seltenen Lebewesen vielleicht seitens der neugierigen Behörde einen Alarm auslösen könnten. Flinx zog es vor, nichts mit den Behörden zu tun zu haben. Er hatte sich Mutter Mastiffs Meinung über die Regierungsbürokratie zu eigen gemacht, die diese irgendwo zwischen Schimmelschmeims und Fleurms, die die Gassen unsicher machten, einordnete.

Er kannte inzwischen bereits eine große Zahl der Bewohner des Marktes. Wo auch immer er stehenblieb, erkundigte er sich nach der Identität und dem Ursprung der Schlange. Einige mustersten sie neugierig, andere ängstlich, und ein paar auch gleichgültig. Aber niemand erkannte sie.

»Warum fragst du nicht Makepeace?« schlug einer der Händler schließlich vor. »Der ist schon außerplanet gereist, vielleicht weiß er etwas.«

Flinx fand den alten Soldaten mit ein paar gleichaltrigen Kumpanen an einer Straßenecke. Alle waren sie Pensionisten. Die meisten waren Einwanderer, die Moth wegen seines feuchten Klimas und weil die Lebenshaltung dort ziemlich billig war, als letzten Aufenthaltsort gewählt hatten, ganz davon zu schweigen, daß die Polizei hier relativ lasch war. Auf Moth würde niemand neugierig danach fragen, woher jemand sein Pensionsgeld bezog. Für einige von Makepeaces Kameraden war dies die wichtigste Erwägung.

Die anderen alten Männer und Frauen studierten die Schlange mit höchstens beiläufigem Interesse, aber Makepeace reagierte viel enthusiastischer. »Der Herr sei den Überresten meiner Seele gnädig«, murmelte er, während er sich näher heranbeugte – aber nicht zu nahe, wie Flinx feststellte –, um besser sehen zu können. Pip hob neugierig den Kopf, so als spürte er in diesem verwitterten Zweibeiner etwas jenseits der Norm.

»Weißt du, was er ist?« fragte Flinx hoffnungsvoll.

»Ja, mein Junge. Das sind doch Flügel an seiner Seite, oder?« Flinx nickte. »Dann ist es mit Sicherheit ein alaspinischer Miniaturdrache.«

Flinx grinste erst dem alten Mann zu und dann Pip. »Das bist du also.« Die Schlange blickte zu ihm auf, als wollte sie sagen, mir ist sehr wohl bekannt, was ich bin. Kommt dir denn immer das Offensichtliche bemerkenswert vor?

»Ich dachte, Drachen seien mythische Geschöpfe«, sagte er zu Makepeace.

»Sind sie auch. Man hat ihnen den Namen nur wegen der Ähnlichkeit verliehen, Flinx.«

»Ich nehme an, du weißt«, fuhr Flinx fort, »daß er eine korrodierende Flüssigkeit ausspeit.«

»Korrodierend!« Der alte Mann lehnte sich zurück und lachte brüllend, klatschte sich auf die Schenkel und sah seine aufmerksamen Spießgesellen wissend an. *»Korrodierend!«* sagte er. Er sah wieder Flinx an.

»Das Toxin des Minidrach, mein Junge, ist eine giftige Säure, die man mit einer langen Kette chemischer Silben benennt, an die sich dieser alte Schädel nicht mehr erinnert. Ich war Ingenieursoldat. Biochemie war nie eines meiner Lieblingsfächer. Ich bin mehr in mathematischen Begriffen als in biologischen zuhause. Aber soviel kann ich dir sagen, wenn ich auch nie selbst Alaspin besucht habe.« Er deutete auf die Schlange, worauf diese unsicher den Kopf einzog. »Wenn dir dieses Ding da ins Auge spucken würde, wärst du in einer Minute eine um sich schlagende, zuckende Masse hier auf dem Boden – und ein paar Minuten später tot.

Ich erinnere mich außerdem, daß es für einige Toxine der Alaspinianer keine bekannten Gegenmittel gibt. Und dieser Minidrach hier hat das kräftigste von allen. Ein korrodierendes Nervengift – ja, wer würde sich so etwas nicht merken? Und du sagst, du weißt genau, daß es korrodierend ist?«

Flinx sah vor seinem inneren Auge ein Bild des aufgelösten Besenstiels, Metall, das wie Käse unter einem heißen Messer geschmolzen war, und nickte.

»Dann sorge dafür, daß du es nie persönlich kennenlernst, Junge. Ich hab schon gehört, daß man solche Biester als Haustiere hält. Aber das kommt selten vor. Die Entscheidungen über eine solche Verbindung liegen alle bei der Schlange. Der sogenannte Besitzer hat da keine Wahl. Man kann sie nicht zähmen. Die suchen sich selbst ihre Partner aus.« Er deutete auf Flinx' Schulter. »Sieht so aus, als hätte der sich auf dir niedergelassen.«

»Mir ist er mehr als willkommen«, sagte Flinx liebevoll. »Er fühlte sich dort ganz natürlich an.«

»Jedem nach seinem Geschmack«, bemerkte eine ältere Frau mit leichtem Schaudern. Die anderen in der Gruppe nickten zustimmend.

»Und da ist noch etwas.« Der alte Soldat runzelte die Stirn und mühte sich sichtlich ab, lange brachliegendes Wissen wieder zu erwecken. »Was du da gerade gesagt hast, daß er sich ›natürlich‹ anfühlt, hat mich daran erinnert. Es heißt, diese fliegenden Schlangen hätten ganz komische mentale Eigenschaften. Ich könnte natürlich nicht genau sagen, ob das stimmt – ich gebe nur wieder, was ich gehört habe, gelesen habe ich es nicht. Aber die Geschichte hält sich hartnäckig.«

»Was für eine Geschichte?« fragte Flinx, bemüht, nicht zu interessiert zu erscheinen.

»Oh, daß diese Schlangen empathisch sind. Du weißt schon, Telepathie auf emotionalem Niveau.« Er kratzte sich am Kopf. »Da war noch mehr. Verdammt will ich sein, wenn ich mich daran erinnern kann.«

»Das ist wirklich interessant«, sagte Flinx ruhig, »aber doch recht unwahrscheinlich.«

»Ja, das habe ich mir auch immer gedacht«, pflichtete Makepeace ihm bei. »Dir ist doch nicht etwa so etwas aufgefallen, seit du den da bei dir hattest?«

»Ganz und gar nichts.« Flinx verstand sich großartig darauf, eine Aura von Unschuld um sich aufzubauen; in diesem Fall strahlte sie von seinem Gesicht, nicht von seinem Bewußtsein aus. »Und vielen Dank auch, daß Sie sich so viel Zeit genommen haben, Mr. Makepeace, Sir.«

»Aber gerne, mein Junge. Altes Wissen stirbt nur ab, wenn man es nicht gebraucht. Paß nur auf mit diesem Ding! Ein Saniff ist es jedenfalls nicht, und wer weiß, vielleicht greift er dich einmal an.«

»Ich werd' vorsichtig sein«, versprach Flinx vergnügt. Er drehte sich um und ließ die alten Leute stehen.

Makepeace rieb sich das Kinn und starrte dem Jungen nach, der inzwischen schon in der Menge verschwunden war. »Komisch. Ich möchte wissen, wo der kleine Flugteufel herkommt? Schließlich ist Moth verdammt weit von Alaspin entfernt. Da fällt mir übrigens ein ...«

Flinx sah auf sein Schulter herab. »Giftig bist du also, wie? Nun, das hätte sich jeder denken können, der heute morgen diese kleine Demonstration gesehen hat, die du mit Mutters Besen geliefert hast. Wenn du mir ins Auge spuckst, spucke ich zurück.«

Die Schlange ging nicht auf das Angebot ein. Sie starrte ihn einen Augenblick lang an, wandte dann den Kopf und studierte die Straße vor ihnen, sichtlich mehr an seiner Umgebung als an den unverständlichen Worten seines Herrn und Gebieters interessiert.

Vielleicht verstanden Miniaturdrachen nicht besonders viel Spaß, überlegte Flinx. Er würde wahrscheinlich noch reichlich Gelegenheit haben, es herauszufinden. Aber zumindest wußte er jetzt, womit er es zu tun hatte. Er blickte an der Kapuze seines Slickers vorbei und fragte sich, wo die Heimatwelt der Schlange wohl liegen mochte. Alaspin hatte der alte Makepeace sie genannt und gesagt, sie läge sehr weit entfernt.

Der Morgennebel befeuchtete sein nach oben gerichtetes Gesicht. Die Wolkendecke schien heute dünner als gewöhnlich. Wenn er Glück hatte, würde sie irgendwann während der Nacht einmal aufreißen, und er würde die zerrissenen Eisringe von Moth sehen, den Mond Flame und dahinter die Sterne.

Eines Tages werde ich auch zu fernen Welten reisen, so wie Makepeace und die anderen, dachte er. Eines Tages werde ich diese belanglose Welt verlassen. Und auf Wanderschaft gehen. Ich werde dann ein freier Erwachsener sein, mit nichts, das mich fesselt, ohne Verantwortung für andere. Ich werde dann ein entspanntes, unkompliziertes Leben führen, einfachen Freuden nachgehen. Er blickte auf seinen neugewonnenen Begleiter herab. Vielleicht würden sie eines Tages sogar zur Heimatwelt der Schlange reisen, zu diesem Alaspin, wo immer es auch liegen mochte.

Sicher wirst du das, dachte er, Pip. Aber besser war es,

realistisch zu sein, wie Mutter Mastiff sagt. Du klebst hier für immer fest. Moth ist dein Zuhause, und auf Moth wirst du auch den Rest deiner Tage verbringen. Du darfst dich glücklich preisen. Du hast eine Mutter, die sich um dich sorgt, ein warmes Zuhause, Nahrung ...

Nahrung. Ganz sicher war die Flugschlange hungriger denn je. »Jetzt kümmern wir uns besser um etwas zu essen für dich«, sagte er zu Pip, der mit neuem Interesse zu ihm aufblickte.

Er überprüfte seine Credcard. Nicht viel Geld vorhanden. Nicht, daß das je der Fall gewesen wäre. Nun, er würde es schon schaffen. Das Ärgerliche war nur, daß er keine Ahnung hatte, was alaspinianische Minidrachs gern aßen. »Ich frage mich nur, was du gerne hättest«, murmelte er. Die Schlange antwortete darauf nicht. »Wenn du nur lebende Nahrung zu dir nimmst, dann kann ich, glaube ich, nicht viel für dich tun. Nicht regelmäßig jedenfalls. Probieren wir es zunächst einmal hier.«

Sie betraten eine Garküche, in der Flinx gut bekannt war. Die meisten der Nischen und Tische waren frei, da die Zeit zwischen den Mahlzeiten war. Bald erwies es sich, daß es weniger problematisch war, Nahrung für den Minidrach zu finden, als er befürchtet hatte. Zur großen Überraschung von Flinx war die Flugschlange ein Fleischfresser. Pip aß fast alles, was er ihm vorsetzte, aber rohes Fleisch schien ihm besonders gut zu schmecken. Flinx schnitt das Fleisch in kleine Brocken, die die Schlange ganz hinunterwürgte. Flinx selbst nahm sich auch gelegentlich einen Bissen. In schlechten Zeiten hatten er und Mutter Mastiff mit sehr viel weniger auskommen müssen.

Pip mochte auch alle Arten von Obst und Beeren, lehnte aber Gemüse ab. Auch etwas, das sie gemeinsam hatten, dachte Flinx. Seltsamerweise leckte die Schlange sogar Milch. Flinx war überzeugt, daß er seinem neuen Hausgefährten genügend Abwechslung würde bieten können, um ihn nicht nur am Leben, sondern auch zufrieden zu halten. Vielleicht würde er sogar Tischabfälle essen. *Das* würde sogar Mutter Mastiffs Abneigung mildern. Beim weiteren Experimentieren stellte er fest, daß die Schlange ganz besonders Speisen mit hohem Eisengehalt liebte, wie zum Beispiel Rosinen oder getrockneten Guarfisch. Wäre er Biochemiker gewesen, mit Zugang zu einem Labor, so hätte er erfahren, daß das Blut des Mindrachs einen besonders hohen Hämoglobingehalt hatte, was erforderlich war, um die notwendige Sauerstoffmenge zu befördern, die Pip für seinen kolibriartigen Flug benötigte.

Als Pip schließlich zum doppelten Durchmesser angeschwollen war, hörte Flinx auf, neue Nahrung an ihm auszuprobieren. Er lehnte sich in der Nische zurück, nippte an seinem verdünnten Wein und sah zu, wie draußen langsam die Lichter der Stadt aufflammten. Eigentlich würde es gar nicht so schlimm sein, den Rest seines Lebens auf Moth zu verbringen, räumte er ein. Langweilig war Drallar nie, und jetzt hatte er sogar noch einen besonderen Gefährten, mit dem er die Aufregungen dieser vielfältigen Stadt genießen konnte.

Ja, die Flugschlange hatte ganz eindeutig eine Leere in seinem Leben ausgefüllt – auch in einem geheimnisvollen tieferen Teil seines Wesens. Trotzdem sehnte er sich immer noch nach den Sternen und den magischen Welten, die sie umkreisten.

Sei realistisch! befahl er sich.

Er winkte ein paar Bekannten zu, die an dem Restaurant vorbeischlenderten. Ältere Männer und Frauen. Mutter Mastiff machte sich manchmal Sorgen, weil er die Gesellschaft von Erwachsenen der von Gleichaltrigen vorzog. Dafür konnte er nichts. Nicht, daß er ungesellig gewesen wäre, er war nur wählerisch in der Auswahl seiner Freunde. Und die Unreife von Gleichaltrigen trieb ihn in die Gesellschaft von Erwachsenen.

Eine flüchtige Emotion eines der Männer, denen er zugewinkt hatte, erreichte ihn, als die Gruppe im munteren Gespräch und lachend um eine Ecke bog. Flinx griff danach, aber da war die Empfindung schon verflogen. Er lehnte sich in seinem Stuhl zurück und spürte, wie der Wein in ihm eine etwas trübe Stimmung erzeugte. Besser überhaupt kein Talent haben, dachte er, als eines, das man nicht im Griff hat, und das sich nur über einen lustig macht.

Er bezahlte die bescheidene Rechnung, indem er seine Credcard in die Mittelsäule des Tisches schob. Draußen hatte der abendliche Regen angefangen. Pip hatte es sich auf seiner Schulter unter dem Slicker bequem gemacht, nur sein Kopf guckte heraus. Er war jetzt gesättigt und zufrieden. Das solltest du auch sein, nach allem, was du verspeist hast, dachte Flinx und blickte liebevoll auf seinen neuen Gefährten hinunter.

Der Regen ließ die Schuppen am Kopf der Schlange wie winzige Edelsteine aufblitzen. Die Feuchtigkeit schien ihr nichts auszumachen. Ob Alaspin wohl auch eine feuchte Welt ist? dachte Flinx. Ich hätte den alten Makepeace fragen sollen, wahrscheinlich hätte er es gewußt. Leute, die das Glück haben, zu reisen, lernen über kurz oder lang sehr viel.

Plötzlich ließ ihn eine wahre Explosion von Gefühlen – ein Hammerschlag, unerwartet, hart – zusammenzucken. Es war wie ein lautloser Schrei in seinem Kopf. Flinx spürte die nackte Emotion, die hinter einem Schrei lag, statt den Schrei selbst zu hören. Er hatte noch nie so etwas erlebt, und trotzdem wirkte die Empfindung auf ihn in Übelkeit erregender Weise vertraut.

Ein in seinen Slicker gehüllter Passant blieb stehen und beugte sich über den zusammengekrümmten Jungen. »Bei dir alles in Ordnung, Junge? Du ...« Dann bemerkte er etwas und zuckte zurück.

»Ich – ja, schon in Ordnung, glaube ich«, konnte Flinx hervorstoßen. Er sah, was den Mann hatte zurückzucken lassen. Pip hatte noch vor einem Augenblick eingerollt auf seiner Schulter geschlafen. Jetzt war die Schlange hellwach, und Kopf und Hals ragten wie ein schuppiges Teleskop hervor, so als suchte es die Nachtluft nach irgend etwas Unsichtbarem ab.

Dann verschwanden die letzten Reste jenes verzweifelten, klagenden Schreis und hinterließen in Flinx' Kopf nur rasende Schmerzen und eine quälende Leere. Und doch hatte die Empfindung lange genug angehalten, daß er sie hatte identifizieren können.

»Hör zu, Junge, wenn du Hilfe brauchst, kann ich ...«, setzte der Fremde an, aber Flinx wartete das freundliche Angebot gar nicht ab. Er war aufgesprungen und rannte, was seine Beine hergaben, die Straße hinunter. Sein Slicker blähte sich hinter ihm auf wie ein Cape, und seine Stiefel spritzten Wasserfontänen über Ladenfassaden und Fußgänger. Er nahm sich nicht die Zeit, sich dafür zu entschuldigen, und die Flüche der Belästigten glitten von ihm ebenso unbemerkt ab wie der Regen.

Jetzt hatte er eine vertraute Seitengasse erreicht. Sein Herz schlug wie wild, und seine Lungen bebten. Die Straße schien unberührt, unverändert. Und doch war hier etwas verletzt worden, und Flinx hatte es in seinem Bewußtsein gespürt. Die meisten der Geschäfte hatten bereits die Fensterläden für die Nacht geschlossen. In der feuchten Schlucht aus Stein war keine Spur von menschlichen Wesen zu erkennen.

»Mutter!« schrie er. »Mutter Mastiff!« Er drückte die bebende Handfläche auf die Schloßplatte. Die Tür summte, öffnete sich aber nicht – sie war von innen abgesperrt.

»Mutter Mastiff, mach auf, ich bin's, Flinx!« Keine Antwort auf der anderen Seite.

Pip tanzte auf seiner Schulter herum, halb von seinen Flügeln getragen, auf seinen Herrn und Meister gestützt. Flinx trat ein Dutzend Schritte von der Tür zurück und rannte dann los, warf sich seitwärts in die Luft und trat mit einem Fuß zu, wie Makepeace es ihm einmal gezeigt hatte. Die Tür gab nach, flog nach innen. Sie war nur verriegelt, nicht elektronisch gesichert gewesen.

Jetzt duckte er sich, und seine Augen huschten schnell durch den engen Laden. Pip hatte sich wieder etwas beruhigt, aber sein Kopf bewegte sich noch aufgeregt hin und her, so als teilte er die Nervosität und die Sorge seines Gebieters.

Flinx trat vor und versuchte, die Innentür zu öffnen. Sie ging auf seine Berührung hin auf. Der Wohnraum bot das Bild von Chaos. Töpfe und Pfannen waren in der Küche umgestürzt, der Boden mit Kleidern und anderen persönlichen Habseligkeiten übersät. Er ging in sein Zimmer und zuletzt in das von Mutter Mastiff, wobei er wußte und doch fürchtete, was er dort finden würde.

In ihrem Zimmer war das Bild der Zerstörung noch schlimmer. Das Bett sah aus, als hätte auf ihm ein Mordversuch oder eine Orgie stattgefunden. Auf der anderen Seite des Bettes, dem flüchtigen Blick verborgen, ging eine kleine, etwas gekrümmte Tür nahtlos in die Wandvertäfelung über. Nur wenige Besucher hatten einen genügend scharfen Blick, um sie zu bemerken. Sie war gerade breit genug, daß ein Mensch durchkriechen konnte.

Jetzt stand sie offen. Von draußen wehte eine kalte Brise herein.

Flinx ging auf die Knie und schob sich durch die Türöffnung, ohne sich darum zu kümmern, was ihn vielleicht auf der anderen Seite erwartete. Er kam draußen auf der Gasse heraus und richtete sich auf. Der Regen war in Nebel übergegangen. Nichts deutete darauf hin, daß hier irgend etwas Ungewöhnliches geschehen war. All das Chaos lag hinter ihm, drinnen.

Er drehte sich um, rannte zwei oder drei Schritte in nördlicher Richtung, blieb dann wieder heftig atmend stehen. Er war das ganze Stück von der Stelle, wo ihn der Schrei erreicht hatte, schnell gerannt, war aber zu spät gekommen. Hier gab es keine Spur, die darauf hindeutete, daß irgend jemand in der Gasse gewesen wäre.

Langsam, niedergeschlagen, kehrte er in den Laden zurück. Warum? fragte er sich immer wieder. Warum ist mir das passiert? Wer würde schon eine harmlose alte Frau wie Mutter Mastiff entführen wollen? Je länger er darüber nachdachte, desto weniger Sinn gab das.

Er zwang sich, draußen Inventur zu machen. Anscheinend fehlte nichts. Der Laden schien unversehrt. Also keine Diebe, die man beim Einbruchsversuch ertappt hatte. Was aber dann? Hätte der Zustand der Wohnung nicht darauf gedeutet, daß hier ein Kampf stattgefunden hatte, hätte er nicht einmal vermutet, daß hier etwas nicht stimmte.

Nein, erinnerte er sich, das stimmte nicht ganz. Das Elektronikschloß der Haupttür war tot. Sämtliche Diebe von ganz Drallar hätten Mutter Mastiff nicht aus ihrem Laden zerren können, so lange dieser ungesichert war. Der Gedanke an Diebe veranlaßte ihn, an die Arbeit zu gehen und das Schloß zu reparieren, während ihn finstere, miteinander im Widerspruch stehende Gedanken plagten.

6. Kapitel

»*Psst!* Junge! Flinx-Junge!«

Flinx schob die Tür einen Spalt auf und spähte in die Finsternis hinaus. Der Mann, der ihn aus den Schatten heraus angerufen hatte, betrieb zwei Buden weiter in der Seitengasse eine kleine Werkstätte und stellte aus den Harthölzern, die in reichlichem Überfluß auf Moth wuchsen, Gegenstände her. Flinx kannte ihn gut und trat hinaus, um mit ihm zu sprechen.

»Hallo, Arrapkha.« Er versuchte, den Gesichtsausdruck des Mannes zu erkennen, aber die Kapuze seines Slickers verdeckte den größten Teil seines Gesichts. Aus dem Bewußtsein des anderen konnte er nichts entnehmen. Wirklich ein großartiges Talent, dachte er sarkastisch bei sich.

»Was ist hier geschehen? Hast du etwas gesehen?«

»Eigentlich sollte ich gar nicht draußen sein.« Arrapkha drehte sich um und blickte besorgt die schmale Gasse hinauf zu der Stelle, wo sie sich mit der Hauptstraße kreuzte. »Du weißt ja, was die Leute in Drallar sagen, Flinx-Junge. Am besten kümmert man sich nur um seine eigenen Angelegenheiten.«

»Komm mir jetzt nicht mit Sprichwörtern, Freund«, sagte Flinx ungeduldig. »Du bist viele Jahre meiner Mutter ein Nachbar gewesen und hast zugesehen, wie ich herangewachsen bin. Wo ist sie?«

»Ich weiß nicht.« Arrapkha hielt inne, um seine Gedanken zu sammeln. Flinx hielt seine Besorgnis zurück und versuchte, geduldig mit dem Mann zu sein – Arrapkha war im Oberstübchen ein bißchen langsam, aber eine gute Seele.

»Ich hab an meiner Drehbank gearbeitet und mich wohlgefühlt. Ich hatte gerade einem Programmierer aus dem Welterviertel ein paar Hocker verkauft und war dabei, mir meinen Gewinn auszurechnen, als ich dachte, ich würde Lärm aus eurem Haus hören.« Er lächelte schwach. »Zuerst habe ich mir gar nichts dabei gedacht. Du kennst ja deine Mutter. Die kann sich schnell über nichts und wieder nichts aufregen und so viel Lärm machen, daß sogar die Läden vorne an der Hauptstraße sich beschweren.

Jedenfalls habe ich meine Broyasäule zuende gedreht – sie ist wirklich schön, Flinx-Junge, aus Harfenbeerenholz ...«

»Ja, ganz bestimmt wird sie das«, sagte Flinx ungeduldig. »Sie wird sich in deinem Schaufenster gut ausmachen, so wie all deine Arbeiten. Aber was ist mit Mutter Mastiff?«

»Darauf komme ich schon noch, Flinx-Junge«, sagte Arrapkha etwas beleidigt. »Wie ich schon sagte, ich habe die Säule fertiggemacht, und als der Lärm gar nicht aufhören wollte, wurde ich neugierig. Mir dauerte das zu lange, selbst für deine Mutter. Also habe ich meine Arbeit eine Weile weggelegt und mir gedacht, ich sehe mal nach, was da los ist. Manchmal bin ich ja als Vermittler für deine Mutter tätig.

Als ich die Hälfte des Weges von meinem Laden zu dem euren zurückgelegt hatte, hörte der Lärm fast völlig auf. Ich wollte schon wieder nach Hause zurückkehren, als ich etwas sah. Jedenfalls denke ich, daß ich etwas gesehen habe.« Er deutete auf den schmalen Spalt, der Mutter Mastiffs Laden von dem leerstehenden Geschäft daneben trennte.

»Durch diese Spalte hier, bildete ich mir ein, ich würde Gestalten sehen, die hinter eurem Haus schnell die Gasse hinaufrannten. Aber sicher war ich nicht. Die Öffnung ist ganz schmal. Es regnete zu der Zeit, und dort hinten ist es finster. Aber ich bin schon ziemlich sicher, daß ich einige Gestalten gesehen habe.«

»Wie viele?« wollte Flinx wissen. »Zwei, drei?«

»Genau könnte ich das nicht sagen«, gestand Arrapkha niedergeschlagen. »Ich könnte nicht einmal mit Sicherheit sagen, ob es Menschen waren oder nicht. Aber ganz bestimmt mehr als zwei. Aber nicht viele, obwohl natürlich möglich ist, daß ich sie nicht alle gesehen habe.

Nun, ich eilte jedenfalls schnell zur Tür und drückte den Summer. Niemand meldete sich, und drinnen war es still, und die Tür war abgeschlossen. Also dachte ich mir nicht mehr viel. Schließlich gab es doch keinen Anlaß, die Gestalten in der Gasse mit dem Geschimpfe deiner Mutter in Verbindung zu bringen. Du darfst nicht vergessen, ich hatte schließlich nur Lärm aus dem Laden gehört.

Als es dann dunkel wurde, fing ich an, mir Sorgen zu machen, und der Laden blieb immer noch geschlossen. Es paßt einfach nicht zu Mutter Mastiff, den ganzen Tag geschlossen zu halten. Aber immerhin ist ihre Verdauung ja auch nicht mehr das, was sie einmal war, und manchmal macht ihr ihre Leber Schwierigkeiten. Zu viel Galle. Vielleicht hat sie nur über ihre eigene Verdauung geflucht.«

»Ich weiß«, sagte Flinx. »Ich mußte mir ihre Klagen schließlich oft genug anhören.«

»Also dachte ich, daß es wohl am besten wäre, wenn ich mich nicht einmische. Aber andererseits *habe* ich euch beide wirklich schon lange gekannt, Flinx-Junge, ganz wie du sagst, also dachte ich mir, als ich dich hier herumsuchen sah, ich sollte rüberkommen und dir sagen, was ich gesehen hatte. Jetzt ist mir natürlich klar, daß ich ein wenig gründlicher hätte sein müssen.« Er schlug sich mit der Faust gegen den Kopf. »Tut mir leid. Du weißt ja, daß ich nicht gerade der Schlaueste auf dem Markt bin.«

»Es ist schon gut, Arrapkha. Du brauchst dir keine Vorwürfe zu machen.« Flinx stand eine Weile im Nebel da und überlegte.

Arrapkha riß ihn aus seinen Gedanken. »Mir tut es wirklich leid, Flinx-Junge. Wenn ich in irgendeiner Weise behilflich sein kann, wenn du ein Bett brauchst, wo du heute nacht schlafen kannst, ja, sogar mit diesem Teufelsding auf deiner Schulter, dann bist du in meinem Haus willkommen.«

»Ich habe so manche Nacht draußen verbracht, Sir«, sagte Flinx, »aber ich bin für das Angebot dankbar. Danke für deine Hilfe. Jetzt habe ich wenigstens eine etwas bessere

Vorstellung davon, was passiert ist, wenn ich mir auch wirklich nicht vorstellen kann, *warum*. Hast du sehen können, ob Mutter Mastiff auch bei denen war, die die Gasse hinunterrannten? Sie ist nicht hier.«

»Das habe ich schon aus deinem Blick und deinem Verhalten geschlossen. Nein, ich könnte nicht sagen, daß sie dabei war. Ich habe nur Gestalten gesehen, die mir menschlich erschienen oder zumindest aufrecht. Aber sie schienen beim Laufen Schwierigkeiten zu haben.«

»Vielleicht haben sie sie getragen.«

»Das mag wohl sein, Junge, das mag wohl sein. Ganz sicherlich wäre sie nicht ohne weiteres mit Fremden mitgegangen, ohne dir irgendeine Nachricht zu hinterlassen.«

»Nein, ganz sicher nicht«, pflichtete Flinx ihm bei, »und wenn sie mit den Leuten gegangen ist, die du gesehen hast, dann jedenfalls nicht, weil diese Leute ihre Freunde waren. Drinnen ist alles durcheinander. Die ist nicht freiwillig mitgegangen.«

»Dann ist sie ganz sicher aus irgendeinem Grund entführt worden«, pflichtete Arrapkha ihm bei. »Vor fünfzig Jahren hätte ich vielleicht den Grund für so etwas geahnt. Damals war Mutter Mastiff eine Schönheit – wenn sie auch nicht so elegant älter geworden ist. Eleganz war auch nicht ihre Stärke, schon damals nicht. Sie war immer eine harte Frau, aber attraktiv. Oho! Eine Schönheit! Aber daß jetzt so etwas passiert ...« Er schüttelte den Kopf. »Wirklich ein Rätsel. Hatte sie Zugang zu viel Geld?«

Flinx schüttelte heftig den Kopf.

»Äh – hab ich mir gleich gedacht. Nun, hat sie jemandem gefährliche Beträge geschuldet?«

»Sie hat vielen Leuten etwas geschuldet, aber keine großen Summen«, erwiderte Flinx. »Zumindest hat sie mir gegenüber nie etwas dergleichen erwähnt, und ich habe auch beiläufig nichts gehört.«

»Dann verstehe ich das alles nicht«, sagte Arrapkha würdevoll.

»Und ich auch nicht, Freund.«

»Vielleicht«, schlug Arrapkha vor, »wollte sich jemand unter vier Augen mit ihr unterhalten, und bringt sie am Morgen wieder zurück?«

Flinx schüttelte zum zweitenmal den Kopf. »Ich denke, nachdem sie schon nicht freiwillig mitgegangen ist, wird man ihr auch nicht erlauben, freiwillig wieder zurückzukehren. Aber, wie dem auch sei, eines hat sie mir immer wieder eingebläut – man soll nicht herumsitzen und starren Blicks auf das Unerklärliche schauen, sondern immer versuchen, Antworten zu finden. Wenn sie morgen plötzlich anspaziert kommt, kann ich zumindest versuchen, ihr ein paar Schritte entgegenzugehen.«

»Dann bist zu entschlossen, dich auf die Suche nach ihr zu machen?« Arrapkha hob die buschigen schwarzen Augenbrauen.

»Was kann ich denn sonst tun?«

»Warten könntest du. Du bist ein netter junger Bursche, Flinx.« Er deutete mit einer Handbewegung auf die entfernte Hauptstraße. »Praktisch jeder auf dem Markt, der dich kennt, ist auch der Meinung. Wenn du beschließt, hier auf sie zu warten, bietet man dir bestimmt eine Schlafstelle und zu essen an. Dein Problem ist, daß du zu jung bist, und junge Leute sind oft unnötig besorgt.«

»Tut mir leid, Arrapkha. Ich weiß, du meinst es mit mir gut. Aber ich kann nicht einfach hier herumsitzen und abwarten. Ich glaube, damit würde ich meine Zeit vergeuden, und was noch schlimmer ist, vielleicht auch die ihre. Mutter Mastiff hat nicht mehr viel Zeit.«

»Und was ist, wenn ihre Zeit – entschuldige bitte – bereits abgelaufen ist?« fragte Arrapkha eindringlich. Feingefühl gehörte nicht zu den hervorstechendsten Eigenschaften der Bewohner des Marktplatzes. »Wirst du dich dann auf etwas Gefährliches einlassen, wovon du bis jetzt verschont geblieben bist?«

»Ich muß es genau wissen. Ich muß ihr nach und sehen, ob ich ihr helfen kann.«

»Das verstehe ich nicht«, sagte Arrapkha betrübt. »Du bist

ein intelligenter junger Mann, viel intelligenter als ich. Warum dein Leben riskieren? Sie würde das nicht wollen, weißt du. In Wirklichkeit ist sie ja gar nicht deine Mutter.«

»Mutter oder Nichtmutter«, antwortete Flinx, »sie ist die einzige Mutter, die ich je gekannt habe. Daran ist mehr als nur Biologie, Arrapkha. Soviel haben mich die Jahre gelehrt.«

Der ältere Mann nickte. »Ich habe mir schon gedacht, daß du so etwas sagen würdest, Flinx-Junge. Nun, zumindest kann ich dir Glück wünschen. Das ist alles, was ich dir geben kann. Hast du Kredit?«

»Ein wenig auf meiner Karte.«

»Wenn du mehr brauchst, kann ich dir welchen übertragen.« Arrapkha schickte sich an, die eigene Karte herauszuziehen.

»Nein, jedenfalls nicht jetzt. Vielleicht brauche ich später Hilfe.« Plötzlich breitete sich auf seinem Gesicht ein Lächeln aus. »Du bist ein guter Freund, Arrapkha. Deine Freundschaft ist so solide wie deine Holzarbeiten.« Er drehte sich um. »Hast du gesehen, welche Richtung diese Gestalten eingeschlagen haben?«

»Damit wirst du nicht viel anfangen können.« Er wies nach Norden. »Dorthin, die Gasse hinauf. Aber sie können ja überall abgebogen sein. Und in dem Wetter« – er wies auf die Wolken, die träge am Himmel hingen – »haben sie dir ganz bestimmt keine Spur hinterlassen, der du folgen kannst.«

»Kann schon sein«, gab Flinx zu. »Wir werden sehen.«

»Ja, das wirst du ganz bestimmt, Flinx-Junge, da es dir ja so wichtig ist. Was ich tun kann, ist dann, dir Glück zu wünschen.« Er drehte sich um und ging wieder die Straße hinauf auf sein Geschäft zu, wobei er sich seinen Slicker eng um Kopf und Schultern zog.

Flinx wartete, bis der Regen und die Dunkelheit den Alten verschluckt hatten, ehe er wieder hineinging und die Tür hinter sich schloß. Er stöberte mürrisch im Wohnbereich umher, rettete diesen oder jenen Gegenstand aus dem allgemeinen Durcheinander und legte ein paar Dinge wieder dorthin, wo sie hingehörten. Es dauerte nicht lange, und er fand sich in Mutter Mastiffs Zimmer. Er setzte sich aufs Bett und starrte auf die offenstehende Geheimtür, die nach draußen führte.

»Was meinst du, Pip, wo ist sie hingegangen? Wer hat sie entführt und warum? Und wie werde ich sie finden? Ich weiß nicht einmal, wie ich anfangen soll.«

Er schloß die Augen, strengte sich an, versuchte die Art von Emotionen zu fühlen, von denen er wußte, daß sie sie jetzt erzeugen würde, gleichgültig, wohin man sie geschafft hatte. Doch da war nichts. Nichts von Mutter Mastiff und auch nichts von sonst jemandem. Sein Talent ließ ihn wieder einmal im Stich. Er fing an, das Schlafzimmer in Ordnung zu bringen, in der Hoffnung, die Berührung mit vertrauten Gegenständen würde in seinem Bewußtsein irgendeine Reaktion auslösen. Irgend etwas, das ihm dabei half, ihre Spur ausfindig zu machen. Pip glitt von seiner Schulter und schlängelte sich über das Bett, spielte mit den Laken und Kissen.

In dem Kleiderschrank waren Lücken – fehlende Kleidung, stellte Flinx fest. Ihre Entführer hatten also offenbar die Absicht, sie eine Weile bei sich zu behalten. Das munterte ihn auf, weil sie sich ganz bestimmt nicht die Mühe gemacht hätten, Kleidung für jemanden mitzunehmen, den sie sofort zu töten beabsichtigten.

Pip hatte sich inzwischen quer über das Bett bis zum Nachttisch vorgearbeitet und befand sich jetzt dort zwischen den Flaschen und Gefäßen. »Weg da, Pip, ehe du etwas zerbrichst! Heute ist hier schon genug Schaden angerichtet.« Sein gereizter Tonfall erwuchs mehr aus seiner persönlichen Erregung als aus echter Besorgnis. Bis jetzt hatte der Minidrach noch nichts umgestoßen.

Pip reagierte, wenn auch nicht auf die Ermahnung seines Gebieters. Die Schlange breitete ihre bunten Schwingen aus, flatterte vom Tisch zu der Geheimtür. Dort blieb sie in der Luft stehen und sah ihn an. Während Flinx seinen neuen Freund anstarrte, flog der zum Nachttisch zurück, blieb summend über einer Flasche stehen und schoß dann wieder zur Öffnung zurück.

Plötzlich löste sich die Paralyse, die Flinx befallen hatte, und er rannte an das Tischchen. Die dünne Plastikflasche, die Pips Aufmerksamkeit auf sich gezogen hatte, stand offen. Normalerweise enthielt sie einen Zehntelliter eines besonders kräftigen, billigen Parfüms, das Mutter Mastiff ungewöhnlich schätzte. Jetzt sah er, daß die Flasche leer war.

Wenn Mutter Mastiff sich genügend Geistesgegenwart bewahrt hatte, um sich daran zu erinnern, daß die Gendarmerie von Drallar gelegentlich spurenlesende Tiere einsetzte – zum erstenmal verdrängte die Hoffnung die Verzweiflung aus Flinx' Gedanken. Diese Tiere waren imstande, trotz der beständigen Luftfeuchtigkeit von Moth Gerüche zu verfolgen.

Wenn ein alaspinianischer Minidrach dieselbe Fähigkeit besaß ... – oder interpretierte er das Verhalten der Flugschlange völlig falsch? »Pip?«

Die Flugschlange schien die Erwähnung ihres Namens als bedeutsam zu akzeptieren, denn sie machte sofort mitten in der Luft kehrt und schoß durch die Geheimtür nach draußen. Flinx ging auf Hände und Knie nieder und kroch hinterher. Wenige Sekunden später war er wieder draußen in der Gasse. Als er sich aufrichtete, suchte er den Minidrach, der sich bereits in östlicher Richtung entfernt hatte, und kaum mehr zu sehen war.

»Pip, warte!« Die Schlange machte gehorsam halt und blieb in der Luft stehen, bis er aufgeholt hatte. Dann setzte sie ihren Flug durch die Gasse fort.

Flinx begann zu laufen. Er war ein ausgezeichneter Läufer und befand sich in bester Kondition, etwas, worauf er immer stolz gewesen war. Jetzt war er entschlossen, der Flugschlange zu folgen, bis einer von ihnen beiden zusammenbrach.

Er rechnete jeden Augenblick damit, daß die Schlange vor

irgendeinem der zahlreichen gesichtslosen Bauwerke halt machte, die die Gewerbeviertel von Drallar übersäten. Aber der Minidrach schlängelte sich zwar in schnellem Flug durch die Gassen und Straßen, hielt aber kein einziges Mal im Flug inne. Bald stellte Flinx fest, daß ihm die Puste ausging. Jedesmal, wenn er stehenblieb, wartete die Schlange ungeduldig, bis er wieder nachgekommen war.

Drallar war die größte Stadt von Moth, aber im Vergleich mit den großen Städten von Terra oder den unterirdischen Komplexen von Hivehom und Evoria mußte man sie wohl eher als Dorf bezeichnen. Und so überraschte es Flinx nicht, als Pip schließlich langsamer wurde. Sie hatten nämlich den nordwestlichen Rand der Metropole erreicht. Hier bestand keine Notwendigkeit mehr, die Häuser dicht aneinander aufzureihen. Statt dessen verteilten sich weniger dauerhaft angelegte Bauwerke und einzelne Behausungen aus Brettern und Plastik, die kurz darauf in die erste Phalanx aus immergrünem Wald übergingen. Pip zögerte vor den Bäumen, flog ein paarmal besorgt im Kreis, und schoß dann in die Höhe, um sich die Baumwipfel anzusehen. Auf Flinx' Rufe ging er nicht ein, bis er genug gesehen hatte, worauf er sich heruntersinken ließ und wieder auf der Schulter seines Herrn Platz nahm. Flinx drehte sich langsam im Kreise und mühte sich ab, wenigstens Fragmente von Emotionen wahrzunehmen. Doch wieder waren seine Bemühungen nicht von Erfolg gekrönt. Offenbar hatten Mutter Mastiffs Entführer sie in den Wald geschleppt, und die Geruchsspur, die Pip bis jetzt geleitet hatte, hatte sich zu guter Letzt unter dem beständigen Ansturm von Nebel und Regen aufgelöst. Auf einer trockeneren Welt oder in einer der wenigen Wüsten, die es auf Moth gab, hätte das anders sein können, aber hier befand Pip sich offenbar in einer Sackgasse.

Nach kurzer Überlegung entfernte Flinx sich wieder von den Bäumen. Neben den Lagerhäusern und Wohnbauten konnte man in der Nähe ein paar kleine gewerbliche Bauten erkennen, darunter auch zwei der allgegenwärtigen Sägemühlen, die die ganze Stadt umringten, und den Rohstoff bearbeiteten, den es auf Moth am reichlichsten gab. Flinx schlenderte zwischen ihnen herum, bis er schließlich an einer Straßenecke eine öffentliche Komstation entdeckte. Er trat in die Kabine und schob die Tür aus Spandaholz hinter sich zu. Spanda bewahrte sich sogar nach der Bearbeitung noch seinen auffälligen Ausdehnungskoeffizienten, und die Tür preßte sich nach dem Schließen so dicht gegen den Rahmen, daß ihn nur die Lüftungsmembranen vor dem Ersticken bewahrten. Er holte seine zerbeulte Credcard heraus, schob sie in den Schlitz und tastete dann eine Nummer ein. Eine freundlich blickende Frau in mittleren Jahren erschien auf dem kleinen Bildschirm. »Ja, Sir. Was kann ich für Sie tun?«

»Gibt es bei den Behörden von Drallar ein Vermißtenbüro?«

»Einen Augenblick bitte.« Sie blickte auf einen Bildschirm außerhalb des Aufnahmebereichs ihres Gerätes. »Menschlich oder Alien?« fragte sie.

»Menschlich, bitte.«

»Besucher oder Eingeborener?«

»Eingeborener.«

»Soll ich Sie verbinden?«

»Ja bitte.« Die Frau starrte ihn noch einen Augenblick lang an, und Flinx begriff erst jetzt, daß Pip sie faszinieren mußte. Schließlich blitzte der Bildschirm auf, und ein anderes Bild erschien.

Diesmal starrte ihn ein Männergesicht an, kahlköpfig und gelangweilt. Sein Alter war undefinierbar, und sein Verhalten gerade noch höflich. Flinx hatte Bürokraten noch nie gemocht. »Ja, was gibt's?«

»Gestern nacht«, erklärte er, »oder heute am frühen Morgen« – während er durch die nächtlichen Straßen gerannt war, hatte er jeden Zeitbegriff verloren – »ich ... ist meine Mutter verschwunden. Ein Nachbar sah ein paar Leute eine Gasse hinunterrennen, und unser Haus ist völlig in Unordnung. Ich weiß nicht, wie ich's anfangen soll, nach ihr zu suchen. Ich nehme an, daß man sie durch den Nordwestquadranten aus dem Stadtgebiet geschafft hat, aber sicher bin ich nicht.«

Der Mann zeigte jetzt einiges Interesse, wenn auch seine Stimme immer noch zweifelnd klang. »Verstehe. Das scheint eher eine Angelegenheit für die Polizei als für das Vermißtenbüro zu sein.«

»Nicht unbedingt«, sagte Flinx, »wenn Sie verstehen, was ich meine.«

»Oh.« Der Mann lächelte verstehend. »Einen Augenblick. Ich will für Sie nachsehen.« Er betätigte eine Tastatur, die Flinx nicht sehen konnte. »Ja, gestern nacht sind einige Verhaftungen erfolgt, auch ein paar Frauen darunter. Wie alt ist Ihre Mutter?«

»Knapp hundert«, sagte Flinx, »aber noch sehr lebhaft.«

»Aber nicht lebhaft genug für die Gruppe, an die ich dachte«, erwiderte der Beamte. »Name?«

Flinx zögerte. »Ich hab sie immer nur Mutter Mastiff genannt.«

Der Mann runzelte die Stirn und studierte dann wieder seinen unsichtbaren Bildschirm. »Ist Mastiff ein Vorname oder ein Nachname? Ich nehme an, das ›Mutter‹ ist eher symbolisch.«

Flinx ertappte sich dabei, wie er den Beamten dümmlich anstarrte. Plötzlich war ihm wieder einmal klar, aus was für ungeheuren Lücken doch der größte Teil seines Lebens bestand. »Ich ... das weiß ich nicht genau.«

Die Miene des Bürokraten erstarrte. »Soll das ein Witz sein, junger Mann?«

»Nein, Sir«, beeilte sich Flinx, ihn zu beruhigen, »das ist kein Witz. Ich sage Ihnen die Wahrheit, ich weiß es wirklich nicht. Sehen Sie, sie ist nämlich nicht meine natürliche Mutter.«

»Ah«, murmelte der Beamte diskret. »Nun, wie ist dann Ihr Familienname?«

»Ich ...« Zu seinem großen Erstaunen entdeckte Flinx, daß er zu weinen anfing. Das war ein höchst ungewöhnliches Phänomen, das er schon seit geraumer Zeit nicht mehr an sich erlebt hatte; und jetzt, wo er es am allerwenigsten brauchen konnte, mußte es ihn heimsuchen.

Aber immerhin verfehlten die Tränen ihre Wirkung auf den Beamten nicht. »Hören Sie, junger Mann, ich wollte Ihnen nicht zu nahe treten. Ich kann Ihnen nur sagen, daß in dieser Nacht keine Frau so fortgeschrittenen Alters verhaftet worden ist. Um es genauer zu sagen, keine amtliche Stelle meldet jemanden in dieser Altersgruppe. Hilft Ihnen das weiter?«

Flinx nickte. Es half ihm, wenn auch nicht so, wie er gehofft hatte. »D-danke, vielen Dank, Sir.«

»Warten Sie, junger Mann! Wenn Sie mir Ihren Namen sagen, kann ich Ihnen vielleicht einen Gendarmen schikken ...« Das Bild löste sich auf, als Flinx die Verbindung unterbrach. Seine Credcard sprang ihm aus dem Schlitz entgegen. Er schob sie in seine Hemdtasche, während er sich mit der anderen Hand die Augen wischte. Ob der Beamte sich wohl die Mühe machen würde, den Anruf zu überprüfen? Wahrscheinlich nicht. Einen Augenblick lang hatte der Bürokrat gedacht, der Anruf käme von irgendeinem Witzbold, der sich über ihn lustig machen wollte. Wenn er ein wenig darüber nachdachte, würde er sich vielleicht wieder zu dieser Meinung durchringen.

Niemand im Alter von Mutter Mastiff war also verhaftet worden oder befand sich in polizeilichem Gewahrsam. Nicht im Vermißtenbüro, was schon schlimm war, aber auch nicht in der Leichenhalle, und das war gut, weil es ihn in seinen ersten Überlegungen bestärkte: Mutter Mastiff war von Unbekannten verschleppt worden, deren Motiv für ihn ebenso geheimnisvoll blieb wie ihre Identität. Er blickte durch das Fenster der kleinen Telefonzelle auf den hochaufragenden, fremden Wald hinaus, in dem sie und ihre Entführer allem Anschein nach verschwunden waren, und Erschöpfung überfiel ihn. In der Komzelle war es drückend heiß.

Der Stuhl in der Zelle war bewußt unbequem, aber der Boden war geheizt und nicht viel härter. Das war eine der

Situationen, wo ihm seine bescheidene Größe nützlich war, dachte er, während er es sich auf dem Boden halbwegs bequem machte. Für Pip war in dem engen Raum wenig Platz, also mußte sich die Flugschlange widerstrebend mit der Komeinheit begnügen. Falls jemand hereinkam, um ein Gespräch zu führen, würde er einen Schock fürs Leben erleiden.

Es war heller Morgen, als Flinx schließlich aufwachte, steif und verkrampft, aber geistig ausgeruht. Er stand auf und streckte sich, schob die Tür auf und trat ins Freie. Im Norden lagen die Ausläufer des scheinbar endlosen Waldes, der von den gemäßigten Zonen Moth' bis in die Polarregionen reichte. Im Süden lag die Stadt, freundlich, vertraut. Es würde hart sein, ihr den Rücken zu kehren.

Pip flatterte über ihm, beschrieb einen Kreisbogen in der Luft, stieg dann auf und nahm Kurs nach Nordwesten. Wenige Minuten später war der Minidrach wieder zurück. So bestätigte er wortlos seine Gefühle der vergangenen Nacht. Mutter Mastiff war hier durchgekommen. Flinx überlegte einen Augenblick lang. Vielleicht hatten ihre Entführer sie in der Absicht, etwaige Verfolger abzuschütteln, in den Wald geschleppt, um von dort in einem Bogen in die Stadt zurückzukehren.

Doch wie sollte er das sicher wissen? Die Behörden würden ihm nicht weiterhelfen können. Also gut. Er hatte sich immer gut darauf verstanden, Informationen aus Fremden herauszukitzeln. Sie schienen ihm instinktiv zu vertrauen und sahen in ihm einen körperlich wenig eindrucksvollen, allem Anschein nach nicht besonders intelligenten Jungen. Er würde hier ebenso leicht Nachforschungen anstellen können wie auf dem Marktplatz.

Er verließ die Zelle und die Gegend mit den Sägemühlen und begann seine Ermittlungen, indem er die Leute befragte, die er in den kleineren Firmen und Häusern vorfand. Die meisten Häuser waren freilich verlassen, ihre Bewohner waren schon lange zur Arbeit gegangen. Aber dafür erwachten jetzt die Industriebetriebe und Geschäfte zum Leben, während der Kreislauf der Stadt langsam in Bewegung kam. Flinx sprach die Arbeiter an, während sie durch Türen und Tore kamen, ihre Fahrzeuge parkten oder aus öffentlichen Verkehrsmitteln stiegen.

Vor dem Eingang einer kleinen Firma, die hölzerne Küchenutensilien herstellte, sah er jemanden, der nicht zur Arbeit kam, sondern im Begriff war wegzugehen. »Verzeihen Sie mir bitte, Sir«, sagte er, das hunderttausendste Mal, wie es ihm vorkam, »haben Sie zufällig gestern nacht eine Gruppe von Leuten hier durchkommen sehen? Sie müßten eine ziemlich erregte alte Dame bei sich gehabt haben.«

»Das ist komisch, daß Sie das erwähnen«, sagte der Mann überrascht. »Sehen Sie, ich bin der Nachtwächter von Koyunlu da drüben.« Er wies auf ein kleines Gebäude, in das gerade Arbeiter strömten. »Eine alte Frau habe ich nicht gesehen, aber dort drüben war es gestern nacht irgendwie unruhig.«

Der Nachtwächter schien sehr hilfsbereit zu sein. Er wies auf die Straße, die etwas weiter hinten bei den Bäumen endete. »Da war ziemlich lautes Geschrei. Ich hab mit meinem Nachtsichtgerät hinübergeguckt – das ist nämlich meine Aufgabe, wissen Sie – und sah ein paar Leute aus einem städtischen Miettransporter steigen. Sie sind in einen Sumpfer umgestiegen. Ich habe sie nicht für Diebe oder junge Unruhestifter gehalten, also habe ich nicht besonders aufgepaßt. Ich weiß nicht, ob das die Leute waren, die Sie suchen.«

Flinx überlegte einen Augenblick lang und fragte dann: »Sie sagten, Sie hätten Geschrei gehört. Könnten Sie denn sagen, ob auch eine Frauenstimme dabei war?«

Der Mann grinste. »Ich weiß schon, was Sie jetzt denken, Junge. Nein, dafür waren die zu weit weg. Aber eines kann ich Ihnen sagen. Jemand von diesen Leuten konnte fluchen wie ein Müllkutscher.«

Flinx hatte Mühe, seine Erregung zu verbergen. »Das sind sie; das ist sie! Das *muß* sie sein!«

»Tatsächlich«, fuhr der Nachtwächter fort, »ist das auch der Grund, weshalb ich mich daran erinnerte. Nicht daß man nicht oft Leute sieht, die nachts in ein anderes Fahrzeug umsteigen. Selbst hier draußen geschieht das manchmal. Es ist nur die ungünstigste Zeit, um in den Wäldern zu sumpfen, und wenn man es tut, tut man es gewöhnlich ohne viel Lärm. Ich verstand einfach das laute Geschrei nicht.«

»Das waren sie schon«, murmelte Flinx bestimmt. »Das waren ihre Flüche – oder ihre Entführer, die sie beschimpft haben.«

»Entfüh ...« Jetzt schien dem Mann zum erstenmal Flinx' Jugend aufzufallen. »Sagen Sie, Junge, Sie sollten vielleicht besser mitkommen.«

»Nein, das geht nicht.« Flinx entfernte sich langsam nach rückwärts, wobei er nachsichtheischend lächelte. »Ich muß hinter denen her, ich muß sie finden.«

»Einen Augenblick mal, Junge!« sagte der Nachtwächter. »Ich rufe die Polizei. Wir können von der Firma aus sprechen. Schließlich muß das doch alles seine Ordnung haben, damit ...«

»Die tun überhaupt nichts«, sagte Flinx zornig. »Ich kenn' die doch.« Recht intim sogar, hätte er hinzufügen können, da man ihn mehr als einmal wegen kleiner Diebereien verhaftet hatte. Wahrscheinlich stand er im Augenblick sogar auf ihrer Fragenliste. Sie würden ihn festhalten und ihn daran hindern, Mutter Mastiff zu suchen.

»Du wartest, Junge!« beharrte der Nachtwächter auf seinem Entschluß. »Ich will nicht mit etwas zu tun haben, wo man mir ...« und dabei streckte er seine mächtige Pranke aus. Etwas blau-grün-rosafarben Blitzendes zischte drohend. Ein dreieckiger Kopf zuckte auf die Hand zu. Der Mann zog sie hastig zurück.

»Verdammt«, sagte er, »das lebt ja!«

»Und wie es lebt«, sagte Flinx, immer noch im Rückzug begriffen. »Vielen Dank für Ihre Hilfe, Sir.« Er drehte sich um und rannte in Richtung auf die Stadt davon.

»Junge, einen Augenblick!« Der Nachtwächter starrte der sich entfernenden Gestalt nach. Dann zuckte er die Achseln. Er war müde. Die Nacht war lange gewesen und langweilig – abgesehen von der lärmenden Schar Leute, die er gesehen hatte, und es drängte ihn nach Hause, um sich schlafen zu legen. Sollte sich doch ein anderer mit diesem Jungen einlassen. Er verdrängte den Zwischenfall aus seinen Gedanken und trottete zur Haltestelle davon.

Sobald er sich vergewissert hatte, daß er außer Sichtweite des Mannes war, blieb Flinx stehen, um Atem zu holen. Zumindest wußte er jetzt mit einiger Sicherheit, daß Mutter Mastiff entführt und aus der Stadt verschleppt worden war. Warum man sie freilich in den großen Nordwald geschleppt hatte, blieb ihm ein Rätsel.

Abgesehen von dem Schmerz tief in seinem Bewußtsein, hatte sich jetzt noch ein anderer bemerkbar gemacht. Er hatte seit der letzten Nacht nichts mehr zu essen gehabt. Schließlich konnte er ja nicht gut mit leerem Magen in die immergrüne Wildnis von Moth eindringen.

Bereite dich gut vor und handle dann erst. Das hatte Mutter Mastiff ihn gelehrt. Ich werde nach Hause gehen, sagte er sich. Zurück zum Laden, zum Marktplatz. Die Entführer hatten einen Sumpfer genommen. Die Kosten für ein solches Fahrzeug waren für Flinx unerschwinglich, aber dafür wußte er, wo er sich einen Laufvogel, einen Stupava, mieten konnte. Der würde ihm sowohl Flexibilität als auch die nötige Geschwindigkeit verschaffen.

Seine Beine schmerzten immer noch von seinem Gang quer durch die Stadt, daher benutzte er ein öffentliches Transportmittel, um nach Hause zurückzukehren. Zeit war jetzt wichtiger als Geld. Das Fahrzeug verkehrte auf einer der wie Radnaben angeordneten Hauptstraßen, und so erreichte er den Marktplatz binnen weniger Minuten.

Von der Haltestelle war es nur noch ein kurzer Weg bis zum Laden. Seine Hoffnung gaukelte ihm das Bild von Mutter Mastiff vor, die im Eingang stand, die Treppe wischte und nur darauf wartete, ihn auszuschimpfen, weil er so lange weggewesen war. Aber der Laden lag ganz still da, der Wohnbereich war immer noch in Unordnung und verlassen. Dennoch sah Flinx sich sorgfältig um. Er hatte sich vor dem Weggehen genau gemerkt, wo einige Gegenstände gelegen waren, und stellte fest, daß niemand sie verrückt hatte.

Er fing an, einige Dinge zusammenzutragen, die er mitnehmen wollte. Anschließend erwarb er sich auf dem Markt einen kleinen Rucksack und soviel Nahrungskonzentrate, wie er hineinstopfen konnte. Obwohl er sich für das dazu erforderliche Feilschen wenig Zeit nahm, bekam er doch für die Gegenstände aus Mutter Mastiffs Beständen ihren vollen Gegenwert. Mit Pip auf seiner Schulter kamen nur wenige auf den Gedanken, ihn betrügen zu wollen. Wenn jemand es doch versuchte, warnten die Reaktionen des Minidrachs Flinx sofort, worauf dieser jegliche Verhandlung abbrach.

Flinx vertauschte seine Stadtschuhe gegen weniger auffällige, dafür aber dauerhaftere, für den Wald geeignete Modelle. Sein Slicker hingegen würde ihm zwischen den Bäumen ebenso gute Dienste leisten wie zwischen den Türmen der Stadt. Als er seinen Tauschhandel beendet hatte, verkaufte er noch einige Dinge, um den Habensaldo auf seiner Credcard anzuheben. Dann kehrte er in den Laden zurück, um sich dort ein letztesmal umzusehen. Leer. Wie leer er doch ohne Mutter Mastiff war. Er vergewisserte sich, daß die Läden verriegelt waren und schloß dann die Tür ab. Dann suchte er einen Verkaufsstand etwas weiter oben auf der Straße auf.

»Du mußt den Verstand verloren haben, Flinx-Junge«, sagte Arrapkha vom Eingang seiner Bude und schüttelte besorgt den Kopf. Sein Laden roch nach Sägemehl und Kleister. »Weißt du, wie es im Wald ist? Er reicht von hier bis zum Nordpol. Dreitausend oder viertausend Kilometer, und weit und breit keine Stadt von vernünftiger Größe.

Der Schlamm dort droben ist so tief, daß er ganz Drallar

verschlucken könnte. Ganz zu schweigen von allen möglichen Lebewesen, die einen fressen oder vergiften. Niemand geht in den Nordwald, außer Forscher und Hirten, Jäger und Sportsleute – Verrückte von Außerplanet, die solche Abenteuer lieben, Biologen und Botaniker – aber nicht normale Leute wie du und ich.«

»Die Leute, die meine Mutter verschleppt haben, sind auch nicht normal«, erwiderte Flinx.

Da er dem Jungen sein Vorhaben nicht ausreden konnte, versuchte Arrapkha es mit einem Scherz. »Schlimm genug, für die, daß sie das getan haben. Ich glaube nicht, daß die wissen, worauf sie sich da eingelassen haben.«

Flinx lächelte höflich. »Danke, Arrapkha. Wenn du mir nicht geholfen hättest, hätte ich wirklich nicht gewußt, wo ich anfangen muß.«

»Ich wünschte fast, ich hätte gestern abend nichts gesagt«, murmelte der Handwerker betrübt. »Nun, jedenfalls viel Glück, Flinx-Junge. Ich werd' an dich denken.«

»Du wirst mich wiedersehen«, versicherte ihm Flinx mit mehr Zuversicht, als er in Wirklichkeit empfand. »Uns beide.«

»Das hoffe ich. Ohne deine Mutter Mastiff wäre es langweilig auf dem Markt.«

»Langweilig und leer«, pflichtete Flinx ihm bei. »Ich muß sie suchen, Freund Arrapkha. Ich habe wirklich keine andere Wahl.«

»Wenn du darauf bestehst. Dann geh.«

Flinx lächelte dem Holzkünstler ein letztesmal zu, drehte sich um und eilte mit schnellen Schritten der Hauptstraße zu. Arrapkha blickte ihm nach, bis die Menge den jungen Mann verschluckt hatte, und kehrte dann in seinen Laden zurück. Er hatte zu tun, mußte seinen Geschäften nachgehen, denn das war schließlich die Lebensregel Nummer Eins auf dem Marktplatz.

Flinx war nicht weit gegangen, bis die üppigen, schweren Gerüche eingeborener Lasttiere die Gerüche des Marktes verdrängt hatten. Gewöhnlich waren diese Transportmittel langsamer und nicht so effizient wie mechanische, dafür verfügten sie aber über andere Vorteile: man konnte sie nicht so einfach orten, suchten sich ihre Nahrung selbst, waren billig im Gebrauch und billig zu mieten.

Flinx wählte in einem lizensierten Mietstall einen gesund aussehenden Stupava aus. Der große Laufvogel konnte sich von seiner Umgebung ernähren. Er maß vom Boden bis zu seinem orangefarbenen Kamm zweieinhalb Meter und ähnelte seinen wesentlich intelligenteren Vettern, den Ornithorpen, die gegen den Einsatz ihrer dummen Verwandten als Lasttiere nichts einzuwenden hatten. Flinx feilschte eine Weile mit der Mietstalleiterin, bis sie sich schließlich auf einen fairen Preis einigten. Die Frau holte den Vogel aus seinem Stall und sattelte ihn für den jungen Mann. »Sie werden doch mit diesem Vogel nicht irgend etwas Unsinniges machen, oder?«

»Nur etwas Ferien«, antwortete ihr Flinx vergnügt. »Ich habe meine Studien abgeschlossen und möchte mich etwas ausruhen.«

»Gut, dann wird Sie Garuyle überall hinbringen, wo Sie hinwollen. Er ist ein kräftiger, braver Vogel.« Sie strich dem Stupava über die Federn.

»Ich weiß.« Flinx schob den Fuß in den Steigbügel und schwang sich in den Sattel. »Das sehe ich an seinen Beinen.«

Die Frau nickte einigermaßen beruhigt. Offenbar wußte ihr junger Kunde, was er tat. Sie reichte ihm die Zügel.

»Na schön. Angenehme Reise!«

Flinx hatte tatsächlich schon solche Vögel geritten, aber nur innerhalb der Stadtgrenzen und nicht besonders lang. Er schnalzte mit den Zügeln und pfiff dem Vogel zu. Der pfiff zurück und setzte sich in Bewegung, streckte die langen Beine. Flinx lenkte ihn mit vorsichtigen Zügelbewegungen und scharfen Pfiffen und trabte bald die Straße Richtung Norden hinauf, indem er ärgerliche Fußgänger beiseitedrängte und schnelleren öffentlichen Transportmitteln auswich. Dem Stupava schien Pips Anwesenheit nichts auszumachen. Ein gutes Zeichen. Flinx hatte keine Lust, sich mit einem leicht zu beunruhigenden Reittier in den großen Wald zu wagen.

Flinx stellte fest, daß sie die ganze Strecke seines Marathonlaufs der vergangenen Nacht in erfreulich kurzer Zeit zurückgelegt hatten. Zu seiner Linken zog eine Sägemühle vorbei; dann kamen sie an der Komzelle vorbei, die ihm als Nachtlager gedient hatte. Dann türmte sich vor ihnen nur noch der Wald auf. Baumriesen, hundert Meter hoch und höher, ragten über vereinzelten kleineren Bäumen und Büschen in die Höhe. Die gepflasterte Straße wich einem schlammigen Pfad. Dem Stupava würde das nichts ausmachen – seine Vogelfüße, die mit Schwimmhäuten zwischen den langen Krallen ausgerüstet waren, würden sie mühelos über die Sümpfe und Moraste tragen.

»Heja!« rief er dem Vogel zu und setzte einen schrillen Pfiff dahinter. Der Stupava gab ein leises Krähen von sich, ruckte mit dem Kopf scharf gegen das Zaumzeug an und rannte los, in den Wald hinein. Das regelmäßige *Flup-flup* unter seinen Füßen wich einem unregelmäßigen Patschen und gelegentlich einem nassen Klatschen, wenn er in eine tiefere Pfütze trat. Manchmal trabten sie über dichtes Moos dahin, dann war überhaupt nichts zu hören. Und dann bildeten die riesigen Bäume eine undurchdringliche Mauer aus dunkler Rinde und Grün hinter Flinx, und die Stadt, die sein Zuhause war, war zum erstenmal seinem Blick völlig entzogen.

7. Kapitel

Joppe der Dieb war sicher, ein paar Fleurms gefunden zu haben. Der Mann und die Frau, denen seine Begehrlichkeit galt, schienen Mitte dreißig zu sein. Ihre Kleidung war leger, so leger, daß jemand, der sich nicht dafür interessierte, sie vielleicht gar nicht als Außenweltler identifiziert hätte. Joppe bewies ihre Anwesenheit in jenem ganz bestimmten Teil des Marktes von Drallar zu später Nacht dies: sie vertrauten entweder fest darauf, unbemerkt zu bleiben, oder waren einfach dumm. Joppe vermutete, daß sie auf Abenteuer aus waren.

Joppe war das recht. Er würde ihnen mit Vergnügen ein Abenteuer liefern, eins, das sie nicht so leicht vergessen würden, und den Nachbarn zu Hause, auf irgendeiner lieblicheren Welt, wie Terra oder New Riviera, erzählen konnten. Sie sahen nicht so aus, als würden sie besondere Schwierigkeiten machen. Wenn aber doch, dann würden sie vielleicht noch mehr als nur eine interessante Episode zu berichten haben.

Joppe war hungrig. Er hatte seit mehr als einer Woche keinen Coup mehr gelandet. Er betrachtete das dahinschlendernde, plaudernde Paar mit dem wohlwollenden Blick des Farmers, der zwei seiner preisgekrönten Fleischtiere betrachtete.

Da es noch einigermaßen früh war, hatte man noch nicht alle Lichter auf dem Markt gelöscht, aber es hatten schon genügend Läden geschlossen, um Joppe Hoffnung zu machen. Die Eigenart seiner Arbeit erforderte Abgeschiedenheit. Er hatte es nicht eilig. Joppe hatte ein instinktives Gefühl für seine Arbeit. Wenn noch einige weitere Ladenbesitzer schlossen, so würde das ganz bestimmt nicht schaden, so lange die zwei nicht ihren Fehler erkannten und zu den heller beleuchteten Teilen des Marktes zurückkehrten.

Doch dazu schien das Paar keine Neigung zu verspüren. Joppes Hoffnung wuchs. Er konnte sie deutlich hören, sie unterhielten sich über irgendeine Sehenswürdigkeit, die sie am Nachmittag besichtigt hatten. Joppes Hand schloß sich um den Kolben des kleinen Nadlers, den er in der Tasche trug, und er rückte den beiden näher auf den Pelz, verringerte die Distanz zwischen sich und seiner Beute.

Das Paar hatte jetzt das Ende der Sackgasse erreicht und war vor dem letzten Geschäft stehen geblieben, dessen Läden geschlossen waren und das in Dunkelheit dalag. Sie schienen zu überlegen. Dann beugte sich der Mann zur Ladentür vor und holte einige Gegenstände aus den Taschen. Er machte etwas, das Joppe nicht sehen konnte.

Der Dieb wurde langsamer, die Bewegung, mit der er den Nadler aus der Tasche zog, stockte, und er starrte verwirrt auf seine Beute. Das schienen Kollegen zu sein. Was hatten die vor? Er trat ein paar Schritte näher, immer noch im Schutz der Schatten. Er war ihnen jetzt nahe genug, um erkennen zu können, daß die Tür mit einem Handschloß gesichert war, das den Abdruck aller fünf Finger des Ladenbesitzers erforderte, und zwar in der richtigen Reihenfolge, um sich zu öffnen. Die kleine schwarze Scheibe, die der Tourist gegen das Handschloß drückte, war ein sehr teures, kompliziertes Gerät, zum Decodieren und Öffnen solcher Schlösser. Die Finger des Mannes huschten über die Tasten, und dann überprüfte er die Ziffernfolge, die sich ihm bot, wie jemand, der nicht nur genau wußte, was er tat, sondern es auch schon häufig getan hatte.

Während der Mann an der Tür beschäftigt war, stand seine Begleiterin da, die Hände in die Hüften gestemmt, und beobachtete ihn. Dann wandte sie den Blick abrupt von dem Mann ab, und Joppe spürte ein Augenpaar, das sich auf ihn richtete.

Plötzlich war das matronenhafte Kichern, das er den ganzen Abend von ihr gehört hatte, wie weggewischt. Plötzlich war da überhaupt nichts Weiches mehr an ihr. Die unerwartete Verwandlung, die sich nun in ihrer Haltung und ihrem Tonfall ausdrückte, war erschreckend. »Tut mir leid, daß wir Ihren Abend vergeuden mußten, Freund, aber wir brauchten einen guten Schirm, um den Rest des Packs fernzuhalten. Dafür vielen Dank. Und jetzt machen Sie kehrt! Sehen Sie ein, daß es sich nicht gelohnt hat und suchen Sie sich eine andere Beute. Wir haben jetzt keine Zeit für Sie. Oh, und lassen Sie diese Waffe stecken, damit niemandem was passiert, ja?« Sie lächelte freundlich.

Zu verblüfft, um reagieren zu können, stand Joppe einfach da, und seine Hand hielt immer noch den Nadler umfaßt. Mit der hier würde ich fertig werden, dachte er. Aber da war etwas an ihrer Haltung, das ihn davon abhielt. Diese Haltung deutete unverkennbar die Nähe einer Waffe an, und nicht nur ihre Nähe, sondern auch die Absicht, sie zu gebrauchen. Ihr Begleiter hatte in seiner Arbeit innegehalten und kauerte wartend vor der Tür.

Das alles paßt nicht, dachte Joppe. Er war kein besonders phantasiebegabter Mensch, aber er war ein scharfer Beobachter und verstand sich darauf, die Dinge so zusammenzufügen, daß man Schlüsse daraus ziehen konnte.

Hier stand ein Paar von Außerplanet, sichtlich auf Abenteuer aus, und betätigte sich in aller Seelenruhe an einem Codeschloß, an einem ganz unauffälligen Laden am Ende einer Seitengasse, und das in einer finsteren, feuchten Nacht. Das und die Art und Weise, wie die Frau zu ihm gesprochen hatte, paßte einfach nicht zusammen.

Joppe ließ den Nadler los und nahm die Hand aus der Tasche. Langsam spreizten sich seine Finger, so daß die beiden sehen konnten, daß er keine Waffe hielt. Er nickte, lächelte der Frau schief zu und zog sich zurück. Sie erwiderte sein Lächeln. Er zog sich weiter zurück, bis die Schatten ihn wieder einhüllten, und blieb dann hinter einer schützenden Steinmauer stehen. Er holte tief Luft und ließ sie dann wieder aus sich heraus. Sein Puls jagte. Unfähig, seine Neugierde im Zaum zu halten, drehte er sich um und spähte um den Mauerrand herum. Die Frau hatte sich nicht von der Stelle gerührt und starrte immer noch zu ihm herüber. Der Mann hatte sich wieder seiner Arbeit zugewandt.

Den beiden war er nicht gewachsen, das wußte Joppe genau. Ohne sich noch einmal umzusehen, wandte er sich um und trottete davon, in Richtung Hauptstraße. Er war enttäuscht über sein Pech, und immer noch hungrig. Was das seltsame Paar betraf, so widmete er ihm keinen weiteren Gedanken. Solche Leute waren auf ganz anderem Niveau als Joppe und seinesgleichen tätig, und es war besser, man vergaß sie einfach. Sie anzuzeigen, hätte nur Ärger eingebracht, seitens der Polizei oder seitens der Profis – oder beiden.

»Ein vernünftiger Bursche«, sagte die Frau nachdenklich und wandte sich ihrem Begleiter zu. »Ich dachte schon, er würde uns Ärger machen.«

»Gut für ihn, daß er es nicht getan hat«, pflichtete er ihr bei. »Für solche Albernheiten haben wir jetzt wirklich keine Zeit. Jetzt nicht.« Seine Fingerspitzen huschten über die Tasten der schwarzen Scheibe.

»Wie kommen Sie voran?« fragte die Frau und spähte ihm über die Schulter.

»Was meinen Sie denn?«

»Sie brauchen ja nicht gleich sarkastisch zu werden«, meinte sie ruhig.

»Das ist ein Sechsundzwanziger, neuestes Modell«, teilte er ihr mit. »Ich hatte nicht damit gerechnet, daß jemand in diesem Slum die Mühe und die Kosten auf sich nehmen würde, sich so ein Modell zuzulegen. Der Betreffende legt offenbar großen Wert darauf, ungestört zu bleiben.«

»Tun Sie das nicht?«

»Sehr komisch.« Plötzlich ließ die Scheibe ein leises Piepen ertönen, und die Ziffern auf der winzigen Skala blieben stehen. »Das wär's.« Der Tonfall des Mannes war entspannt. In der Art und Weise, wie er das sagte, war keine Freude, nur kühle, professionelle Befriedigung. Er berührte die Tasten, die an fünf Punkten in gleichen Abständen rings um die schwarze Scheibe angebracht waren. Wieder ein Piepen und noch eines. Die Leuchtziffern verschwanden. Er steckte die Scheibe in seinen Mantel zurück. Sein Mantel wies eine ganze Anzahl Innentaschen auf, die alle mit Gegenständen von der Art angefüllt waren, daß sich jedem Polizeichef die Nackenhaare gesträubt hätten. Der Mann griff an die Tür und schob. Sie glitt leicht zur Seite. Nach einem letzten flüchtigen Blick die enge Gasse hinauf traten die beiden ein.

Jetzt erwachte das Mittelteil der Gürtelschnalle des Mannes zum Leben und warf einen eng gebündelten, kräftigen Lichtstrahl. Im nächsten Augenblick kam ein weiterer Lichtstrahl aus der Brosche seiner Begleiterin hinzu. Sie schlenderten in dem Laden herum, sahen sich die ausgestellten Waren an und rümpften gelegentlich die Nase, wenn irgendein Stück einen zu hohen Preis hatte. Dann erreichten sie eine innere Tür mit einem einfacheren Schließmechanismus.

Sie öffneten sie und sahen sich in dem Wohnbereich um. »Da hat sich jemand ganz schön gewehrt«, meinte der Mann leise.

»Der Junge – oder seine Adoptivmutter, was meinen Sie?« Die Frau trat neben ihn, bückte sich, um einen umgekippten Tisch und die kleine silberne Vase zu untersuchen, die von ihm gefallen war. Die Vase war leer. Sie stellte sie vorsichtig hin.

»Vielleicht alle beide.« Ihr Begleiter war bereits damit beschäftigt, den größeren der beiden Schlafräume zu inspizieren. Sie gingen sehr methodisch vor: Küche, Schlafzimmer, Toilette, Bad.

Als sie fertig waren – und sie brauchten dazu nicht besonders lang – und die Luft- und Staubproben in winzigen Behältern verstaut waren, fragte der Mann seine Begleiterin: »Was meinen Sie? Sollen wir hier auf sie warten?«

Die Frau schüttelte den Kopf und sah sich in der kleinen Küche um. »Die sind ganz offensichtlich nicht freiwillig hier weggegangen – und Sie wissen genau, was das bedeutet.«

»Sicher, das habe ich mir auch gedacht. War ja nicht zu übersehen. Aber Garantie gibt es keine.«

Sie lachte. »Ja, Garantie gibt es keine. Aber was *meinen* Sie?«

»Dasselbe wie Sie. Ich sage nur, wir sollten keine vorschnellen Schlüsse ziehen.«

»Ich weiß, ich weiß. Aber ist es denn nicht seltsam, daß beide verschwunden sind? Das deutet doch ganz sicherlich auf mehr als nur einen gewöhnlichen Einbruch hin.«

»Ich sagte doch, daß ich Ihrer Ansicht bin.« Die Stimme des Mannes klang nun etwas gereizt. »Was nun?«

»Der Ladenbesitzer oben an der Straße, der uns beobachtet hat«, sagte sie. Er nickte zustimmend.

Sie gingen den Weg zurück, den sie gekommen waren,ohne irgend etwas zu berühren. Das Handschloß schnappte hinter ihnen ein, als sie auf die Straße hinaustraten, und ließ durch nichts erkennen, daß man sich an ihm zu schaffen gemacht hatte. Die beiden schlenderten die kleine Seitengasse hinauf, bis sie vor Arrapkhas Tür standen. Sie drückten ein paarmal hintereinander auf den Summer.

Nach dem dritten Versuch lehnte sich der Mann über den kleinen Sprecher, der über dem Summer in der Wand eingelassen war. »Hören Sie! Wir haben einen harten Tag hinter uns, Sir, und sind beide sehr müde. Wir wollen Ihnen nichts Böses, haben aber die Vollmacht, alle notwendigen Schritte zu unternehmen, die wir für richtig halten, um unseren Auftrag durchzuführen. Dazu gehört auch, daß wir uns selbst Zugang verschaffen können, wenn Sie uns nicht einlassen wollen.

Wir haben gesehen, wie Sie uns beobachtet haben, als wir den Laden der alten Frau geöffnet haben. Ich verspreche Ihnen, daß wir Ihre Tür ebenso leicht aufbekommen. Es interessiert Sie vielleicht, daß in der Gasse hinter Ihrem Laden ein Automon steht. Wenn Sie also in der hinteren Wand eine Geheimtür haben, nützt Ihnen das gar nichts. Warum also nicht hilfsbereit sein« – er lächelte für den Fall, daß der Ladenbesitzer irgendwo eine Infrarot-Kamera haben sollte –

»und herauskommen? Wenn Sie es vorziehen, können wir uns ja hier auf der Straße unterhalten, wo Ihre anderen Nachbarn alles sehen.«

Sie warteten angemessene Zeit. Die Frau sah ihren Begleiter an, zuckte die Achseln und holte aus einer Innentasche einen kleinen Gegenstand, der einem Fingerhut glich. Die Tür öffnete sich sofort. Der Mann nickte und lächelte dann. Die Frau steckte den fingerhutartigen Gegenstand weg und trat einen Schritt zurück.

Arrapkha schaltete das Licht über dem Eingang an, kam heraus, schloß die Tür hinter sich und sah seine beiden Besucher unsicher an. »Was kann ich für Sie tun, Lady und Sir, zu so später Nachtstunde? Ihre Hartnäckigkeit hat mich besorgt gemacht, obwohl ich schon seit mehr als ...«

»Lassen Sie das Gerede!« meinte der Mann schroff. »Wir wissen, daß Sie uns beobachtet haben. Und Sie wissen, daß wir nicht hier sind, um ...« – er sah zu dem Schild über dem Laden auf – »Holzschnitzereien zu kaufen. Oder wollen Sie leugnen, daß Sie uns beobachtet haben?«

»Nun, das nicht«, begann Arrapkha, »aber ich ...«

»Und die Polizei haben Sie auch nicht gerufen«, fuhr der Mann fort, als hätte er überhaupt nicht zugehört. »Weil die Polizei häufig Fragen stellt, die Sie lieber nicht beantworten, stimmt's?«

»Sir, ich versichere Ihnen, ich ...«

»Wir suchen die alte Frau und den Jungen, die in dem Laden dort leben.« Der Mann drehte kurz den Kopf und sah zu Mutter Mastiffs Geschäft hinüber. »Sie wissen nicht etwa zufällig, wo die beiden sind, oder?«

Arrapkha schüttelte den Kopf. Sein Gesicht war völlig ausdruckslos. »Nein, Sir, das weiß ich nicht.«

»Drinnen sind Spuren von einem Kampf zu sehen. Das hier ist eine kurze Straße. Sie haben gar nichts gehört und auch nichts gesehen?«

»Ein Kampf? Du liebe Güte«, murmelte Arrapkha und ließ Zeichen von Unruhe erkennen. »Nun, wissen Sie, das hier ist zwar eine kurze Straße, aber es kann hier doch sehr laut werden, selbst nachts. Wir passen da nicht so genau auf.«

»Da möchte ich wetten«, murmelte die Frau. »Ebenso wie Sie auch nicht auf den Lärm geachtet haben, den wir machten, als wir uns Zutritt zum Laden Ihrer Nachbarin verschafft haben?«

Arrapkha schenkte ihr ein dünnes Lächeln.

»Wir haben keine Zeit für solche Spielchen«, sagte der Mann ungeduldig und griff in die Hosentasche.

»Bitte.« Arrapkhas Gesicht nahm jetzt einen echt besorgten Ausdruck an. »Sie sagten, Sie würden nichts tun ...«

»Das werden wir auch nicht.« Die Hand des Mannes hielt einen Augenblick inne, als er den nervösen Blick des Ladenbesitzers sah. »Selbst wenn wir müssen, werden wir das wahrscheinlich nicht.« Er zog langsam die Hand wieder heraus, die ein kleines, aufgeklapptes Etui enthielt. Arrapkha atmete erleichtert auf und studierte den Inhalt des Etuis. Dann weiteten sich seine Augen.

Der Besucher schloß das Etui und steckte es in die Tasche zurück. »So«, sagte er freundlich, »jetzt sage ich Ihnen noch einmal, daß wir Ihnen nichts Böses wollen und auch nicht die Absicht haben, der alten Frau und ihrem Jungen ein Leid zuzufügen. Ganz im Gegenteil. Wenn sie Opfer von Gewalt geworden sind, wie es wahrscheinlich der Fall ist, müssen wir alles wissen, was Ihnen bekannt ist, damit wir den beiden, falls sie noch am Leben sind, helfen können. Ganz gleich, was Sie von *uns* persönlich halten und von dem, was wir vertreten, muß Ihnen doch klar sein, daß es für die beiden, wenn ihnen ein Mißgeschick widerfahren sein sollte, ganz bestimmt besser ist, wenn wir uns um sie kümmern, als wenn sie in der Gewalt der Leute bleiben, die sie verschleppt haben. Das begreifen Sie doch ganz sicher.«

»Außerdem«, fügte seine Begleiterin beiläufig hinzu, »wenn Sie uns das, was Sie wissen, nicht sagen, bringen wir Sie zu einem Ort im Citycenter, wo man Sie an eine Maschine anschließt – und Sie uns am Ende doch alles sagen. Es wird Ihnen nicht wehtun, aber es ist eine Vergeudung unserer Zeit. Ich mag keine Zeitvergeudung.« Sie starrte ihm in die Augen. »Verstanden?«

Arrapkha nickte langsam.

»Die alte Frau, die Sie suchen – Mutter Mastiff?« Der Mann nickte aufmunternd. »Ich glaube, ich habe gesehen, daß einige Gestalten sie wegschleppten. Aber ich könnte Ihnen nicht einmal sagen, ob es Menschen oder Aliens waren. Es war dunkel und neblig.«

»Ist es das hier nicht immer?« murmelte der Mann. »Weiter!«

»Das ist alles, was ich weiß, alles, was ich gesehen habe.« Arrapkha zuckte die Achseln. »Ehrlich.« Er deutete die Straße hinunter auf die Lücke, die Mutter Mastiffs Laden von dem nebenan trennte. »Durch diesen Spalt habe ich in der Gasse ein Handgemenge gesehen. Es verwirrt mich immer noch. Sie ist eine alte Frau, völlig harmlos.«

»Wie lange ist das her?« fragte der Mann. Arrapkha sagte es ihm. »Und der Junge? Was ist mit dem Jungen?«

»Der ist in derselben Nacht nach Hause zurückgekehrt. Er zieht oft auf eigene Faust los und bleibt lange aus. Wenigstens hat er das getan, so lange ich ihn kenne, und ich kenne ihn den größten Teil seines Lebens.«

»Lange Streifzüge in dieser gefährlichen Stadt? In seinem Alter?« fragte die Frau. Arrapkha versuchte, sich sein Erstaunen über die scheinbar beiläufige Bemerkung der Frau nicht anmerken zu lassen. Diese Leute wußten eine ganze Menge, obwohl sie von so weit her kamen.

»Er ist kein durchschnittlicher junger Mann«, erklärte Arrapkha, der es für unschädlich hielt, ihnen das zu sagen. »Er ist hier aufgewachsen.« Er deutete auf die hellen Lichter und den Lärm, der von der Hauptstraße herüberhallte. »Wenn man Drallar die Chance gibt, dann sorgt es dafür, daß man schnell reift.«

»Das glaube ich auch.« Der Mann nickte. »Was haben Sie über den Jungen gesagt?«

»Er kam in jener Nacht zurück, sah, was passiert war, und war sehr erregt. Er ist ein sehr emotioneller Typ, wenn er sich auch, glaube ich, Mühe gibt, sich das nicht anmerken zu lassen. Mutter Mastiff ist alles, was er hat.«

Die beiden reagierten nicht darauf, blieben völlig verschlossen. Zum Wahnsinnigwerden war das. Arrapkha fuhr fort: »Er hat gelobt, sie zu finden. Ich glaube nicht, daß er eine besonders große Chance hat.«

»Er hat also die Verfolgung aufgenommen?« fragte die Frau eifrig. »Wie lange ist das her?«

Arrapkha sagte es ihr. Sie murmelte etwas in einer Sprache, die Arrapkha nicht erkannte, und fügte dann in der vertrauten Lingua Franca des Commonwealth zu ihrem Begleiter gewandt hinzu: »Nur zwei Tage. Um zwei lausige Tage haben wir sie verpaßt.«

»Das wäre nicht das erstemal«, erinnerte sie der Mann, den das nicht sonderlich zu stören schien. Seine Aufmerksamkeit wandte sich wieder Arrapkha zu. »In welcher Richtung wollte der Junge denn gehen?«

»Keine Ahnung«, sagte der Ladenbesitzer.

»Wissen Sie«, meinte der Mann freundlich, »vielleicht sollten wir doch alle zusammen diesen kleinen Abstecher in die Innenstadt machen und die Maschine besuchen.«

»Bitte, Sir, ich sage Ihnen wirklich alles. Sie haben mir bis jetzt ja auch geglaubt. Warum sollte es jetzt anders sein, wo Ihnen das nicht mehr gefällt, was ich Ihnen sage? Das ist nicht meine Schuld. Welchen Anlaß hätte ich denn, Sie plötzlich zu belügen?«

»Ich weiß nicht«, sagte der Mann ganz ruhig. »Welchen Anlaß hätten Sie denn?«

»Gar keinen.« Arrapkha blickte nicht mehr durch. »Ich verstehe nicht, was hier vor sich geht. Das ist alles so verwirrend. Woher dieses plötzliche Interesse an der armen alten Mutter Mastiff und diesem Flinx-Jungen?«

»Wir würden Sie doch nur noch mehr verwirren, wenn wir Ihnen das sagten. Oder nicht?« meinte der Mann. »Sie haben also keine Ahnung, wie der Junge seine Suche anpacken wollte?«

»Nein, weil er mir sonst nichts gesagt hat«, gestand Arrapkha. »Er sagte nur, daß er entschlossen sei, sie zu finden. Und dann ist er weggegangen.«

»Nun, das ist ja herrlich. Wirklich herrlich«, erklärte der Mann sarkastisch. »All die Arbeit, die Mühe, bis wir sie in dieser Stadt ausgemacht hatten. Und jetzt müssen wir wieder von vorne anfangen und eine ganze verdammte Welt absuchen.«

»So schlimm ist das nicht«, versuchte die Frau ihn zu beruhigen. »Die Eingeborenbevölkerung außerhalb der Stadt ist nicht besonders groß.«

»Das ist es auch nicht, was mich so beunruhigt.« Die Stimme des Mannes klang müde. »Mich beschäftigen mehr unsere glücklichen Konkurrenten.«

»Ich denke, die werden wir zur gleichen Zeit finden.« Die Frau wies auf Arrapkha, als wäre der überhaupt nicht da. »Von dem da haben wir alles erfahren, was wir können.«

»Ja. Nur eines noch.« Er wandte sich wieder zu Arrapkha und gab ihm einen kleinen blauen Kasten aus Metall, dessen sonst glatte Oberfläche einen einzigen Knopf aufwies. »Das ist ein Hochintensitäts-Richtstrahl-Sender«, erklärte er. »Falls die Frau oder der Junge hierher zurückkehren sollten, brauchen Sie bloß einmal diesen Knopf zu drücken. Das ruft Hilfe herbei, sowohl für die beiden als auch für Sie. Haben Sie das verstanden?«

»Ja«, sagte Arrapkha langsam und nahm den Kasten entgegen und drehte ihn zögernd zwischen den Fingern.

»Für jeden, der uns dabei hilft, diese Angelegenheit schnell und erfolgreich zu Ende zu führen, ist eine Belohnung ausgesetzt«, fügte die Frau hinzu. »Eine recht ansehnliche Belohnung.« Sie blickte an ihm vorbei, in die kleine Werkstätte. »Ich weiß nicht, wie Sie sich hier Ihren Lebensunterhalt verdienen, aber viel kann es nicht sein. Ein teures Viertel ist das ja nicht gerade. Die Belohnung würde mehr, viel mehr, ausmachen, als Sie wahrscheinlich in einem ganzen Jahr verdienen.«

»Das klingt hübsch«, räumte Arrapkha ein. »Es wäre nett, mal einen Batzen Geld zu verdienen.«

»Also gut«, sagte der Mann. »Denken Sie daran, die Leute, die auf ein Signal aus diesem Würfel hin auftauchen werden, sind nicht unbedingt wir, aber es werden Leute sein, die mit unserem Auftrag vertraut sind. Wir kommen so schnell wie möglich nach. Sie sind auch ganz sicher, daß Sie das alles verstanden haben?«

»Ja.«

»Fein.« Der Mann machte keine Anstalten, Arrapkha die Hand zu geben. »Wir wissen Ihre Hilfe zu schätzen, und es tut mir leid, daß wir Sie beunruhigt haben.«

Arrapkha zuckte die Achseln. »Das Leben ist voll von kleinen Beunruhigungen.«

»Das ist wahr«, stimmte der Mann ihm zu. Dann wandte er sich seiner Begleiterin zu. »Gehen wir!« Sie eilten zur Hauptstraße zurück und ließen Arrapkha vor seinem Laden stehen.

Nach einigen Stunden legte Arrapkha seine Werkzeuge beiseite, wusch sich und schickte sich an, zu Bett zu gehen. Der blaue Metallwurfel stand auf dem kleinen Tischchen neben seinem Bett. Arrapkha studierte ihn eine Weile. Dann nahm er ihn und ging ins Badezimmer. Ohne zu zögern, ließ er ihn in den Müllschlucker fallen und drückte die Taste. Er fragte sich, welche Wirkung das wohl auf den Würfel haben würde, ob es irgendein Signal auslösen würde, und ob die Leute am anderen Ende dieses Signals es richtig deuten würden.

Als er ins Bett schlüpfte, fühlte er sich viel wohler und war bald eingeschlafen.

8. Kapitel

Für Flinx, dessen bisheriges Leben völlig von der Stadt geprägt war, war der Wald voll Überraschungen. Die ersten paar Nächte waren hart. Die Stille brach mit unerwarteter Gewalt über ihn herein, und er stellte fest, daß das Schlafen ihm Schwierigkeiten bereitete. Pip verbrachte jene Nächte unruhig, weil er das Unbehagen seines Meisters spürte. Nur der Stupava, dessen Kopf beim Schnarchen leicht hin- und herschwankte, war zufrieden.

Erst in der vierten Nacht schlief Flinx tief, und in der fünften genoß er die Stille sogar. Die Umstände und das Schicksal haben mich getäuscht, dachte er. Dies ist viel besser als das Stadtleben. Freilich, die Farben vermißte er, die Erregung, die im steten Wandel begriffene Umgebung aus Geschöpfen von Dutzenden von Welten, die durch den Markt und die Stadtviertel schlenderten, den Duft vielfältiger Speisen und die Geräusche geheimnisvoller Geschäfte, die rings um ihn abgeschlossen wurden. Auch bot ihm der Wald keine Gelegenheit, seine Fähigkeiten zu üben; da gab es nichts zu stehlen. Die Wälder gaben ihren Überfluß freiwillig. Das alles war irgendwie zu leicht.

So hatte er sich beinahe entspannt, als der Squook ihn überraschte. Er schoß aus seinem Loch im Boden und erschreckte den Stupava, daß dieser beinahe Flinx abgeworfen hätte. Der Squook war wie sein naher Verwandter, der Canish, ein höchst reizbarer, fleischfressender Höhlenbewohner. Nur etwas größer war er, und hatte Klauen, die so lang wie Flinx' Finger waren. Sein schlanker, schwarz-braun gestreifter Leib lag dicht am Boden an. Die Squooks verbrachten den größten Teil ihres Lebens mit Graben auf der Suche nach pflanzenfressenden Grabetieren, kamen aber gelegentlich wie ein Wirbelwind aus ihren Löchern hervor, um sich irgendeine größere Beute zu schnappen und in die Tiefe zu ziehen.

Offenbar hatte dieser Möchtegern-Räuber die vergleichsweise leichten Schritte des Stupava für die eines viel kleineren Lebewesens gehalten. Der Vogel krächzte und zerrte an seinem Zügel, während Flinx sich bemühte, ihn unter Kontrolle zu halten. Pip war auf das Erschrecken seines Meisters hin sofort von seiner Schulter gesprungen und schwebte jetzt drohend über dem Erdloch.

Der Squook bedachte den Minidrach mit einem eindrucksvollen Knurren, konnte ansonsten aber der fliegenden Nemesis nur finstere Blicke zuwerfen. Obwohl der Reitvogel sichtlich vor ihm Angst hatte, empfand der Squook doch gesunden Respekt für die langen, muskulösen, krallenbewehrten Beine des Vogels. Trotzdem, wenn er es schaffte, seine Zähne in eines dieser Beine zu schlagen, würde er diese große Mahlzeit zu Boden reißen können.

Nur der Mensch, der auf dem Rücken des Vogels kauerte, beunruhigte ihn etwas. Menschen waren zwar selten, aber den Bewohnern des großen Waldes nicht unbekannt. Ein Squook war durchaus imstande, einen Menschen zu töten. Das Gegenteil traf freilich auch zu. Dann war da dieses eigenartige, höchst fremdartige, summende Ding, das da in der Luft hing und hin und her zuckte. Das machte insgesamt drei Widersacher, einer davon fremd und unberechenbar, die beiden anderen potentiell gefährlich. Der Squook gab ein letztes mißgunstiges Schnauben von sich und zog sich dann in seine Höhle zurück, deren ganze Öffnung er ausfüllte. Jetzt sah nur noch seine Schnauze heraus, während er dasaß und ein gleichmäßiges warnendes Knurren ertönen ließ.

Schließlich gelang es Flinx, den Stupava wieder unter Kontrolle zu bringen und ihren Ritt fortzusetzen. Das ärgerliche Grollen des Squook verhallte hinter ihnen.

Eine eigentliche Gefahr hatte nicht bestanden, dachte er. Andererseits, wenn er aus dem Sattel gestürzt und heruntergefallen wäre – er erinnerte sich noch ganz deutlich an die lange, mit Zähnen bewehrte Schnauze des Fleischfressers und betrachtete von nun an den Wald mit mehr Respekt.

Sonst zeigte sich nichts, um sie zu bedrohen. Sie begegneten nichts Größerem als den vielen Flugnagern, die diesen Teil des Waldes zu Tausenden bevölkerten. Pip amüsierte sich, indem er um sie herumkreiste. Die Flugnager waren nämlich eher Schweber als echte Flieger. Sie waren daher lediglich imstande, dem Eindringling bösartige quiekende Laute entgegenzuschleudern, während dieser in ihrer Mitte komplizierte Flugmanöver vollführte. Diejenigen, die am lautesten schnatterten und sich beklagten, wählte sich die Flugschlange zur Mittagsmahlzeit.

»Jetzt reicht's, Pip!« rief Flinx dem Minidrach zu. »Laß sie in Frieden und komm her!« Die Flugschlange reagierte auf den eindringlichen Wunsch ihres Meisters und hörte auf, die Flugnager zu quälen und kam im Sturzflug herunter, um sich gleich darauf sanft um Flinx' Hals zu schlingen.

Die Gaststätte, der sie sich näherten, war eine von vielen, die in dem unbewohnten Teil der riesigen Wälder eine Art formloses Netz bildeten. Solche Herbergen waren für Hartholzhändler und Holzfäller, Fischer und Jäger, Prospektoren und andere nomadische Typen ein zweites Zuhause. Es gab viel mehr solcher Gasthöfe als ein oberflächlicher Beobachter erwartet hätte, weil es viele Nomaden gab. Sie liebten den endlosen Wald, weil die Bäume viel verbargen, darunter auch manche Sünder.

Flinx band den Stupava im Tierpferch neben einem Paar Muccaxen an. Die Tür des Gasthofs spürte seine Anwesenheit und glitt zur Seite, so daß er eintreten konnte. Aus einem Kamin in der Mitte stieg Rauch auf, aber das offene Feuer sollte mehr eine heimelige Atmosphäre als Wärme erzeugen. Letzteres wurde von Heizrohren besorgt, die unter dem Boden verlegt waren. Viele der Gebäude im Wald wirkten nur primitiv, waren aber, was ihr Innenleben anging, ebenso modern konstruiert, wie der Shuttlehafen von Drallar. Die Touristen von Außerplanet, die nach Moth kamen, um die Freuden seiner Wildnis zu genießen, legten durchaus Wert auf Komfort bei der Unterkunft.

»Hallo.« Der Gastwirt war nur ein paar Jahre älter als Flinx. »Sind Sie ganz alleine unterwegs?« Er warf Pip einen Blick zu. »Das ist ja ein interessantes Tierchen, das Sie da haben.«

»Danke«, sagte Flinx abwesend, ohne auf die erste Bemerkung einzugehen. »Um welche Zeit servieren Sie hier das Mittagessen?« Er blickte sehnsüchtig zum Speisesaal hinüber und rechnete in Gedanken aus, wieviel noch auf seiner Credcard war. Wenn er so weitermachte, würde er verhungern, ehe er die Verfolgten eingeholt hatte.

»Sie wollen also kein Zimmer?«

»Nein, danke.« Er würde wie gewöhnlich in einem Rohrzelt im Wald schlafen. In diesen Tagen ließ ihn die Erschöpfung ebenso tief wie im weichen Bett schlafen.

»Und was ist mit Ihrem Tier?« Der Gastwirt wies auf den Tierpferch draußen.

»Der kommt schon klar.«

Der junge Gastwirt nickte gleichgültig. Netter Bursche, dachte Flinx, aber behütet – wie so viele seiner potentiellen Freunde in Drallar.

»Sie können hier jederzeit eine Mahlzeit bekommen. Wir sind ganz auf Autoservice eingerichtet. Eine Küche mit menschlichem Personal können wir uns hier nicht leisten.«

»Mir sind die Maschinen recht«, erklärte ihm Flinx. Er ging durch den Eingangsbereich in den Speisesaal. Ein paar Leute saßen bereits an den Tischen und aßen. Ein junges Paar und ein einzelner Mann in einer Ecke fielen ihm auf. Nach den üblichen neugierigen Blicken auf Pip ignorierten sie den Neuankömmling.

Flinx ging zum Autokoch, während das Wasser ihm im Munde zusammenlief. Vom Land zu leben, war vielleicht für den Stupava in Ordnung, aber er brauchte gelegentlich etwas, das weder abgestanden noch getrocknet war. Er wählte aus der umfangreichen Liste, schob seine Karte ein und wartete, während seine Bestellung bearbeitet wurde.

Zwei Minuten später holte er sich sein Essen, wählte sich einen Tisch und machte sich heißhungrig über den Braten, die gebackenen Bohnen und den knackig frischen grünen Salat her. Zwei große Tassen einheimischen Kaffeersatzes spülten das Ganze hinunter.

Der Gastwirt kam hereingeschlendert. Er plauderte ein paar Augenblicke lang mit dem jungen Paar und schlenderte dann an Flinx' Tisch. Obwohl Flinx eigentlich alleine sein wollte, sagte er nichts, als der Wirt sich einen Stuhl heranzog und Platz nahm.

»Entschuldigen Sie«, sagte der junge Mann vergnügt, »ich bekomme hier nicht viele Gleichaltrige zu sehen, geschweige denn Leute, die noch jünger sind und alleine reisen – und ganz sicher nicht in so interessanter Begleitung.« Er deutete auf Pip.

Die Flugschlange war von Flinx' Hals geglitten und hatte es sich jetzt auf dem Tisch bequem gemacht, wo sie grüne Kerne hinunterwürgte. Das war eine gute Ergänzung der Diät der letzten Tage, die ganz aus Flugnagern bestanden hatte. Nicht daß er die Kerne gebraucht hätte, aber der Minidrach ließ sich nicht so gerne eine Mahlzeit entgehen, die sich nicht wehrte.

»Was machen Sie denn so ganz alleine hier draußen?« Das ist ja ein richtiger Diplomat, dachte Flinx. »Ich bin auf der Suche nach einem Freund«, erklärte er und spießte einen weiteren Bissen von seinem Braten auf.

»Hier hat niemand eine Nachricht für Sie hinterlassen, falls Sie sich das fragen sollten«, erklärte der Wirt.

»Die Freunde, die ich suche, hinterlassen nicht gerne Nachrichten«, sagte Flinx mit vollem Mund. »Vielleicht haben Sie sie gesehen«, meinte er dann ohne besondere Zuversicht. »Eine sehr alte Frau reist mit ihnen.«

»Sehr alte Leute sehen wir hier draußen nicht viele«, gestand der Wirt. »Die bleiben lieber in der Stadt. Das ist ja das Komische.« Flinx blieb der Mund offenstehen. »Erst vor kurzer Zeit war da eine Gruppe. Das könnten vielleicht die Freunde sein, die Sie suchen.«

Flinx schluckte vorsichtig. »Diese alte Frau, sie ist klein, ein gutes Stück kleiner als ich. Sie ist beinahe hundert.«

»Nur ihr Mund nicht, der ist viel jünger.«

»Sie haben sie gesehen!« Plötzlich war die Mahlzeit vergessen.

»Vor fünf Tagen«, sagte der Wirt. Flinx sank das Herz. Der Abstand zwischen ihnen nahm also zu, statt geringer zu werden.

»Sie haben nicht zufällig gesehen, in welche Richtung sie reisten?«

»Ihr Sumpfer ist nach Norden weitergefahren. Ich hielt das auch für seltsam, weil die Gasthöfe, die die meisten Touristen aufsuchen, eher im Nordwesten von hier liegen, nicht im Norden. Natürlich gibt es im Seendistrikt auch ein paar Freizeitparks, geradewegs nach Norden, aber nicht viele. Komische Leute waren das, und nicht nur wegen der alten Frau. Sie sahen gar nicht wie Touristen oder Fischer aus.«

Flinx gab sich große Mühe, nicht zu viel Interesse zu zeigen und zwang sich daher, seine Mahlzeit zu essen. Nicht daß er für die Hilfe nicht dankbar gewesen wäre, aber der gesprächige junge Mann wirkte so, als würde er das, was er wußte, gegenüber jedem ausplappern, auch gegenüber der Waldpatrouille. Und Flinx wollte nicht, daß jemand seine Verfolgung mit irgendwelchen peinlichen Fragen behinderte – insbesondere, wo er beabsichtigte, sein Tempo so schnell wie möglich zu steigern, und zwar höchstwahrscheinlich mit Methoden, die nicht ganz im Sinne der Polizei waren. Er hatte auch den Nachtwächter in Drallar nicht vergessen, dessen Hilfsbereitschaft fast zur Behinderung geworden war.

»Sie haben mir sehr geholfen«, erklärte er dem Wirt.

»Was hat das alles zu bedeuten?« beharrte der Gastwirt, als Flinx seine Mahlzeit beendet und Pip über den hingestreckten Arm auf seine Schulter gleiten ließ. »Was geht hier vor?«

Flinx überlegte fieberhaft. Was konnte er sagen, um diesen geschwätzigen Unschuldsknaben davon abzuhalten, die Patrouille zu rufen? »Sie sind auf Urlaub – meine Urgroßmutter und ein paar andere Verwandte. Sie streiten die ganze Zeit.« Der Gastwirt nickte wissend. »Eigentlich hätte ich nicht mitkommen können«, fuhr Flinx fort und zwinkerte dem anderen zu, »aber ich habe mich aus der Schule weggeschlichen und mache mir jetzt den Spaß, sie zu verfolgen. Sie wissen schon. Wenn sie den Freizeitpark erreichen, wo sie den Rest des Monats verbringen wollen, werde ich plötzlich auftauchen und sie überraschen. Wenn ich dann da bin, können sie mich ja nicht gut wieder nach Hause schicken, oder?«

»Ich verstehe.« Der Wirt lächelte. »Ich werde es niemandem sagen.«

»Danke.« Flinx stand auf. »Das Essen war sehr gut.« Er tätschelte Pips Kopf und ging auf die Tür zu.

»He«, rief ihm der Wirt nach, dem plötzlich etwas eingefallen zu sein schien, »zu welchem Park wollen denn Ihre Verwandten?« Aber Flinx war bereits draußen.

Er bestieg eilig seinen Stupava und lenkte ihn in die Wald zurück. Fünf Tage, dachte er betrübt. Noch zwei Tage in diesem Tempo, und sie würden zehn Tage Vorsprung haben. Der Stupava gab sein Bestes, aber das würde nicht gut genug sein. Irgendwie mußte er sein Tempo beschleunigen. Er zügelte den Vogel und ließ ihn verschnaufen, während er ein Stück Plastik von etwa zehn Zentimeter Kantenlänge aus seinem Rucksack holte. Es war einen halben Zentimeter dick und hatte ihm auf dem Markt eine ganze Menge gekostet, aber ohne dieses Stück Plastik hätte er die Reise kaum riskieren können. An der linken Seite des kleinen Gerätes war eine Reihe von Kontaktschaltern angebracht. Er tippte den obersten an, und die Plastikscheibe leuchtete auf. Als er weitere Knöpfe betätigte, tauchte vor ihm eine Karte des Waldes auf, die er mit geschickten Manipulationen so lange verschob, bis er seine unmittelbare Umgebung erkannte.

Er gab den Namen des Gasthofs ein, wo er die Mahlzeit

zu sich genommen hatte. Im gleichen Augenblick verlagerte die Karte ihre Position. Es war, als flöge er über einer abstrakten Landschaft dahin. Als das Bild stillstand, weitete er das Sichtfeld aus und dehnte die Karte aus, bis sie einige weitere Gasthöfe und eine kleine Stadt zeigte, die er am vergangenen Tag, ohne es zu wissen, in einiger Entfernung passiert hatte. Er tippte ein paar weitere Knöpfe an, und die Stadt schob sich in die Mitte. An ihrem Rand gab es eine kleine Holzbearbeitungsfabrik, ein paar Handelsunternehmungen, eine Station des Walddienstes und eine Kommunikationsstation. Er dachte zuerst daran, es mit der Servicestation zu probieren, schloß dann aber, daß sie vermutlich rings um die Uhr besetzt sein würde. Blieb das Kommunikationsdepot. Er schaltete die Karte ab, steckte sie sorgfältig in seinen Rucksack zurück und zog an den Zügeln. Der Vogel pfiff und setzte sich in Bewegung.

Dämmerung senkte sich herab; bald würde die Sonne hinter den Wolken versunken sein. Auf eines konnte er rechnen, nämlich das Fehlen von Mondschein – selbst Frames braunes Licht konnte in dieser Nacht die Wolkendecke nicht durchdringen.

Obwohl er die Stadt verfehlt hatte, war sie nicht weit entfernt. Ihre Gebäude lagen über eine kleine Anhöhe verstreut – das trockenste Land im weiten Umkreis – und wurden von den Bäumen verborgen, bis er praktisch dazwischenstand. Die meisten Privathäuser und Wohnungen lagen auf der anderen Seite des Hügels. Zu seiner Linken gab es ein flaches, ausgedehntes Gebäude, in dem hinter doppelt verglasten Fenstern ein paar Lichter schienen: die Waldstation. Das Kommunikationsdepot lag direkt davor. Er ließ sich vom Rücken seines Stupava gleiten, band ihn an einen umgestürzten Baumstamm in der Nähe und wartete auf Mitternacht. Rings um das Depot verlief ein drei Meter hoher Zaun, der die Serviceanlage umschloß. Flinx konnte die Umrisse einiger großer Fahrzeuge ausmachen, die für die Reise durch den dichten Wald gebaut waren. Flinx interessierte sich nicht für sie. Sie waren zu groß, für seine Bedürfnisse zu schwerfällig. Ganz sicher mußte es hier auch etwas für seine Zwecke besser Geeignetes geben, vielleicht hinter dem Maschinenschuppen. Hoffentlich! Er bezweifelte, daß er an der Sägemühle oder bei irgendwelchen anderen Bauten etwas Besseres finden würde.

Er vergewisserte sich, daß der Stupava nur locker angebunden war. Falls er es nicht schaffte, würde er den Reitvogel schnell brauchen, und wenn er es schaffte, würde der Stupava bald unruhig werden und sich losreißen, um seinen Weg zurück nach Drallar und seinem Stall zu finden. Das war ein weiterer Grund, weshalb Flinx den Reitvogel dem krötenähnlichen Muccaxen vorgezogen hatte: den Muccaxen fehlte jeder Ortsinstinkt.

Mit Pip, der sich fest um seine linke Schulter gerollt hatte, schritt er durch den nächtlichen Nebel. Der Hof war nicht gepflastert, aber der Boden war vergleichsweise trocken und festgetrampelt, und so konnte er sich lautlos am Zaun entlang bewegen. Er schlug einen weiten Bogen um Hof und Gebäude. Nirgends waren Lichter zu sehen, noch fiel ihm irgend etwas auf, das auf eine Alarmanlage hindeutete. Obwohl er schon früher Diebstahlsicherungen überwunden hatte, würde dies das erstemal sein, daß er den Versuch machte, in eine Regierungsanlage einzubrechen.

Der Zaun kragte oben aus – eine Konstruktion, die es schwierig machte, ihn zu überklettern, und er konnte deutlich auf jedem Pfosten Transmitterspitzen sehen, die einen Alarm auslösen würden, wenn irgend etwas die gerade Sichtverbindung zwischen ihnen unterbrach. Flinx' Blick wanderte zum hinteren Tor. Der Riegelmechanismus dort schien rein mechanisch zu sein, fast zu einfach. Er würde ihn ohne irgendwelche Spezialwerkzeuge öffnen können. Der Haken war nur, daß dort dieselbe Lichtschranke wie oben am Zaun angebracht war. Er würde also auch den Riegel nicht öffnen können, ohne den Strahl zu unterbrechen und damit den Alarm auszulösen.

Sich seinen Weg durch das Drahtgeflecht des Zaunes selbst zu schneiden, kam nicht in Frage. Das Metall war sensibilisiert; jede nicht programmierte Veränderung seiner Struktur würde den Alarm ebenso sicher auslösen, als wenn er versucht hätte, sich mit einem Bulldozer Zutritt zu verschaffen.

Flinx schob Pip zur Seite, schlüpfte aus dem Tragegestell seines Rucksacks und suchte in ihm herum. Neben den Nahrungskonzentraten und einigem medizinischen Material trug er auch Geräte bei sich, die den Gastwirt schockiert hätten, mit dem er am Vormittag geplaudert hatte. Er brauchte nicht lange, um das zu finden, was er suchte. Ein paar Drahtstücke mit einem Kontaktschalter. Er vergewisserte sich, daß der Schalter offen war, und schlang ein Ende des Drahtes sorgfältig um den winzigen Transmitterpunkt links von der Verriegelung des Tors. Sorgfältig bog er den Draht um den langen Riegel herum und schlang ihn auf der gegenüberliegenden Seite um den Transmitter. Ein winziges LED am Schalter des Drahtes leuchtete in zufriedenstellendem Grün.

Jetzt holte Flinx ein kleines, unregelmäßig geformtes Stück stumpfen Metalls aus dem Rucksack, schob es ins Schloß und drehte es ein paarmal. Seine Körperwärme reichte aus, um das Metall aufzuweichen und zum Fließen zu bringen. Der Riegel *klickte*. Jetzt hielt Flinx das Metall mit nur zwei Fingern, daß es nur noch wenig Wärme abbekam, und wartete, bis es sich verfestigt hatte, und drehte es dann. Diesmal hörte er ein zweites, weicheres Klicken aus dem Schloßmechanismus. Er zog das Metallstück heraus, legte die Hand aufs Tor und schob. Es bewegte sich zwei Meter nach innen, wobei es leicht in den Angeln schwankte. Er zögerte. Kein Alarm war zu hören. Hoffentlich brauchte eine solch einfache Landgemeinde keine lautlosen Alarmanlagen. Trotzdem sammelte er seine Werkzeuge und den Rucksack ein und zog sich hastig zum Wald zurück.

Er wartete eine halbe Stunde, ohne daß jemand aufgetaucht wäre, um Tor oder Hof zu überprüfen, und kroch schließlich zum Zaun zurück. Das Tor stand immer noch offen. Die Glasfaser, die von einem Endpunkt zum anderen reichte, ließ den Alarmstrahl ununterbrochen fließen, aber wenn er das Tor weiter öffnen mußte, als die Länge des Drahtstückes es erlaubte, würde es Schwierigkeiten geben.

Er schlüpfte in den Hof. Pip flog über den Zaun und schwebte über dem Kopf seines Herrn.

Flinx suchte den Hof ab. Bis jetzt deutete immer noch nichts darauf hin, daß man sein Eindringen bemerkt hatte. Der Maschinenschuppen lag unmittelbar vor ihm, es war ein offener Unterstand. Im Schutz der riesigen Reparaturfahrzeuge schlich er sich in den Schuppen. Zwischen den Geräten und Vorräten entdeckte er zwei Sumpfer für zwei Passagiere. Sein Herz schlug schneller. Die kompakten Fahrzeuge weiteten sich unten aus und hatten eine geschlossene Kabine, um Pilot und Passagier nebeneinander behaglichen Schutz zu bieten.

Flinx probierte sie beide aus. Die einfachen Elektromotoren kurzzuschließen, stellte kein Problem dar. Als dann die Treibstoffanzeige der ersten Maschine nicht reagierte, wurde er unruhig, dafür war der zweite Sumpfer zu fünfundneunzig Prozent geladen. Das war besser, als er zu hoffen gewagt hatte; wahrscheinlich würde er auf seiner ganzen Strecke nirgends Zugang zu irgendeiner Aufladestation haben.

Da im Depot immer noch friedliche Stille herrschte, setzte Flinx seinen ganzen Erfolg aufs Spiel, um ein weiteres Problem zu lösen: die Regierungskennzeichen des Sumpfers. In einem Schrank fand er ein paar Dutzend Kanister katalytischer Farbe. Er wählte zwei Kanister Braun. Nach kurzer Überlegung kehrte er noch einmal zu dem Schrank zurück und holte noch einen zusätzlichen Kanister mit Rot heraus. Bis zur Stunde hatte er noch nie irgendein Fahrzeug besessen – und wenn er jetzt schon seinen künstlerischen Neigungen nachgehen konnte, würde es auch nichts schaden, dem Ganzen ein wenig Pep zu geben. Außerdem würde das auch besser zu einem sechzehnjährigen Jungen passen. Die Bäume würden ihm dennoch genügend Sichtschutz bieten.

Als er mit dem Besprühen des Sumpfers fertig war, kletterte er auf den Pilotensitz. Pip machte es sich auf dem leeren Sitz daneben bequem. Die Kontrollen waren einfach und klar, so wie er das erwartet hatte. Seine rechte Hand griff nach dem kleinen Steuerrad, die linke zu der Überbrückung, die er unter dem Armaturenbrett vorgenommen hatte. Der Motor erwachte zum Leben. Sein gleichmäßiges Summen war nur wenig lauter als das von Pip. Er brauchte den Beschleunigungshebel nur leicht anzutippen, und der Sumpfer setzte sich in Bewegung. Der kräftige Suchscheinwerfer, der vorne am Bug montiert war, blieb dunkel. Das würde er auch bleiben, bis er ganz sicher war, daß man ihn nicht verfolgte.

Er fuhr in den Hof hinaus. Von den umliegenden Gebäuden war immer noch kein Zeichen von Unruhe zu bemerken. Am Tor ließ er das Fahrzeug im Schwebegang und sprang heraus. Indem er seine übrigen Glasfasern mit der ersten verband, konnte er das Tor weit genug öffnen, um dem Sumpfer die Durchfahrt zu ermöglichen. Seine Angst, entdeckt zu werden, war so groß, daß er fast vergessen hätte, sich zu ducken, als er durch den Spalt fuhr – und die Glasfasern, die die Alarmanlage überbrückten, hätten ihn fast geköpft.

Dann hatte er das Tor hinter sich und bewegte sich auf der glatten Fläche, die das Depot umgab. Wenige Augenblicke später nahm der Wald ihn auf. Ein Knopfdruck schloß die durchsichtige Plastikkuppel über seinem Kopf und hielt die Nässe fern. Ein weiterer Schalter ließ die Heizanlage des Fahrzeugs summen. Zum erstenmal, seit er Drallar verlassen hatte, fühlte er sich wieder warm.

Bis er die Stadt ein gutes Stück hinter sich gelassen hatte, hielt er das Tempo des Sumpfers gering. Dann fühlte er sich sicher und schaltete den Suchscheinwerfer ein. Der grelle Lichtbalken durchstieß die Dunkelheit und zeigte ihm Wege zwischen den Bäumen. Jetzt konnte er beschleunigen, und bald glitt der Sumpfer über die feuchte Erde dahin. Vielleicht zu schnell für eine Nachtfahrt, aber Flinx wollte aufholen. Und außerdem hatte der Erfolg ihn ein wenig trunken gemacht.

In Drallar wäre es nicht so leicht gewesen, sagte er sich. Hier draußen, wo es nicht viel zu stehlen gab, hatte er Erfolg gehabt, weil es kaum Diebe gab.

Die Unterseite des Sumpfers war mit einem speziellen hydrophobischen Polycarbonat beschichtet, das es möglich machte, von der einen Ionendüse im Heck des Fahrzeugs angetrieben fast ohne Reibung über feuchte, aber solide Fläche zu gleiten. Auch die Geräuschentwicklung war sehr gering, und er konnte keine Anzeichen einer Verfolgung wahrnehmen. Die Kompaßsteuerung des Sumpfers wies nach Norden.

Es war früher Vormittag, als Flinx schließlich das Bedürfnis empfand, anzuhalten. Im Tageslicht benutzte er den Kanister mit roter Farbe, um das braune Fahrzeug umzuspritzen, wobei er an den Seiten und vorne dekorative Streifen anbrachte. Das lenkte ihn eine Weile von seinen Problemen ab. Dann setzte er seine Reise fort, jetzt in einem Fahrzeug, das kein oberflächlicher Beobachter je für eine Regierungsmaschine gehalten hätte.

In der vergangenen Nacht hatte er in seinem Bewußtsein ein mentales Prickeln von fast schmerzhafter Vertrautheit empfunden, das wie üblich in dem Augenblick verschwunden war, in dem er sich darauf hatte konzentrieren wollen, aber er war sicher, daß es von irgendwo im Norden gekommen war.

Zuversichtlich und im Hochgefühl des Erreichten fegte er mit aufgeklappter Kuppel dahin. Plötzlich wurde die Luft rings um ihn grau, wimmelte von Tausenden winziger pelzbedeckter Leiber, die nicht viel größer als sein kleiner Finger waren. Sie umschwärmten ihn auf winzigen Membranschwingen, und er schlug mit der freien Hand danach, während er sein Fahrzeug auf Kriechtempo abbremste. Der Schwarm war so dicht, daß er kaum etwas sehen konnte.

Pip war von der Chance spielen und zugleich speisen zu können, entzückt. Bald wurde der Sturm aus Miniaturfliegern so dick, daß Flinx, aus Angst, irgendwo anzustoßen, seinen Sumpfer völlig zum Stillstand bringen mußte. Jetzt konnte er wenigstens beide Hände dazu benutzen, nach ihnen zu schlagen.

Er zögerte, die Schutzkuppel zu schließen, aus Sorge, unter den paar Dutzend, die er damit unvermeidlich einschließen würde, Panik zu erzeugen. Außerdem versperrten sie ihm zwar die Sicht, störten ihn aber sonst nicht. Ihre viereckigen kleinen Zähne waren dazu gedacht, Nüsse und Samen zu knacken, an lebendem Fleisch zeigten sie keinerlei Interesse. Sie hatten große, hellgelbe Augen und zwei dünne Beine, mit denen sie sich an den Zweigen festhalten konnten. Flinx hatte dergleichen noch nie gesehen. Er bestaunte sie und fragte sich, wie lange es wohl dauern würde, bis sie weiterziehen würden, so daß er seine Reise fortsetzen konnte.

Plötzlich zischte es rings um ihn, und aus der Erde schossen etwa kopfgroße runde Gebilde. Flinx sah lange, schmale Schnauzen voll nadelspitzer Zähne und zahlreiche Arme, die aus schmalen Leibern hervorwuchsen. Bei genauerem Hinhören erkannte er jetzt, daß der zischende Lärm sich aus einer langen Folge explosionsartig klatschender Geräusche zusammensetzte.

Er versuchte, sich mit zusammengekniffenen Augen zwischen den vielen Fliegern zu orientieren und sah, wie eines der runden Geschöpfe nach dem anderen aus Löchern im Boden hervorkamen. Die Poppers hatten schwarze Leiber mit gelben und orangefarbenen Mustern darauf, und flogen, indem sie ein paar wurstförmiger Luftsäcke auf dem Rücken aufbliesen. Durch Regulieren der Luftmenge in den Säcken konnten die Lebewesen nicht nur ihre Höhe, sondern auch ihre Flugrichtung steuern. Sie bohrten sich in den Fliegerschwarm hinein und schnappten mit ihren langen, dünnen Schnauzen einen der kleinen Flieger nach dem anderen aus der Luft. Sobald ein Popper sich seine Beute geschnappt hatte, entleerte er seine Luftsäcke und ließ sich fallschirmartig auf den Boden hinab. Sie schienen jedesmal unmittelbar über ihren jeweiligen Löchern zu landen, in denen sie dann sofort verschwanden.

Als weder die Fliegerwolke noch die angreifenden Poppers irgendwelche Anstalten machten, sich zu verziehen, traf Flinx die Entscheidung, seine Reise trotzdem fortzusetzen. Er fuhr ganz langsam und suchte sich vorsichtig seinen Weg zwischen den Bäumen. Er hatte beinahe einen Kilometer zurückgelegt, als die Schwärme endlich dünner wurden, und schließlich hatte er wieder freie Sicht.

Ein Blick nach hinten zeigte ihm eine solide Mauer aus Grau, Schwarz und Gelborange, die wie Rauch zwischen den Bäumen hing. Er brauchte einen Augenblick, bis ihm bewußt wurde, daß aus dem Sumpfer etwas fehlte.

»Pip?« Der Minidrach lag weder – wie sonst – eingerollt auf dem Beifahrersitz noch hing er über dem Sumpfer in der Luft.

Flinx brauchte ein paar unruhige Minuten, bis er seinen Begleiter schließlich im Gepäckraum hinter den Sitzen auf dem Bauch liegend fand, zum Dreifachen seines üblichen Durchmessers angeschwollen. Er hatte sich mit den anscheinend wohlschmeckenden kleinen Fliegern gründlich vollgestopft. Flinx war überzeugt, daß sein augenblicklich bewegungsunfähiger Begleiter gar nicht gut aussah.

»Das wird dich lehren, keinen Durq aus dir zu machen«, sagte er ihm. Der Minidrach versuchte, sich zu bewegen und ihn anzusehen, gab den Versuch aber schnell auf. Es würde eine Weile dauern, bis er wieder fliegen konnte – selbst bis zur Schulter seines Meisters.

Flinx setzte die Reise nach Norden fort und nahm sich kaum die Zeit dazwischen zu schlafen. Zwei Tage waren verstrichen, seit er sich den Sumpfer angeeignet hatte. Bei der recht laschen Einstellung, die er bei ländlichen Bürokraten voraussetzte, würde es eine ganze Weile dauern, bis sich jemand um das fehlende Fahrzeug kümmerte. Und bis schließlich jemand auf die Idee kam, daß hier tatsächlich ein Diebstahl vorlag, würde Flinx bereits zweihundert Kilometer entfernt sein. Und die Behörden würden keine Ahnung haben, welche Richtung er eingeschlagen hatte. Da Sumpfer unmittelbar über der Oberfläche dahinglitten, hinterließen sie keine Spur. Ihre einfache Ionendüse hinterließ auch praktisch keinerlei Emissionen in der Luft. Flinx rechnete auch gar nicht mit einer besonders aufwendigen Verfolgung, schließlich ging es doch nur um ein einziges kleines, vergleichsweise billiges Fahrzeug.

Dafür zerbrach er sich immer noch den Kopf über all die Mühen und Kosten, die jemand auf sich nahm, um eine harmlose alte Frau zu entführen. Die ganze Situation war so wenig plausibel, daß das nur seine Ängste verstärkte, seinem Zorn und seiner Entschlossenheit aber keinen Abbruch tat.

Einige Tage verstrichen, bis er bemerkte, daß die Luft sich verändert hatte. Es war ein fremdes, unbekanntes Gefühl, das er nicht deuten konnte. Da war zwar immer noch die ewige Feuchtigkeit, aber sie war irgendwie schärfer geworden, wirkte unmittelbarer auf seine Nasenschleimhäute. »Was denkst du, was das ist, Pip?« fragte er laut. Die Flugschlange hätte darauf nicht einmal dann geantwortet, wenn sie dazu fähig gewesen wäre, denn all ihre Mühen und Energien galten im Augenblick der Aufgabe, Fell, Fleisch und Knochen zu verdauen.

Der Sumpfer glitt einen kleinen Hügel hinauf. Oben angelangt, hatte Flinx ein Panorama vor sich, das ihm den Atem raubte. Zuerst dachte er, er wäre irgendwie aufs Meer gestoßen. Aber er wußte, daß das nicht sein konnte. Nördlich von Drallar gab es kein Meer, nicht bis man den im ewigen Eis liegenden Pol erreicht hatte, oder wenn man Tausende von Kilometer nach Osten oder Westen reiste.

Die Wasserfläche sah zwar wie ein Ozean aus, er erkannte aber, um was es sich in Wirklichkeit handelte: um einen See, einen der vielen Hunderte, die dieser Gegend bis hinauf bis zur Arktis ihren Namen gegeben hatten. Die Sonne schien nicht direkt darauf, denn die Wolken waren hier genauso dick wie im fernen Drallar, aber immerhin kam genügend Licht durch, um einen grellen Reflex zu erzeugen – einen

Reflex, der zwischen der weiten Wasserfläche und der Wolkenbank darüber hin und her geworfen wurde.

Das-Blau-das-blendet, dachte Flinx. Er war gut genug mit der Geografie von Moth vertraut, um den ersten der Seen zu erkennen, die diesen Kollektivnamen trugen. Den Namen des Sees selbst konnte er nicht angeben, nicht ohne seine Landkarte. Es war auch nur einer von Hunderten ähnlich eindrucksvoller Süßwasserseen, deren Namen er sich nie gemerkt hatte, weil er nie damit gerechnet hatte, je diesen Teil der Welt zu besuchen.

Das grelle Licht trieb ihm die Tränen in die Augen, als er den Sumpfer ans Ufer der Wasserfläche lenkte. Der See versperrte ihm den Weg nach Norden. Er mußte wissen, ob er ihn nach Westen oder Osten umgehen mußte, oder ob er den Versuch machen mußte, ihn zu überqueren.

Das Wetter war ruhig, und die ansonsten glatte Fläche vor ihm wurde nur von leichten Wellen gekräuselt. Ein Sumpfer konnte ebensogut über Wasser wie über Land gleiten, vorausgesetzt, seine Ladung reichte dazu aus; wenn nicht, würde das Fahrzeug schnell sinken.

Flinx kam zu dem Entschluß, daß er Rat brauchte, und wandte sich daher seiner Karte zu, die ihm einen einsamen Freizeitpark im Osten auswies. Er nahm Kurs darauf.

Zehn Minuten später tauchte das Gebäude vor ihm auf, ein großer, weiträumig angelegter Bau aus Holz und Stein. An einem Pier dahinter waren einige Boote vertäut. Und vorne parkten ein paar Landfahrzeuge. Flinx' Muskeln spannten sich einen Moment lang, lockerten sich dann aber wieder. Keines der Fahrzeuge zeigte ein Regierungsemblem. Sicherlich hatte man inzwischen seinen Diebstahl entdeckt, aber die Suche würde sich wahrscheinlich mehr auf die dichter besiedelten Gebiete im Süden konzentrieren – auf Drallar zu – und nicht so sehr den wenig erschlossenen Norden.

Trotzdem nahm er sich einen Augenblick lang Zeit, die versammelten Fahrzeuge gründlich zu inspizieren. Alle vier waren leer. Zwei davon waren mit Gleisketten versehen –

reine Landfahrzeuge. Die anderen beiden waren Sumpfer, größer und besser ausgestattet als sein eigenes Fahrzeug, mit dick gepolsterten Sitzen und Liegestätten und Schutzkuppeln, die sich automatisch abdunkelten. Privatfahrzeuge, das wußte er, bequemer und komfortabler als sein eigenes Fahrzeug, aber ganz bestimmt auch nicht dauerhafter. Reittiere waren nirgends zu sehen. Jemand, der sich eine Reise so weit in den Norden leisten konnte, hatte vermutlich auch die Mittel für ein mechanisches Transportmittel.

Flinx stoppte den Sumpfer neben den anderen Fahrzeugen und entfernte vorsichtshalber den Zündverteiler. Schließlich brauchte ja nicht ein zufällig vorbeikommender Passant diese so offensichtlich illegale Vorrichtung zu sehen. Der Sumpfer sank zu Boden, und Flinx stieg aus.

Der Parkplatz war nicht hart gestampft, und so blieb ziemlich viel Schlamm an seinen Stiefeln hängen, während er auf die hölzerne Treppe zuging, die ins Innere der Hütte führte. Am Eingang entfernten Saugschläuche den größten Teil des Schlamms wieder von seinen Sohlen. Die Treppe führte auf eine Art Veranda mit rustikalem Holzmobiliar, wie es Touristen schätzten, die Wert auf die Illusion legten, allen Komfort der Zivilisation hinter sich gelassen zu haben. Dahinter lag eine schmale Vorhalle, die mit roh behauenen, dunkel lasierten Brettern vertäfelt war.

Flinx nahm an, daß dies hier der richtige Ort war, um Informationen über den Zustand des Sees zu bekommen, aber vorher forderte etwas ähnlich Wichtiges seine Aufmerksamkeit: Essen. Der Duft danach schlug ihm von irgendwo entgegen, und er hatte sich wirklich einmal eine Abwechslung von all den Konzentraten verdient, die so viele Tage lang seine einzige Nahrung gewesen waren. Seine Credcard zeigte immer noch einen positiven Saldo, und er hatte keine Ahnung, wann er wieder einmal das Glück haben würde, sich aus einer ehrlichen Küche zu versorgen. Darüber hinaus brauchte er sich diesmal nicht um neugierige Blicke anderer Gäste zu sorgen – Pip, der immer noch unfähig war, etwas zu sich zu nehmen, würde diesmal nicht mit ihm speisen. Er atmete tief durch. Das roch hier fast so, als bereite ein lebender Koch das Essen zu, nicht eine Maschine.

Flinx fand den Speisesaal mit seiner eindrucksvollen Balkendecke. An der anderen Wand loderte in einem offenen Kamin aus Felsgestein ein Feuer. Zur Linken lag der Ort, aus dem ihm dieses herrliche Aroma entgegenschlug: eine echte Küche. Zwei mit dichtem Pelz bedeckte Gestalten schnarchten friedlich in der Nähe. Am Eingang hatte ein älteres Paar Platz genommen, konzentrierte sich aber ganz auf seine Mahlzeit und drehte sich nicht einmal, um zu ihm aufzublicken. Zwei jüngere Paare saßen näher am Feuer, aßen dort und unterhielten sich. In der Ecke ganz hinten saß eine Gruppe älterer Leute, die alle die schwere Kleidung des Nordlandes trugen.

Er ging die paar Stufen in den Speisesaal hinunter, in der Absicht, jemand in der Küche nach einer Mahlzeit zu fragen. Plötzlich drängte etwas so unwiderstehlich in sein Bewußtsein, daß er sich an der Wand festhalten mußte, um nicht umzufallen.

Zwei jüngere Männer waren aus einer anderen Tür in den Speisesaal gekommen. Sie redeten mit der Gruppe älterer Leute in der Ecke. Keiner hatte zu Flinx herübergesehen, keiner hatte ein Wort zu ihm gesagt.

Er stieß sich von der Wand ab, taumelte und stützte sich am Tisch der beiden alten Leute. Der Mann blickte von seinem Teller zu dem ungebetenen Besucher auf und runzelte die Stirn.

»Ist Ihnen nicht gut, junger Mann?«

Flinx gab keine Antwort, sondern starrte quer durch den Saal. Gesichter – er konnte unter all der dicken Kleidung keine Gesichter erkennen. Sie blieben seinen Augen verborgen – nicht aber einer anderen Art der Wahrnehmung.

Und ohne zu denken, fragte er scharf:

»Mutter?«

9. Kapitel

Eine der vermummten Gestalten fuhr in ihrem Stuhl herum und starrte ihn an. Ihre Augen waren vor Überraschung geweitet und signalisierten eine Warnung, die Flinx aber ignorierte. Sie schickte sich an aufzustehen.

Der Rest der Gruppe starrte den jungen Mann an, der auf der anderen Seite am Eingang stand. Einer der jüngeren Männer legte Mutter Mastiff die Hand auf die Schulter und drückte sie in ihren Stuhl zurück, worauf sie ihn sofort in die Hand biß. Der Begleiter des Mannes zog etwas aus der Manteltasche und ging auf Flinx zu. Die Gesichter der Gruppe, die bei Flinx' unerwartetem Auftauchen zuerst Verblüffung gezeigt hatten, blickten jetzt grimmig.

Flinx suchte Boden und Wände ab, fand den Schalter, den er gesucht hatte, und drückte ihn. Die Lichter im Speisesaal gingen aus, so daß der Raum jetzt nur noch von dem schwachen Tageslicht erhellt wurde, das durch die schmalen Fenster hereinfiel.

Was für ein phantastisches Talent ich doch besitze, dachte er, während er sich Deckung suchend wegduckte. Er hatte scharf und eindeutig auf Mutter Mastiffs Gegenwart reagiert – nachdem er fast über sie gestolpert war.

Der Raum füllte sich mit Schreien der regulären Gäste, in die sich die Flüche der Gruppe mischten, die Flinx überrascht hatte. Er versuchte nicht, den Tisch zu erreichen, wo man Mutter Mastiff festhielt. Dafür war er ein zu erfahrener Veteran aus vielen Straßenprügeleien. Vielmehr hatte er sich mit einem Blick die Anordnung des Speisesaals eingeprägt, zog sich zurück und versuchte, an der Außenwand entlangkriechend, in den Rücken seiner Gegner zu gelangen. Drei waren mit ihr am Tisch gesessen, und dazu kamen noch die zwei, die eben erschienen waren. Fünf Gegner.

»Wo ist er denn – macht doch Licht!« Sehr hilfreich von ihnen, dachte Flinx, daß sie ihn wissen ließen, wo sie waren. Er würde diese Information schnell nutzen müssen, das wußte er. Bald würde einer der Gäste oder ein Angestellter wieder Licht gemacht haben und ihm damit den einzigen Vorteil nehmen, den er im Augenblick besaß.

Ein scharfes Knistern ging durch den Raum, begleitet von einem kurzen Lichtblitz. Einer der anderen Gäste stieß einen Warnruf aus. Flinx lächelte. So lange sich alle an den Boden preßten, würden die Lichter noch eine Weile ausgeschaltet bleiben.

Ein zweiter Blitz zerriß die Luft in Tischhöhe, dicht genug, daß seine Haut prickelte. Ein Lähmungsstrahl. Die Gegenseite hatte also nicht vor, ihn zu töten, dachte er, nahm sich aber nicht die Zeit zu überlegen, warum sie so um ihn besorgt waren. Die Entführer feuerten weiterhin blindlings durch die Finsternis. So lange diese nervenlähmenden Strahlen den Raum erfüllten, würde kein Angestellter einen Lichtschalter betätigen.

Flinx, wieder einmal dankbar für seine schmächtige Gestalt, hatte inzwischen auf dem Bauch kriechend die andere Wand erreicht. Im gleichen Augenblick hörte das Strahlerfeuer auf. Da er vermutete, daß einer seiner Widersacher jetzt nach einem Lichtschalter tastete, bereitete Flinx sich darauf vor, schnell an dem Kaminfeuer vorbeizugelangen. Dann stieß jemand einen heftigen Fluch aus, und er hörte, wie ganz in der Nähe ein Tisch und Stühle umgeworfen wurden. Flinx' Hand fuhr an den Stiefel. Er richtete sich zu halb geduckter Haltung auf und wartete.

Wieder hörte er ein stolperndes Geräusch, lauter, dicht vor ihm. Er griff nach einem Stuhl und stieß ihn in die Dunkelheit hinein. Ein Mann erschien im Feuerschein des Kaminfeuers, und ein Blitz hüllte den Stuhl ein. Flinx huschte hinter den Mann und benützte sein Stilett so, wie der alte Makepeace es ihm beigebracht hatte. Der Mann war zweimal so groß wie Flinx, aber sein Fleisch war auch nicht zäher als das anderer Leute. Er gab einen stöhnenden Laut von sich und sank in sich zusammen. Flinx sprang vor, verließ den verräterischen Feuerschein.

»Erin«, rief eine Stimme unsicher, »alles in Ordnung?« Einige weitere Blitze erfüllten die Luft und trafen den Steinkamin, wo Flinx noch vor wenigen Augenblicken gestanden hatte. Falls es Ziel dieser Schüsse gewesen war, Flinx zu treffen, so gelang ihnen das nicht, andererseits zwangen sie ihn, sich wieder an den Boden zu pressen.

Augenblicke später flammten die Lichter auf, gräßlich hell und strahlend. Flinx, der unter einem Tisch Deckung gefunden hatte, wagte nicht, sich zu regen, aber er hätte keine Angst zu haben brauchen. Die Entführer Mutter Mastiffs, darunter auch der überlebende Schütze, waren geflohen.

Flinx richtete sich auf. Die anderen Gäste blieben auf dem Boden liegen. Wer oder was die Lichter wieder eingeschaltet hatte, war nicht zu erkennen, und er hatte auch keine Zeit, darüber nachzudenken.

Die Tür am anderen Ende des Saals stand offen. Sie führte auf eine halbrund angelegte Veranda. Er rannte auf die Tür zu, blieb aber vorsichtshalber kurz davor stehen und warf einen Stuhl hinaus. Als niemand darauf schoß, atmete er tief durch und sprang mit einem Satz hinaus, rollte sich über die Veranda und kam aus der Rolle in der halbgeduckten Haltung des erfahrenen Kämpfers heraus.

Doch da war kein Feind, mit dem er hätte kämpfen müssen – die Veranda war leer und verlassen. Was man von der Küste zur Linken nicht sagen konnte. Zwei Sumpfer parkten am Ufer. Jetzt drängten sich die Reisenden, die er so lange verfolgt hatte, unter seinen hilflosen Blicken in die beiden Fahrzeuge. Keinen Gedanken an die eigene Sicherheit verschwendend, rannte er die paar Stufen hinunter, auf den Abhang zu, der zum Seeufer führte. Der erste Sumpfer jagte bereits über den Wellen dahin. Als er das Wasser erreicht hatte und erschöpft in die Knie sank, das nutzlose Messer in der rechten Hand, hatte auch das zweite Fahrzeug abgelegt, und beide zogen über den See davon.

Nach Atem ringend, richtete Flinx sich auf und eilte wieder den Abhang hinauf. Er würde die Verfolgung schnell aufnehmen müssen. Wenn er sie auf dem weiten See aus dem Auge verlor, würde er sie so schnell nicht mehr finden, da er ja nicht wußte, an welchem Ufer sie herauskommen würden. Er taumelte um den Gasthof herum und riß die Tür seines Sumpfers auf. Eine grüne, aufgedunsene Schlange starrte ihn an. Pip wirkte entschieden unglücklich. Er versuchte, die Schwingen zu entfalten, sank aber gleich wieder kläglich auf den Sitz zurück.

»Du warst mir auch eine Hilfe«, herrschte Flinx den Minidrach an. Der schaffte es, eher noch jämmerlicher auszusehen. Er hatte ganz offensichtlich die Gefahr gefühlt, in der Flinx sich befunden hatte, und versucht, ihm zu helfen, es aber einfach nicht geschafft.

Flinx schickte sich an einzusteigen, als ihn eine Stimme und eine Hand, die ihn an der Schulter packte, daran hinderten. »Einen Augenblick!« Flinx erschrak, aber ein Blick auf Pip zeigte ihm, daß die Flugschlange nicht defensiv reagierte.

»Das geht jetzt nicht«, wollte er sagen, während er sich umdrehte. Aber als er sah, wer ihn da festhielt, brachte er kein Wort heraus, sondern konnte sie nur anstarren.

Sie schien über ihm aufzuragen, obwohl sie in Wirklichkeit höchstens ein paar Zentimeter größer war. Das schwarze Haar fiel ihr in kleinen Löckchen bis zu den Schultern. Sie hatte ihre Buschjacke in den Hosenbund gestopft, und die Hosenbeine wiederum in kurze Stiefel. Sie war schlank, aber nicht dürr. Mund und Nase waren nur so groß wie bei einem Kind, und ihre Backenknochen unter den großen braunen Augen hoch. Ihre Haut war fast so dunkel wie die von Flinx. Aber diese Färbung rührte von der Strahlung vom naheliegenden See und nicht von ihren Ahnen her. Sie war die auffallendste Schönheit, die Flinx je gesehen hatte.

Jetzt fand er seine Stimme wieder und murmelte: »Ich muß denen nach.« Die Hand ließ seine Schulter nicht los. Er hätte sie wegwischen können, aber er tat es nicht.

»Mein Name ist Lauren Walder«, sagte sie. »Ich bin hier die Geschäftsführerin von Granite Shallows.« Ihre Stimme war voll mühsam unterdrückter Wut, als sie jetzt mit einer ruckartigen Kopfbewegung zum See hinüberdeutete. »Was haben Sie mit diesen Idioten zu tun?«

»Die haben meine Mutter entführt«, erklärte er. »Ich weiß nicht, warum, und das interessiert mich im Augenblick auch gar nicht. Ich will sie bloß zurück haben.«

»Da sind Sie ein wenig in der Minderzahl, nicht wahr?«

»Das bin ich gewöhnt.« Er deutete auf die Fenster des Speisesaals und die immer noch offenstehende Tür zur Terrasse. »Schließlich liegt da nicht meine Leiche auf dem Boden.«

Sie musterte ihn mit gerunzelter Stirn, und ihre Brauen schoben sich zusammen. »Woher wissen Sie, daß der Mann tot ist?«

»Weil ich ihn getötet habe.«

»Verstehe«, sagte sie und studierte ihn im Licht dieser neuen Erkenntnis. »Womit?«

»Mit meinem Stilett«, sagte er.

»Ich sehe kein Stilett.« Ihr Blick musterte ihn von oben bis unten.

»Das sollen Sie auch nicht. Hören Sie, ich muß jetzt weiter. Wenn die einen zu großen Vorsprung bekommen ...«

»Keine Sorge«, sagte sie, sichtlich bemüht, ihn zu beruhigen. »Ich hab da etwas, was ich Ihnen zeigen muß.«

»Sie verstehen anscheinend nicht«, beharrte er. »Ich weiß nicht, wie ich denen auf der Spur bleiben soll. Ich weiß nicht, wo sie an Land gehen und ...«

»Machen Sie sich darüber keine Sorgen. Sie werden sie nicht verlieren.«

»Woher wissen Sie das?«

»Weil wir die bald eingeholt haben. Lassen Sie sie ruhig glauben, sie wären entkommen.« Ihre Hand spannte sich um seine Schulter. »Ich verspreche Ihnen, daß wir sie fangen.«

»Nun ...« Er warf Pip einen Blick zu. Vielleicht würde die

Flugschlange bald wieder imstande sein aufzusteigen. Das könnte in einer bevorstehenden Auseinandersetzung sehr wichtig sein. »Wenn Sie ganz sicher sind ...«

Sie nickte wieder und wirkte dabei ebenso kompetent wie sie schön war. Ziemlich jung als Geschäftsführerin dieses Freizeitparks, dachte er. Eigentlich sollte sie ja wissen, wovon sie redete. Auf ein paar Minuten konnte er ihr ja jedenfalls vertrauen.

»Was haben Sie mir denn so Wichtiges zu zeigen?« fragte er.

»Kommen Sie mit!« Ihre Stimme war immer noch voll Zorn.

Sie führte ihn quer über die Terrasse, ins Haus zurück, und dort in den Speeisesaal. Einige ihrer Mitarbeiter bemühten sich um eine der Frauen, die dort gegessen hatte, als die Lichter ausgegangen waren und die Schießerei begonnen hatte. Ihr Mann und ihre Begleiter standen besorgt um sie herum; ihr Atem ging schwer, und sie hielt sich mit einer Hand die Brust.

»Herzanfall«, erklärte Lauren knapp.

Flinx sah sich um. Da lagen immer noch umgestürzte Tische und Stühle, aber sonst deutete nichts darauf, daß in dem Raum ein verzweifelter Kampf stattgefunden hatte. Paralysestrahlen beschädigten unbelebte Gegenstände nicht. Der Mann, den er getötet hatte, war vom Personal entfernt worden. Darüber war er froh.

Lauren führte ihn zur Küche. Neben der Tür lagen die zwei pelzbedeckten Gestalten, die er beim Betreten des Raums bemerkt hatte. Aus der Nähe konnte er ihre runden Gesichter sehen, die noch im Tod vor Schmerz verzerrt waren. Ihre kurzen Stummelbeine hatten sie dicht an sich herangezogen. Ihr Pelz war rostrot, abgesehen von gelben Kreisen rings um die Augen, die jetzt zugepreßt waren. Für immer.

»Sennar und Soba«, sagte Lauren und sah die toten Tiere mit einer Mischung aus Wut und Trauer an. »Das sind Wervils – oder besser gesagt, das waren welche«, fügte sie bitter hinzu. »Ich habe sie von klein auf gepflegt und aufgezogen. Ich fand sie verlassen im Wald. Sie haben hier gerne neben der Küche geschlafen. Alle Leute haben sie gefüttert. Sie müssen sich im falschen Augenblick bewegt haben. In der Dunkelheit muß einer von diesen ...« – sie benutzte einen Ausdruck, den Flinx nicht erkannte, was für sich betrachtet schon ungewöhnlich war – »geglaubt haben, das wären Sie. Die haben auf alles geschossen, das sich bewegte, hat man mir gesagt.« Sie hielt einen Augenblick inne und fügte dann hinzu: »Sie müssen das Glück einer schwangeren Yax'm gehabt haben. Die haben so ziemlich alles außer Ihnen getroffen.«

»Ich war auf dem Boden«, erklärte Flinx. »Ich stehe nur auf, wenn ich unbedingt muß.«

»Ja, wie der da festgestellt hat.« Sie deutete mit dem Daumen in die Haupthalle. Flinx konnte sehen, wie einige Bedienstete dort etwas in Laken hüllten. Es verblüffte ihn, wie groß sein Gegner gewesen war. Aber in der Dunkelheit kommt es nur darauf an, wie groß das Messer ist, das man in der Hand hält.

»Das hätten die nicht zu tun brauchen«, murmelte die junge Frau und starrte auf die toten Tiere. »Die hätten nicht so verdammt gleichgültig zu sein brauchen. Vier Jahre habe ich diese zwei gehätschelt. Vier Jahre, und sie haben nie jemandem etwas zuleide getan.« Flinx wartete stumm.

Nach einer Weile bedeutete sie ihm, ihr zu folgen. Sie gingen in die Halle hinaus, durch einen schmalen Korridor und erreichten schließlich einen Lagerraum. Lauren sperrte die durchsichtige Tür eines Wandschranks auf und entnahm ihm eine große, kompliziert aussehende Schußwaffe und ein paar kleine radförmige Plastikbehälter. Einen davon hakte sie in den großen Schlitz am Kolben der Waffe ein. Für sie schien der Karabiner viel zu schwer, aber sie schwang ihn sich leicht über die Schulter und schob den rechten Arm durch den Trageriemen. Dann steckte sie sich eine Pistole in den Gürtel und führte ihn wieder in den Korridor hinaus.

»Eine solche Waffe habe ich noch nie gesehen«, meinte Flinx und wies auf den Karabiner. »Was jagen Sie damit?«

»Das ist nicht zum Jagen«, erklärte sie. »Das ist zum Fischen. Jedes dieser Magazine ...« – sie wies auf die radförmigen Behälter, die sie Flinx gereicht hatte – »enthält etwa tausend Bolzen, und jeder Bolzen ist mit ein paar Millimeter eines äußerst wirksamen Neurotoxins beladen. Wenn Sie sich damit in den Finger stechen ...« Sie zuckte vielsagend die Achseln.

»Die Magazine werden in der Fabrik in Drallar mit den Bolzen geladen und anschließend versiegelt. Man bekommt keinen heraus, wenn man ihn nicht damit abfeuert.« Sie klopfte gegen den Kolben ihrer Waffe und bog um eine Ecke. Sie waren wieder im Hauptkorridor.

»Sie benutzen einen Karabiner, um Fische zu töten?«

Sie lächelte. Kein besonderes Lächeln, dachte er, aber immerhin das erste, das er an ihr zu sehen bekam. »Sie sind noch nie beim Blau-das-blendet gewesen, wie?«

»Ich habe mein ganzes Leben in Drallar verbracht«, sagte er, was ja praktisch die Wahrheit war.

»Wir benutzen das hier nicht, um die Fische zu töten«, erklärte sie. »Nur um sie etwas abzubremsen, wenn sie dem Boot zu nahe kommen.«

Flinx nickte und versuchte, sich die Waffe im Einsatz auszumalen. Er wußte, daß die Seen des Blau-das-blendet einige große Fischarten beherbergten. Aber offenbar waren die größer als er sich das bisher vorgestellt hatte. Freilich, wenn die Größe der Fische in der Proportion der der Seen entsprach ... »Wie groß ist dieser See?«

»Patra? Nicht einmal zweihundert Kilometer. Der reinste Teich. Die wirklich *großen* Seen sind weiter oben im Nordwesten, wie Turquoise und Hanamar. Die Geografen streiten sich, ob man sie nun Seen oder Binnenmeere nennen sollte. Aber Geografen sind Narren.«

Sie verließen das Gebäude. Zumindest regnete es nicht, dachte Flinx. Das sollte ihnen die Verfolgung der Sumpfer etwas leichter machen. Er zuckte zusammen, als etwas schwer auf seiner Schulter landete, und warf ihm einen mißbilligenden Blick zu. »Wird auch Zeit.« Die Flugschlange machte es sich auf seiner Schulter bequem, wich aber seinem Blick aus.

»Das ist ja ein interessantes Tierchen«, meinte Lauren Walder, sichtlich im Gegensatz zu den meisten Fremden ohne Angst vor dem Minidrach. Wieder ein Punkt für sie, dachte Flinx. »Wo auf Moth haben Sie das gefunden?«

»In einem Müllhaufen«, sagte Flinx, »und dazu hat er sich gerade selbst wieder gemacht. Er hat sich vor ein paar Tagen überfressen und immer noch nicht ganz verdaut.«

»Ich wollte gerade sagen, daß er etwas gelenkiger aussieht, als man aus dieser Landung schließen konnte.« Sie führte ihn hinten um den Gasthof herum, und er konnte jetzt eine kleine Landzunge mit einem zweiten Pier sehen, der sich in den See hinaus erstreckte. Von der Stelle aus, wo Flinx seinen Sumpfer geparkt hatte, war dieser Teil des Sees nicht sichtbar gewesen.

»Ich sagte doch, daß wir die einholen würden.« Sie wies auf den Pier. Das Boot, wenn man es als solches bezeichnen wollte, war ein konkav geformter Bogen, wobei jedes Ende des Bogens sich in einen Stützrumpf ausweitete. Die Kabine war am höchsten Punkt des Bogens angeordnet und gleichsam in ihm versenkt. Die Flanken des seltsamen Katamarans waren von Klappen gesäumt. Flinx fragte sich, welchen Zweck sie wohl erfüllen mochten. Am Achterdeck hingen ein paar schwere Geräte, die an Baukrane erinnerten. Ein ähnliches, kleineres Boot tanzte in der Nähe auf dem Wasser.

Sie kletterten eine gebogene Leiter hinauf, und Flinx sah Lauren dabei zu, wie sie aus dem Tragegurt ihres Karabiners schlüpfte und im Sitz des Piloten Platz nahm. Während sie die Anzeigen überprüfte und ein paar Schalter umlegte, sagte sie: »Wir holen die binnen einer Stunde ein.« Ihre Stimme klang dabei sehr überzeugt. »Sumpfer sind schnell, aber bei weitem nicht so schnell auf dem Wasser wie das hier.« Ein tiefes Dröhnen ertönte aus dem Heck des Bootes;

Luft pfiff in die zahlreichen Einlässe seitlich an dem Fahrzeug, und das Dröhnen wurde lauter.

Lauren betätigte einige weitere Schalter, worauf die Magnetkupplungen am Pier sich lösten. Dann schob sie einen Schalter vor, der in das Steuerrad eingelassen war. Ein Donnern erfüllte die Luft, daß Pip zusammenzuckte. Das Wasser hinter ihnen begann zu schäumen wie ein Geysir, als unter der Wasserfläche aus den Düsen in den beiden Rümpfen kräftige Wasserstrahlen schossen. Das Boot machte einen Satz und schnitt die Wellen auseinander.

Flinx stand neben dem Pilotensessel und mußte schreien, um sich bei dem Getöse Gehör zu verschaffen. »Woher wissen wir, in welche Richtung die gefahren sind?«

Lauren lehnte sich nach rechts und schnippte ein paar Schalter unter einem kreisförmigen Bildschirm, der sofort zum Leben erwachte. Ein paar hellgelbe Punkte tauchten auf. »Das hier zeigt den ganzen See.« Sie betätigte weitere Schalter. Sämtliche Punkte auf dem Bildschirm, mit Ausnahme von zweien, wechselten die Farbe und wurden grün. »Fischerboote von den anderen Parks, die rings um Patra liegen. Die haben die gleichen Instrumente.« Sie tippte mit dem Fingernagel gegen den Bildschirm. »Und die zwei da, die gelb geblieben sind? Nicht organisch, bewegt und inkompatibler Sender. Was glauben Sie wohl, wer das ist?«

Flinx sagte nichts und starrte stumm auf den Schirm. Und bald darauf starrte er über den Bug, der eigentlich kein Bug war. Die Doppelrümpfe des Düsenkatamarans durchschnitten die Wellen, während Lauren immer noch ihr Tempo steigerte.

Gelegentlich sah sie auf den Bildschirm. »Die fahren ziemlich schnell – offenbar mit höchster Geschwindigkeit, zu der ihre Sumpfer fähig sind. Nordkurs, wahrscheinlich wollen sie in Point Horakov an Land. Wir müssen sie natürlich vorher erwischen. Das hier ist kein Sumpfer. Nur auf dem Wasser zu gebrauchen.«

»Und werden wir das?« fragte Flinx besorgt. »Sie erwischen, meine ich.« Seine Augen suchten den wolkenverhängten Horizont ab, suchten nach einem verräterischen Reflex von diffusem Sonnenlicht auf Metall.

»Kein Problem«, versicherte sie ihm. »Außer die haben spezielle Motoren in diesen Sumpfern. Aber in dem Fall würden sie sie schon jetzt einsetzen.«

»Was geschieht, wenn wir sie eingeholt haben?«

»Ich versuche, ihnen den Weg abzuschneiden«, sagte sie nachdenklich. »Wenn das sie nicht zum Halten veranlaßt, nun ...«, sie deutete auf ihren Karabiner. »Dann können wir sie einen nach dem anderen wegputzen. Dieses Ding hier trifft auf einen Kilometer genau. Die Bolzen werden von Gas angetrieben, und ich habe ein Zielfernrohr, das es mir erlaubt, einem einen Bolzen ins Ohr zu jagen, wenn ich muß.«

»Und wenn sie zurückschießen?«

»Es gibt keine Lähmungspistole, die es an Reichweite mit diesem Karabiner hier aufnehmen kann, geschweige denn auf eine solche Distanz treffen. Die Wirkung verteilt sich. Ein Paralysestrahl wirkt nur auf nahe Distanz. Da tötet er sogar Tiere«, fügte sie bitter hinzu. »Wenn sie sich ergeben, nehmen wir sie fest und liefern sie den Wildhütern aus. Sie können dann gleich ihre eigene Anklage hinzufügen, denn Wervils stehen auf Moth unter Naturschutz. Aber lieber wäre mir natürlich, wenn sie uns Widerstand leisten würden, damit wir uns verteidigen können.«

Solch ein Blutdurst bei einer so attraktiven Frau war für Flinx keine Überraschung. Er hatte das auch auf dem Markt schon erlebt. Nur ihr Motiv war ihm neu. Er fragte sich, wie alt sie wohl sein mochte. Wahrscheinlich doppelt so alt wie er, dachte er, aber das war schwer zu sagen. Die Zeit, die sie in der Wildnis verbracht hatte, hatte eine Art von Härte in ihr erzeugt, wie es selbst das rauhe Leben in der Stadt nicht vermochte. Es war eine andere Art von Härte; Flinx fand sie sehr attraktiv.

»Und wenn sie sich ergeben?« Er wußte, daß das höchst unwahrscheinlich war, war aber neugierig, was sie sich für den Fall vorgenommen hatte.

»Wie ich schon sagte, dann nehmen wir sie mit und übergeben sie dem Wildhüter in Kalish.«

Er machte eine kurze, zustechende Bewegung mit der Hand. »Das könnte für mich peinlich werden.«

»Keine Sorge«, beruhigte sie ihn. »Ich werde dafür sorgen, daß Sie da nicht hineingezogen werden. Schließlich haben sie sich ja nicht nur gegen die Schutzvorschriften für Wild vergangen. Erinnern Sie sich an meinen verletzten Gast? Mrs. Marteensons ist krank. Sie könnte dauernden Schaden von diesem Paralysestrahl davontragen. Also werden sich auch nicht nur die für den Tierschutz zuständigen Behörden für diese Leute interessieren.

Und was Sie und Ihre Mutter angeht, so können Sie beide ja verschwinden. Warum hat man sie entführt? Für Lösegeld?«

»Sie hat kein Geld«, antwortete Flinx. »Jedenfalls nicht genug, als daß es die Mühe lohnen würde.«

»Nun, warum dann?« Lauren ließ den Bildschirm nicht aus den Augen, blickte nur gelegentlich zum Himmel auf, um zu sehen, ob Regen aufkam. Das Düsenboot hatte ein schließbares Verdeck. Sie hoffte aber, daß sie es nicht brauchen würden. Das würde sie beim Zielen behindern.

»Das würde ich auch gerne wissen«, antwortete Flinx. »Vielleicht finden wir es auch heraus, wenn wir sie haben.«

»Das sollten wir«, pflichtete sie ihm bei. »Obwohl das Sennar und Soba nichts mehr nutzen wird. Wahrscheinlich sind Sie inzwischen schon dahintergekommen, daß ich keine besonders hohe Meinung von menschlichen Wesen habe. Augenblickliche Gesellschaft natürlich ausgenommen. Ich mag Tiere sehr gern, ihre Gesellschaft ist mir viel lieber. Ein Wervil hat mich noch nie verraten, und auch kein anderes Waldtier, was das betrifft. Bei einem Tier weiß man, wie man dran ist. Das ist einer der Hauptgründe, warum ich mich für diese Art von Leben entschieden habe, das ich hier in der Wildnis führe.«

»Ich kenne noch ein paar Leute, denen es genauso geht

wie Ihnen«, sagte Flinx. »Sie brauchen sich nicht dafür zu entschuldigen.«

»Ich hab mich auch nicht entschuldigt«, antwortete sie gleichgültig.

»Und trotzdem führen Sie einen Jagdpark.«

»Keinen Jagdpark«, verbesserte sie ihn. »Einen Fischpark. Einzig und allein Fischen. Wir nehmen hier keine Jäger auf, aber ich kann die anderen Parks nicht daran hindern, das zu tun.«

»Für die Fische empfinden Sie also keine Sympathie, wie? Geht es da um Schuppen gegen Pelz? Den AAnn würde das nicht gefallen.«

Sie lächelte. »Wen interessiert schon, was den AAnn gefällt? Und im übrigen – es ist schwierig, sich mit einem Fisch anzufreunden. Ich habe zugesehen, wie die Fische in diesem See hilflose junge Wervils und andere Unschuldige aufgefressen haben, die den Fehler gemacht hatten, sich zu weit ins Wasser hineinzuwagen. Aber wenn ich mich entscheiden müßte ...« – sie drehte etwas am Steuer, und das Düsenboot machte einen Satz nach Steuerbord –, »bin ich nicht sicher, ob ich nicht die Gesellschaft selbst von Fischen der von Menschen vorziehen würde.«

»Dann ist es ja ganz einfach«, meinte Flinx. »Sie sind einfach chronisch antisozial.«

Sie zuckte gleichgültig die Achseln. »Ich bin ich, Lauren Walder. Ich bin so glücklich, wie ich bin. Sind Sie das auch?«

Sein Lächeln verblaßte. »Ich weiß noch nicht, was ich bin.« Er senkte den Blick und brütete über dem Bildschirm, starrte den näherkommenden gelben Punkt an, den sie verfolgten.

Seltsam für einen jungen Mann, so etwas zu sagen, dachte sie. Die meisten Leute hätten gesagt, sie wüßten noch nicht, *wer* sie seien. Aber vielleicht hatte er sich nur versprochen.

Der Abstand zwischen Verfolger und Verfolgten schrumpfte auf dem Bildschirm schnell zusammen. Und so dauerte es nicht lang, bis Flinx erregt gestikulierend nach vorne deuten konnte und schreien: »Da sind sie!«

Lauren kniff die Augen zusammen und sah nur Wasser und Wolken und blickte dann auf den Schirm. »Sie haben mächtig scharfe Augen, Flinx.«

»Die braucht man, um in Drallar zu überleben«, erklärte er.

Kurz darauf sah sie die Sumpfer ebenfalls, wie sie über die Wellen dahintanzten, immer noch dem Nordufer zu. Gleichzeitig reagierten auch die Insassen der Sumpfer auf das Auftauchen des Bootes hinter ihnen. Sie beschleunigten und waren eine Weile ihren Blicken entzogen. Lauren beschleunigte. Diesmal konnten sie das Düsenboot nicht mehr abhängen.

Sie nickte. »Habe ich mir schon gedacht. Übliche Sumpfermotoren, keine Überraschungen. Ich glaube nicht, daß sie noch irgend etwas vor uns verbergen.« Sie sah ihren Begleiter an. »Meinen Sie, daß Sie dieses Ding eine Weile steuern können?«

Flinx hatte die letzte halbe Stunde damit verbracht, die Kontrollen und das Bild auf dem Schirm zu studieren. Die Instrumente waren auch nicht komplizierter als die seines Sumpfers. Andererseits war er gewöhnt, über Land zu fahren. »Ich denke schon«, sagte er. Dies war nicht der Zeitpunkt für übermäßige Vorsicht.

»Gut.« Sie rutschte aus dem Pilotensessel und wartete, bis er Platz genommen und das Steuerrad übernommen hatte. »Es reagiert sehr feinfühlig«, warnte sie ihn, »und bei unserem augenblicklichen Tempo schmeißt uns auch ein leichter Steuerausschlag in eine andere Richtung. Passen Sie also gut auf!«

»Wird schon klappen«, versicherte er ihr. Er konnte das Vibrieren des Motors durch das Steuer spüren. Ein herrliches Gefühl.

Plötzlich blitzte es auf einem der fliehenden Sumpfer grell auf, aber der Lichtblitz verteilte sich ein gutes Stück vor dem Bug des Düsenbootes. Flinx hielt den Abstand zwischen den drei Fahrzeugen. Ein zweiter Blitz; aber er richtete an dem Boot oder seiner Mannschaft auch nicht mehr Schaden an als der Lichtkegel einer Taschenlampe.

»Die haben keine Fernwaffen«, rief Lauren. »Wenn sie sie hätten, wäre das jetzt die Zeit, um sie einzusetzen.« Flinx sah, daß sie den Bolzenkarabiner zu sich herangezogen hatte. Er war fast genauso lang, wie sie groß war. Sie stützte ihn an der Rumpfwand auf und beugte sich vor, um durch das komplizierte Zielfernrohr zu spähen. In dieser Position erinnerte die Waffe mehr an eine kleine Kanone als an einen Karabiner.

Zwei weitere Lichtblitze gingen von den Sumpfern aus, hilflose Stiche, die das verfolgende Düsenboot unbeirrt ließen. »Ich kann sie sehen«, verkündete Lauren, die das Auge am Okular hatte. »Sie sehen verwirrt aus. Das ist gut. Ich kann außer Handwaffen nichts erkennen. Zwei von denen scheinen miteinander zu streiten. Ich kann mir nicht vorstellen, daß sie mit der Art von Verfolgung gerechnet haben.«

»Sie haben auch nicht damit gerechnet, mich im Speisesaal zu sehen«, meinte Flinx. »Ich *wette,* daß die verwirrt sind.«

Sie blickte von ihrer Waffe auf. »Sind Sie sicher, daß die nicht mit Ihrer Verfolgung gerechnet haben?«

»Das bezweifle ich, sonst wäre ich ihnen nie so nahe gekommen.«

Sie brummte etwas Unverständliches und wandte sich wieder ihrem Okular zu. »Auf diese Distanz kann ich denen die Zähne einzeln ausschießen.« Sie schob den Karabiner ein Stück zur Seite. »Jetzt ganz ruhigen Kurs, bitte.« Sie drückte den Knopf, der an dem eigenartig geformten Karabiner die Stelle des Abzugs vertrat. Die Waffe gab ein leises Geräusch von sich – *pfft!* und etwas Winziges schoß aus ihrer Mündung.

»Warnschuß«, erklärte sie. »Da – jemand zieht den Bolzen heraus. Ich habe auf die Rückenlehne des Pilotensessels geschossen. Jetzt stehen sie alle um ihn herum und studieren ihn – außer dem Fahrer natürlich. Jetzt sehen sie sich nach uns um. Einer von ihnen hält eine alte Dame mit beiden Händen fest. Ist das Ihre Mutter?«

»Ganz bestimmt«, sagte Flinx nervös.

»Die macht es dem, der sie festhält, nicht leicht. Sie versucht ihn zu beißen, tritt nach ihm, obwohl es so aussieht, als wären ihre Füße an den Knöcheln zusammengefesselt.«

»Das ist sie schon. Ganz bestimmt.« Flinx konnte sein Grinsen nicht unterdrücken. »Was machen sie jetzt?«

Lauren runzelte die Stirn. »Äh, hm. Die richten eine Art durchsichtigen Schild auf. Und jetzt die normale Kuppel darüber. Die Kuppel können wir durchdringen. Wie das mit diesem Schild ist, weiß ich nicht. Nun, das ist kein Problem. Steuern Sie nach Backbord.«

»Backbord?« wiederholte Flinx.

»Links von Ihnen«, sagte sie. »Wir überholen sie jetzt und schneiden ihnen den Weg ab. Wenn sie sehen, daß wir sie nicht nur einholen, sondern auch noch Kreise um sie herumfahren können, sind sie vielleicht für vernünftige Argumente zugänglich.«

Flinx drehte gehorsam das Steuer nach links und spürte, wie der Katamaran sofort reagierte.

»Okay, und jetzt zurück nach Steuer ... nach rechts, aber nicht zu scharf.« Das Boot schnitt durch die Wellen, als er das Steuer herumdrehte.

Plötzlich veränderte sich alles. Ein neues Geräusch, ein tiefes Dröhnen, wurde hörbar.

»Verdammt«, sagte Lauren enttäuscht und deutete nach oben.

Flinx' Blick suchte die Wolken ab. Der Skimmer, der vom nördlichen Horizont aufgetaucht war, war ziemlich groß. Jedenfalls mehr als groß genug, um seine eigene Mannschaft und die Insassen der Sumpfer aufzunehmen. Falls es noch irgendwelche Zweifel an den Absichten des Skimmers gegeben hatte, so wurden sie schnell zerstreut, als das bewegliche Fahrzeug herunterstieß, einen Kreisbogen schlug und dann auf den ersten Sumpfer zustrebte und sich seiner Geschwindigkeit anpaßte.

»Wenn die an Bord gehen, haben wir für immer das Nachsehen«, meinte Flinx besorgt. »Können sie sie nicht wegputzen, während die umzusteigen versuchen?« Die Mannschaft des Skimmers hatte die Geschwindigkeit ihres Fahrzeugs bereits der des Sumpfers angepaßt, und ließ jetzt gerade eine Strickleiter aufs Wasser herunter.

Wieder beugte sich Lauren über ihre Waffe. Ihr Finger zögerte am Abzug; dann richtete sie sich auf und schlug ärgerlich nach dem Kolben der Waffe. »Wirklich reizende Leute. Die halten Ihre Mutter als Schild an die untersten Leitersprossen. So kann ich nicht schießen.«

»Was machen wir jetzt? Wir können sie doch nicht die ganze Zeit nur umkreisen!«

»Woher, zum Teufel, soll ich das wissen?« Sie ließ den Karabiner in seiner Verankerung hängen und rannte an einen Einbaukasten, der mittschiffs angebracht war. »Sumpfer, Paralysepistolen, Entführung, und jetzt noch ein Skimmer, den man ihnen aus dem Norden entgegenschickt. Wer sind denn diese Leute?«

»Keine Ahnung«, knurrte Flinx. »Ich hab Ihnen doch schon gesagt, daß ich das alles nicht kapiere.« Er zögerte, versuchte, sie im Auge zu behalten und mit dem Düsenboot die immer noch mit Höchsttempo dahinrasenden Sumpfer und den Skimmer, der über ihnen in der Luft hing, zu umkreisen. »Was werden Sie jetzt tun?«

Das Gerät, das sie aus dem Kasten geholt hatte, war ebensolang wie der Bolzenkarabiner, aber viel zierlicher. »Wenn ich es sage«, stieß sie erregt hervor, »möchte ich, daß Sie auf sie losfahren und das Boot im letzten Augenblick zur Seite reißen. Ich glaube nicht, daß sie damit rechnen. Dazu sind die viel zusehr damit beschäftigt, auf den Skimmer umzusteigen.«

»Was haben Sie vor?« fragte er interessiert. »Wollen Sie den Skimmer außer Gefecht setzen?«

»Mit Bolzen? Das ist doch nicht Ihr Ernst!« schnaubte sie. »Tun Sie einfach, was ich Ihnen sage.«

»So lang das, was Sie sagen, einen Sinn ergibt, schon«,

meinte er etwas verstimmt über den Ton, den sie angeschlagen hatte.

»Sie vergeuden Ihre Zeit. Tun Sie es!«

Er riß das Rad hart herum. Der Katamaran beschrieb einen so scharfen Bogen, daß der backbordseitige Rumpf sich aus dem Wasser hob. Eine Fontäne verbarg sie einen Augenblick lang den Blicken der Sumpferbesatzung.

Wenige Sekunden später befanden sie sich auf direktem Kurs zu dem Sumpfer und dem darüber schwebenden Skimmer. Die Aktivität auf beiden Fahrzeugen verstärkte sich, als das Düsenboot auf den Sumpfer zuschoß. Wie Lauren vermutet hatte, war ein solcher Angriff das letzte, womit ihre Gegner gerechnet hatten. Ein paar Schüsse, schnell abgefeuert und schlecht gezielt, blitzten an ihnen vorbei.

»Hart Backbord!« schrie Lauren und übertönte damit das Brüllen der Düse. Die Insassen des Sumpfers hatten sich in Erwartung eines Zusammenpralls niedergeduckt. Flinx lehnte sich ins Steuer. Mit kreischenden Motoren fegte der Katamaran nach links und hätte beinahe die auf der Leiter nach oben Kletternden ertränkt.

Lauren mußte wenigstens einmal gefeuert haben, dachte Flinx, während das Düsenboot davonraste. Er drehte das Steuer herum, und sie hielten wieder in einem weiten Bogen auf die Sumpfer zu. Zu seiner Überraschung legte die Frau die eigenartig aussehende Waffe in den Schrank zurück und stellte sich wieder hinter den schweren Karabiner. »So, und jetzt heißt es gut zielen.«

»Eine Waffe für einen Schuß?« murmelte er. »Dabei habe ich gar nichts gehört. Was sollte dieser verrückte Angriff?« Er kämpfte mit dem Steuer.

»Dieser Angriff war unsere Versicherung, Flinx.« Sie deutete auf den Kasten, in dem sie die Waffe inzwischen wieder verstaut hatte. »Das war ein Markierer. Wir verwenden so etwas, um verletzte Fische aufzuspüren, die die Leinen abreißen.« Sie deutete auf den Skimmer. »Ich glaube, ich habe ihn zweimal getroffen. Diese Waffe feuert eine Kapsel mit einem besonders sensibilisierten Gel ab. Ein Epoxy, das bei

Berührung an *allem* kleben bleibt und sich auch im Wasser nicht auflöst. So lange die nicht auf die Idee kommen, sich die Unterseite ihres Skimmers anzusehen, ob er beschädigt ist – und dafür haben sie keinen Anlaß, da er ja perfekt funktioniert –, werden die das Gel nicht sehen. Es ist transparent. Jetzt können wir sie verfolgen.«

»Aber doch ganz sicher nicht mit diesem Boot.«

»Nein, aber ich habe einen Skimmer. Es hätte zu lange gedauert, ihn startfertig zu machen, sonst hätten wir ihn und nicht dieses Boot genommen. Jetzt wünschte ich mir freilich, wir hätten das getan. Aber wer hätte schon damit gerechnet, daß hier ein Skimmer auftaucht, um denen zu helfen.« Sie deutete auf den Sumpfer. »So lange die keinen zu großen Vorsprung bekommen, können wir ihnen auch folgen – so wie wir es mit diesem Boot gemacht haben. Aber jetzt können wir ihnen wehtun ...« Sie blickte wieder durch das Zielfernrohr. »Ah, die haben jetzt Ihre Mutter mit einer Winde hochgezogen. Festgeschnallt. Ich wette, die hat es ihnen nicht leicht gemacht.«

»Ganz bestimmt nicht«, murmelte Flinx liebevoll.

»Ich habe jetzt freie Schußbahn«, sagte Lauren vergnügt. Aus ihrem Radar war ein lautes Pfeifen zu hören.

»Was ist das?« Flinx warf einen verblüfften Blick auf das Gerät.

Lauren stieß einen Fluch aus, ließ den Karabiner sinken. Ein schneller Blick auf den Bildschirm, und Flinx wurde ziemlich unsanft aus dem Pilotensessel geschoben. Er landete hart auf dem Deck.

»He, was soll ...?«

Aber Lauren schien ihn überhaupt nicht zu hören. Sie riß das Ruder hart nach Steuerbord. Flinx versuchte, sich irgendwo festzuhalten, während das Boot überholte. Er konnte gerade noch sehen, wie sich der Backbordrumpf aus dem Wasser hob, während etwas Riesengroßes, Silbernes aus dem Wasser in die Höhe schoß.

10. Kapitel

Aus der Umgebung der Sumpfer und des Skimmers ertönten erregte Schreie. Eine heftige Welle hätte das Düsenboot beinahe zum Kentern gebracht; nur Laurens geschickte und erfahrene Hand am Steuer bewahrte sie davor.

Flinx sah eine riesige, silberfarbene Rückenpartie, die mit goldenen Punkten durchsetzt war und im diffusen Sonnenlicht glänzte. Sie sah aus wie eine mächtige Röhre, die aus den Wellen hervorragte und einen Regenbogen erzeugte. Dann war sie verschwunden, also nicht endlos, wie er zuerst angenommen hatte. Eine weitere Welle ließ den Katamaran erzittern, als das Monstrum wieder untertauchte. Flinx zog sich in die Höhe, um über den Rand der Kabinenwand zu sehen.

Die Sumpfer waren verschwunden, mit einem einzigen Schluck von dem Unbegreiflichen verschlungen, das da plötzlich aus den Tiefen des Sees aufgetaucht war. Der Skimmer selbst hatte dem mächtigen Abgrund eines Mauls gerade noch entgehen können. Er hing jetzt über der aufgewühlten See, wo noch einen Augenblick vorher sein Begleitfahrzeug gewesen war. Dann traf jemand im Skimmer anscheinend eine Entscheidung, denn er stieg weitere zwanzig Meter in die Höhe und beschleunigte schnell in nördlicher Richtung.

»Die fliegen weg«, schrie Flinx. »Wir müssen zurück und den Skimmer holen, den Sie erwähnt haben, und denen nach, ehe die ...«

»Zuerst müssen wir lebend hier rauskommen.« Lauren setzte einen deftigen Fluch hinter diese Ankündigung und riß am Steuer. Der silberne Berg war soeben an der Steuerbordseite des Düsenboots wieder aus dem Wasser aufgetaucht. Flinx konnte einen langen, beunruhigenden Blick in einen Rachen erhaschen, der groß genug war, um mehrere Sumpfer zu verschlingen, oder ein Düsenboot. Die Kinnladen klappten zu und fegten ihnen eine Ladung Gischt über die Bordwand. Das Monstrum war so nahe, daß Flinx seinen fauligen Atem riechen konnte. Dann sank es in die kochende See hinter dem Katamaran zurück.

Etwas bewegte sich auf seiner Schulter, und er griff nach oben, um den muskulösen Körper festzuhalten, der sich gerade zu entrollen begann. »Nein, Pip! Ganz ruhig ... der ist selbst für dich zu groß.« Die Schlange wehrte sich einen Augenblick lang, ehe sie sich entspannte. Dann zuckte sie nervös hin und her, so als spürte sie die Bedrohung, die nicht nur ihrem Herrn, sondern auch ihr selbst galt. Dann reagierte sie auf den Druck von Flinx' Hand und hielt sich ruhig.

Zum dritten Mal schlug der Penestral zu und schnappte enttäuscht nach der Stelle, wo noch Sekunden vorher das Düsenboot gewesen war. Dank der Peilanlage, die Lauren gleich zu Anfang vor dem Herannahmen des Alptraums gewarnt hatte, konnten sie auch diesmal ausweichen.

»So geht das nicht«, murmelte sie. »Der läßt nicht locker, bis ich einen Fehler mache. Und dann schnappt er uns so, wie er sich diese armen Seelen geschnappt hat, die noch auf den Sumpfern saßen.« Sie blickte konzentriert auf ihren Bildschirm. »Jetzt greift er an. Er versucht, uns vom seichten Wasser und dem Ufer abzuschneiden. Wir wollen ihn in der Meinung lassen, daß wir dorthin wollen. Dann machen wir kehrt, hinaus ins Tiefe.«

»Warum?«

Sie ging nicht auf die Frage ein. »Als ich Sie vorhin vom Steuer wegschob, hat Ihnen das nicht gepaßt, wie? Da, jetzt gehört es wieder Ihnen.« Sie schob ihn auf den Pilotensessel. »So ist's gut.« Sie drückte ihm das Steuer in die Hand, und das Boot schien um seine Mittelachse zu kreisen. Flinx schnappte nach dem Steuerrad.

»Jetzt wird er uns auf geradem Weg folgen, statt zu versuchen, uns von unten anzugreifen. Der probiert jetzt eher, uns von Achtern zu packen. Halten Sie Kurs in den See hinaus und sagen Sie mir Bescheid, wenn das da an unserem Quadrat anlegt.« Sie deutete auf den roten Punkt auf dem Peilschirm, der von hinten immer näher heranrückte.

»Aber sollten wir nicht ...?«

Sie schien gar nicht auf ihn zu hören, sondern ging zu den zwei kranähnlichen Gebilden, die aus dem Heck des Bootes ragten. Sie nahm hinter einem davon Platz und fuhr ihn aus, so daß der Arm über das Wasser hinaushing, und warf dann einen Blick auf die Kontrollen.

»Wenn ich es Ihnen sage«, rief sie über die Schulter, um sich über dem Brüllen der Motoren Gehör zu verschaffen, »dann gehen Sie hart Backbord! Das ist links!«

»Das habe ich mir schon gemerkt«, rief er zurück. Sein Blick ließ den Peilschirm nicht los. »Das Biest kommt uns verdammt nahe.«

»Gut.« Sie setzte sich auf ihrem Sessel zurecht und berührte einen Schalter. Flexible Klammern schnappten über ihren Hüften, ihrer Taille, den Schultern und den Beinen zu und hielten sie wie in einem gestreiften Kokon auf dem Sitz fest.

»*Verdammt* nahe«, wiederholte Flinx.

»Soweit sind wir noch nicht«, rief sie. »Ein Fischer muß geduldig sein.« Das Wasser hinter ihnen begann Blasen zu werfen, war viel unruhiger als man das alleine dem Bootsmotor hätte zuschreiben können. »Jetzt!« schrie sie.

Flinx riß das Rad nach links. Im gleichen Augenblick explodierte die Wasserfläche hinter ihnen. Da Flinx mit beiden Händen das Steuer festhalten mußte, konnte er nur einen Schrei ausstoßen, als Pip seinen Platz verließ und aufflog. Eine halb erstickte Explosion hallte vom Heck, und einen Augenblick später hörte er ihr Echo, als die Harpune den Penestral unter einer der flügelähnlichen Flossen traf, die seine Kiemen schützten.

Das Monstrum krachte auf die Stelle im See herunter, wo das Boot im Augenblick zuvor gewesen war – ehe Flinx es in einer engen Kurve herumgerissen hatte. Ein fernes *Wumm* drang an die Oberfläche, als die Verzögerungsladung der Harpune im Leib des Penestrahl detonierte. Aus einer Trommel im Inneren des Schiffsrumpfs schoß Polyline hinaus, eine Gelbschichtung verhinderte dabei, daß sich an der Stelle, wo die Leine über das Deck rieb, Hitze entwickelte.

»Maschine abschalten«, hallte vom Heck der Befehl.

»Aber dann haben wir doch keine ...«, setzte er zum Widerspruch an.

»Tun Sie, was ich sage!« befahl sie.

Flinx seufzte. Er war kein besonders guter Schwimmer. Er drehte den Fahrthebel herum, bis ihre Geschwindigkeit auf Null sank. Der Düsenmotor brabbelte leise im Leerlauf vor sich hin. Im gleichen Augenblick nahm der Katamaran Fahrt nach hinten auf. Die Doppelrümpfe waren Achtern ebenso zugespitzt wie vorne, und das Boot schoß glatt durch das Wasser, gezogen von dem angeschossenen Penestral. Jetzt verlangsamte sich auch das Auslaufen der Leine, und Flinx konnte die Markierungen zählen, während sie vom Boot glitt. Unterdessen hatte Lauren die Harpunenkanone neu geladen und musterte aufmerksam die Wasserfläche.

Jetzt rief sie ihm zu: »Wo ist der Penestral?«

»Er bewegt sich immer noch vor uns, aber ich glaube, er wird jetzt langsamer.«

»Das war zu erwarten. Lassen Sie den Fahrthebel und das Steuer nicht los.«

»Er wird immer langsamer«, sagte er. »Immer noch langsamer, langsamer – jetzt kann ich ihn nicht mehr sehen. Ich denke, er ist unter dem Boot!«

»Los!« schrie sie, aber jetzt brauchte sie ihm nicht mehr zu sagen, was zu tun war; er hatte bereits den Fahrthebel nach vorne gerissen. Das Düsenboot brüllte auf und schoß über den See. Im nächsten Augenblick brach hinter ihnen ein Geysir aus, als der Penestral versuchte, den Himmel zu verschlucken. Flinx hörte, wie die Harpunenkanone sich ein zweites Mal entlud.

Diesmal wurde der Penestral hinter einem seiner kristallartigen Augen von der Größe eines Teleskopspiegels getroffen. Er brach nach hinten ins Wasser zurück wie in einer Tridiszene, die rückwärts abläuft, und warf riesige Wellenberge auf, über die der Katamaran jedoch mühelos hinwegglitt. Flinx drehte sich der Magen um.

Diesmal sank der Fisch nicht in die Tiefen zurück, sondern blieb, konvulsivisch um sich schlagend, oben.

»Umdrehen«, wies Lauren Flinx an. Schwitzend lud sie die Harpune für den dritten Schuß, wobei ihr das schwere Metallgeschoß mit seiner Explosivladung trotz des Lademechanismus einige Mühe bereitete. Diese Harpune war etwas kleiner und dünner als die beiden vorangegangenen. Während das Boot jetzt zurückschwang, hörte Flinx, wie die Kanone zum drittenmal detonierte. Einige Minuten verstrichen. Der Penestral hörte auf, um sich zu schlagen, und begann zu sinken.

Lauren drückte einen anderen Knopf. Ein Summen ertönte, und dann lief ein Kompressor im Inneren des Katamaran an und pumpte Luft durch die Plastikleine, die in den hohlen Schaft der letzten Harpune führte. Sie schnallte sich von ihrem Sessel los und überwachte das Einholen des kolossalen Fangs. »Die Luft, die wir jetzt hineinpumpen, sorgt dafür, daß er tagelang an der Oberfläche treibt«, sagte sie beiläufig, während sie erneut mit Flinx den Platz tauschte. »Der hier ist zu groß für Bolzen.«

»Warum machen wir uns eigentlich die Mühe?« Flinx starrte den silbernen Berg an, der sich neben ihnen aufblähte und an dem Katamaran längsseits ging.

»Sie könnten recht haben – besonders groß ist er ja nicht, nicht einmal fünfzehn Meter, das wette ich.« Flinx starrte sie mit aufgerissenem Mund an. »Aber in Kaslin und den anderen Städten am Südufer des Sees gibt es hungrige Leute, und der Penestral eignet sich gut zum Essen – mager und nicht fettig. Die können den schon brauchen. Und was sie nicht essen, verkaufen sie nach dem Süden. Unser Park kann das Geld gebrauchen.

Außerdem haben wir Gäste bei uns, die regelmäßig nach Patra kommen, seit Jahren, zweimal pro Jahr, und die in der ganzen Zeit nie etwas Größeres als eine Fünf-Meter-Elritze gesehen haben. Und Sie sind zum erstenmal hier und haben schon bei einem Fang mitgemacht. Sie können stolz sein!«

»Ich hab ihn nicht gefangen«, korrigierte er sie schnell. »Das waren Sie.«

»Tut mir leid. Bescheidenheit gibt es auf diesem See nicht. Selbst einen Penestral fangen, ist Gemeinschaftsarbeit. Ihm auszuweichen, ist genauso wichtig, wie das Abfeuern der Harpunen. Sonst finden am Ende *wir* uns auf *seiner* Wand mit den Trophäen.« Sie deutete mit dem Daumen in die Richtung des aufgeblasenen Monstrums, das inzwischen am Katamaranrumpf vertäut war.

Ein Gewicht ließ sich sanft auf Flinx' linker Schulter nieder. »Ich hatte schon gehofft, daß du nicht versuchen würdest, ihn anzugreifen«, sagte er zu dem Minidrach, als der sich um seinen Arm wand. »Es ist gut zu wissen, daß du wenigstens *etwas* Instinkt für die Selbsterhaltung hast.« Die Flugschlange starrte ihn rätselhaft an, schloß dann die Augen und entspannte sich.

Flinx inspizierte den Teil des Penestrals, den er während der Fahrt sehen konnte. »Diese Leute in den Sumpfern hatten keine Chance.«

»Die haben nicht einmal mitgekriegt, was sie getroffen hat«, pflichtete Lauren ihm bei. »Die hatten sicher keine Peilanlage wie wir. Warum auch. Wenn unsere Peilanlage defekt gewesen wäre, dann säßen wir jetzt mit denen gemeinsam im Bauch des Penestral.«

Wenigstens ein schneller Tod, dachte Flinx. Der Tod war ein häufiger Gast auf dem Markt von Drallar, ihm also kein Fremder. Die Gedanken an den Tod erinnerten ihn an Mutter Mastiff. Würde seine Hartnäckigkeit ihre Entführer zu der Entscheidung bringen, daß sie die Mühe gar nicht wert war? Was mochten sie jetzt für sie geplant haben, jetzt wo ihre Gegenwart zum Tod einer ganzen Anzahl ihrer Gefährten geführt hatte? Aber sie würden sie ganz sicher nicht einfach umbringen. Dazu hatten sie schon zu viel Mühe auf sich genommen.

Trotzdem beunruhigte ihn der Gedanke.

Lauren schien von dem Kampf mit dem Seeungeheuer aufgeputscht, und ihre Stimme klang daher hektisch. »Sie müssen uns einmal hier besuchen, wenn Sie alles das hinter sich gebracht haben. Dann fahre ich mit Ihnen zum Hozingarsee oder nach Utuhuku. Das sind Seen von respektabler Größe mit richtigen Fischen. Nicht wie unser armseliger kleiner Patra hier. In Hozingar würden Sie verstehen, warum das hier Das-Blau-das-blendet heißt.«

Flinx warf einen Blick auf den riesigen Kadaver, der an ihrem Rumpf vertäut war. »Ich weiß, daß es größere Seen als den hier gibt, aber daß es dort noch größere Penestrals gibt, wußte ich nicht.«

»Oh, der Penestral ist nur ein mittelgroßer Räuber«, erklärte sie im Gesprächston. »Im Hozingarsee fischt man nicht den Penestral. Man fischt dort Oboweirs.«

»Und was ist ein Oboweir?« wollte Flinx wissen.

»Ein Fisch, der sich von Penestrals ernährt.«

»Oh«, sagte er, gespielt ruhig und versuchte, in seiner Phantasie mit dem Bild fertig zu werden, das ihre Worte in ihm heraufbeschworen hatten.

Als sie am Pier des Freizeitparks anlegten, erwartete sie eine beträchtliche Menschenmenge. Lauren hatte den aufgeblasenen Penestral an einer Boje ganz in der Nähe vertäut. Der Kadaver hatte einen zu großen Tiefgang, um ganz an Land gezogen werden zu können.

Flinx schlüpfte zwischen den *Oh* und *Ah* machenden Gästen durch und überließ es Lauren, ihre Fragen zu beantworten. Einige ihrer Angestellten bahnten sich den Weg bis zu ihr und überschütteten sie ebenfalls mit Fragen. Nach einer Weile begann die Menge sich schließlich aufzulösen, wobei einige in ihre Zimmer zurückkehrten und andere neugierig den Fisch anstarrten, der träge in den Wellen dümpelte.

Flinx hatte sich dankbar auf einem Sessel auf der Veranda niedergelassen, die das Hauptgebäude umgab. »Wieviel wollen sie für die Benutzung des Skimmers und einer Peilanlage?« fragte er Lauren, als diese sich anschickte, neben ihm Platz zu nehmen. »Und Sie werde ich natürlich auch brauchen, damit Sie mir zeigen, wie man damit umgeht.«

Sie sah ihn mit gerunzelter Stirn an. »Ich weiß nicht, ob ich Ihnen da jetzt folgen kann, Flinx.«

»Ich habe Ihnen gesagt, daß ich die Verfolgung fortsetzen werde. Sie haben es mir ermöglicht, das zu tun, und dafür bin ich Ihnen sehr dankbar.«

Sie blickte nachdenklich. »Die Geschäftsleitung wird ein mächtiges Geschrei erheben, wenn sie herausfindet, daß ich mir den Skimmer für den persönlichen Gebrauch genommen habe. Skimmers sind wesentlich teurer als Düsenboote und Sumpfer. Wir werden gut darauf aufpassen müssen.«

Er hörte immer noch nicht ganz zu, weil er sich auf tausend verschiedene Pläne konzentrierte, wie man die Verfolgung der Entführer am besten durchführte. »Ich weiß nicht, wie ich Ihnen das je zurückzahlen kann, Lauren.«

»Machen Sie sich darüber keine Sorgen. Der Gewinnanteil des Parks aus dem Verkauf des Penestrals sollte die Kosten reichlich aufwiegen. Kommen Sie schon, machen Sie, daß Sie mit Ihrer Schlange aus diesem Sitz da kommen. Wir müssen Vorräte mitnehmen. Der Skimmer wird gewöhnlich für schnelle Reisen zwischen hier und Attock eingesetzt. Dort holen wir gewöhnlich unsere Gäste ab. Wir müssen uns etwas an Lebensmitteln mitnehmen. Und dann will ich mich natürlich auch vergewissern, daß der Motor voll aufgeladen ist. Und wenn ich mir jetzt nicht zehn Minuten Zeit nehme, um mir das Haar auszukämmen, dann komme ich um.« Sie zupfte an dem Wust aus schwarzen Locken, in den sich ihre Frisur verwandelt hatte.

»Einen Augenblick!« Diesmal war es Flinx, der sie daran hinderte, aufzuspringen. »Ich glaube, ich habe da etwas nicht richtig verstanden. Sie wollen doch nicht etwa sagen, daß Sie mitkommen werden?«

»Sie wissen ja nicht, wie man mit dem Peilgerät umgeht«, erklärte sie.

»Ich kann es mir schon zusammenreimen«, versicherte er ihr voll Zuversicht. »Ich habe ja auch nicht lang gebraucht, um mit dem Boot zurechtzukommen, oder?«

»Sie kennen das Land hier nicht.«

»Das Land interessiert mich auch nicht«, antwortete er. »Schließlich gehe ich ja auch nicht auf eine Vergnügungsreise, um mir die Sehenswürdigkeiten anzusehen. Dazu ist die Peilanlage doch da, oder? Leihen Sie mir das Zeug einfach. Ich werde die Kosten schon irgendwie aufbringen. Geben Sie mir einfach das Peilgerät und laden Sie mir meinen Sumpfer auf, wenn Sie sich um den Skimmer Sorgen machen.«

»Sie vergessen meine Wervils. Außerdem können Sie ja nicht gut mit einem Sumpfer einen Skimmer verfolgen. Was, wenn Sie auf einen Canyon stoßen?«

»Sie werden doch ganz sicher nicht Ihre Arbeit hier liegen lassen«, meinte er, indem er es diesmal mit einer anderen Taktik versuchte, »nur um Rache für den Tod von ein paar Haustieren zu nehmen?«

»Ich sagte Ihnen doch, Wervils stehen auf Moth unter Naturschutz. Und ich habe Ihnen auch gesagt, wie ich über Tiere denke.«

»Ich weiß«, wandte er ein. »Aber das ...«

Er verstummte, als sie ihm mit der Hand ins Haar fuhr. »Wissen Sie, Sie erinnern mich da an einen anderen Wervil, den ich einmal versorgt habe, wenn auch sein Pelz nicht ganz so rot wie der Ihre war. Aber eine gewisse Ähnlichkeit gab es da schon.« Dann fuhr sie ernsthafter fort: »Flinx, ich mag diese Leute nicht, wer auch immer sie sind. Ich mag sie wegen dem nicht, was sie Ihnen angetan haben, und mag sie auch nicht wegen dem, was sie mir angetan haben. Und deshalb tue ich das ebenso für Sie wie für mich. Außerdem würde ich diese Leute schon um Sennars und Sobas willen verfolgen, ob Sie nun hier wären oder nicht.

Und jetzt sagen Sie bloß nicht, daß Sie nicht etwas Hilfe

gebrauchen könnten, und kommen Sie mir nicht mit so antiquiertem Unsinn, daß Sie mich nicht dabeihaben wollen, weil ich eine Frau bin.«

»Oh, keine Sorge«, meinte er kühl, »mit antiquiertem Unsinn würde ich Ihnen ganz bestimmt nicht kommen, das wäre das Allerletzte.«

Das ließ sie einen Augenblick lang zögern, da sie nicht ganz wußte, ob er das nun scherzhaft meinte oder nicht. »Jedenfalls«, fuhr sie dann fort, »wenn ich nicht gehen kann, nicht daß Sie mich daran hindern könnten, dann könnten Sie auch nicht gehen. Außer mir hat nämlich hier niemand Zugang zu dem Skimmer.«

Flinx fiel es nicht schwer, nachzugeben. »Ich habe jetzt keine Zeit, mich mit Ihnen zu streiten.«

»Und auch genug Verstand, um es gar nicht zu versuchen, nehme ich an. Aber was die Zeit betrifft, haben Sie recht. Unser Peilgerät sollte zwar das Gel unter ihrem Skimmer sofort aufnehmen können, aber wir sollten unser Glück nicht strapazieren. Ich weiß nicht, was für eine Art von Skimmer die haben. Ich habe noch nie so einen gesehen, habe also auch keine Ahnung, ob er nicht etwas schneller als die üblichen ist. Wir gehen also gemeinsam, ja?«

»Ja, gemeinsam. Unter zwei Bedingungen, Lauren.«

Wieder sah sie ihn mit gerunzelter Stirn an. Jetzt hatte sie geglaubt, seine Reaktion vorhersagen zu können, und da mußte er sie wieder überraschen. »Sagen Sie sie mir.«

»Erstens, die Bedingung, daß Pip Sie weiterhin toleriert.« Er strich der Flugschlange liebevoll über den Kopf. Sie drückte sich entzückt gegen seine Hand. »Sehen Sie, ich habe nämlich selbst gegenüber Tieren auch gewisse Gefühle.«

»Und die zweite Bedingung?« wollte sie wissen.

»Wenn Sie mein Haar noch ein einziges Mal so berühren, sollten Sie darauf vorbereitet sein, daß ich Ihnen einen Tritt in Ihren hübschen Po verpasse, daß Sie bis zum Pol fliegen. Das haben Damen mit mir gemacht, so lange ich mich erinnern kann, und mir reicht das jetzt!«

Sie grinste. »Gut, damit bin ich einverstanden. Ich bin nur froh, daß Ihre Schlange nicht so empfindlich ist wie Sie. Gehen wir also! Ich muß eine Nachricht für meine Vorgesetzten hinterlassen, für den Fall, daß die anrufen und wissen wollen, nicht nur wo ihr Skimmer ist, sondern auch ihr Manager.«

Als sie sich bei ihrem Stellvertreter abmeldete, war der sehr erregt. »Und was sage ich Kilkenny, wenn wer aus Attoka anruft? Was, wenn er uns Gäste schicken will?«

»Wir erwarten eine ganze Woche lang niemanden. Das wissen Sie doch, Sal. Sagen Sie ihm, was Sie wollen!« Dabei war sie damit beschäftigt, einen kleinen Beutel zu füllen. »Nein, sagen Sie ihm, ich sei einem in Schwierigkeiten geratenen Reisenden auf der anderen Seite des Sees zu Hilfe gekommen. Das ist unter allen Umständen eine akzeptable Begründung.«

Ihr Stellvertreter sah zu Flinx hinüber, der ungeduldig wartete und zum See hinüberstarrte.

»Mir sieht der nicht so aus, als hätte er Probleme.«

»Er verbirgt sie nur gut«, erklärte Lauren. »Und das ist mehr, als was ich für Sie sagen kann, Sal. Ich bin wirklich überrascht. Wir sind bald wieder da.«

»Mhm. Es ist nur so, daß ich mich nicht besonders gut auf das Lügen verstehe, Lauren. Das wissen Sie doch.«

»Dann strengen Sie sich eben an!« Sie tätschelte ihm freundlich die Wange. »Und ich lüge auch gar nicht. Er hat wirklich Probleme.«

»Aber der *Skimmer,* Lauren.«

»Sie haben immer noch die Sumpfer und die Boote. Wenn es nicht gerade zu einer größeren Katastrophe kommt, kann ich mir wirklich nicht vorstellen, wozu Sie den Skimmer brauchen würden. Der ist wirklich bloß hier, um in Notfällen eingesetzt zu werden. Für mich ...« – sie deutete auf Flinx – »ist das ein Notfall.«

Ihr Stellvertreter trat schwungvoll nach einem Kieselstein. »Ist ja Ihr Hals.«

»Ja, das ist es.«

»Und wenn die fragen, in welche Richtung Sie gegangen sind?«

»Sagen Sie ihnen ...«, ein Husten unterbrach sie. Sie sah zu Flinx hinüber und nickte. »Sagen Sie einfach, ich hätte über den Patra fliegen müssen.«

»Aber wohin über den Patra?«

»Über den See, Sal.«

»Oh, okay, verstehe. Sie haben sicher Ihre Gründe, das zu tun, vermute ich.«

»Das vermute ich auch. Und wenn ich unrecht haben sollte, nun, sie wollten ja immer schon hier Manager werden, Sal.«

»Jetzt einen Augenblick mal, Lauren! Ich habe nie gesagt ...«

»Helfen Sie mir, so gut Sie können«, bat sie ihn ruhig. »Mir bedeutet das sehr viel.«

»Sie rechnen also *wirklich* damit, bald wieder da zu sein?«

»Das hängt davon ab, wie die Dinge laufen. Bis bald, Sal!«

»Passen Sie gut auf sich auf, Lauren!« Er blickte ihr nach, wie sie sich dem fremden jungen Mann anschloß und ging dann mit einem Achselzucken die Treppe hinauf.

Wie Lauren ganz richtig gesagt hatte, war es ja schließlich ihr Hals und nicht der seine.

Den Skimmer startbereit zu machen, nahm nicht viel Zeit in Anspruch. Flinx kletterte an Bord und bewunderte das zweckmäßig gebaute Fahrzeug. Praktisch das erstemal seit er Drallar verlassen hatte, würde er sich überhaupt nicht um so hartnäckige Hindernisse wie vom Nebel verhüllte Felsbrocken oder hoch aufragende Bäume zu kümmern brauchen. Die Karosserie der Maschine bestand aus schwarzem Kunststoff. Sie war groß genug, um ein Dutzend Passagiere und Mannschaft aufzunehmen. Neben den üblichen Notvorräten nahm Lauren zusätzliche Lebensmittel und Sanitätsausrüstung an Bord. Außerdem nahmen sie den Bolzenkarabiner mit ein paar Magazinen und einen tragbaren Sonarpeiler mit.

Flinx studierte den Schirm des Peilgerätes und den einzelnen sich bewegenden Punkt, der in nordwestlicher Richtung über die Scheibe glitt. Eine Serie konzentrischer Ringe mit Abstandsangaben füllte den kreisförmigen Bildschirm. Der Punkt, dessen Verfolgung sie antreten wollten, hatte bereits den äußersten Ring erreicht.

»Die werden bald vom Schirm sein«, murmelte er zu Lauren gewandt.

»Keine Sorge. Die sind inzwischen sicher davon überzeugt, daß sie uns abgeschüttelt haben.«

»Die bewegen sich im Zickzack über den ganzen Schirm«, meinte er.

»Weil sie kein Risiko eingehen wollen. Aber das nützt natürlich nichts, wenn man einmal auf einem Peilschirm ist. Aber Sie haben recht. Wir sollten keine Zeit mehr vergeuden.«

Sie schob sich auf den Pilotensitz und betätigte die Kontrollen. Das Motorengeräusch des Skimmers übertönte das leise Summen der Peilanlage, als die Maschine sich ein paar Meter vom Boden erhob. Dort verhielt Lauren und überprüfte die Instrumente ein letztesmal, drehte das Fahrzeug dann auf einer unsichtbaren Achse herum und lenkte es aus dem Hangar. Ein leichtes Antippen des Höhenschalters ließ sie zehn, zwanzig, dreißig Meter hoch steigen. Eine kurze Berührung des Fahrthebels, und sie rasten auf den Strand zu.

Obwohl die Kabine angenehm geheizt war, überlief es Flinx doch kalt, wenn er auf den Bildschirm sah.

»Ich habe Ihnen doch gesagt, daß Sie sich keine Sorgen zu machen brauchen«, meinte Lauren, als sie das Ufer überflogen. »Wir kriegen die schon.«

»Das ist es nicht.« Flinx spähte durch die durchsichtige Kabinenkuppel. »Ich habe eher an das gedacht, was uns schnappen könnte.«

»Den Penestral muß ich erst noch kennenlernen, der sich ein fliegendes Objekt schnappt, das mit unserem Tempo in dreißig Metern Höhe fliegt. Ein Oboweir könnte das vielleicht, aber im Patrasee gibt es keine Oboweir. Wenigstens habe ich noch nie von welchen gehört.«

Trotzdem teilte sich Flinx' Aufmerksamkeit gleichmäßig zwischen dem Horizont vor ihnen und den potentiell tödlichen Wellen in der Tiefe.

»Wie ich höre, hatten Sie hier Ärger.«

Sal lehnte sich in seinem Stuhl im Speisesaal zurück und nahm einen Schluck von seinem Toma, während er seinen Besucher ansah. Sie waren mit dem eigenen Sumpfer angekommen, was sie sofort als sowohl unabhängig als auch wohlhabend kennzeichnete. Wenn er seine Karten jetzt richtig ausspielte, würde er sie vielleicht dazu überreden können, ein paar Tage hier zu verbringen. Es standen ein paar teure Suiten leer, und wenn er diese zwei in einer davon unterbringen konnte, würde das seinem Ruf sicherlich nicht schaden. Gewöhnlich konnte er Außenweltler nach ihrem Akzent einordnen, aber bei diesen beiden gelang ihm das nicht. Ihre Redeweise war völlig neutral, und das verblüffte ihn.

Die Routine war wieder in den Freizeitpark eingekehrt, als Lauren und ihr Wohlfahrtsfall abgereist waren. Und aus dem Süden hatte niemand angerufen, kein Distriktleiter und auch sonst niemand. Er war sehr zufrieden. Sofern die Gesellschaft sich nicht dazu entschlossen hatte, eigene Inspektoren zu schicken, anstatt einfach nur anzurufen. Dieser Gedanke beunruhigte ihn, und er sah die Frau mit gerunzelter Stirn an.

»Sagen Sie, kommen Sie von der Firma?«

»Nein«, erwiderte der Begleiter der Frau mit einem freundlichen Lächeln. »Du liebe Güte, nein, ganz bestimmt nicht. Wir möchten nur etwas Abwechslung, sonst gar nichts. Wenn es in der Gegend irgend etwas Ungewöhnliches gibt, dann reizt einen das einfach. Schiere Neugierde, verstehen Sie?«

»Hier ist doch ein Mann getötet worden, nicht wahr?« fragte die Frau.

»Nun ja, einen Tag lang ging es hier ziemlich lebhaft her.« Über den Geschmack läßt sich streiten, dachte Sal. »Jemand ist bei einer tätlichen Auseinandersetzung getötet worden. Aber kein Gast«, fügte er hastig hinzu. »Hier in diesem Raum. Eine scheußliche Sache.«

»Können Sie uns die Beteiligten beschreiben?« fragte sie.

»Eigentlich nicht. Ich weiß nicht einmal genau, welche Gäste in die Geschichte verwickelt waren und welche Tagesbesucher. Ich war nämlich selbst nicht Zeuge der Auseinandersetzung, müssen Sie wissen, und als ich hier eintraf, waren die meisten Beteiligten schon wieder weg.«

Die Frau nahm seine Aussage mit einem enttäuschten Kopfnicken auf. »War auch ein junger Mann beteiligt? Sagen wir um die sechzehn?«

»Ja, den habe ich gesehen. Auffällig rotes Haar?«

»Das ist er.« Sie nickte.

»Sagen Sie, ist der etwa gefährlich oder sowas?« Der stellvertretende Parkmanager beugte sich plötzlich besorgt in seinem Stuhl nach vorne.

»Was wollen Sie wissen?« fragte der Mann.

»Nun, meine Vorgesetzte, die die Anlage hier leitet – Lauren Walder. Sie ist mit ihm weggefahren.«

»Mit ihm weggefahren?« Der freundliche Ausdruck, der das Gesicht der Frau beherrscht hatte, war plötzlich wie weggewischt, und an seine Stelle war ein viel härterer Zug getreten.

»Ja. Das ist jetzt drei, vielleicht auch vier Tage her. Warum sie das gemacht hat, verstehe ich immer noch nicht ganz. Mir hat sie nur gesagt, der junge Mann hätte ein Problem, und sie würde versuchen, ihm bei der Lösung zu helfen.«

»In welche Richtung sind sie denn mit ihrem Sumpfer gefahren?« wollte der Mann wissen.

»Nach Norden, quer über den Patrasee«, erklärte Sal. »Aber nicht mit einem Sumpfer. Sie hat den Skimmer genommen.«

»Ein Skimmer!« Die Hände der Frau fuhren erregt in die Höhe, und dann ließ sie sich schwer in einen Stuhl sinken. »Wir fallen zurück«, meinte sie zu ihrem Begleiter gewandt, »anstatt aufzuholen. Wenn der sie vor uns einholt, könnten wir ihn verlieren *und* ...« Ihr Begleiter machte eine schneidende Handbewegung, und ihre Worte erstarben in einem undeutlichen Murmeln. Die Geste war schnell und halb versteckt gewesen, aber Sal hatte sie dennoch bemerkt.

»Jetzt beunruhigen Sie mich wirklich«, sagte er zu den beiden. »Wenn Lauren da Schwierigkeiten bekommt ...«

»Das könnte sie«, räumte der Mann ein, sichtlich zufrieden, daß Sal das Thema gewechselt hatte.

Der überlegte kurz. »Geht die Gefahr für sie von den Leuten aus, die hier diese Auseinandersetzung hatten, oder von dem rotschöpfigen Jungen?«

»Möglicherweise von beiden.« Damit log der Mann nur teilweise. »Es ist besser, Sie sagen uns alles, was Sie wissen.«

»Das habe ich bereits getan«, antwortete Sal.

»Sie sagten, sie seien nach Norden geflogen, über den See. Können Sie nicht ein wenig deutlicher werden?«

Sal zuckte hilflos die Achseln. »Lauren hat sich auch nicht deutlicher ausgedrückt.«

»Möglicherweise setzen sie ihre Reise gar nicht weiter in nördlicher Richtung fort.«

»Ja, das ist durchaus möglich. Haben Sie ein Peilgerät, um andere Fahrzeuge zu verfolgen?« fragte Sal.

Der Mann schüttelte den Kopf. »Wir haben nicht damit gerechnet, daß wir eines brauchen würden. Nach den letzten Informationen reiste der junge Mann, mit dem wir gerne sprechen würden, auf dem Rücken eines Stupava.«

»Ich glaube, hier ist er mit einem Sumpfer angekommen.«

Die Frau blickte überrascht und meinte dann resignierend, zu ihrem Begleiter gewandt: »Kein Wunder, daß wir da nicht mithalten konnten. Wendiger Bursche, nicht wahr?«

»Für meinen Geschmack zu wendig«, murmelte der Mann, »und für seinen eigenen vielleicht auch, wenn er diese Typen zu sehr in die Enge treibt.«

Die Frau seufzte und stand dann wieder auf. »Nun, hier haben wir jetzt genug Zeit vergeudet. Wir müssen einfach nach Pranbeth zurück und uns dort einen Skimmer mit Peilanlage besorgen. Falls Sie nicht der Meinung sind, wir sollten versuchen, sie mit dem Sumpfer einzuholen.«

Der Mann stieß ein kurzes, humorloses Lachen aus und wandte sich dann wieder Sal zu. »Danke, junger Freund. Sie haben uns sehr geholfen.«

»Ich wünschte, ich könnte mehr für Sie tun«, sagte Sal besorgt. »Wenn Lauren etwas zustoßen würde – Sie werden doch dafür sorgen, daß ihr nichts zustößt, ja?«

»Ich verspreche Ihnen, daß wir unser Bestes tun werden«, versicherte ihm die Frau. »Wir wollen nicht, daß Unschuldige verletzt werden. Wir wollen nicht einmal, daß Nicht-Unschuldige verletzt werden.« Sie schenkte ihm ein mütterliches Lächeln, das aber dem nervösen Stellvertreter Lauren Walders keineswegs ein Gefühl der Zuversicht vermittelte.

11. Kapitel

Das Peilgerät summte leise vor sich hin, und der einsame leuchtende Punkt auf dem Bildschirm zeigte klar den hastigen Flug des Skimmers nach Norden an. Dicht über den Gipfeln der höchsten Bäume zog er dahin, mehr als achtzig Meter über den Sümpfen und Morasten, die hier als Boden galten. Sie hatten den Patrasee überquert, dann ein Stück trockenen Landes, dann den wesentlich größeren See, der unter dem Namen Tigranocerta bekannt war, und jetzt flogen sie wieder über Wald. Ein kalter Regen fiel und spritzte von der Acrylkuppel des Skimmers und bildete eine sich dauernd verändernde feuchte Topografie, die einen großen Teil der Sicht nach draußen versperrte. Die Instrumente des Skimmers sorgten für einen festgelegten Abstand zwischen ihm und denen, die sie verfolgten.

Schrecklich still, dachte Lauren Walder. Er ist schrecklich still und vielleicht sonst noch etwas. »Nein, ich bin nicht zu jung«, sagte er in das Schweigen hinein, das die Kabine erfüllte, und seine Stimme klang so, als wolle er sich verteidigen.

Lauren hob die Augenbrauen. »Können Sie Gedanken lesen?«

Darauf reagierte er mit einem scheuen Lächeln. »Nein, das nicht.« Seine Finger liebkosten den Kopf des Minidrach, der auf seiner Schulter schlief. »Ich fühle nur manchmal Dinge. Nicht Gedanken, nichts Detailliertes. Nur die Art und Weise, wie die Leute fühlen.« Er blickte zu ihr auf. »So, wie ich dachte, daß Sie in diesem Augenblick empfinden, dachte ich, Sie würden etwas Derartiges sagen.«

»Nun, da hatten Sie recht«, gestand sie und fragte sich, was sie aus dem Rest seiner Erklärung eigentlich machen solle.

»Und das bin ich nicht, wissen Sie.«

»Wie alt sind Sie?« fragte sie.

»Sechzehn. So gut ich das weiß. Sicher bin ich nicht.«

Sechzehn und bald sechzig, dachte sie traurig. Während ihrer seltenen Besuche in Drallar hatte sie manchmal seinesgleichen gesehen. Ein Kind der Umstände, auf den Straßen aufgewachsen und durch falsche Beispiele und Zufälle angeleitet, wenn es auch schien, als wäre aus ihm Besseres als aus seinen Kameraden geworden. Sein Gesicht enthielt das Wissen, das seinen glücklicheren Zeitgenossen vorenthalten war, aber das schien ihn weder böse noch verbittert gemacht zu haben.

Trotzdem hatte sie das bestimmte Gefühl, daß da noch etwas anderes am Werk war.

»Wie alt, glauben Sie, daß ich bin?« fragte sie beiläufig.

Flinx kniff die Lippen zusammen und starrte sie prüfend an. »Dreiundzwanzig«, sagte er dann, ohne zu zögern.

Sie lachte leise und schlug vergnügt die Hände zusammen. »Jetzt weiß ich es, womit ich es hier zu tun habe, einem sechzehnjährigen Diplomaten auf einem Rachefeldzug!« Ihr Lachen verblaßte, nur das Lächeln blieb. »Erzählen Sie mir etwas von sich, Flinx!«

Das war eine Frage, die zu stellen kein Fremder in Drallar je die Kühnheit gehabt hätte. Aber dies war nicht Drallar, erinnerte er sich. Außerdem stand er in der Schuld der Frau.

Und so erzählte er ihr soviel er wußte. Als sein Bericht zu Ende war, starrte sie ihn immer noch mit ernster Miene an und nickte, als hätten seine Worte nicht mehr bewirkt als einen schon vorher gehegten Argwohn zu bestätigen. Sie warf einen kurzen Blick auf das Peilgerät, um sich zu vergewissern, daß es noch richtig funktionierte, und sah dann wieder ihn an. »Eine angenehme Kindheit haben Sie nicht gerade gehabt, oder?«

»Das kann ich nicht wissen«, antwortete er. »Schließlich kann ich sie ja nur mit Dingen vergleichen, die ich vom Hörensagen kenne.«

»Dann glauben Sie es mir, daß es so ist. Außerdem haben Sie es geschafft, mit der Mehrzahl der Menschheit zurande zu kommen, obwohl die offenbar nichts mit Ihnen zu tun haben wollen. Während ich der Mehrzahl der Leute ausweichen mußte, die anscheinend eine ganze Menge mit mir zu tun haben wollten.«

Sie beugte sich impulsiv aus ihrem Pilotensessel zu ihm herüber und küßte ihn. Im letzten Augenblick zuckte er zurück, die ungewohnte Nähe eines anderen menschlichen Wesens machte ihn nervös – ganz besonders einer attraktiven Angehörigen des anderen Geschlechts – und der Kuß, der für seine Wange bestimmt war, landete statt dessen auf seinen Lippen.

Das veranlaßte sie, schnell zurückzufahren. Das Lächeln verharrte in ihrem Gesicht, sie blinzelte nur kurz überrascht. Schließlich war es ein Zufall gewesen.

»Und noch etwas können Sie mir glauben, Flinx. Wenn man lange genug lebt, wird das Leben besser.«

»Ist das einer der Sprüche der Kirche?« Er fragte sich, ob sie irgendeine isolierende Substanz trug, die ihre Lippen vor dem Brennen bewahrten, denn seine eigenen standen in Flammen.

»Nein«, sagte sie. »Das ist ein Originalspruch von Lauren Walder.«

»Freut mich, das zu hören. Für die Kirche habe ich nämlich nie viel übrig gehabt.«

»Ich auch nicht. Und die meisten anderen Leute auch nicht. Deshalb ist sie wahrscheinlich so erfolgreich.« Sie sah wieder auf den Peilschirm. »Die fangen jetzt an, langsamer zu werden. Wir werden das gleiche tun.«

»Meinen Sie, daß die uns gesehen haben?« Plötzlich war ihm völlig egal, was die Leute in dem Skimmer vor ihnen jetzt zu tun beschlossen. Das Feuer breitete sich von seinen Lippen in seinen Mund aus, rann seine Kehle hinunter und verbreitete sich über seinen ganzen Körper. Es war ein süßes, dickes Feuer.

»Das bezweifle ich«, antwortete sie. »Ich wette, daß die

ihrem Ziel nahe sind.« Ihre Hände arbeiteten an den Kontrollen.

»Wie weit vor uns sind sie?« Er trat vor, um über ihre Schulter auf den Bildschirm zu sehen. Er hätte links von ihr stehen können, aber plötzlich wurde ihm ihre Wärme bewußt, der Duft, der von ihrem Haar ausging. Er achtete sorgsam darauf, sie nicht zu berühren.

Sie nahm ein paar schnelle Berechnungen vor und benutzte dazu den Prädiktor des Peilgerätes. »Einen Tag etwa. Wir wollen ihnen ja nicht gleich auf den Schwanz treten. In diesem Teil des Landes ist nichts. Ein seltsamer Ort, um hier anzuhalten. Aber schließlich ist ja diese ganze Sache, nach dem, was Sie mir gesagt haben, recht seltsam. Warum bringen die Ihre Mutter hierher?«

Darauf wußte er keine Antwort.

Sie gingen tiefer, bis der Skimmer sich mit den Baumwipfeln hob und senkte. Sie waren so auf den Punkt konzentriert, der vor ihnen über den Bildschirm zog, daß keiner von ihnen beiden bemerkte, daß nicht nur der Regen aufgehört hatte, sondern auch die Wolkendecke aufgerissen war. Über ihnen schimmerte eine der Schwingen von Moth, der aufgerissene Ring, der den Planeten umgab. Golden strahlte er vor der schwarzen Decke der Nacht.

»Weshalb sind Sie so sicher, daß die hier anhalten und nicht nur eine Weile langsamer fliegen?« fragte er Lauren.

»Weil ein Skimmer genau wie ein Sumpfer von einer Speicherladung betrieben wird. Sie dürfen nicht vergessen, daß die zuerst von hier nach Patra kommen mußten. Unsere eigene Ladung wird langsam knapp, und wir befinden uns nicht auf der Rückreise einer Rundfahrt. Ich weiß nicht, was für ein Modell die fliegen, aber ich habe gesehen, wie groß es ist. Es hat unmöglich noch genug Energie für eine wesentlich größere Strecke, als wir sie in den letzten paar Tagen bereits zurückgelegt haben. Zumindest müssen die irgendwo anhalten, um aufzuladen. Das ist gut.«

»Warum ist das gut?« fragte Flinx.

»Weil wir ebenfalls aufladen müssen.« Sie deutete auf

eine Anzeige. »Wir haben jetzt mehr als die Hälfte unseres Energievorrates verbraucht. Wenn wir nicht hier irgendwo aufladen können, müssen wir auf dem Rückweg ein Stück zu Fuß gehen.«

Flinx sah sie mit neuem Respekt an, falls das überhaupt möglich war; die Meinung, die er von ihr hatte, war bereits auf schwindelnden Höhen angelangt. »Warum haben Sie es mir nicht gesagt, als wir den Wendepunkt erreicht hatten?«

Sie zuckte leicht die Achseln. »Warum? Wir haben einige Mühe auf uns genommen, um so weit zu kommen. Sie hätten vielleicht versucht, mir das Umkehren einzureden.«

»Nein«, sagte Flinx leise, »das hätte ich nicht getan.«

»Das habe ich mir auch gedacht. Sie sind fast genauso entschlossen, das hier zu Ende zu führen, wie ich. Und mindestens so verrückt.«

Sie sah ihn an, und er erwiderte ihren Blick.

»Und ich sage *nein*.«

Nyassa-lees Ablehnung klang unwiderruflich. Sie saß auf der einen Seite des Tisches und sah ihre Kollegen erwartungsvoll an. Brora betrachtete interessiert die Fingernägel seiner linken Hand, während Haithness mißbilligend ihre Augenbrauen hob.

»Wirklich«, murmelte die hochgewachsene schwarze Frau, »es ist wirklich sehr ermutigend, daß Sie in diesem Stadium eine so negative Haltung einnehmen, Nyassa-lee.« Ihre Hand löste sich von ihren Augen. »Vielleicht bekommen wir nie wieder die Gelegenheit, ein so vielversprechendes Subjekt wie diesen Zwölf zu manipulieren. Zeit und Umstände haben sich gegen uns verschworen. Das wissen Sie genausogut wie ich.«

»Ja, das weiß ich.« Nyassa-lee lehnte sich im Sessel nach vorne und blickte auf den Boden zwischen ihren Beinen. Zwischen den Bodenplatten waren Fugen zu erkennen; das Gebäude war mit einiger Hast errichtet worden. »Ich bin einfach nicht überzeugt, daß es das Risiko wert ist.«

»Welches Risiko?« wollte Haithness wissen. »Bis jetzt haben wir noch keinerlei Demonstrationen einer bedrohlichen Kraft gesehen. Eher das Gegenteil, würde ich sagen. Das Subjekt hatte doch ganz sicher Gelegenheit, solche Fähigkeiten zu zeigen. Es ist doch offenkundig, daß er sie nicht besitzt, sonst hätte er sie doch ohne Zweifel gegen uns eingesetzt. Und was haben wir gesehen? Ein Messer.« Das Wort klang in ihrem Munde angeekelt und geringschätzig.

»Da hat sie recht, wissen Sie.« Brora redete nur selten und überließ es meistens den beiden älteren Wissenschaftlerinnen, solche Auseinandersetzungen zu führen. Er meldete sich nur zu Wort, wenn er von dem, was er sagte, wirklich überzeugt war.

»Ich möchte nicht, daß sich so etwas wiederholt, wie es mit dem Mädchen passiert ist«, sagte Nyassa-lee. »Einen solchen Fehlschlag könnte sich die Gesellschaft nicht leisten.«

»Und genau aus diesem Grund müssen wir diese letzte Chance, die wir haben, wahrnehmen«, beharrte Haithness.

»Wir wissen doch nicht, daß das unsere letzte Chance ist.«

»Ach kommen Sie, Nyassa-lee!« Haithness schob ihren Stuhl zurück, stand auf und fing an, nervös auf und ab zu gehen. Hinter ihr blitzten von den hastig aufgebauten Konsolen Lichter in kaltem Grün und Blau. »Selbst wenn es dort draußen andere Subjekte mit ähnlichem Potential gibt, haben wir keineswegs die Garantie, daß jemand von uns noch die Chance bekommt, sich um sie zu kümmern.«

»Dagegen kann ich nichts sagen«, räumte Nyassa-lee ein. »Ich habe auch keine Argumente dagegen, daß diese Nummer Zwölf statistisch gesehen aussichtsreich ist. Und genau diese Statistiken sind es auch, die mir Angst machen.«

»Ihnen Angst machen?« Haithness blieb stehen und sah zu ihrer langjährigen Kollegin hinüber. Sie war überrascht. Schließlich war es nicht nur einmal vorgekommen, daß sie Nyassa-lee ihre Waffe mit der kaltblütigen Effizienz eines Qwarm hatte benutzen sehen. Furcht schien etwas zu sein, was ihr völlig fremd war. »Aber warum? Er hat doch nichts getan, was solche Furcht rechtfertigen würde.«

»Nein, hat er das nicht?« Nyassa-lee zählte ihre Punkte an den Fingern ab. »Erstens: Statistisch gesehen ist er beunruhigend; zweitens: Er ist sechzehn, unmittelbar vor der vollen Reife; drittens: Der Reifeprozeß könnte bei ihm *jederzeit* einsetzen.«

»Das Mädchen«, wandte Brora ein, »war wesentlich jünger.«

»Zugegeben«, sagte Nyassa-lee, »aber ihre Fähigkeiten waren auch frühreif. Ihr einziger Vorteil war die Überraschung. Diese Nummer Zwölf entwickelt sich langsam, aber mit größerem Potential. Vielleicht ist er einer von der Art, die auf Druck reagieren, indem sie noch tiefer in sich hineinreichen.«

»Mag sein«, sagte Brora nachdenklich, »aber dafür haben wir keine Beweise. Und sein Profil läßt auch nichts von der Art erwarten.«

»Wie vereinbaren Sie das dann mit der Tatsache, daß er ganz für sich alleine ...«

»Er ist nicht für sich alleine«, unterbrach sie Brora. »Diese Frau aus dem Freizeitpark hat ihm auf dem See geholfen.«

»Auf dem See. Aber sie hat ihm nicht geholfen, zu diesem Punkt zu gelangen. Er ist uns ganz alleine bis zu jenem See gefolgt, ohne irgendwelche Unterstützung von außen. Für mich deutet das auf die beschleunigte Entwicklung eines Talents, das wir näher kennen sollten.«

»Ein Grund mehr«, sagte Haithness zornig und schlug dabei mit der Hand auf den Tisch, »weiter im Sinne unseres Planes zu verfahren!«

»Ich weiß nicht«, murmelte Nyassa-lee, immer noch nicht überzeugt.

»Sind Sie denn nicht auch der Meinung«, konterte Haithness, bemüht, ihre Verärgerung unter Kontrolle zu halten, »daß wir, wenn die Operation gelingt, eine gute Chance haben, unser Ziel hinsichtlich einer Manipulation des Subjekts von außen zu erreichen?«

»Möglich«, räumte Nyassa-lee ein.

»Warum nur ›möglich‹? Haben Sie Zweifel an den gefühlsmäßigen Bindungen?«

»Das ist es nicht, was mich beunruhigt. Nehmen Sie einmal an, nur als Hypothese, daß er, weil sein Potential immer noch unentwickelt ist, keine bewußte Kontrolle darüber hat?«

»Was wollen Sie damit sagen?« fragte Brora.

Sie beugte sich über den Tisch. »Bei dem Mädchen Mahnahmi wußten wir, wo wir standen, sobald sie sich einmal offenbart hatte. Unglücklicherweise hat uns dieses Wissen überrascht, und es war zu spät, um Gegenmaßnahmen ergreifen zu können. Wo wir bezüglich der Talente dieses Subjekts stehen, ahnen wir nicht einmal. Angenommen, Druck und Furcht vereinen sich trotz dieser gefühlsmäßigen Bindungen, und sein Potential kommt unabhängig von seinen oberflächlichen Gefühlen zum Ausbruch? Statistisch betrachtet ist das Subjekt eine wandelnde Bombe, die möglicherweise weder fähig noch reif genug ist, sich unter Kontrolle zu halten. *Das* ist es, was mich beunruhigt, Haithness! Die gefühlsmäßigen Bindungen reichen vielleicht aus, um sein bewußtes Ich unter Kontrolle zu halten. Aber der unberechenbare Teil von ihm reagiert vielleicht trotzdem heftig.«

»Wir können aber unsere Hoffnungen und unsere Arbeit doch nicht wegen einer so schwachen Hypothese aufgeben«, beharrte Haithness. »Schließlich gibt es keinerlei Fakten, die diese Hypothese stützen. Außerdem ist das Subjekt sechzehn. Wenn überhaupt, dann sollte er doch mehr Kontrolle über sich haben, als dieses Mädchen sie hatte.«

»Ich weiß, ich weiß«, murmelte Nyassa-lee unglücklich. »Alles, was Sie sagen, ist richtig, Haithness, und doch mache ich mir einfach Sorgen. Aber ich bin ja überstimmt.«

»Das sind Sie«, sagte die Größere nach einem fragenden Blick auf Brora. »Und wenn Cruachan jetzt hier wäre, dann wissen Sie, daß er sich ebenfalls positiv äußern würde.«

»Wahrscheinlich.« Nyassa-lee lächelte schwach. »Ich mache mir zuviel Sorgen. Brora, sind Sie sicher, daß Sie mit dem Implantat klarkommen?«

Er nickte. »Ich habe das zwar schon lange nicht mehr getan, aber eine solche Fertigkeit verliert man nicht so schnell. Außerdem erfordert der Vorgang eher Geduld als sonst etwas. Das wissen Sie ja auch. Und was mögliche unvorhersehbare Folgen angeht oder einen Mißerfolg, nun ...« – er lächelte –, »schließlich ist das Urteil über uns alle ohnehin schon vor langer Zeit gefällt worden. Eine weitere kleine Niederträchtigkeit gegen die archaischen Gesetze der Gesellschaft kann uns da auch nicht mehr schaden, wenn wir hier versagen.«

Etwas abseits von dem Gespräch saß Mutter Mastiff auf einem Stuhl in der Ecke, die Hände im Schoß verschränkt, und lauschte. Sie war nicht gefesselt. Es gab dafür keinen Grund, und das wußte sie ebensogut wie ihre Entführer. Wohin hätte sie schon fliehen sollen? Ihr körperlicher Zustand und ihre Kondition waren zwar für eine Frau ihres Alters ausgezeichnet, aber sie hatte bei der Landung des Skimmers den bescheidenen Komplex aus täuschendem Stein und Holzbauten recht gut erkennen können. Tausende von Kilometern feuchten, feindlichen Waldes lagen zwischen diesem Ort und Drallar. Und die Wahrscheinlichkeit, daß sie ein Fahrzeug stehlen konnte, war etwa ebenso groß wie die, daß sie plötzlich wieder zwanzig wurde.

Was wohl der arme Flinx in diesem Augenblick durchmachte? Das war er gewesen, draußen auf dem See im Süden. Wie er es geschafft hatte, ihr so weit zu folgen, war ihr ein Rätsel. Zuerst war sie nur um sich selbst besorgt gewesen. Jetzt, wo sie reichlich Gelegenheit gehabt hatte, diesem dämonischen Trio zuzuhören, die da vor ihr diskutierten – und für sie waren diese drei dämonisch –, wuchs ihre Sorge um das Schicksal ihres adoptierten Sohnes. Wenn sie verloren sein sollte ... – nun, sie hatte ein langes, ereignisreiches Leben hinter sich. Besser vielleicht, daß ihr tapferer Flinx ihre Spur verlor, als daß er noch einmal mit diesen Ungeheuern zusammenstieß.

Einer der drei, der kleine Mann mit dem Krötengesicht, hatte davon gesprochen, sie ›anzupassen‹, und dann war auch die Rede von ›Implantaten‹ gewesen. Das hatte ausgereicht, um ihr klarzumachen, daß sie sich auf etwas Schlimmeres als den Tod vorbereiten mußte. Vieles von dem, was die drei redeten, war ihr völlig unverständlich. Sie hatte keine Ahnung, wer diese Leute waren, ganz zu schweigen davon, woher sie gekommen waren oder was sie zu ihrem Handeln veranlaßte. Mit ihr redeten sie nie, sie ignorierten ihre Fragen ebenso wie ihre Flüche.

Tatsächlich behandelten sie sie nicht wie ein menschliches Wesen, sondern eher wie ein empfindliches Möbelstück. Das Gespräch, dessen Zeuge sie eben geworden war, war bis jetzt das Seltsamste, denn einer der drei äußerte immerhin Furcht vor ihrem Jungen. Warum das so war, konnte sie sich nicht vorstellen. Zwar hatte Flinx ein gefährliches Tier gezähmt, jenes widerwärtige, kleine fliegende Geschöpf, aber das war doch kaum eine Leistung, die in solchen Leuten Furcht erzeugen konnte. Sie wußten, daß er gelegentlich die Fähigkeit besaß, das wahrzunehmen, was andere fühlten. Und doch diskutierten diese Leute solche unberechenbaren und belanglosen Talente – die sie keineswegs fürchteten – so als wären sie von großer Bedeutung.

Und nichts von alledem erklärte, weshalb sie sie entführt hatten. Wenn ihr wirkliches Interesse dem Jungen galt, warum hatten sie dann nicht ihn entführt? Die ganze Geschichte war einfach ein kompliziertes Rätsel, etwas, dem man keinen Sinn abgewinnen konnte. Mutter Mastiff war alles andere als dumm, und das, was ihr an formeller Erziehung mangelte, hatte keineswegs ihren scharfen Verstand beeinträchtigt; trotzdem sah sie sich außerstande, sich auf das, was hier mit ihr geschah, irgendeinen Reim zu machen.

Sie wandte ihre Aufmerksamkeit von der Auseinandersetzung ab und studierte den Raum, in den man sie gebracht hatte. Der größte Teil der Beleuchtung kam von der eindrucksvollen Anordnung elektronischer Geräte, die die Wände säumten. Es waren alles tragbare Geräte in improvisierter Anordnung, und das alles deutete auf Hast. Welchen Zweck diese Instrumente erfüllten, konnte sie nicht ahnen, aber sie war genug herumgekommen, um zu wissen, daß solche Geräte teuer waren. Das und die Handlungen der Leute, die sie entführt hatten, deuteten auf eine reichlich mit Geld und bösen Absichten ausgestattete Organisation.

»Ich bin nicht einmal sicher«, sagte Nyassa-lee gerade, »daß das Subjekt überhaupt *weiß,* wie er es geschafft hat, uns so weit zu folgen.«

»Daran ist wahrscheinlich nichts Mysteriöses«, wandte Haithness ein. »Bedenken Sie, daß er ein Produkt einer hochgradig auf Wettbewerb ausgerichteten, wenn auch primitiven Umgebung ist. In einer solchen Umgebung reifen junge Leute in den Städten schnell heran, wenn man sie ganz ihrer eigenen Findigkeit überläßt. Es mag durchaus sein, daß er keine besondere formelle Erziehung genossen hat, aber dafür ist er in der wirklichen Welt ausgebildet worden – etwas, das wir selbst in den letzten paar Jahren erfahren mußten. Und dazu ist es durchaus möglich, daß er ganz gewöhnliches, natürliches Glück hatte.«

»Diese letzten paar Jahre«, murmelte Brora bedrückt. »Jahre, die wir damit hätten verbringen sollen, die großen Geheimnisse des Universums zu ergründen, anstatt zu lernen, wie man mit der Verbrecherunterwelt Kontakt aufnimmt und sie für unsere Zwecke benutzt.«

»Ich komme mir genauso betrogen vor wie Sie, Brora«, sagte die große Frau beruhigend, »aber bald kommt der Tag, an dem wir rehabilitiert sein werden.«

»Wenn Sie beide entschlossen sind, dann schlage ich vor, daß wir sofort beginnen.« Nyassa-lee seufzte.

»Sofort mit was beginnen?« fragte eine etwas krächzende Stimme. Aus irgendeinem Grund veranlaßte diese Frage die drei zu einer Antwort, während frühere Versuche, ihre Aufmerksamkeit zu erwecken, jämmerlich gescheitert waren.

Nyassa-lee verließ ihren Platz am Tisch und ging auf Mutter Mastiff zu. Sie versuchte einen freundlichen, verständnisvollen Ausdruck in ihre Worte hineinzulegen, was ihr aber nur zum Teil gelang. »Wir sind Wissenschaftler und betreiben ein Projekt von großer Wichtigkeit für die ganze Menschheit. Es tut mir leid, daß wir gezwungen waren, Ihnen Ungelegenheiten zu bereiten. Aber alles das ist notwendig. Ich wünschte, Sie wären etwas gebildeter und könnten unsere Ansichten begreifen. Das würde es leichter für Sie machen.«

»Ungelegenheiten!« schnaubte Mutter Mastiff. »Ihr reißt mich aus meinem Haus heraus und schleppt mich quer über den halben Planeten, das nennt ihr *Ungelegenheiten?* Ich nenne es etwas ganz anderes.« Dann wurde sie wieder ruhiger und fragte: »Was habt ihr mit meinem Jungen vor?«

»Ihrem *adoptierten* Jungen«, sagte Nyassa-lie. Während die kleine Orientalin sprach, stellte Mutter Mastiff fest, daß die beiden anderen sie studierten wie ein Sammler vielleicht einen Käfer auf einer Parkbank studiert. Das machte sie noch wilder, und der Zorn, den sie empfand, drängte auch ihre Furcht in den Hintergrund. »Ich würde es euch nicht leichter machen, wenn ihr mir den ganzen Reichtum Terras versprechen würdet.«

»Es tut mir leid, daß Sie das so empfinden, aber wir haben es nicht anders erwartet«, sagte Nyassa-lee, die wieder eisig wurde. »Haben Sie von der Meliorare Gesellschaft gehört?«

Mutter Mastiff schüttelte den Kopf. Sie war zu zornig, um zu weinen, was sie eigentlich am liebsten getan hätte. Namen, Worte, warfen sie ihr da an den Kopf, und alle ohne Bedeutung.

»Wir sind Teil eines Experiments«, erklärte die Orientalin, »eines Experiments, das vor vielen Jahren auf Terra seinen Anfang nahm. Wir sind nicht nur Wissenschaftler, wir sind Aktivisten. Wir glauben, daß es die wahre Aufgabe der Wissenschaft ist, nicht nur das zu studieren, was existiert, sondern auch nach vorne zu schreiten und dem zur Existenz zu verhelfen, was nicht existiert, aber eines Tages existieren wird. Wir sind fest entschlossen, nicht stillzustehen und auch nicht zuzulassen, daß die Natur das tut. Wir stellen Weichen, bereiten den Boden vor, damit sich Besseres entwickeln kann.«

Mutter Mastiff schüttelte den Kopf. »Ich verstehe kein Wort.«

»Überlegen Sie doch einmal«, drängte Nyassa-lee, die anfing, sich für ihr Thema zu erwärmen, »was gibt es denn heute in der Gesellschaft des Commonwealth, das am ehesten eine Verbesserung vertragen könnte? Die Regierung?« Haithness, die hinter ihr stand, lachte bitter und geringschätzig. »Also nicht die Regierung. Die Schiffe etwa, die uns von Stern zu Stern tragen? Nein? Dann die Sprache, eine Verbesserung des Terranglo oder der Symbosprache? Oder Musik? Oder Architektur?«

Mutter Mastiff starrte einfach die Frau an, die sich da vor ihr ereiferte. Sie war jetzt sicher, ganz sicher sogar, diese drei Typen waren so verrückt wie ein Yax'm mit Gehirnschaden.

»Nein, nichts von alledem!« stieß Nyassa-lee hervor. Es war schrecklich, in einer so winzigen Person soviel Fanatismus zu sehen. »Wir *selbst* sind es, *wir!*« Sie tippte sich an die Brust. »*Die Menschheit.* Und die Mittel, uns zu verbessern, liegen *in uns!*« Sie griff sich an den Kopf. »*Hier drinnen* – in Fähigkeiten und Bereichen unseres Gehirns, die noch nicht richtig entwickelt sind!

Wir und die anderen Mitglieder der Gesellschaft haben vor vielen Jahren beschlossen, daß man da etwas tun könnte. Wir gründeten eine Tarnorganisation, um abergläubische Regulatoren zu täuschen. Insgeheim konnten wir bestimmte menschliche Eizellen und bestimmtes Sperma auswählen und damit in aller Behutsamkeit arbeiten. Unsere Planung war minutiös, unsere Vorbereitung gründlich. Mittels mikrochirurgischer Techniken konnten wir den genetischen Code unserer künftigen Menschen vor dem Einsetzen in den Mutterleib verändern. Das Ergebnis sollte – *wird* eine bessere Version der Menschheit sein!«

Mutter Mastiff starrte sie mit aufgerissenem Mund an. Nyassa-lee seufzte und wandte sich ihren Kollegen zu. »Wie ich es schon befürchtet habe, das übersteigt ihr bescheidenes Begriffsvermögen.«

»Völlig verständlich«, sagte Brora. »Ich verstehe nur nicht, warum Sie sich überhaupt die Mühe machen.«

»Weil es leichter wäre«, sagte Nyassa-lee.

»Leichter für die alte Frau oder für Sie?« fragte Haithness. Nyassa-lee gab keine Antwort. »Nach der Operation hat es ja ohnehin nichts zu bedeuten.« Als Mutter Mastiff diese Worte hörte, begannen sich ihre Nackenhärchen zu sträuben.

»Vielleicht doch«, beharrte Nyassa-lee. Sie blickte auf Mutter Mastiff herab und sah starr in ihre alten Augen. »Verstehen Sie denn immer noch nicht, alte Frau? Ihr Junge, Flinx, Ihr Adoptivsohn: *Er war eines unserer Subjekte.*«

»Nein«, flüsterte Mutter Mastiff und wußte doch, noch während sie das Wort hauchte, daß die Frau die Wahrheit sprach. »Was ... was ist aus Ihrem Experiment geworden?«

»Allen Kindern wurde Aufmerksamkeit, Zuneigung, Erziehung und ein bestimmtes Spezialtraining zuteil. Die Mehrzahl der Subjekte ließ in bezug auf Fähigkeiten oder Talent nichts Ungewöhnliches erkennen. Sie waren in jeder Hinsicht normal. Wir sind natürlich sehr vorsichtig und bedächtig vorgegangen, müssen Sie wissen.

Einige der Subjekte haben sich abnormal entwickelt. Das liegt unglücklicherweise im Wesen der Gentechnik. Wir müssen das Schlechte mit dem Guten akzeptieren. Aber im Licht unseres bevorstehenden Erfolges waren diese Opfer durchaus gerechtfertigt.« Das klang, als wollte sie sich selbst ebenso beruhigen wie Mutter Mastiff.

»Einige der Kinder, eine sehr kleine Zahl, ließen Anzeichen erkennen, daß sich in ihnen jene Fähigkeiten entwikkeln würden, von denen wir glauben, daß sie latent in jedem menschlichen Gehirn vorhanden sind. Wir behaupten keineswegs, alles über derartige Talente zu wissen. Wir sind da wie Mechaniker, die zwar eine gewisse Ahnung davon haben, wie man eine unvollkommene Maschine repariert, dabei aber nicht wissen, wozu die Maschine nach der Reparatur dann imstande sein wird. Das führte natürlicherweise zu einigen Überraschungen.

Die Gesellschaft des Commonwealth in ihrer Ignoranz nahm hinsichtlich der Wichtigkeit unserer Aktivitäten einen anderen Standpunkt als wir ein. Dies führte dazu, daß wir viele Jahre der Verfolgung über uns ergehen lassen mußten. Wir haben nicht aufgegeben. Wie Sie sehen können, sind wir – und wir sind Gründungsmitglieder der Gesellschaft – an Jahren fast so weit fortgeschritten wie Sie selbst.

Die Regierung hat in ihren Versuchen, uns auszulöschen, nie nachgelassen. Über die Jahre hinweg hat das unsere Zahl dezimiert, und heute sind wir nur noch eine kleine ergebene Schar. Und doch brauchen wir nur einen einzigen Erfolg, einen unwiderleglichen Beweis des Nutzens unserer Arbeit, um uns von den Lügen und Anschuldigungen zu befreien, mit denen man uns quält.

Die Regierung in ihrer Grausamkeit und ihrer Gleichgültigkeit hat vor vielen Jahren veranlaßt, daß die Kinder auf allen Welten verstreut wurden. Und sie trägt auch die Verantwortung für unser gegenwärtiges wissenschaftliches Exil. Wir haben langsam und geduldig versucht, die Kinder wieder ausfindig zu machen, insbesondere solche, deren Profil Aussicht auf Erfolg versprach. Ihr Flinx ist einer von denen, die die Statistik als potentielles Talent aufzeigt.«

»Aber an ihm ist doch nichts Abnormales«, protestierte Mutter Mastiff. »Er ist ein völlig durchschnittlicher gesunder junger Mann. Etwas ruhiger vielleicht als die meisten, das ist alles. Ist das all die Mühe wert? Oh, ich gebe zu, von Zeit zu Zeit kann er ein paar Taschenspielerkunststückchen vorführen. Aber ich kenne hundert Straßenzauberer, die das auch können. Warum gehen Sie denn nicht zu denen?«

Wieder lächelte Nyassa-lee jenes humorlose, kalte Lächeln. »Sie lügen uns an, alte Frau! Wir wissen, daß er zu mehr als bloßen Tricks imstande ist, und daß da etwas wesentlich Wichtigeres als bloße Fingerfertigkeit im Spiel ist.«

»Nun«, wechselte Mutter Mastiff die Taktik, »warum haben Sie dann aber mich entführt? Warum mich so aus meinem Haus herausgerissen? Ich bin eine alte Frau, wie Sie selbst sagen. Ich kann Ihnen nicht im Wege stehen oder Ihnen Schaden zufügen. Wenn Flinx es ist, der Ihnen so wichtig ist, warum haben Sie dann nicht *ihn* entführt? Ich hätte Sie doch ganz sicherlich nicht daran hindern können.«

»Weil er vielleicht gefährlich ist.«

Ja, die sind wirklich verrückt, diese Leute, sinnierte Mutter Mastiff. Ihr Junge, ihr Flinx gefährlich? Unsinn! Zugegeben, er war ein sensibler Junge, und manchmal wußte er, was andere fühlten, aber nur selten, und insbesondere dann nicht, wenn er es sich besonders sehnlich wünschte. Und vielleicht konnte er auch die Gefühle anderer ein wenig beeinflussen, aber gefährlich? Er war es, dem von diesen Narren und Wahnsinnigen von Außerplanet Gefahr drohte.

»Außerdem«, fuhr die kleine Orientalin fort, »müssen wir sehr vorsichtig ans Werk gehen, weil wir nicht riskieren dürfen, daß die Gesellschaft weiteren Schaden erleidet. Wir haben bereits zu große Verluste erlitten, zum Teil auch, weil wir vor einer Anzahl von Jahren einmal zu hastig versuchten, die Kontrolle über ein Subjektkind zurückzugewinnen. Wir dürfen es nicht riskieren, mit dieser Nummer Zwölf denselben Fehler noch einmal zu machen. Die meisten unserer Kollegen sind getötet, gefangen genommen oder selektiv bewußtseinsgelöscht worden.«

Dieses beinahe beiläufige Geständnis verstärkte Mutter Mastiffs Besorgnis. Sie verstand nicht alles, was die Frau da von genetischen Änderungen oder einer Verbesserung der Menschheit plapperte, aber was eine Bewußtseinslöschung war, wußte sie sehr wohl. Ein Verbrecher mußte schon ein besonders abscheuliches Verbrechen begangen haben, um dazu verurteilt zu werden, zu einer Behandlung, die für alle Zeit einen Teil seiner Erinnerungen wegnahm, seines Lebens, seines Ichs, und ihn den Rest seiner Tage, gequält durch ein leeres, finsteres Loch in seinem Bewußtsein starren ließ.

»Laßt ihn in Frieden!« schrie sie und staunte selbst über die Heftigkeit ihrer Reaktion. Fühlte sie sich wirklich so zu dem Jungen hingezogen? Die meiste Zeit sah sie in ihm doch eher etwas Lästiges, das ein unfreundliches Schicksal ihr aufgebürdet hatte – oder nicht?

»Daß ihr ihm ja nichts tut!« Sie war aufgesprungen und schlug jetzt mit beiden Fäusten auf die Schultern der Frau ein, die die anderen Nyassa-lee nannten.

Obwohl Nyassa-lee schon weiße Haare hatte und nicht mehr jung war, war sie doch ein gutes Stück jünger und kräftiger als Mutter Mastiff. So packte sie die Handgelenke der alten Frau und drückte sie sanft auf den Stuhl zurück.

»Nein, wir werden ihm nicht wehtun. Habe ich Ihnen denn nicht gerade erklärt, wie wichtig er für uns ist? Würden wir denn jemanden wie ihn verletzen wollen? Natürlich nicht. Es ist ganz klar, wie sehr Sie Ihren Schützling mögen. Auf unsere Art mögen wir ihn genauso.«

Was für seelenlose Leute das doch sind, dachte Mutter Mastiff, während sie hilflos in ihrem Stuhl zusammensank. Was für leblose Schatten von menschlichen Geschöpfen.

»Ich verspreche Ihnen, daß wir nicht versuchen werden, den Jungen zu irgend etwas zu zwingen, was er nicht will. Und schaden werden wir ihm auch nicht, in keiner Weise.«

»Was haben Sie dann mit ihm vor?«

»Wir müssen seinen Reifeprozeß lenken«, erklärte die Frau, »um sicherzustellen, daß alle Fähigkeiten, die er etwa besitzt, sich in vollem Maße entwickeln können. Es ist höchst unwahrscheinlich, daß er dazu ohne die richtige Anweisung und Ausbildung imstande ist, und das ist auch der Grund, weshalb sich seine Fähigkeiten bis jetzt noch nicht in vollem Maße manifestiert haben. Die Erfahrung hat uns aber gelehrt, daß die Kinder, wenn sie in die Pubertät kommen, nicht länger bereit sind, eine solche Ausbildung und Manipulation zu akzeptieren. Deshalb müssen wir ihn lenken, ohne daß er sich dessen bewußt wird.«

»Wie können Sie das, ohne daß er es bemerkt?«

»Indem wir ihn durch eine dritte Person manipulieren, deren Vorschläge und Weisungen er ohne weiteres akzeptiert«, sagte die Frau. »Und deshalb sind Sie so wichtig für uns geworden.«

»Sie wollen also, daß ich ihn dazu bringe, bestimmte Dinge zu tun, die sein Leben verändern, damit Ihr Experiment Erfolg hat.«

»Das ist richtig«, sagte Nyassa-lee. »All das muß in einer Art und Weise geschehen, daß er nicht einmal ahnt, ihn lenke eine Kraft von außen.« Sie deutete zum anderen Ende des Raums, wo hinter transparenten Türen ein Operationssaal lag. Der sterile Raum leuchtete im schwachen blaugrünen Licht der Instrumentendisplays.

»Wir können nicht zulassen, daß unsere Bemühungen von außen behindert werden, und können auch nicht das Risiko eingehen, daß die Behörden des Commonwealth, die uns dauernd auf den Fersen sind, etwas erfahren. Es ist von äußerster Wichtigkeit, daß unsere Instruktionen schnell und effizient ausgeführt werden. Es wird daher notwendig sein, daß wir einige kleine Geräte in Ihr Gehirn einpflanzen, um sicherzustellen, daß Sie unsere Direktiven befolgen.«

»Den Teufel werde ich!« brauste Mutter Mastiff auf. »Ich habe hundert Jahre damit verbracht, diesen meinen Kopf zu füllen. Ich weiß, wo alles untergebracht ist. Ich will nicht, daß jemand dort herumwühlt.« Daß sie nie ein Messer oder der Laser eines Chirurgen berührt hatte, verschwieg sie, während sie verstohlen zum Operationssaal hinüberspähte, und auch, daß sie eine Todesangst davor hatte, aufgeschnitten zu werden.

»Schauen Sie«, fuhr sie verzweifelt fort. »Ich helfe Ihnen ja gerne. Ich sage dem Jungen alles, was Sie wollen, lasse ihn alles studieren, was Sie wollen, und sorge auch dafür, daß er nichts mit Dingen zu tun hat, die Sie mir sagen. Aber lassen Sie meinen armen, alten Kopf in Frieden. Könnte ich Ihnen denn nicht viel besser helfen, wenn ich das, was Sie verlangen, freiwillig tue, statt unter Zwang wie ein kastrierter Hund?«

Brora faltete die Hände auf dem Tisch und sah sie ohne jede Emotion an. »Sicherlich würde das stimmen. Aber es gibt leider Faktoren, die dagegen sprechen.

Zum ersten gibt es da bestimmte mentale Aktivitäten, die

komplexe Prozesse einschließen, mit denen Sie nicht vertraut sind, die man aber durch direkte Implantate stimulieren kann. Zum zweiten gibt es keinerlei Garantie dafür, daß Sie nicht zu irgendeinem zukünftigen Zeitpunkt unruhig oder widerspenstig werden und dem Subjekt das sagen, was Sie wissen. Das könnte für das Experiment eine Katastrophe sein. Zum dritten würden Sie vielleicht den Jungen äußerlich durchaus bereitwillig lenken, aber seine Fähigkeiten könnten ihn dazu befähigen, ihre innere Unruhe wahrzunehmen und zu erkennen, daß etwas nicht stimmt. Wohingegen ich nicht glaube, daß er die Implantate selbst entdecken kann, da sie völlig mechanisch sind. Zum letzten glaube ich, daß Sie lügen, wenn Sie sagen, daß Sie bereit wären, uns zu helfen.«

»Aber ich will mich nicht operieren lassen«, schrie sie und schlug mit der Faust auf die Stuhllehne. »Ich sage Ihnen, daß das nicht nötig ist! Ich will alles tun, was Sie von mir verlangen, wenn Sie nur den Jungen zufrieden lassen und mich entsprechend instruieren. Warum sollte ich Sie anlügen? Sie haben mir doch selbst gesagt, daß er nicht mein eigenes Kind ist, nur ein adoptiertes. Ich helfe Ihnen gern, insbesondere«, fügte sie mit einem schlauen Lächeln hinzu, »wenn dabei etwas Geld herausspringt.«

Aber der Mann Brora schüttelte den Kopf. »Sie lügen geschickt, aber nicht geschickt genug. Wir haben den größten Teil unseres Lebens mit Verrätern in unseren eigenen Reihen zu tun gehabt. Es tut mir leid, wir können uns keinen weiteren leisten.« Seine Aufmerksamkeit wanderte zum Haupteingang und den beiden Männern, die gerade hereingekommen waren. Er deutete mit einer Kopfbewegung auf Mutter Mastiff.

»Halten Sie sie fest! Sie weiß jetzt genug, um sich selbst etwas Unsinniges anzutun.«

Einer der Neuankömmlinge hielt Mutter Mastiffs rechten Arm und sah zu Brora hinüber. »Spritze, Sir?«

»Nein, noch nicht.« Mutter Mastiff starrte den schrecklichen kleinen Mann an und schauderte, als der ganz ruhig zu der dunkelhäutigen Frau sagte: »Was meinen Sie, Haithness?«

Die musterte Mutter Mastiff. »Morgen reicht. Ich bin müde. Besser frisch anfangen.«

Brora nickte und überließ es den beiden jüngeren Männern, die wild um sich schlagende Mutter Mastiff zu fesseln.

Im weiteren Verlauf des Abends, beim Essen, meinte Nyassa-lee zu Haithness gewandt: »Mich beunruhigt immer noch das hohe Alter der Frau.«

»So alt ist die nicht«, meinte die andere, während sie den Löffel zum Munde führte. »Wenn die auf sich aufpaßt, hat sie mindestens noch zwanzig Jahre vor sich.«

»Ich weiß, aber sie hat auch nicht mehr die Reserven einer Fünfzigjährigen. Es ist nur gut, daß wir ihr nicht gesagt haben, wie kompliziert diese Operation morgen ist, und daß ihr Bewußtsein für immer verändert sein wird.«

Haithness nickte. »Ja, man braucht sie nicht noch mehr aufzuregen, als sie das ohnehin schon ist. Ihre Besorgnis um ihr Wohlergehen überrascht mich freilich.«

Nyassa-lee stocherte in ihrem Essen herum und sagte nichts, aber Haithness ließ nicht locker.

»Wie viele unserer Freunde sind schon von der Regierung hingemordet worden? Und wie viele bewußtseinsgelöscht? Es ist schon richtig, daß wir ein wichtiges Element des Experiments verlieren, wenn diese alte Frau stirbt. Aber nicht notwendigerweise das letzte. Wir sind uns doch alle einig, daß ein Implantat für sie die beste Lösung ist.«

»Dem widerspreche ich ja nicht«, sagte Nyassa-lee, »ich wollte Sie ja nur daran erinnern, daß wir auf einen Mißerfolg vorbereitet sein sollten.«

Brora lehnte sich in seinen Stuhl zurück und seufzte. Er hatte keinen Appetit; die Aussicht, die die Operation für sie barg, machte ihn unruhig.

»Es wird nicht schiefgehen, Nyassa-lee. Das ist seit Jahren die beste Chance, ein wirklich erfolgversprechendes Subjekt unter Kontrolle zu bekommen. Wir werden es schaffen.« Er sah zu Haithness hinüber. »Ich habe mir die Implantate vor dem Essen noch einmal angesehen.«

»Schon wieder?«

»Sonst ist doch nichts zu tun. Ich konnte das Warten nicht ertragen. Die Schaltung ist fertig, und die cryogenische Enervation konstant. Ich rechne bei der Herstellung der synaptischen Verbindung mit keinen Schwierigkeiten.« Er sah zu Nyassa-lee hinüber. »Trotz des Alters der Frau.«

»Und was den Teil der alten Frau angeht, der infolge der Operation unvermeidlich verlorengeht« – er zuckte die Achseln –, »ich habe die Angelegenheit gründlich überprüft und sehe keinen Ausweg. Nicht daß da sehr viel wäre, das sich zu bewahren lohnen würde. Sie ist primitiv und unwissend. Die Implantate und die entsprechenden Schnitte werden da sogar eher zu einer Verbesserung führen.«

»Ihre stärksten Tugenden scheinen Sturheit und Hartnäckigkeit zu sein«, pflichtete Haithness ihm bei, »und damit verbunden eine erschütternde Unwissenheit bezüglich des Lebens außerhalb ihrer unmittelbaren Umgebung.«

»Typisch«, sagte Brora. »Ist es nicht eine Ironie des Schicksals, daß ein solcher Mensch der Schlüssel nicht nur zu unserem größten Erfolg, sondern auch am Ende zu unserer Rehabilitierung ist?«

Nyassa-lee schob ihren Teller weg. Das Gespräch ihrer Kollegen ging ihr auf die Nerven. »Wann machen wir es morgen?«

»Einigermaßen früh, würde ich meinen«, murmelte Haithness. »Das ist die beste Zeit für die alte Frau, und für uns ist es auch besser, wenn wir uns nicht zu lange mit Philosophie und Spekulationen aufhalten.«

Brora verblüffte diese Andeutung. »Sie rechnen doch nicht etwa, daß der Junge auftaucht?«

»Sie sollten aufhören, in ihm einen Jungen zu sehen.«

»Aber er ist doch erst knapp sechzehn.«

»Das reicht. Wenn er auch bis jetzt keinerlei unerwartete Talente gezeigt hat, so ist doch seine hartnäckige Verfolgung seiner Adoptivmutter für mich Hinweis genug, daß er neben seinem Talent auch einen scharfen Verstand besitzt.« Sie zeigte Nyassa-lee ein verkniffenes Lächeln. »Sehen Sie, meine Liebe, obwohl ich Ihre Besorgnis in diesem Fall nicht teile, respektiere ich Ihre Meinung doch und schätze sie hoch.«

»Sie erwarten ihn also?«

»Nein, das nicht«, beharrte Haithness, »aber es wäre doch peinlich, wenn er durch irgendein Wunder hier vor dem erfolgreichen Abschluß der Operation auftauchte. Nach der Operation sind wir natürlich selbst daran interessiert, durch seine Mutter den Kontakt zu ihm herzustellen. Wenn er feststellt, daß sie unverletzt und scheinbar unangetastet ist, wird er sich leichter unserer Kontrolle unterwerfen.«

»Und wenn er auftaucht, ehe wir die alte Frau nach Drallar zurückgebracht haben?«

»Keine Sorge«, sagte Haithness. »Ich habe die übliche Story vorbereitet, und unser Personal hier ist mit den entsprechenden Einzelheiten vertraut gemacht.«

»Sie bilden sich ein, daß er das glaubt?« fragte Nyassa-lee. »Daß wir eine durch und durch altruistische Gesellschaft von Ärzten sind, die es sich zum Ziel gesetzt haben, alten Leuten gegen die Gleichgültigkeit der ärztlichen Institutionen der Regierung behilflich zu sein?«

»Es stimmt schon, daß wir diese Story schon häufig benutzt haben, aber für das Subjekt wird sie neu sein«, erinnerte Haithness ihre Kollegin. »Außerdem ist er ja, wie Brora sagt, kaum erwachsen, und daher nicht sonderlich gebildet. Ich denke, er wird uns glauben, besonders wenn wir ihm seine Mutter zurückgeben. Das sollte ausreichen, um ihn zu befriedigen. Und dann werden wir natürlich dafür sorgen, daß keinerlei Spuren der Operation feststellbar sind.«

»Ich arbeite besser, wenn ich reichlich Schlaf habe«, erklärte Brora und erhob sich abrupt vom Tisch. »Und morgen steht harte Arbeit bevor.«

Sie standen auf und suchten ihre Schlafstellen auf. Brora

dachte über die bevorstehende Operation nach, Haithness über die Aussichten für den Erfolg. Nur Nyassa-lee sinnierte noch lange über den letzten Blick in Mutter Mastiffs Augen nach, den sie gesehen hatte.

12. Kapitel

Sie mußten ihrem Ziel nahe sein, weil der Punkt auf dem Bildschirm sich seit über einer Stunde nicht mehr bewegt hatte. Und da war es, daß der Schmerz Flinx traf: scharf, heiß und unerwartet wie immer. Er zuckte zusammen und drückte die Augen zu, während Pip sich nervös auf der Schulter seines Meisters bewegte.

Erschreckt drehte Lauren sich zu ihrem jungen Begleiter herum. »Was ist denn? Stimmt etwas nicht, Flinx?«

»Ganz nah. Wir sind sehr nah.«

»Das sehe ich auch auf dem Bildschirm«, sagte sie.

»Nein, sie ist es, Mutter Mastiff.«

»Ist sie verletzt?« Lauren lenkte den Skimmer bereits in den Wald herunter. Der Minidrach wand sich auf Flinx' Schulter, auf der Jagd nach dem unsichtbaren Feind.

»Nein – nicht ... äh ... verletzt«, murmelte Flinx. »Sie ... sie ist besorgt, sie hat Angst. Jemand hat vor, ihr etwas Schreckliches anzutun. Und um mich hat sie auch Angst, denke ich. Aber ich kann nicht verstehen ... ich weiß nicht, was ... äh ...«

Er kniff die Augen zusammen. Pip hörte auf, sich zu winden. »Jetzt ist es weg. Verdammt, es ist weg!« Er trat wütend nach der Konsole. »Weg, und ich kann es nicht wieder zurückholen.«

»Ich dachte ...«

Er ließ sie nicht ausreden; sein Ausdruck war resigniert. »Ich habe keine Kontrolle über das Talent. Überhaupt keine Kontrolle. Diese Gefühle treffen mich, wenn ich sie am allerwenigsten erwarte, und wie es scheint, niemals wenn ich das will. Manchmal kann ich nicht einmal feststellen, woher sie kommen. Aber diesmal war es Mutter Mastiff. Da bin ich sicher.«

»Woher wissen Sie das?« Lauren kippte den Skimmer nach Backbord, um einem mächtigen Baumriesen auszuweichen.

»Weil ich weiß, wie ihr Bewußtsein sich anfühlt.«

Lauren warf ihm einen unsicheren Blick zu, beschloß dann aber, daß es wenig Sinn hatte, etwas begreifen zu wollen, das außerhalb ihres Verständnisses lag.

Der Skimmer verlangsamte seinen Flug auf Kriechtempo und senkte sich schnell zwischen die schützenden Bäume eines relativ trockenen Hügels. Lauren schaltete die Energiezufuhr ab und ging in der Kabine nach hinten und fing an, Rucksäcke und Geräte herzurichten. Rings um sie herrschte tiefe Nacht, und die Geräusche der nächtlichen Waldbewohner hallten ins Innere des Skimmers.

»Wir müssen uns beeilen«, sagte Flinx besorgt. Er hantierte bereits am Türverschluß. »Die werden ihr wehtun, und zwar bald!«

»Langsam!« sagte Lauren mit scharfer Stimme. »Sie wissen nicht, was ihr passieren soll. Und was noch wichtiger ist, Sie wissen auch nicht, wann.«

»Bald!« beharrte er. Die Tür schnappte auf und schob sich in die durchsichtige Außenwand des Skimmers. Er starrte in den Wald hinaus, in die Richtung, die sie, wie er wußte, einschlagen mußten, obwohl er nicht auf den Peilschirm gesehen hatte.

»Ich verspreche Ihnen, wir gehen sobald wie möglich zu ihr«, versicherte ihm Lauren, während sie sich den Riemen des Bolzenkarabiners über die Schulter zog, »aber wir nützen weder ihr noch uns, wenn wir blindlings diese Leute überfallen, wer immer sie sein mögen. Vergessen Sie nicht, die hatten Paralysewaffen mit! Vielleicht haben sie hier noch gefährlichere Waffen, tödlichere. Die werden nicht einfach dasitzen und zusehen, wie Sie hereinmarschiert kommen und verlangen, daß man Ihnen die Frau zurückgibt, die sie mit so viel Mühe quer über einen ganzen Kontinent geschleppt haben. Wir holen uns Ihre Mutter zurück, Flinx, und zwar so schnell es geht. Aber mit Unüberlegtheit und

Hast kommen wir nicht weiter. Das wissen Sie doch auch. Schließlich sind Sie ein Junge aus der City.«

Er zuckte bei dem ›Jungen‹ zusammen, mußte ihr aber sonst recht geben. Obwohl es immer noch danach drängte, blindlings in den schwarzen Wald hineinzustürmen, zwang er sich dazu, im hinteren Abteil des Skimmers den Rucksack durchzusehen, den sie für ihn gepackt hatte. »Bekomme ich nicht auch eine Waffe?«

»Ein Freizeitpark ist kein Arsenal, wissen Sie.« Sie schlug gegen den Kolben ihres Karabiners. »Das ist so ziemlich alles, was wir an tragbaren Waffen bereithalten. Außerdem erinnere ich mich noch recht gut, wie Sie einen Gegner, der ein gutes Stück größer war als Sie, nur mit Ihren eigenen Geräten gefechtsunfähig gemacht haben.«

Flinx sah etwas verlegen auf seine Stiefel. Seine Geschicklichkeit im Umgang mit einem Messer war etwas, worauf er nicht sonderlich stolz war. Er redete auch nicht gern darüber. »Auf größere Distanz taugt ein Stilett nicht viel, und außerdem haben wir diesmal vielleicht nicht die Dunkelheit als Verbündeten.«

»Haben Sie je eine richtige Handwaffe benutzt?« fragte sie ihn. »Einen Nadler? Einen Strahlwerfer oder eine Projektilwaffe?«

»Nein, aber ich habe zugesehen und weiß, wie sie funktionieren. Sehr viel Wissen gehört ja schließlich nicht dazu, daß man die Vorderseite auf denjenigen richtet, den man treffen will, und dann den Abzug oder den Feuerknopf drückt.«

»Manchmal ist es nicht ganz so einfach, Flinx.« Sie zog sich den Bauchriemen ihres Rucksacks straff. »Jedenfalls werden Sie mit Ihrem Messer vorlieb nehmen müssen, weil sonst nichts da ist. Und den Bolzenkarabiner gebe ich Ihnen nicht. Ich bin damit gut vertraut. Wenn Sie Angst haben, ich könnte ihn nicht einsetzen, dann sollten Sie mich jetzt eigentlich schon besser kennen. Mir ist gar nicht danach, zu diesen Leuten nett zu sein. Kidnapper und Wervilkiller!«

Sie überprüfte ihren Kurs auf dem Peilgerät und gab ihn

in ihren kleinen Kompaß ein, dann stieg sie als erste aus der Kabine. Der Boden unter ihren Füßen war relativ trocken, weich und elastisch.

Während sie hinter ihren beiden Scheinwerferstrahlen dahinmarschierten, ertappte sich Flinx wieder dabei, wie er über seine Begleiterin nachdachte. Sie hatten neben ihrer Unabhängigkeit eine ganze Anzahl wichtiger Dinge gemeinsam. Tierliebe beispielsweise. Laurens Haar verbarg ihr Gesicht vor ihm, aber er hatte das Gefühl, es dennoch sehen zu können.

Pip regte sich auf seiner Schulter, als er fremdartige Gefühle verspürte, die Flinx bewegten, Emotionen, die dem Minidrach neu waren und ihm nicht gerade ein Gefühl der Unruhe, aber eines der Verwirrung vermittelten. Er versuchte, sich tiefer unter das schützende Jackett hineinzuwühlen.

Als sie ihr Ziel schließlich erreicht hatten, war es beinahe Mitternacht. Sie kauerten sich hinter ein paar Büschen nieder und starrten zwischen den Bäumen durch. Flinx juckte es weiterzugehen, schließlich wußte er, daß Mutter Mastiff irgendwo in dem Gebäudekomplex ein Stück unter ihnen lag und unruhig schlief. Der Instinkt, der ihm seit seiner Kinderzeit so gute Dienste geleistet hatte, trug mehr dazu bei, ihn zurückzuhalten, als Logik oder Vernunft.

Allem Anschein nach glich die Ansammlung schwach beleuchteter Bauten auch einem Freizeit- oder Fischerpark, wenn er auch viel größer war als der, den Lauren leitete. In der Mitte waren die Hauptgebäude, links die Schlafquartiere für die weniger wohlhabenden Gäste, und rechts die Vorratsschuppen und Garagen. Lauren studierte die Anordnung der Anlage durch ihr daumengroßes Nachtglas. Ihr erfahrenes Auge entdeckte etwas wesentlich Wichtigeres als die täuschende Anordnung der einzelnen Bauten.

»Das sind keine Baumstämme«, sagte sie zu Flinx. »Das ist hochverdichteter Kunststoff. Hübsch getarnt, aber mit genauso wenig Holz wie ich im Kopf habe. Für das Mauerwerk und die Steine der Fundamente gilt dasselbe.«

»Woher wissen Sie das?« fragte er neugierig.

Sie reichte ihm das winzige Sichtgerät. Flinx hielt es sich ans Auge; es paßte sich sofort seinem Sehvermögen an und stellte sich scharf.

»Sehen Sie sich die Verbindungen an den Ecken und die Linien am Boden und der Decke an«, sagte sie. »Die sind viel zu regelmäßig, zu präzise. Das ist gewöhnlich so, wenn jemand versucht, die Natur zu kopieren. Die Hand des Computers oder auch des Menschen läßt sich nie verleugnen. Die Vorsprünge an den Stämmen, die glatten Löcher in den ›Steinen‹ – das ist einfach alles zu auffällig.

Oh, jemanden, der sich nicht auskennt, würden die ganz bestimmt täuschen, und auch jemanden, der in einem Flugzeug oder einem Skimmer darüber hinwegfliegt. Aber die Materialien in diesen Bauten sind unecht, und das heißt für uns, daß sie erst in letzter Zeit errichtet worden sind. Jemand, der im Seenland eine Blockhütte baut, verwendet sonst immer Material, das er vor Ort findet.«

Zwei lange, schmale Bauten lagen ihrem augenblicklichen Standort am nächsten. Das eine Gebäude war dunkel; aus dem anderen konnte man ein paar Lichter schimmern sehen. Phosphoreszierende Wege zeichneten sich als schwach glühende Striche zwischen den Bauten ab.

Zur Rechten des Langhauses stand ein sechseckiger Bau, der drei Stockwerke hoch und aus Plastikgestein war, das man mit Plastikpaneelen vertäfelt hatte. Dahinter erstreckte sich ein umfangreiches, zweistöckiges Gebäude, dessen Zweck Flinx leicht aus seinen hohen Türen und dem Sumpfer, der davor parkte, erkennen konnte: ein Hangar für die Wartung und den Schutz von Fahrzeugen. Daneben kauerte ein flacher Bau, der von einer Art Frisur aus dünnen, silbernen Kabeln gekrönt war. Die Energiestation war aber nicht groß genug, um ein Kernverschmelzungssystem zu verbergen. Wahrscheinlich ein Treibstoffzellenkomplex, entschied Flinx.

Viel verblüffender war aber, daß keinerlei Zaun zu erkennen war und auch keine sonstige Sperre. Das war ein klein wenig zu viel der Tarnung, dachte er. Flinx' Aufmerksamkeit ebenso wie die Laurens wandte sich dem eigenartigen Turm in der Mitte zu, dem einzigen Bau, der ganz offensichtlich in einem Freizeitpark nichts zu suchen hatte.

Sie untersuchte ihn gründlich durch ihr Fernglas. »Da drinnen brennen auch Lichter«, murmelte sie. »Das soll vielleicht den Anschein eines Beobachtungsturms oder eines Restaurants erwecken.«

»Scheint mir aber für einen Speisesaal schrecklich klein oben«, sagte er.

Scheinwerferbalken tasteten zwischen den Bauten in die Dunkelheit, während der Rest der Innenbeleuchtung allmählich erlosch. Nachdem sie eine weitere Stunde zwischen den feuchten, kühlen Büschen gewartet hatten, sah Lauren ihren Verdacht hinsichtlich des geheimnisvollen Turms bestätigt. »Sehen Sie die sechs kegelförmigen Gebilde am Dach?« meinte sie zu Flinx gewandt und deutete mit der behandschuhten Hand hinüber. »Zuerst dachte ich, das wären Scheinwerfer, aber das ist offenbar nicht der Fall. Was, zum Teufel, könnte das sein?«

Flinx hatte sie jetzt auch entdeckt. »Ich glaube, jetzt kann ich es erkennen. Das sind Schallprojektoren.«

Sie sah ihn überrascht an. »Was ist das? Und wieso wissen Sie das so genau?«

Er lächelte. »Solchen Dingern mußte ich schon einmal ausweichen. Jeder Kegel strahlt einen breiten, flachen Strahl hochintensiven Schalls ab. Unbewegte Gegenstände werden von den Sensoren nicht wahrgenommen. Man kann diese Geräte daher für große Flächen einsetzen.«

»Nach den Winkeln, in denen die Projektoren angeordnet sind, zu schließen, würde ich sagen, daß sie eine Reichweite von etwa fünfzig Metern haben.«

»Das ist schlecht«, murmelte sie und versuchte, die unsichtbare Sperre zu sehen, wenn sie auch wußte, daß das unmöglich war.

»Das ist noch schlimmer, als Sie meinen«, sagte er. »Der Computer, der die Strahlen lenkt, ist nämlich gewöhnlich so programmiert, daß er alles übersieht, das nicht den menschlichen Proportionen entspricht. Wenn andererseits etwas auch nur andeutungsweise Menschliches das Schallfeld durchbricht, dann erzeugt das auf einem Bildschirm eine grafische Darstellung. Jeder Posten, der den Schirm beobachtet, wird dann sagen können, was in den Schutzbereich eingedrungen ist, und kann danach entscheiden, ob er Alarm schlagen soll.« Nach kurzem Zögern fügte er hinzu, als wolle er sie dafür um Entschuldigung bitten: »Reiche Leute mögen dieses System sehr gern.«

»Ich hatte schon so etwas befürchtet, als ich keinen Zaun sah. Gibt es gar keine Möglichkeit, diese Sperre zu umgehen, Flinx? Sie sagten doch, Sie hätten schon einmal einer solchen Anlage ausweichen müssen.«

Er nickte. »Ich bin ihnen ausgewichen, weil es keine Möglichkeit gibt, das System zu durchbrechen, jedenfalls nicht von draußen. Unten durchgraben könnten wir uns ja wahrscheinlich.«

»Wie tief in den Boden reicht denn der Schallvorhang?«

»Das ist ein Problem«, antwortete er. »Das hängt ganz allein davon ab, wieviel Energie die auf die Projektoren geben und mit welcher Frequenz sie arbeiten. Vielleicht nur einen Meter, vielleicht aber auch zehn. Wir könnten uns einen Tunnel ins Innere des Lagers graben und auf das Feld treffen, ohne es zu wissen, und dann würden wir am Ende herauskommen und in einen Kreis von Gewehrmündungen starren. Und selbst wenn wir es schafften, würden wir noch ein Problem haben, weil die Strahlen wahrscheinlich das ganze Lager abdecken. Wir müßten also schon in einem der Häuser herauskommen.«

»Das ist nicht unser Problem«, murmelte sie. »Wir haben ja ohnehin keine Geräte für den Tunnelbau hier. Ich möchte im übrigen annehmen, daß der Himmel in der unmittelbaren Umgebung noch sorgfältiger überwacht wird, wo sie schon den Boden so gründlich sichern.«

»Dagegen würde ich nicht wetten.« Flinx deutete auf den Turm. »Wir könnten natürlich einfach mit dem Skimmer auf sie losfliegen. So viele Gebäude sind das ja nicht. Vielleicht könnten wir Mutter Mastiff finden und sie rausholen, ehe die reagieren.«

Lauren studierte die Anlage sorgfältig. »Es gibt nichts Kostspieligeres als eine provisorische Anlage, die so hergerichtet ist, daß sie dauerhaft aussieht. Ich vermute, daß in dieser Anlage zwischen dreißig und hundert Leute sind. Die würden ganz bestimmt keine so komplizierten Sicherungsanlagen bauen, wenn sie nicht auch bereit wären, irgendwelche Eindringlinge abzuwehren. Vergessen Sie nicht, wir sind nur zu zweit.«

»Zu dritt«, korrigierte sie Flinx. Ein zufriedenes Zischen ertönte von seiner Schulter.

»Der Überraschungseffekt ist eine Menge wert«, fuhr Lauren fort. »Vielleicht ebensoviel wie zehn Leute, aber mehr nicht. Als Leichen nützen wir Ihrer Mutter gar nichts. Vergessen Sie auch nicht, daß sonst niemand weiß, daß wir hier sind. Wenn wir es nicht schaffen, ist sie erledigt.«

»Ich weiß, daß die Chancen nicht besonders gut stehen«, sagte er gereizt. »Aber irgend etwas müssen wir doch tun.«

»Das werden wir auch. Sie erinnern sich doch an die abgeholzte Stelle, die wir heute überflogen haben?«

Flinx überlegte einen Augenblick lang und nickte dann.

»Damit gleichen wir unsere Chancen aus. Das ist eine bessere Waffe als das hier.« Damit schlug sie auf den Schulterriemen ihres Karabiners. »Sogar besser als diese Schlange, die Ihnen auf der Schulter sitzt. Ich kann das Vertrauen, das Sie für diese Monstrosität empfinden, nicht teilen.«

»Sie haben Pip noch nicht in Aktion gesehen«, erinnerte er sie. »Aber ich habe keine Ahnung, wovon Sie reden.«

Sie stand auf und wischte sich die Erde und Borkenreste vom Overall. »Das werden Sie schon sehen«, versicherte sie ihm, »aber wir müssen verdammt vorsichtig sein.« Sie blickte auf das Camp hinunter. »Ich wünschte, ich hätte eine bessere Idee, aber mir fällt sonst nichts ein. Die haben ganz bestimmt Posten aufgestellt und überwachen auch dieses Alarmsystem, das sie geschildert haben. Wir wissen nicht einmal, in welchem Gebäude Ihre Mutter untergebracht ist. Wenn wir schon alles auf einen einzigen blinden Angriff setzen wollen, dann muß der verdammt gut sein.

Die Waffe, die ich im Sinn habe, ist nicht sehr verläßlich. Sie wirkt nach beiden Richtungen. Aber ich riskiere lieber eine Gefahr, mit der ich vertraut bin. Gehen wir zum Skimmer zurück.«

Sie machte kehrt und bahnte sich ihren Weg durch das Unterholz. Flinx stand auf und schloß sich ihr an, obwohl es ihn Überwindung kostete, die Lichter des Camps zu verlassen, die wie Augen von Reptilien in der Nacht funkelten, bis schließlich die Bäume sie verschluckten.

Sie hatten die Hälfte des Weges zu der kleinen Lichtung zurückgelegt, wo sie den Skimmer geparkt hatten, als ihn die Empfindung durchlief. Wie gewöhnlich kam sie völlig überraschend, aber diesmal war sie ganz anders als seine vorherigen Wahrnehmungen. Zum einen war sie nicht mit einem Gefühl des Schmerzes verbunden, und zum anderen kam sie nicht aus der Richtung des Lagers. Sie ging von einer anderen Quelle aus und trug seltsamerweise Nebentöne von Bedrängnis mit sich, wenn auch einer recht verwirrenden Art.

Sie ging von Lauren aus und war auf ihn gerichtet.

Da war keine Liebe, kein großartiges Aufwärmen des beiläufigen Kusses, den sie ihm im Skimmer gegeben hatte. Zuneigung, ja, und das war keineswegs das, was er sich erhofft hatte. Auch Bewunderung und noch etwas mehr. Etwas, das er nicht von ihr erwartet hatte, eine große Welle der Sorge um ihn, und in geringem Maße auch Mitleid.

Flinx hatte sich eine gewisse Fertigkeit angeeignet, die Empfindungen, die er aufnahm, zu sortieren und zu identifizieren. Und die, die er jetzt fühlte, waren nicht zu verkennen. Dieser Kuß war also nicht nur kein Ausdruck wahrer Liebe gewesen – er war noch viel weniger gewesen. Sie bedauerte ihn.

Er versuchte, die Gefühle von sich zu schieben, nicht nur aus Enttäuschung, sondern auch, weil sie ihn verlegen machten. Das war noch schlimmer, als in das Bewußtsein eines anderen hineinzusehen. Er las ihr Herz, nicht ihre Gedanken. Doch so sehr er sich auch bemühte, er konnte den Fluß nicht zum Versiegen bringen. Er konnte den Strom der Emotionen ebensowenig aufhalten, wie er ihn bewußt einschalten konnte.

Er achtete darauf, ein oder zwei Schritte hinter ihr zu bleiben, damit sie sein Gesicht in der Finsternis nicht sehen konnte, und sog immer noch die Wellen der Besorgnis und der Sympathie auf, die von ihr ausströmten, und wünschte, sie wären etwas anderes, mehr.

Sie zögerten, ehe sie sich dem Skimmer näherten und umkreisten die Landefläche einmal. Die Suche verlief ergebnislos; ihr Versteck war von niemandem entdeckt worden. Sobald sie an Bord waren, startete Lauren. Sie flog nicht auf das Lager zu, sondern bog statt dessen nach Süden und begann ihren Kurs über den Baumwipfeln zurückzuverfolgen. Bald stießen sie wieder auf die lange, offene Wunde im Wald. Lauren schwebte ein paar Minuten darüber und studierte das Terrain und steuerte den Skimmer dann entschlossen nach rechts. Flinx hielt sich zurück und versuchte, die Erinnerung an jene emotionale Überschwemmung aus seinem Bewußtsein zu verdrängen. Dann endete ganz plötzlich der freie Raum zwischen den Bäumen.

»Verdammt«, murmelte Lauren. »Ich muß die falsche Richtung gewählt haben. Dabei war ich ganz sicher, daß ich die Spuren richtig gelesen hatte. Vielleicht ist es doch in der anderen Richtung.«

Flinx sagte nichts, als sie den Skimmer wendete und nach Südosten flog. Als die unnatürliche Lichtung wieder in einer scheinbar soliden Mauer aus Bäumen endete, riß sie verärgert das Fahrzeug zum zweitenmal herum. Als sie diesmal die Mauer des Waldes erreichten, verlangsamte sie ihren Flug, blieb aber weiter auf Westkurs, wobei ihr Blick immer wieder zwischen dem dunklen Wald unter ihnen und den Instrumenten des Skimmers hin und her wanderte.

»Wenn Sie sich ein wenig deutlicher ausdrücken würden, könnte ich Ihnen vielleicht helfen«, sagte er mit einer Spur von Enttäuschung in der Stimme.

»Das sagte ich doch. Waffen. Verbündete, genauer gesagt. Es läuft auf dasselbe hinaus. Aber sie sind nirgends zu sehen. Sie müssen gefressen haben und in Halbschlaf gesunken sein. So leben sie; zuerst tun sie nichts anderes, als ein paar Tage lang nur zu fressen, und dann legen sie sich hin und schlafen eine Woche. Das Unangenehme ist nur, daß sie, wenn eine Freßperiode zu Ende ist, in irgendeine Richtung weiterwandern, bis sie eine Schlafstelle finden, die ihnen paßt. Wir haben aber nicht die Zeit, den ganzen Wald nach der Herde abzusuchen.«

»Was für eine Herde?« fragte Flinx.

»Habe ich Ihnen das nicht gesagt? Devilopen.«

Und in dem Augenblick fiel es Flinx wie Schuppen von den Augen. Er hatte von Devilopen gehört, sogar ein oder zwei präparierte Köpfe in Museen gesehen. Aber persönlich hatte er sie noch nie erlebt. Nur wenige Bürger von Drallar hatten das. Selbst im städtischen Zoo gab es keine. So wie Flinx das begriff, eigneten Devilopen sich nicht für den Aufenthalt in zoologischen Gärten.

Die Demichin Devilope war die dominante Lebensform auf Moth. Es war ungewöhnlich, daß Pflanzenfresser die dominante Lebensform eines Planeten waren, aber mit Ausnahme des Menschen, der erst vor verhältnismäßig kurzer Zeit erschienen war, hatten sie keine natürlichen Feinde. Sie waren vergleichsweise rar, ebenso wie die präparierten Köpfe, die Flinx gesehen hatte; dieses Präparieren war immens teuer und führte dazu, daß nur außergewöhnlich reiche Leute und Museen sich einen solchen Luxus leisten konnten.

Der Skimmer zog im Langsamflug über die Baumwipfel dahin, stieg gelegentlich höher, um besonders hochgewachsenen Exemplaren auszuweichen, die höher als neunzig Meter waren, und sank dann wieder herab, wenn die Bäume bescheidener wurden. Gelegentlich ging Lauren bis auf den Boden herab, nur um gleich wieder enttäuscht aufzusteigen, wenn die Spuren, die sie vorfand, sie nicht befriedigten. Nirgends ein Zeichen einer Devilopenherde zu sehen!

Unterdessen durchlief eine weitere Folge von Empfindungen Flinx' aktives Bewußtsein, und Pip regte sich auf seiner Schulter. Er hatte die ganze Zeit erfolglos versucht, Mutter Mastiffs Emotionen aufzufangen, aber ohne Erfolg. Statt dessen schienen seine Versuche die Gefühle von allen außer seiner Adoptivmutter anzuziehen. Er wunderte sich aufs neue über seine verstärkten Wahrnehmungen seit dem Auftauchen Pips; dann erinnerte er sich, daß es hier in der Weite der nördlichen Wälder, wo es nur wenige weit verstreute denkende Wesen gab, vielleicht ganz natürlich war, daß seine Aufnahmefähigkeit sich verbessert hatte.

Diese Empfindungen jetzt trugen eine weibliche Signatur. Sie waren ebenfalls neu und gingen weder von Mutter Mastiff noch von Lauren aus. Kühl und ruhig waren sie und vage und schwer zu definieren: die Person, von der sie ausgingen, war offenbar ein besonders gefühlsarmes Individuum. Er fühlte Furcht, schwach, aber unverkennbar, verbunden mit einer schrecklichen Entschlossenheit, die kalt und unversöhnlich war – so hart und unnachgiebig, daß sie Flinx fast ebensoviel Furcht einflößte wie Mutter Mastiffs Schrekken. Abgesehen von den leichten Obertönen der Furcht, hätten sie ebensogut die Emotionen einer Maschine sein können.

Die Gefühle kamen aus dem Camp. Flinx zweifelte nicht daran, daß es die Gefühle eines jener geheimnisvollen Individuen waren, die Mutter Mastiff entführt hatten. Aus der einen kurzen, schwachen Empfindung, die er wahrgenommen hatte, konnte er ihre Furcht begreifen. Dann war die Empfindung verflogen, das Ganze hatte weniger als eine Minute gedauert. Und doch hatte Flinx in dieser kurzen Zeit ein komplettes emotionales Bild der Person empfangen, deren Gefühle zu ihm herübergeflossen waren. Nie zuvor war er einem Bewußtsein begegnet, das so intensiv auf ein Ziel festgelegt war, und dem all jene üblichen emotionalen Färbungen fehlten, die im allgemeinen den Menschen kennzeichneten. Pip zischte ins Leere, als wollte er jeden Augenblick zustoßen und seinen Herrn und Meister verteidigen.

»So geht das nicht«, murmelte Lauren, die versuchte, zwischen den Bäumen hindurchzuspähen. »Wir müssen ...« Sie hielt inne und sah ihn prüfend an. »Bei Ihnen alles in Ordnung? Sie haben den seltsamsten Gesichtsausdruck, den ich je gesehen habe.«

»Doch, alles okay.« Endlich verschwand die Kälte aus seinem Bewußtsein; offenbar war er sich dessen gar nicht bewußt gewesen, wie völlig sie ihn in Besitz genommen hatte. Ihre Frage riß ihn in die Gegenwart zurück, und er konnte aufs neue die Wärme spüren, die die Kabine des Skimmers erfüllte, die Wärme seines eigenen Körpers. Es war dies keineswegs das erstemal, daß er darüber nachdachte, ob sein so schwierig zu kontrollierendes Talent ihm eines Tages nicht vielleicht auch schaden, nicht nur nützen würde. »Ich habe nur nachgedacht.«

»Das tun Sie oft«, murmelte sie. »Flinx, Sie sind der komischste Mann, dem ich je begegnet bin.«

»Sie lachen aber nicht.«

»Die Art von komisch habe ich auch nicht gemeint.« Sie wandte sich wieder ihren Instrumenten zu. »Ich werde jetzt landen. Dieser Skimmer ist wirklich nicht für solche nächtlichen Operationen ausgestattet. Außerdem weiß ich nicht, wie es bei Ihnen ist, aber es ist spät, und ich bin müde.«

Flinx war ebenfalls erschöpft, geistig ebenso wie körperlich. Also hatte er keine Einwände, als Lauren sich eine Baumgruppe aussuchte und den Skimmer in ihrer Mitte absetzte.

»Ich glaube nicht, daß wir eine Wache aufstellen müssen«, sagte sie. »Wir sind weit genug vom Camp entfernt, um sicherzustellen, daß niemand zufällig über uns stolpert. Und Luftpatrouillen haben sie offenbar nicht ausgeschickt.« Sie war jetzt im hinteren Abteil des Skimmers und holte die

Schlafsäcke heraus, die sie aus dem Ferienpark mitgebracht hatte.

Flinx saß da und beobachtete sie stumm. Er hatte in Drallar einige Mädchen – junge Frauen – gekannt. Sie waren Bewohner des Marktplatzes gewesen, selbst Studenten in der harten Schule des Augenblicks. Er hatte es nie fertiggebracht, sich für eine von ihnen zu interessieren, obwohl einige wenige mehr als nur beiläufiges Interesse für ihn an den Tag gelegt hatten. Sie waren nicht – nun – ernsthaft genug, was das Leben anging, und auch in bezug auf andere Dinge.

Mutter Mastiff machte ihm häufig Vorhaltungen wegen dieser Einstellung. »Du hast keinen Grund, so hochnäsig zu sein, Junge. Du bist auch nicht älter als die.« Das stimmte natürlich nicht, aber er schaffte es nicht, sie davon zu überzeugen.

Lauren war da die Bewohnerin einer völlig anderen Dimension. Sie war eine attraktive, reife Frau. Eine selbstbewußte Erwachsene, die zu denken verstand – und so hätte auch Flinx sich selbst beschrieben, trotz seines Alters. Sie hatte bereits Hosen und Hemd abgelegt und schlüpfte gerade in den dünnen Thermokokon des Schlafsacks.

»Nun?« Sie blinzelte ihm zu und schob sich das Haar aus dem Gesicht. »Gehen Sie nicht schlafen? Jetzt sagen Sie bloß nicht, daß Sie nicht müde sind.«

»Ich kann kaum mehr stehen«, gab er zu. Er legte die Oberkleidung ab und schlüpfte in den Schlafsack neben dem ihren. Wie er so dalag und dem rhythmischen Trommeln des Regens auf das Kabinendach lauschte, mühte er sich ab, mit seinem Bewußtsein eine Verbindung zu ihr herzustellen, suchte nach einer Andeutung, einen Hinweis auf die Emotionen, von denen er sich so verzweifelt wünschte, daß sie sie fühlte. Doch es war zum Wahnsinnigwerden, er konnte überhaupt nichts spüren.

Die Wärme des Schlafsacks und der Kabine hüllte ihn ein, und jetzt wurde ihm der Eigengeruch der Frau bewußt, die nur eine Armeslänge entfernt von ihm lag. Er wollte hinübergreifen, wollte das glatte, von der Sonne gebräunte Fleisch berühren, wollte über die schimmernden Locken streichen, die ihre Wangen und ihren Hals bedeckten, und sich vor dem Bollwerk ihres Schlafsacks auftürmen. Er zitterte.

Was tue ich? dachte er erregt. Wie fange ich es an? Gibt es etwas Besonderes, das ich zuerst sagen sollte? Oder sollte ich einfach nach ihr greifen und erst später sprechen? Wie kann ich ihr sagen, was ich fühle? Ich kann empfangen. Wenn ich nur senden könnte!

Pip lag in einen harten, schuppigen Knäuel zusammengerollt in der Nähe seiner Füße. Flinx kroch in sich zusammen, müde, enttäuscht und hilflos. Was gab es jetzt zu tun? Was konnte er tun, außer dem, was man von ihm erwartete?

Ein weiches Flüstern erreichte ihn aus dem anderen Schlafsack. Schwarzes Haar schob sich zusammen. »Gute Nacht, Flinx.« Sie drehte sich herum und lächelte ihm kurz zu, daß es in der Kabine hell wurde, und drehte sich dann wieder zur Seite und wurde still.

»Gute Nacht«, murmelte er. Die Hand, die er unsicher halb nach draußen gestreckt hatte, zog sich wieder zurück und verkrampfte sich in den Stoff des Schlafsacks.

Vielleicht war es am besten so, versuchte er sich einzureden. Wenn er sich auch für einen Erwachsenen hielt, so gab es doch Geheimnisse und Losungsworte, mit denen er immer noch nicht vertraut war. Außerdem war da diese Aufwallung aus Mitleid und Mitgefühl, die er in ihr entdeckt hatte. Bewundernd, ermutigend, aber nicht das, was er von ihr zu fühlen gehofft hatte. Er wollte – mußte – mehr als nur das haben.

Das einzige, was er nicht brauchte, war noch eine Mutter.

13. Kapitel

Er sagte nichts, als sie am nächsten Morgen aufstanden, hastig ein aus Konzentraten bestehendes Frühstück hinunterschlangen und wieder in den düsteren Himmel aufstiegen. Die Sonne war eben aufgegangen; ihr diffuses Licht erhellte die Wolken und die Baumwipfel. Sie mußten diese Herde bald finden, das wußte er, weil die Ladung des Skimmers langsam zur Neige ging und damit auch die Möglichkeiten, die sie hatten. Er wußte nicht, wieviel Zeit Mutter Mastiff noch übrig hatte, ehe das sie ereilte, was ihr die Furcht bereitete, die er in ihr entdeckt hatte.

Vielleicht hatte das fehlende Tageslicht sie behindert, oder sie hatten die Stelle einfach übersehen, jedenfalls fanden sie diesmal die Herde in wenigen Minuten. Unter dem schwebenden Skimmer sahen sie eine Vielzahl kleiner obsidianfarbener Hügel. Schwarzes Haar flog in der Morgenbrise, dick und meterlang. Und wenn einer der Hügel sich im Schlaf bewegte, war jedesmal ein rotes Blitzen zu sehen, wie Rubine in einem Kohlenhaufen, wenn sich kurz ein Auge öffnete und wieder schloß.

Flinx zählte mehr als fünfzig ausgewachsene Tiere, zwischen denen etwa die gleiche Zahl an Heranwachsenden und Jungen verstreut war. Alle lagen auf dem feuchten Boden ausgestreckt, von der kleinen Baumgruppe, die sie sich als Lagerstätte ausgewählt hatten, etwas vor dem Regen geschützt.

Das waren also die sagenumwobenen Demichin Devilopen! – furchteinflößend und drohend, selbst jetzt, wo sie gesättigt im Schlaf dahindämmerten. Flinx' Blick erfaßte einen riesigen Bullen, der zwischen zwei hochragenden Hartholzbäumen vor sich hin schnarchte. Er schätzte seine Länge auf zehn Meter und seine Höhe auf knapp sechs. Ein erwachsener Mann hätte unter dem Tier durchgehen können und dabei kaum die unteren Spitzen des zottigen Haars berührt.

Der mit kräftigen Muskeln bepackte Hals verschwand zwischen einem Paar wuchtiger Buckelschultern und endete in einem alptraumhaften Schädel, aus dem ein paar gewaltige Hörner hervorragten. Einige Devilopen hatten nur zwei Hörner, andere bis zu neun. Die Hörner waren gebogen und verdreht, wenn auch die meisten nach vorne wiesen, aber keine zwei Tiere hatten genau dasselbe Gehörn. Die Augen waren von Knochenplatten geschützt, die von den Hörnern ausgingen.

Die Vorderbeine waren länger als die hinteren – für so massiv gebaute Säugetiere ungewöhnlich. Diese extreme Vordermuskulatur erlaubte es einer Devilope selbst einen ausgewachsenen Baum umzustoßen. Das erklärte die Spur der Verwüstung, die ihre Freßperioden zeichneten. Gewöhnlich pflegte eine Herde einen ganzen Waldabschnitt kahlzufressen und dabei die immergrünen Bäume umzuwerfen, um an die zarteren Äste und Nadeln weiter oben heranzukommen, wobei sie selbst die Rinde der Hauptstämme abrissen und auffraßen.

Die Devilopen regten sich im Schlaf, wobei sich ihre baumgroßen Beine schwerfällig bewegten.

»So werden die jetzt tagelang weiterschlafen«, erklärte Lauren, während sie langsam über der Herde kreisten. »Bis sie wieder hungrig werden, oder bis sie etwas unruhig macht. Sie machen sich nicht einmal die Mühe, Wachen aufzustellen. Kein Raubtier mit einem Funken Verstand würde sich an eine Herde schlafender Devilopen heranmachen. Die Gefahr, daß sie aufwachen, ist zu groß.«

Flinx starrte das schwarze Gebirge aus Devilopen an. »Was machen wir mit ihnen?« Ganz zu schweigen davon, wie wir es machen, dachte er.

»Man kann sie weder zähmen noch treiben«, erklärte Lauren, »aber manchmal kann man sie ziehen. Wir müssen nur eine junge brünstige Kuh finden. Die Jahreszeit stimmt.«

Ihre Finger tanzten über die Kontrollen, und der Skimmer sank herab.

»Da sollen wir hinein?« Flinx deutete erschreckt auf die Herde.

»Da müssen wir hinein«, sagte sie. »Eine andere Möglichkeit gibt es nicht. – Angst?«

Das kann man wohl sagen, dachte er, sagte aber nichts, während er atemlos zusah, wie der Skimmer zwischen die Baumwipfel tauchte. Lauren manövrierte vorsichtig und versuchte, möglichst wenig Zweige abzubrechen und möglichst wenig Lärm zu verursachen. »Was brauchen wir denn, wenn wir eine brünstige Kuh finden?«

»Moschusöl und Blut«, erklärte Lauren, während der Skimmer sanft aufsetzte.

Aus der Nähe war die Herde doppelt so eindrucksvoll: eine wogende Masse aus zottigem schwarzen Haar mit einzelnen mächtigen Hörnern dazwischen – das Ganze sah eher wie eine Landschaft aus der Hölle aus als wie eine Ansammlung gesättigter, schlaftrunkener Pflanzenfresser. Als Lauren den Motor abschaltete und die Kabinentür öffnete, schlugen Flinx ein durchdringender Geruch und die Atemgeräusche der Herde entgegen, ein dumpfes Röcheln und Schnauben. Der Atem der Erde, dachte er.

Lauren hielt ihren Bolzenkarabiner schußbereit, als sie sich zu Fuß auf die Herde zu bewegten. Flinx folgte ihr und versuchte sich einzureden, daß die schwarzen Klippen, die über ihnen aufragten, Basalt und nicht Fleisch waren.

»Da.« Sie deutete zwischen zwei träge atmenden Fleischbergen auf ein mittelgroßes Tier. Dann zielte sie sorgfältig und setzte drei Bolzen hinter den mächtigen Schädel. Die Kuh bewegte sich im Schlaf, hustete und dann entspannte sich der Schädel, der sich gerade gehoben hatte und sank wieder auf den Boden zurück. Flinx und Lauren hielten den Atem an, aber die kurze Episode hatte die unmittelbare Umgebung ihres Ziels nicht geweckt.

Lauren schritt furchtlos zwischen den zwei Fleischbergen durch, die so etwas wie eine lebende Schlucht bildeten, und nahm dann neben der betäubten Kuh ihren Rucksack ab. Ehe sie den Skimmer verlassen hatte, hatte sie sich einige Gegenstände aus den Vorräten eingepackt, die sie jetzt systematisch vor sich auf dem Boden auslegte, ehe sie ans Werk ging. Flinx sah interessiert zu, wie ein Messer und ihm unbekannte Werkzeuge ihre Arbeit verrichteten.

Ein Behälter füllte sich schnell mit Blut, ein zweiter mit einer grünen kristallinen Flüssigkeit. Laurens Gesicht wirkte verkniffen, und als das Aroma der grünen Flüssigkeit an Flinx' Nase drang, wußte er auch, warum. Der Duft war überwältigender als irgend etwas, was seine Nase bisher wahrgenommen hatte. Zum Glück war es kein ekelerregender, nur ein überwältigender Geruch.

Hinter ihm ertönte plötzlich ein lautes, scharfes Grunzen. Er drehte sich um und starrte voller Schreck und Faszination in ein großes purpurrotes Auge. Eine geradezu absurd winzige schwarze Pupille schwamm in der Mitte der blutroten Scheibe. Dann sank das Augenlid wie ein Vorhang darüber. Flinx blieb wie erstarrt stehen.

»Schnell!« rief er hastig nach hinten. »Ich glaube, der da wacht auf.«

»Wir sind hier noch nicht fertig«, antwortete Lauren gelassen, verschloß die zweite Flasche und machte sich mit einem Schwachstromlaser ans Werk. »Ich muß zuerst die Wunden wieder verschließen.«

»Überlassen Sie das doch der Natur«, drängte er sie, ohne den Blick von dem Auge zu wenden, das ihn angeschaut hatte. Ein leichtes Zucken ging durch das Augenlid, und er fürchtete, daß es beim nächsten Öffnen seine Umgebung voll wahrnehmen würde.

»Dazu kennen Sie mich doch zu gut«, erklärte sie fest. Flinx wartete, obwohl jede Faser seines Wesens schrie, sie solle sich beeilen. Schließlich sagte sie: »Das wäre geschafft. Wir können gehen.«

Sie eilten durch die Schluchten aus schwarzem Haar zurück. Flinx entspannte sich erst, als sie wieder in ihrem Skimmer Platz genommen hatten. Dann hatte er einige

Mühe, Pip zu beruhigen; der hatte die Sorge seines Herrn gespürt und zuckte nervös.

Trotz des dichten Verschlusses war der Geruch aus der grünen Flasche noch immer überwältigend. Aus dem Blutbehälter war kein Geruch wahrzunehmen.

»Das Grüne ist das Öl«, erklärte sie. »Die geschlechtsreifen Weibchen sondern es während der Brunft ab.«

»Ich kann mir schon vorstellen, was Sie damit vorhaben«, meinte Flinx. »Aber warum das Blut?«

»Wenn man es draußen im Freien vergießen würde, dann würde das konzentrierte Öl ausreichen, um die Bullen der Herde zu interessieren. Aber wir müssen mehr erreichen als sie bloß interessieren. Wir müssen sie ein wenig wild machen. Und das schaffen wir nur, wenn wir sie davon überzeugen, daß eine hitzige Kuh in Gefahr ist. Darauf werden dann auch die anderen Tiere der Herde reagieren.« Sie machte sich mit den Chemikalien, die sie sich mitgebracht hatte, ans Werk.

»Sie sollten einmal miterleben, wenn die Bullen wach sind und kämpfen«, sagte sie zu ihm, während sie damit beschäftigt war, in einem verschlossenen Behälter Öl, Blut und verschiedene Katalysatoren zu mischen. Flinx beobachtete unterdessen beunruhigt die Herde. »Da erzittert der ganze Wald. Selbst die höchsten Bäume geraten ins Wanken. Wenn zwei dieser großen Bullen mit den Köpfen und ihren Hörnern gegeneinander prallen, dann hört man das kilometerweit.«

Fünf Minuten später hielt sie eine große Flasche hoch. »So, damit sollte es gehen. Pheromone und Blut und ein paar andere Nasenkitzler. Wenn sie das nicht anzieht, schaffen wir es mit gar nichts.«

»Die werden den Alarm auslösen, wenn sie den Schallzaun durchqueren«, erinnerte er sie.

»Ja, aber bis dahin werden die solche Berserker sein, daß nichts sie aufhalten kann. Dann ist es gleichgültig, was sie auslösen.« Sie lächelte boshaft, dann blickte sie ihn ernst an und sagte: »Meine einzige Sorge ist, daß wir Ihre Mutter finden müssen, ehe die sich über die Gebäude hermachen.«

»Ja, hoffentlich«, sagte Flinx.

»Das Durcheinander sollte ausreichen, um alles abzulenken«, fuhr sie fort. »Wenn sie nicht völlig unmenschlich sind, werden die Bewohner des Lagers an nichts anderes denken als daran, wie sie ihre eigene Haut retten.

Was die Rettung Ihrer Mutter betrifft, so können wir, glaube ich, annehmen, daß sie sich weder in dem Hangar noch in der Kraftwerksstation in dem Turm befindet. Bleiben also nur die beiden langen Bauten im Westen. Wenn wir da hineinkommen und sie herausholen, ehe ihre Bewacher begreifen, was vorgeht, dann sollten wir auch wegkommen, ehe einer bemerkt, was eigentlich passiert ist.

Denken Sie daran, wir werden die einzigen sein, die auf das vorbereitet sind, was dann passieren wird. Eine ganze Menge wird davon abhängen, wie diese Leute reagieren. Dumm sind die ganz offensichtlich nicht, aber ich kann mir auch nicht vorstellen, daß jemand so anpassungsfähig ist, um ruhig auf das zu reagieren, was ihnen bevorsteht. Außerdem habe ich keine bessere Idee.«

Flinx schüttelte den Kopf. »Ich auch nicht. Aber ein Problem sehe ich. Wenn wir diese Herde davon überzeugen, daß sie einer verletzten brünstigen Devilope zu Hilfe eilen, werden wir auf dem Boden bleiben müssen. Ich kann mir einfach nicht vorstellen, daß die dieser Witterung in der Luft folgen.«

»Ganz richtig, wir müssen auch darauf achten, daß wir möglichst glaubwürdig wirken. Das bedeutet, daß wir dicht an der Oberfläche bleiben müssen. Wenn wir in Baumwipfelhöhe fliegen, würde das nicht nur die Herde verwirren, sondern die Luftströmung würde auch die Witterung zu schnell nach oben tragen und sie verteilen.«

»Was passiert«, wollte Flinx wissen, »wenn diese Idee funktioniert und die Herde uns tatsächlich zu dem Camp folgt, wir aber gegen einen Baum stoßen oder abschmieren oder so etwas?«

Lauren zuckte die Achseln. »Können Sie klettern?«

»In Drallar gibt's nicht viele Bäume«, erklärte er, »aber ich habe ein paar Kletterpartien an Außenfassaden von Häusern hinter mir.«

»Falls der Skimmer abschmiert, werden Sie den Unterschied gar nicht merken«, versicherte sie ihm. »Das Motiv wird schon ausreichen, um einen guten Kletterer aus Ihnen zu machen. Wenn irgend etwas passiert, dann rennen Sie auf den größten Baum los, den Sie finden können!« Sie zögerte, sah ihn von der Seite an. »Wollen Sie ein wenig warten und darüber nachdenken?«

»Mit Reden vergeuden wir nur unsere Zeit«, erwiderte er. Er wußte, daß das Schicksal, das die Entführer für Mutter Mastiff geplant hatten, mit jeder Minute näher an sie heranrückte. »Ich bin jederzeit bereit.«

»Ich nicht«, sagte sie, »aber für das werde ich das wohl nie sein. Also können wir ebensogut anfangen.« Sie setzte sich in ihrem Pilotensessel zurecht und drückte einen Knopf. Der hintere Teil des Kabinendachs klappte nach oben.

»Steigen Sie nach hinten. Wenn ich Ihnen Bescheid sage, schrauben Sie die Flasche auf und gießen vielleicht ein Zehntel des Inhalts aus. Dann halten Sie sie nach hinten hinaus und schütten jedesmal, wenn ich es sage, etwa ein Zehntel aus. Ist das klar?«

»Ja, das ist klar«, versicherte er ihr mit mehr Zuversicht, als er tatsächlich empfand. »Sie lenken dieses Ding jetzt und sorgen dafür, daß wir nicht mit irgendwelchen Bäumen aneinandergeraten.«

»Darüber würde ich mir an Ihrer Stelle keine Sorgen machen.« Sie lächelte ihm noch einmal zu, ehe sie sich ihren Armaturen zuwandte.

Der Skimmer stieg auf, beschrieb einen Bogen und flog langsam wieder auf die schlaftrunkene Herde zu. Als sie etwa zehn Meter von dem ersten Tier entfernt waren, drehte Lauren die Maschine um hundertachtzig Grad und blieb in der Luft stehen. Sie studierte die Anzeige auf dem Bildschirm, die den Wald vor ihnen wiedergab.

Von der Herde war jetzt heftiges Grunzen und gelegentlich ein blökendes Geräusch zu hören, während Flinx die immer noch dicht verschlossene Flasche über das Heck des Skimmers hob. Er sah sich um, bis er ein Stück Stoff gefunden hatte; das band er sich über Mund und Nase.

»Daran hätte ich denken sollen«, murmelte sie mit einem Blick auf ihn. »Tut mir leid.«

»Wollen Sie auch eines?« fragte er.

Sie schüttelte den Kopf. »Ich bin hier vorne, und der Wind trägt den Geruch weg von mir. Ich komme schon klar. Sind Sie so weit?« Ihre Hände umspannten das Steuer.

»Fertig«, sagte er. »Du auch, Pip?«

Die Flugschlange sagte nichts, zischte nicht einmal. Aber Flinx spürte, wie der Schlangenkörper sich erwartungsvoll um seinen linken Arm und seine Schulter spannte.

»Machen Sie auf und gießen Sie!« wies sie ihn an.

Flinx zog den Stopfen aus der Flasche, während Lauren den Skimmer langsam in Bewegung setzte. Trotz der improvisierten Maske und einer Brise war der Geruch geradezu betäubend. Tränen traten ihm in die Augen, und seine Atemwege rebellierten. Trotzdem schaffte er es irgendwie, die ihm übertragene Aufgabe zu erfüllen und ein Zehntel der Flüssigkeit abzulassen.

Jetzt ertönte aus ein paar mächtigen Kehlen ein heftiges, bösartiges Brüllen. Während der Skimmer zwischen himmelhohen Hartholzbäumen hindurchzog, die aufragten wie die Säulen einer Kathedrale, konnte Flinx sehen, wie einer der Bullen sich auf die Vorderbeine erhob. Er schien den Wald zu beherrschen, obwohl die Bäume sich über ihm auftürmten. Die blitzenden roten Augen waren jetzt ganz geöffnet, und die winzigen schwarzen Pupillen sahen wie Löcher in dem flammenden Rot aus.

Die Devilope kam vollends auf die Beine, schüttelte den Kopf hin und her, vor und zurück und brüllte. Dann trat das Tier einen Schritt vor, und dann noch einen. Hinter ihm erwachte jetzt der Rest der Herde, und das ursprünglich unsichere Blöken ging in ein Schnauben und Brüllen der Wut und der Begierde über. Ein zweiter Bulle erhob sich hinter dem ersten, dann ein dritter. Wenn das so weiterging, dachte Flinx, würden sie noch Tage brauchen, um das Camp zu erreichen.

Aber während er sich noch darüber beunruhigte, begann das Tempo der erwachenden Herde zuzunehmen. Solch massige Lebewesen brauchten Zeit, um in Bewegung zu kommen. Doch wenn sie das einmal waren, fraßen sie Entfernungen förmlich auf. Kurz darauf ertappte Flinx sich bei dem Wunsch, der Skimmer könnte schneller werden und noch schneller.

Die Herde trampelte jetzt auf das hin- und herzuckende Fahrzeug zu. Lauren mußte den kleineren Bäumen ausweichen, die die Herde in ihrer Wut, die Herkunft jenes würzigen, elektrisierenden Dufts ausfindig zu machen, ignorierte. Sie drehte sich um, rief ihm etwas zu, aber er konnte sie nicht mehr hören.

Die Bäume fegten vorbei, als es Lauren irgendwie gelang, ihre Geschwindigkeit zu steigern, ohne gegen irgend etwas zu stoßen. Hinter ihnen wurde der Donner immer lauter, während der Lärm von Hunderten von Hufen, die die Erde zerstampften, sich mit dem Bersten und Krachen abbrechender Bäume und dem Ächzen größerer Stämme mischte, gegen die die mächtigen Körper drängten.

Rote Augen und Hörner waren alles, was Flinx sehen konnte, während er ein weiteres Zehntel der Tollheit erzeugenden Flüssigkeit aus der Flasche goß, und damit den Donner noch näher an den zerbrechlichen Skimmer und seine noch zerbrechlichere Ladung heranlockte.

In dem kleinen Operationssaal gab es nichts, was nicht gründlich desinfiziert worden wäre. Mutter Mastiff hatte keine Kraft mehr übrig, um sich zu wehren, als sie sie sanft aber fest auf dem körperwarm beheizten Tisch festschnallten. Ihre Flüche waren in wimmerndes Flehen übergegangen, mehr ein Reflex als sonst etwas, da sie inzwischen erkannt hatte, daß nichts diese Wahnsinnigen von ihrer Absicht abhalten würde. Am Ende verlor sie sogar den Willen weiter zu betteln und begnügte sich damit, diese Menschen, die sie so quälten, mit zusammengepreßten Lippen anzufunkeln. Helle Lichter flammten auf, blendeten sie. Die hochgewachsene dunkelhäutige Frau stand rechts neben dem Tisch und überprüfte ein handtellergroßes Gebilde aus Kunststoff. Mutter Mastiff erkannte die Druckspritze und wandte den Blick davon.

Wie ihre Gefährten, trug Haithness einen hellen Chirurgenmantel und eine Maske, die nur ihre Augen freiließ. Nyassa-lee legte die Schere bereit, mit der der Schädel für die Operation kahlgeschoren werden sollte. Brora, der die eigentliche Implantation durchführen würde, stand daneben und überprüfte die Anzeigen auf dem Bildschirm, der unmittelbar hinter Mutter Mastiff hing. Gelegentlich warf er einen Blick auf ein kleines Tischchen mit chirurgischen Instrumenten und einigen mit Rauhreif überzogenen durchsichtigen Behältern. In den Behältern befanden sich die mikroelektronischen Implantate, die er in den Schädel von Mutter Mastiff einsetzen würde.

Über dem Operationstisch hing ein kugelförmiges Metallgebilde von der Decke, das wie eine Qualle aus Stahl blitzte. Von der Unterseite des Gebildes gingen zahlreiche drahtige Arme und Tentakel aus. Sie würden Energie liefern, durch Schläuche Flüssigkeiten absaugen und irgendwelchen Organen, die während der Operation den Dienst aufzugeben drohten, Hilfsdienste leisten. Da waren mikrodünne Arme, die als Ersatz für Cerebralkapillaren dienen würden, Tentakel, mit denen man Knochen verschmelzen oder aushöhlen konnte, und Geräte, die als Lungenbypass funktionieren und dem Blut unmittelbar Sauerstoff zuführen würden.

»Ich bin fertig und kann anfangen.« Brora lächelte Nyassa-lee flüchtig zu, worauf diese nickte. Er sah seine andere Kollegin an. »Haithness?« Sie antwortete ihm mit den Augen, während sie die Injektionsspritze vorbereitete.

»Dann wollen wir noch einmal alle Instrumente überprüfen«, murmelte er und wandte sich der etwas erhöhten

Plattform mit den mikrochirurgischen Instrumenten zu. Über ihm summte die stählerne Qualle erwartungsfroh.

»Was ist denn das?« Er hielt inne, runzelte die Stirn. »Da, schauen sie!« Die beiden Frauen lehnten sich zu ihm hinüber. Die Instrumente, die winzigen Behälter mit ihrem gefrorenen Inhalt, ja die Plattform selbst schienen zu vibrieren.

»Eine Störung in der Energieversorgung?« meinte Nyassa-lee. Sie blickte nach oben und sah, daß die zentrale Versorgungskugel leicht schwankte.

»Ich weiß nicht. Wenn es etwas Ernsthaftes wäre, hätte man uns inzwischen sicherlich informiert«, murmelte Brora. Das Vibrieren nahm zu. Eine der Sonden fiel vom Tisch und zerbarst auf dem Plastikboden. »Das wird ja immer schlimmer.« Ein schwaches Dröhnen hallte von irgendwo draußen herein. Brora dachte, daß es seinen Ursprung irgendwo im Westen haben mußte.

»Ein Unwetter?« fragte Nyassa-lee und runzelte die Stirn.

Brora schüttelte den Kopf. »Donner würde den Tisch nicht erzittern lassen, und die Leute vom Wetterdienst haben nichts dergleichen gemeldet. Und ein Beben kann es auch nicht sein, denn diese Gegend ist seismisch absolut stabil.«

Der Donner, der in ihren Ohren immer lauter wurde, kam auch nicht aus dem fernen Himmel, sondern aus der beunruhigten Erde selbst. Plötzlich erwachte das Alarmsystem rings um das Camp zum Leben. Die drei Chirurgen starrten einander verwirrt an. Jetzt erzitterten nicht nur Tische und Instrumente, sondern das ganze Gebäude.

Die Warnsirenen quäkten kläglich. Ein reißendes, fetzendes Geräusch war nun zu vernehmen, als etwas sich durch das andere Ende des Konferenzsaals ergoß, knapp an dem Operationssaal vorbei. Es war nur sekundenlang sichtbar, füllte aber in der kurzen Zeitspanne den ganzen Saal. Dann bewegte es sich weiter, zog hinter sich falsche Holzbalken und Plastikgestein her, ließ den Himmel und den Nebel herein und hinterließ einen tiefen Abdruck im Betonfundament unter dem vertäfelten Boden. Haithness konnte deutlich sehen, was das für eine Vertiefung war, als langsam Stücke der Deckenverkleidung herunterfielen: ein Abdruck eines unvorstellbaren gewaltigen Fußes.

Nyassa-lee riß sich die Chirurgenmaske herunter und rannte auf die nächste Tür zu. Brora und Haithness folgten ihr. Als sie wegrannten, fand Mutter Mastiff, die völlig apathisch dagelegen hatte, plötzlich ihre Stimme wieder und begann um Hilfe zu schreien.

Staub und Isoliermaterial fielen von der Decke, während rings um sie alles erzitterte. Die vielarmige Chirurgenkugel über dem Operationstisch schwang jetzt gefährlich vor und zurück und drohte sich bei jeder weiteren Vibration aus ihrer Verankerung zu lösen.

Mutter Mastiff vergeudete keine Energie in dem vergeblichen Versuch, die Riemen abzureißen, mit denen sie festgeschnallt war. Sie kannte ihre Grenzen. Statt dessen konzentrierte sie ihre verbleibende Kraft ganz darauf, so laut zu brüllen, wie ihre alten Lungen das erlaubten.

Als sie die geschützte Grenze des Camps überschritten hatten, hatte Lauren beschleunigt und war mit gefährlich hohem Tempo unmittelbar an dem Zentralturm vorbeigerast. Jemand war so geistesgegenwärtig gewesen, auf den Alarm zu reagieren, indem er nach einer Waffe griff. Aber der Schuß aus dem hastig abgefeuerten Energiekarabiner verfehlte des Heck des bereits wieder rasch fliehenden Skimmers.

Gleichzeitig hatte der Schütze gesehen, wie hinten aus dem Fahrzeug der Eindringlinge etwas herausflog. Er war zusammengezuckt, und als dann keine Explosion gefolgt war, hatte cr sich aus dem Fenster im zweiten Stock gebeugt, um neugierig das zerbrochene Glas und die grüne Flüssigkeit anzustarren, die außen an der Fassade heruntertropfte. Er hatte aber nicht lange Zeit, darüber nachzudenken, was das zu bedeuten hatte, weil seine Aufmerksamkeit – und auch die seiner Gefährten im Inneren des Turms –

jetzt ganz von der schwarzen Flutwelle in Anspruch genommen wurde, die aus dem Wald herandonnerte.

Die frustrierte, wütende Herde konzentrierte sich voll und ganz auf die Stelle, von der jener elektrisierende Duft am stärksten ausging. Bald war der Zentralturm mit den Kommunikations- und Verteidigungsinstrumenten für das Camp in einen Haufen aus Plastikfetzen und Metallresten verwandelt.

Unterdessen zog Lauren den Skimmer in einem weiten Bogen herum und setzte ihn zwischen den beiden langgestreckten Gebäuden an der Westseite des Camps ab. Das Personal des Camps war viel zusehr damit beschäftigt, vor den mächtigen Hörnern und Hufen in den Wald zu fliehen, um sich Gedanken über die Anwesenheit des fremden Fahrzeugs zu machen.

Sie hatten eine Chance fünfzig zu fünfzig, beim ersten Versuch, das richtige Gebäude zu erwischen. Zum Glück trafen sie die richtige Wahl – oder, dachte Flinx, war das nicht Glück, sondern doch sein sonst so entschlossen jede Hilfe verweigerndes Talent?

Das Dach über dem Operationssaal begann Risse zu zeigen, als sie endlich den Operationstisch erreicht hatten.

»Flinx, wie hast du ...?« rief Mutter Mastiff.

»Wie er gewußt hat, wie er Sie finden soll?« beendete Lauren den Satz für sie und machte sich daran, mit flinken Fingern die Riemen zu entfernen, die die alte Frau festhielten.

»Nein«, korrigierte sie Mutter Mastiff. »Ich wollte ihn fragen, wie er es geschafft hat, ohne Geld bis hierher zu kommen. Ich wußte nicht, daß man auf Moth irgendwohin ohne Geld kommt.«

»Ein wenig hatte ich, Mutter.« Flinx lächelte ihr zu. Sie war anscheinend unverletzt, einfach von den Strapazen der letzten hektischen Tage erschöpft. »Und dann weißt du ja, daß ich auch noch andere Fähigkeiten besitze.«

»Ah.« Sie nickte ernst.

»Nein, nicht das«, korrigierte er sie. »Du hast vergessen,

daß es auch andere Möglichkeiten gibt, sich Dinge zu beschaffen, ohne gleich dafür zu bezahlen.«

Darüber mußte sie lachen. Bei dem krächzenden Geräusch wurde ihm warm ums Herz. Einen Augenblick lang übertönte es die Schreie und das Echo der Zerstörer, die die Luft draußen erfüllten. Die Erde bebte unter seinen Füßen. Plastikbrocken prasselten von der Decke.

»Ja, ja, du hast dich immer gut darauf verstanden, dir das zu verschaffen, was du haben wolltest. Habe ich dir nicht oft gesagt, daß du das nicht sollst? Aber ich glaube, jetzt ist nicht die Zeit, dich zu tadeln.« Sie blickte zu Lauren auf, der die Haltegurte einige Schwierigkeiten bereiteten.

»Und wer«, fragte sie und schob dabei die Brauen in die Höhe, »ist wohl das?«

»Eine Freundin«, beruhigte sie Flinx. »Lauren, ich möchte Ihnen Mutter Mastiff vorstellen.«

»Sehr erfreut, Oma.« Lauren biß die Zähne zusammen und quälte sich weiter mit den Gurten ab. »Diese verfluchten Magnetschnallen!« Sie sah zu Flinx hinüber. »Vielleicht sollten wir sie losschneiden.«

»Das schaffen Sie schon.« Flinx drehte sich um und trabte zur Eingangstür, wobei er sich gerade noch rechtzeitig duckte, um einer Anzahl Dachplatten auszuweichen, die neben ihm zu Boden krachten.

»He, wo zum Teufel gehen Sie hin?« schrie Lauren ihm nach.

»Ich will etwas wissen. Ich weiß immer noch nicht, was das Ganze hier soll. Und verdammt will ich sein, wenn ich hier weggehe, ohne wenigstens zu versuchen, das rauszukriegen!«

»Um dich geht es, Junge!« schrie Mutter Mastiff ihm nach. »Die wollen mich dazu benutzen, dich zu beeinflussen!« Aber er war bereits außer Hörweite.

Mutter Mastiff ließ den Kopf auf das Kissen zurücksinken und starrte besorgt zu der berstenden Decke hoch. »Dieser Junge«, murmelte sie, »der hat mir schon mehr Ärger gemacht als er wert ist.«

Endlich löste sich der letzte Gurt klickend, und Lauren atmete erleichtert auf. Das Ächzen und Krächzen der Decke war ihr ebenso bewußt wie Mutter Mastiff, genauso auch die Masse der Chirurgenkugel, die wie ein Pendel über dem Operationstisch hin- und herschwang.

»Ich bezweifle, daß Sie das wirklich so meinen, gute Frau«, sagte sie, »und Sie sollten aufhören, einen Jungen in ihm zu sehen.« Die zwei Frauen tauschten einen Blick, wobei alte Augen Fragen stellten und junge überzeugend Antwort gaben.

Voll Zuversicht, daß Lauren Mutter Mastiff allein befreien konnte, ließ Flinx nun seinem Zorn, der sich seit Tagen in ihm angestaut hatte, freien Lauf. Und die plötzlich freigesetzte Emotion war so machtvoll, daß Pip erschreckt von der Schulter seines Herrn glitt und ihm besorgt im Flug folgte. Der kleine dreieckige Kopf zuckte hin und her und versuchte wahrzunehmen, was es war, das Flinx' Haß ausgelöst hatte.

Die Wut, die in ihm kochte, drohte seiner Kontrolle zu entgleiten. »Damit kommen die nicht durch«, sagte er sich immer wieder. »Die dürfen das einfach nicht!« Er wußte nicht, was er tun würde, wenn er den ihm unbekannten Entführern gegenübertreten würde, er wußte nur, *irgend etwas* würde er tun! Vor einem Monat hätte er nie daran gedacht, sich mit einem so gefährlichen Feind anzulegen, aber die letzten Wochen hatten viel dazu beigetragen, sein Selbstvertrauen zu stärken.

Die Wut der Herde begann jetzt nachzulassen, wenn auch die Devilopen immer noch nach diesem verwirrenden Etwas suchten, das ihnen solche Unruhe bereitet hatte. Kühe mit ihren Jungen lösten sich als erste aus der Phalanx und zogen sich in den Wald zurück. Schließlich streiften nur noch ein paar Bullen durch das Camp und ließen ihre Enttäuschung und ihre Wut an allem aus, was größer als ein Felsbrocken war. Gelegentlich kam Flinx an den Überresten jener vorbei, denen es nicht rechtzeitig gelungen war, vor den tobenden Devilopen das Heil in der Flucht zu suchen. Meistens war nicht viel mehr als ein roter Schmierer auf dem Boden übrig geblieben.

Er ging auf den Hangar zu, den er und Lauren von ihrem Beobachtungspunkt von dem Hügel aus gesehen hatten. Er war der logische letzte Zufluchtsort. Er brauchte nicht lange, um das Bauwerk zu erreichen. Während er zielbewußt auf den Hangar zustrebte, kam es ihm kein einziges Mal in den Sinn, wieso eigentlich keine der schnaubenden, stampfenden Devilopen auf ihn losging und ihn in den Boden trampelte.

Die große Eingangstür zu dem Hangar war zur Seite geschoben worden. Flinx sah Bewegungen und hörte leise Befehle. Ohne zu zögern ging er hinein und sah, wie ein großer Transportskimmer mit Kisten beladen wurde. Die Lademannschaft arbeitete fieberhaft unter dem Kommando einer kleinen, etwas älteren Frau mit orientalischen Gesichtszügen. Flinx stand unter dem Eingang und starrte zu ihr hinüber. Jetzt, wo er jemanden entdeckt hatte, der offenbar Autorität besaß, wußte er nicht, was er als nächstes tun sollte. Wut und Chaos hatten ihn hierhergeführt; für vernünftige Vorbereitung war in seinen Gedanken kein Platz gewesen.

Eine hochgewachsene schwarze Frau, die im vorderen Teil des Skimmers stand, unterbrach den Strom von Befehlen, der von ihren Lippen kam, lange genug, um zur Tür hinüberzusehen. Ihre Augen bohrten sich in die seinen. Statt Haß, den er eigentlich von sich erwartet hatte, entdeckte Flinx in sich plötzlich den Gedanken, daß diese Frau in ihrer Jugend ganz bestimmt einmal sehr schön gewesen sein mußte, aber kalt. Beide Frauen strahlten eine eisige Kälte aus. Ihr Haar war fast völlig ergraut, und grau waren auch ihre Augen.

»Haithness.« Ein Mann eilte herbei. »Wir haben jetzt keine Zeit zum Träumen. Wir ...«

Sie deutete mit zitterndem Finger, und Brora folgte ihrem Blick und sah plötzlich eine schlanke, jugendliche Gestalt unter der Tür. »Dieser Junge«, flüsterte Brora. »Ist er das?«

»Ja, aber sehen Sie genau hin. Über ihm. Im Licht.«

Der Blick des bullig gebauten Mannes hob sich, und plötzlich veränderte sich sein Ausdruck, der bisher nur beiläufiges Interesse gezeigt hatte. Der Mund blieb ihm offen stehen. »O mein Gott«, rief er aus, »ein alaspinianischer Minidrach!«

»Sehen Sie«, murmelte Haithness, während ihr Blick wieder auf Flinx heruntersank und ihn musterte, wie sie sonst einen Gegenstand im Labor mustern würde. »Das erklärt eine ganze Menge.« Rings um sie war immer noch der Lärm der Bullen zu hören, die das Lager in Grund und Boden stampften.

Brora hatte jetzt seine Fassung wiedergefunden. »Vielleicht, vielleicht, aber möglicherweise weiß es der Junge gar nicht, daß ...«

Flinx gab sich Mühe zu verstehen, was die beiden redeten, aber der Lärm hinter ihm war dafür zu laut. »Woher kommen Sie?« schrie er zu dem Skimmer hinüber. Seine neu gewonnene Reife fiel schnell von ihm ab; plötzlich war er wieder nur ein wütender Halbwüchsiger. »Warum haben Sie meine Mutter entführt? Ich mag das nicht, wissen Sie. Ich mag niemanden von Ihnen! Ich will wissen, warum Sie das getan haben!«

»Vorsichtig«, rief Nyassa-lee zu den beiden hinauf. »Denken sie an das Profil des Subjekts.« Sie hoffte, daß die beiden oben das hören würden.

»Er ist nicht gefährlich, das sage ich Ihnen«, beharrte Haithness. »Das zeigt doch seine Harmlosigkeit. Wenn er sich unter voller Kontrolle hätte, würde er uns jetzt nicht nur kindische Fragen an den Kopf werfen.«

»Aber dieses Katalysatorgeschöpf.« Brora deutete auf die Flugschlange, die über Flinx in der Luft schwebte.

»Wir wissen doch nicht, ob er wirklich etwas katalysiert«, erinnerte ihn Haithness. »Weil wir bis jetzt auch die Fähigkeiten des Jungen noch nicht kennen. Das sind nur Potentiale. Vielleicht tut der Minidrach noch gar nichts für ihn, weil er noch nichts hat, an dem er arbeiten kann, höchstens seine verdammte Hartnäckigkeit und ein übernatürliches Talent für das Verfolgen schwacher Spuren.« Sie fuhr fort, das Subjekt zu mustern, das jetzt fast in Reichweite für sie war. »Ich würde viel dafür geben, wenn ich erfahren könnte, wie er in den Besitz eines Minidrachs gekommen ist.«

Brora ertappte sich dabei, wie er sich über die Lippen leckte. »Mit der Mutter haben wir es nicht geschafft. Vielleicht sollten wir versuchen, das Subjekt direkt zu übernehmen, trotz alledem, was wir mit dem Mädchen erlebt haben.«

»Nein«, wandte sie ein. »Wir haben nicht die Vollmachten, ein solches Risiko einzugehen. Wir müssen zuerst Cruachan konsultieren. Die Entscheidung liegt bei ihm. Wichtig ist, daß wir jetzt mit intakten Aufzeichnungen und auch selbst intakt hier herauskommen.«

»Da kann ich nicht zustimmen.« Brora fuhr fort, den Jungen zu studieren. Seine Ruhe faszinierte ihn. Das Subjekt schien überhaupt nicht auf den stampfenden Tod zu achten, der das Camp verwüstete. »Unser erster Plan ist gescheitert. Jetzt ist die Zeit zu improvisieren. Wir sollten die Gelegenheit ergreifen.«

»Selbst wenn es die letzte Gelegenheit ist, die wir haben?«

Jetzt schrie Flinx zu ihnen hinüber. »Wovon reden Sie? Warum antworten Sie mir nicht?«

Haithness drehte sich um und schien gerade eine Antwort geben zu wollen, als ein ungeheures Ächzen durch den Hangar lief und ihn erzittern ließ. Plötzlich wölbte sich die Ostwand nach innen. Erschreckte Schreie ertönten, und die Verlademannschaft warf ihre Lasten weg und stob in allen Richtungen auseinander, ohne auf Nyassa-lees Befehle zu achten.

Doch sie stoben nicht schnell genug auseinander.

Wände und Dach krachten herunter und begruben Menschen, Kisten und den großen Lastskimmer unter sich. Drei

Devilopenbullen brachen durch die zerstörte Wand, während Flinx mit einem Satz nach draußen sprang. Metall, Plastik und Fleisch wurden unter ihren mächtigen Hufen zu einer blutigen Masse zermalmt. Plastikstücke flogen an Flinx vorbei, und eines riß ihm die Schulter auf.

Mit blitzenden roten Augen drehte sich einer der Bullen herum und senkte drohend den mächtigen Schädel auf die einzelne Gestalt, die auf dem Boden lag.

Zufall, Glück oder auch etwas mehr: Was auch immer Flinx bis jetzt vor der Aufmerksamkeit der Herde beschützt hatte, war plötzlich verschwunden. Der Bulle, der über ihm aufragte, war vor Wut halb wahnsinnig. Sein Blick verriet seine Absicht: er wollte Flinx in einen weiteren roten Schmierer auf der Erde verwandeln.

Etwas, das so winzig war, daß man es kaum bemerkte, stieß plötzlich auf den mächtigen Schädel herab und spuckte in eines der tellergroßen roten Augen. Der Devilopenbulle blinzelte einmal, zweimal, um die schmerzhafte Reizung loszuwerden.

Und das reichte aus, um das Gift in seinen Blutstrom zu übertragen. Das Monstrum riß das Maul auf, stieß ein erschreckendes Brüllen aus und zog sich von Flinx zurück. Es fing an, heftig den Kopf zu schütteln, ohne auf die zwei anderen Bullen zu achten, die fortfuhren, die Überreste des Hangars zu zertrampeln.

Flinx rappelte sich hoch und rannte davon, verließ die Szene der Vernichtung, strebte dem Gebäude zu, in dem er Lauren und Mutter Mastiff zurückgelassen hatte. Pip schloß sich ihm an, glitt über dem Kopf seines Herrn, anstatt den vertrauten Platz auf seiner Schulter einzunehmen.

Hinter ihnen wurde das Brüllen der Devilope dumpf und irgendwie schwerfällig. Dann war ein Krachen zu vernehmen, als die Hinterbeine ihr offenbar den Dienst versagten. So saß der Bulle ein paar Augenblicke da, bis auch die mächtigen Vorderbeine wegrutschten. Ganz langsam, wie ein kalbender Eisberg, glitt der Bulle zur Seite. Das Auge, das Pips Giftstrahl getroffen hatte, war verschwunden, und an seiner Stelle war nur noch ein schwarzes, rauchendes Loch zu sehen.

Heftig atmend eilte Flinx in den Bau zurück, der den Operationssaal enthielt, und hätte fast die fliehende Lauren mit Mutter Mastiff umgerannt. Er umarmte seine Mutter kurz und legte sich dann ihren linken Arm über die Schultern, um sie zu stützen.

Lauren stützte die alte Frau an der anderen Seite und warf Flinx einen neugierigen Blick zu. »Haben Sie gefunden, was Sie suchten?«

»Ich denke schon«, erklärte er. »Sennar und Soba sind gerächt. Das haben die Devilopen übernommen.«

Lauren nickte, als sie aus den Überresten der Halle ins Freie traten. Das Zittern der Erde hatte inzwischen etwas nachgelassen.

»Die Herde ist dabei, sich zu zerstreuen. Sie werden sich im Wald wieder sammeln, sich fragen, was über sie gekommen ist und sich wahrscheinlich wieder schlafen legen. Sobald das geschieht, wird sich dieses Camp mit denen füllen, denen die Flucht gelungen ist. Wir müssen uns um unser Fahrzeug kümmern, und zwar schnell. Denken Sie daran, daß unsere Ladung fast aufgebraucht ist. Sie und ich könnten ja zu Fuß gehen, aber ...«

»Wenn ihr das schafft, schaffe ich es auch«, beharrte Mutter Mastiff. Ihr Zustand strafte ihre Worte Lügen – wenn Flinx und Lauren sie nicht gestützt hätten, hätte sie kaum stehen, geschweige denn gehen können.

»Schon gut, Mutter«, beruhigte sie Flinx. »Wir finden schon etwas.«

Sie bestiegen ihren Skimmer. Lauren schob den Schlüssel ins Zündschloß, den sie zur Sicherheit mitgenommen hatte, um etwaige Flüchtlinge daran zu hindern, mit ihrer Maschine zu entkommen. Und dann schwebten sie um den zerstörten Bau herum in die Mitte des Camps.

Ihre Sorge vor Überlebenden war unbegründet. Die paar Männer und Frauen, die ihnen aus dem Wege gingen, waren von der Katastrophe zu benommen, um sie auch nur mit

Worten zu bedrohen. Die Mehrzahl von ihnen war mit Verwaltungs- oder Wartungsaufgaben betraut gewesen und hatte keine Ahnung, welche Bedeutung Flinx oder Mutter Mastiff für ihre Auftraggeber gehabt hatten.

Die Devilopen waren verschwunden. Die Kraftstation war kaum beschädigt, wahrscheinlich, weil sie etwas abseits vom Rest des Camps lag, vielleicht auch, weil es sich um eine automatische Anlage ohne menschliches Bedienungspersonal handelte und der Herde daher kein lebendes Ziel geboten hatte. Das Personal des Camps schien keine Einwände dagegen zu haben, daß sie die Ladung ihres Skimmers an der Station auffrischten, wenn auch Lauren ihren Bolzenkarabiner schußbereit hielt, bis die Anzeige am Armaturenbrett erkennen ließ, daß sie wieder über vollen Energievorrat verfügten.

»Ich glaube, wegen Verfolgung brauchen wir uns keine Sorgen zu machen«, erklärte sie. »Es sieht nicht so aus, als ob da jemand übrig wäre, der uns verfolgen kann. Wenn die Anführer von diesem Verein hier in dem Hangar waren und niedergetrampelt wurden, dann brauchen wir uns über nichts mehr Sorgen zu machen, Flinx.«

»Ich habe aber keine Antworten bekommen«, murmelte er enttäuscht. Und dann etwas lauter: »Verschwinden wir hier!«

»Ja«, pflichtete Mutter Mastiff schnell bei und sah Lauren bittend an. »Ich bin eine Frau aus der Stadt. Das Landleben bekommt mir nicht.« Sie grinste ihr unwiderstehliches Grinsen, und Flinx wußte, daß alles gut sein würde.

Lauren lächelte und schob den Fahrthebel vor. Der Skimmer bewegte sich, stieg über die Baumwipfel. Sie schwebten über einigen desorientierten, ausgepumpten Devilopen dahin und jagten nach Süden, so schnell die Maschine des Skimmers sie treiben konnte.

»Ich habe nicht erfahren, was das alles zu bedeuten hatte«, murmelte Flinx von seinem Platz hinten in der Kabine. »Weißt du, warum die dich entführt haben? Was wollten die von dir?«

Ihre erste Regung war, ihm das zu erzählen, was die Meliorares ihr in der letzten Nacht verraten hatten – war das wirklich erst letzte Nacht gewesen? Dann ließ etwas sie zögern. Natürliche Vorsicht, Sorge um ihn. Ein Leben der Erfahrung, das einen lehrte, nicht gleich mit dem herauszuplatzen, was einem in den Sinn kommt, ganz gleich, wie wahr es auch sein mochte. Es gab Dinge, die sie lernen mußte, Dinge, die er lernen mußte. Für das, was sie gehört hatte, war immer noch Zeit.

»Nun, mein Junge, du hast gesagt, das sei eine lange Geschichte, wie du meine Spur gefunden hast, Junge. Meine Geschichte ist auch lang. Und was das betrifft, was die mit mir vorhatten, nun, für dich reicht zu wissen, daß es um ein ganz altes Gaunerstück geht, an dem ich einmal teilgenommen habe, und um Rache, die nie stirbt. Das kannst du verstehen.«

»Ja, ja, das kann ich.« Er wußte, daß Mutter Mastiff eine sehr abwechslungsreiche Jugend genossen hatte. »Du kannst mir das alles ja erzählen, wenn wir wieder zuhause sind.«

»Ja«, sagte sie, damit zufrieden, daß er ihre Erklärung allem Anschein nach akzeptiert hatte. »Sobald wir wieder sicher und zu Hause sind.« Sie sah zum Pilotensessel hinüber und bemerkte, daß Lauren sie mit einem rätselhaften Blick musterte.

Mutter Mastiff legte den Finger an die Lippen. Lauren nickte. Sie hatte nicht ganz verstanden, war aber sensibel genug, um sich den Wünschen der älteren Frau zu fügen.

14. Kapitel

Einige Stunden verstrichen. Die Luft war ruhig, der Nebel dünn und der Flug des stetig nach Süden ziehenden Skimmers bequem. Mutter Mastiff blickte nach hinten und sah, daß Flinx tief schlief. Sein nützlicher, wenn auch widerwärtiger Gefährte war, wie üblich, neben dem Kopf des Jungen eingerollt.

Sie studierte die Pilotin. Hübsch, hart und selbstbewußt, entschied sie. Die Nacht begann sich über den Wald zu senken, der unter ihnen vorbeiraste. Unter der versiegelten Sichtkuppel des Skimmers war es warm und trocken. »Warum interessieren Sie sich für meinen Jungen?« fragte sie schließlich.

»Ich betrachte ihn als Freund. Außerdem war da auch eine persönliche Schuld zu begleichen«, erklärte Lauren. »Diese Leute, die Sie entführt haben, haben zwei seltene Tiere umgebracht, die seit langer Zeit meine Gefährten waren. ›Die Rache stirbt nie.‹« Sie lächelte. »Das haben Sie vor einer Weile gesagt, erinnern Sie sich?«

»Wie sind Sie ihm begegnet?«

»Er tauchte in dem Freizeitpark auf, den ich an einem See in der Nähe leite.«

»Ah! Der Kampf. Ja, ich erinnere mich. Das war also Ihr Hotel.«

»Es gehört mir nicht, ich leite es nur. Und dorthin fliegen wir jetzt. Von dort aus kann ich Ihnen zu einer Fahrgelegenheit nach Drallar verhelfen.«

»Woher wissen Sie, daß wir aus der Stadt sind?«

Lauren deutete mit dem Daumen nach hinten auf die schlafende Gestalt. »Er hat es mir gesagt. Er hat mir eine ganze Menge gesagt.«

»Das ist seltsam«, meinte Mutter Mastiff. »Eigentlich ist

mein Junge gar nicht der Typ, der viel redet.« Dann verstummte sie wieder für eine Weile und sah zu, wie der Wald unter ihnen dahinglitt. Flinx schlief, er schien seinen ersten entspannten Schlaf seit geraumer Zeit zu genießen.

»Sie haben sich da eine ganze Menge Ärger aufgehalst, seinetwegen«, erklärte sie schließlich, »ganz besonders für einen völlig Fremden. Besonders für einen, der so jung ist.«

»Jugend ist etwas Relatives«, sagte Lauren. »Vielleicht hat er meine mütterlichen Instinkte geweckt.«

»Jetzt spielen Sie mir bloß nicht die Weise, Kind«, warnte sie Mutter Mastiff, »und werden Sie auch nicht frech.« Aber trotzdem, eine seltsame Bemerkung. Hatte sie nicht vor vielen Jahren dieselben Empfindungen bezüglich des Jungen gehabt?

»Ich habe Sie beobachtet und gesehen, wie Sie ihn anschauen. Lieben Sie ihn?«

»Ob ich ihn liebe?« Laurens Überraschung war völlig echt. Als sie dann sah, daß Mutter Mastiff die Frage ernst gemeint hatte, zwang sie sich, auch so zu antworten. »Ganz sicher nicht! Wenigstens nicht *so*. Ich mag ihn, sicher. Und dann empfinde ich ungeheuren Respekt für das, was er ganz alleine fertiggebracht hat. Und dann tut er mir noch leid. Freilich ist da auch eine gewisse Zuneigung. Aber die Art von Liebe, von der Sie reden? – Nein.«

»›Jugend ist etwas Relatives‹«, meinte Mutter Mastiff mit sanftem Spott. »Man muß da ganz sicher sein. Ich habe in meinem Leben vieles gesehen, mein Kind. Es gibt nur wenig, das mich überraschen kann. Zumindest dachte ich das bis vor ein paar Wochen.« Sie lachte ihr leises Greisenlachen. »Es freut mich, das von Ihnen zu hören. Alles andere könnte dem Jungen schaden.«

»Das würde ich nie tun«, versicherte ihr Lauren. Sie blickte wieder zu dem schlafenden Flinx nach hinten. »Ich werde Sie im Freizeitpark absetzen. Mein Stellvertreter heißt Sal. Ich werde unter irgendeinem Vorwand hineingehen und mich um ihre Weiterreise kümmern und mit ihm sprechen. Dann fliege ich wieder weg, über den See. Ich glaube, so ist es für ihn besser. Ich will ihm nicht wehtun.« Sie zögerte. »Sie glauben doch nicht, daß er etwas Dummes tut, zum Beispiel mir folgt?«

Mutter Mastiff überlegte eine Weile und schüttelte dann den Kopf. »Er ist nur ein wenig zu sensibel. Ich bin sicher, er wird es verstehen. Was mich betrifft, so weiß ich nicht, was ich sagen soll, Kind. Sie haben uns sehr geholfen, ihm und mir.«

»›Rache ...‹ – erinnern Sie sich?« Sie grinste, und die Lichter der Konsole ließen ihre hohen Backenknochen hervortreten. »Ein komischer Typ ist das, Ihr Flinx. Ich glaube nicht, daß ich ihn vergessen werde.«

»Wissen Sie, Kind, das ist seltsam«, murmelte Mutter Mastiff und sah in die Wolken und den Nebel hinaus, »aber Sie sind nicht die erste, die das sagt.«

»Und wahrscheinlich auch nicht die letzte«, fügte Lauren hinzu und wandte sich wieder ihren Instrumenten zu.

Der Sumpfer umkreiste das verwüstete Camp einige Male, ehe er sich aus dem schützenden Wald herauswagte und zwischen die zerstörten Bauten fuhr. Schließlich kam er neben den Überresten des Zentralturms zum Stillstand.

Die Frau, die aus dem Fahrzeug stieg, trug einen grünbraunen Tarnanzug, ebenso wie der Mann am Steuer des Fahrzeugs. Er ließ den Motor laufen, während seine Begleiterin das halbe Dutzend Meter zu dem Turm ging, stehenblieb und sich langsam die Hände auf die Hüften gestützt, im Kreis drehte. Jetzt entspannten sich beide; sie hatten erkannt, daß das, was die Anlage zerstört hatte, jetzt keine Gefahr mehr darstellte. Es bedurfte keiner Diskussion – sie hatten so lange Zeit zusammengearbeitet, Worte waren überflüssig geworden.

Der Mann stellte den Motor des Sumpfers ab und stieg aus, um seiner Begleiterin dabei behilflich zu sein, die Ruinen in Augenschein zu nehmen. Leichter Regen fiel. Aber sie wurden nicht naß, weil die Tarnanzüge die Feuchtigkeit abstießen. Es war nur ein temporäres Feld, aber nach dem, was sie hier sahen, würden sie auch nicht lange genug hier sein, um nachladen zu müssen.

»Ich bin es leid, Pakete zu öffnen und drinnen kleinere Pakete zu finden«, sagte der Mann verdrießlich. »Ich bin es auch leid, daß sich jede Straße, die wir einschlagen, als Sackgasse erweist.« Er wies auf die Zerstörung, die sie umgab; zerstörte Gebäude, einzelne Rauchfäden, die aus Schutthäufen emporstiegen, und Schlacke, wo Metall geschmolzen war.

»Tod ist wohl der richtige Ausdruck, wenn man sich das so ansieht.«

»Nicht unbedingt.« Seine Begleiterin hatte ihm nur halb zugehört. Sie starrte eine Vertiefung vor ihren Füßen an. Sie ging auf eine weitere Stelle zu. Eine zweite, identische Spur war ein paar Meter entfernt zu sehen, und noch eine in gleichem Abstand dahinter. Sie folgten den Vertiefungen und sahen, daß sie eine leicht gebogene Spur bildeten. Zuerst waren sie ihnen nicht aufgefallen, weil sie mit Wasser gefüllt waren.

Sie trat mit dem Stiefel nach einer. »Fußabdrücke«, erklärte sie knapp.

»Hufabdrücke«, korrigierte sie der Mann. Sein Blick wanderte zu den vom Nebel verhüllten Bäumen, die das Lager umgaben. »Ich wünschte, ich wüßte mehr über diese Hinterwäldlerwelt.«

»Sie sollten sich nicht selbst kritisieren. Wir hatten nicht vor, so viel Zeit hier zu verbringen. Außerdem ist das städtische Zentrum ziemlich kosmopolitisch.«

»Ja, aber am Stadtrand hört die Zivilisation auch schon auf. Der Rest des Planeten ist zu primitiv, um auch nur klassifiziert zu werden. Das ist es doch, was uns von Anfang an aufgehalten hat. Zu viele Verstecke.«

Ihr Blick schweifte über die Ruinen. »Viel scheint es ihnen nicht genützt zu haben.«

»Nein«, pflichtete er ihr bei. »Ich habe die Knochen auf dem Weg hierher auch gesehen. Ich frage mich, ob das arme Monstrum auch hier gestorben ist?«

»Reden Sie nicht so!« sagte sie unruhig. »Sie wissen, wie wir ihn bezeichnen sollen. Wenn Sie nicht aufpassen, dann gerät Ihnen das in irgendeinen offiziellen Bericht, und dann hängt Ihnen jemand einen formellen Verweis an.«

»Ah ja, das habe ich vergessen«, murmelte er. »Das benachteiligte Kind. Entschuldigen Sie, Rose, aber diese ganze Geschichte ist von Anfang an ziemlich lausig gewesen. Aber Sie haben schon recht. Ich sollte nicht auf ihm herumhakken. Seine Schuld ist es ja nicht. Im Gegenteil. Er kann ja nichts für das, was die Meliorares ihm angetan haben.«

»Richtig«, sagte die Frau. »Nun, man wird ihn erwischen und reparieren.«

»Wenn er hier entkommen ist«, erinnerte sie ihr Begleiter.

»Ganz sicher sind einige von ihnen entkommen«, sagte die Frau.

Der Mann deutete auf einige Mauerreste, die einmal Bauten gewesen waren. »Man braucht nur vom Teufel zu reden.«

Eine Gestalt kam auf sie zu. Sie brauchte dazu etwas länger, weil sie sich nicht auf einer geraden Linie bewegte. Sie versuchte das zwar, kam aber immer wieder nach rechts ab, wie ein schlecht gelagertes Rad. Die Kleider des Mannes waren schmutzig und seine Stiefel mit Schlamm bedeckt. Er hatte sie seit Tagen nicht mehr gewechselt. Er nickte den Neuankömmlingen mit einer schwächlichen Geste zu. Abgesehen von seinem Hinken schien er unverletzt zu sein. Sein strähniges Haar war durchnäßt und klebte wie Draht an seinem Gesicht. Er machte keine Anstalten, es sich aus den Augen zu wischen.

Es schien ihm auch völlig gleichgültig zu sein, wer die Neuankömmlinge waren. Seine Bedürfnisse waren grundlegend. »Haben Sie was zu essen?« keuchte er.

»Was ist hier passiert?« fragte die Frau, als er in Hörweite war.

»Haben Sie was zu essen? Wasser gibt es ja, weiß Gott, genug. Das einzige, was dieser jämmerliche Planet zu bieten hat, ist eine Menge Wasser, so viel man will, selbst wenn man es nicht will. Ich habe von Nüssen und Beeren gelebt, und dem wenigen, was ich aus der Lagerküche retten konnte. Und dann mußte ich mich um alles mit den Aasfressern raufen. Ein jämmerliches Dreckloch von einem Planeten ist das.«

»Was ist hier passiert?« wiederholte die Frau ruhig. Der Mann schien Ende zwanzig zu sein. Zu jung, das wußte sie, um ein Mitglied des inneren Kreises der Meliorare zu sein. Nur ein unglücklicher Angestellter.

»Caster«, murmelte er. »Caster heiße ich. Entschuldigen Sie mich einen Augenblick.« Er ließ sich auf seiner primitiven handgemachten Krücke zu Boden sinken, bis er auf der weichen Erde saß. »Ich hab mir, glaube ich, den Knöchel gebrochen. Er ist nicht gut verheilt. Ich muß ihn mir noch einmal einrichten lassen.« Er zuckte zusammen und blickte dann zu ihnen auf. »Verdammt will ich sein, wenn ich das weiß! Was hier passiert ist, meine ich. Ich war noch damit beschäftigt, Kommunikationsmodule auszutauschen, und da brach plötzlich die Hölle los. Sie hätten die sehen sollen. Verdammt groß, wie der ganze Turm, jeder einzelne. So schien es jedenfalls. Und das Schlimmste waren diese blutroten, tellergroßen Augen mit den winzigen kleinen schwarzen Flecken, die auf einen herunterstarrten wie Rücklichter eines Skimmers. Einfach unanständig, solche Augen! Ich weiß nicht, was die hierhergezogen hat, so wie die gekommen sind, aber die gute Vorsehung war es jedenfalls nicht.«

»Sind Sie der einzige Überlebende?« fragte der Mann.

»Ich hab sonst keinen gesehen, wenn Sie das meinen.« Seine Stimme wurde jetzt kläglich. »He, haben Sie was zu essen für mich?«

»Wir können Ihnen zu essen geben«, sagte die Frau und lächelte. »Hören Sie, für wen haben Sie hier gearbeitet?«

»Haufen Wissenschaftler. Furchtbar arrogantes Volk. Mit uns gewöhnlichen Leuten haben die nie geredet.« Er zwang sich zu einem Lachen, das aber ziemlich schwach ausfiel. »Aber gut bezahlt haben sie. Halten Sie den Mund und tun

Sie Ihre Arbeit und sehen Sie sich die Gegend an. Bloß daß ich nie damit gerechnet habe, daß die Gegend mich besuchen würde. Mir reicht's mit diesem Verein. Ich bin bereit, nach Hause zu gehen. Meinetwegen können die ihre Kündigungsprämie behalten.« Ein neuer Gedanke kam ihm in den Sinn, und er sah das Paar vor sich aus zusammengekniffenen Augen an.

»He, soll das heißen, Sie wissen nicht, wer die waren? Wer sind Sie denn überhaupt?«

Sie tauschten Blicke, dann zuckte die Frau die Achseln. »Schadet nichts. Vielleicht hilft es seinem Gedächtnis.«

Sie zog ein kleines Plastiketui aus einer Innentasche, klappte es auf und zeigte es dem Verletzten. Das Plastikkärtchen im Innern war auffällig rot. Ein Name stand darauf und ihre Herkunftswelt: Terra. Die Augen des Mannes weiteten sich, als er es las. Die Buchstabenfolge dahinter verwirrte ihn.

AA-I-FT-MO. Den ersten Teil begriff er. Er konnte daraus entnehmen, daß sein Besucher Autonomer Agent im Rang eines Inspektors war und den Friedenshütern angehörte, der Commonwealth-Behörde, die dafür verantwortlich war, den Gesetzen Geltung zu verschaffen.

»Was bedeutet ›MO‹?« fragte er.

»Abteilung für Moraloperationen«, erklärte sie und steckte das Etui wieder ein. »Diese Wissenschaftler, für die Sie tätig waren – Sie müssen die doch von Zeit zu Zeit gesehen haben, auch wenn Sie nur wenig oder keinen persönlichen Kontakt mit ihnen hatten?«

»Sicher. Die sind zwar ziemlich für sich geblieben, aber manchmal sah ich sie herumschlendern.«

»Sie waren alle schon ziemlich bejahrt, nicht wahr?«

Er runzelte die Stirn. »Wissen Sie, darüber habe ich nicht sehr nachgedacht. Aber jetzt, wo Sie es sagen – mhm, ich denke schon, daß die alle ziemlich alt waren. Hat das etwas zu bedeuten?«

»Sie braucht es nicht zu beunruhigen«, sagte der Mann besänftigend. »Sie haben gesagt, Sie hätten hier niemanden gesehen, seit diese Tierherde Sie heimgesucht hat. Das bedeutet nicht unbedingt, daß Sie der einzige Überlebende sind. Ich nehme an, daß man hier irgendwelche Transportmittel zu Verfügung hat. Sie haben niemanden in einem Sumpfer oder Skimmer entkommen sehen?«

Der Mann auf dem Boden blickte sie einen Augenblick lang prüfend an, dann hellte sich sein Gesicht auf. »Doch, doch das habe ich. Da war diese alte Lady und eine jüngere – hat übrigens gut ausgesehen, die jüngere. Und einen Jungen hatten die bei sich. Ich habe die nicht gekannt, aber dann sind ja hier auch dauernd Leute gekommen und gegangen.«

»Wie alt war dieser Junge?« wollte die Frau wissen.

»Verdammt will ich sein, wenn ich das weiß. Ich bin gerannt, so schnell ich konnte, und zwar in die eine Richtung, der Skimmer startete in die andere. Also bin ich nicht stehengeblieben, um Fragen zu stellen. Aber rote Haare hatte der Junge. Daran erinnere ich mich. Rothaarige sind ja auf diesem Dreckplaneten ziemlich selten.«

»Ein Schutzengel«, murmelte der ältere Mann zu seiner Begleiterin gewandt. In seiner Stimme klang Bewunderung, in die sich Enttäuschung mischte. »Der Junge muß einen Schutzengel haben.«

»Wie Sie sehr wohl wissen, steckt da vielleicht eine ganze Menge mehr dahinter«, sagte die Frau knapp. »Die alte Frau, von der er spricht, ist offensichtlich die Adoptivmutter. Aber wer war die andere?« Sie runzelte besorgt die Stirn.

»Das ist nicht wichtig«, sagte ihr Begleiter. Dann meinte er, zu dem Verletzten gewandt: »Hören Sie, wie gut können Sie sich daran erinnern, wie sich diese drei verhalten haben? Diese jüngere Frau, die attraktive – hat sie so gewirkt, als hätte sie die Kontrolle über die beiden anderen? Sah es so aus, als würde sie den Jungen und die alte Frau irgendwie bewachen?«

»Ich sagte doch, ich hatte nicht viel Zeit, um hinzusehen, erwiderte Caster. »Waffen habe ich jedenfalls keine gesehen. Wenn es das ist, wovon Sie reden.«

»Interessant«, murmelte die Frau. »Vielleicht haben Sie sich eine Verbündete zugelegt. Eine weitere Komplikation, mit der wir uns auseinandersetzen müssen.« Sie seufzte. »Dieser Fall wird allmählich eine verdammt kitzlige Angelegenheit. Wenn er keine so hohe Priorität beim HQ hätte, würde ich um meine Versetzung bitten.«

»Sie wissen ganz genau, was wir mit einer solchen Bitte erreichen würden«, knurrte ihr Begleiter. »Wir kriegen die schon. Schließlich sind wir ihnen schon oft verdammt nahegekommen. Irgendwann müssen wir doch auch unsere Chance bekommen.«

»Vielleicht. Denken Sie an Ihre kleinen Pakete in den großen«, spottete sie. »Aber jetzt könnte es ja leicht sein.« Sie deutete auf das zerstörte Camp. »Es sieht ja nicht so aus, als ob viele von den Meliorares entkommen wären – wenn es überhaupt welche geschafft haben.«

»Meli – Meliorares?« Der Verletzte starrte sie mit aufgerissenem Mund an. »He, den Namen kenne ich. Waren das nicht die ...?« Seine Augen weiteten sich bei der Erkenntnis. »Jetzt warten Sie mal, Leute, ich habe nicht ...«

»Schon gut«, besänftigte ihn der Mann im Tarnanzug. »Ihre Überraschung bestätigt Ihre Unschuld. Außerdem sind Sie zu jung. Die haben in all den Jahren noch viel klügere Leute als Sie getäuscht.«

»Eigentlich sollte es nicht so schwierig sein, den Jungen ausfindig zu machen.« Sie schien jetzt zuversichtlich. »Wir sollten die jederzeit aufpicken können.«

»Ich wünschte, ich wäre auch so ruhig«, murmelte ihr Begleiter und kaute dabei auf seiner Unterlippe. »Bis jetzt war nichts einfach bei diesem Fall, von Anfang an nicht.«

»Das habe ich nicht gewußt«, plapperte der Verletzte. »Ich habe nicht gewußt, daß das die Meliorares waren. Keiner von uns hat das gewußt, nicht einer. Ich habe mich nur auf eine Anzeige gemeldet, mit der ein Techniker gesucht wurde. Keiner hat ein Wort sonst gesagt ...!«

»Beruhigen Sie sich, das habe ich Ihnen doch gesagt«, herrschte der ältere Mann ihn an, den die weinerliche Reaktion des Mannes verstimmte. Leute geraten so leicht in Panik, dachte er: »Sie brauchen keine Angst zu haben. Holen Sie sich jetzt aus dem Sumpfer etwas zu essen! Nur eines: Sie müssen sich einem Wahrheitsscanner unterziehen, aber das ist ganz ungefährlich, wissen Sie. Anschließend läßt man Sie ganz bestimmt frei.«

Der Mann richtete sich mühsam auf und stützte sich auf seine Krücke. Die Worte hatten ihn etwas beruhigt.

»Die haben kein Wort gesagt.«

»Das tun die nie«, meinte die Frau. »Auf die Weise konnten sie in all den Jahren immer wieder entkommen. Leichtgläubige stellen nie Fragen.«

»Meliorares. Teufel«, murmelte der Mann. »Wenn ich das gewußt hätte ...«

»Wenn Sie es gewußt hätten, hätten Sie nie ihr Geld genommen und für sie gearbeitet, stimmt's?«

»Natürlich nicht. Ich hab meine Prinzipien.«

»Sicher haben Sie die.« Er wehrte den Protest des anderen mit einer Handbewegung ab. »Entschuldigen Sie, Freund. Ich habe mir in den Jahren, die ich jetzt bei MO bin, eine ziemlich zynische Einstellung gegenüber der Menschheit angeeignet. Das ist nicht Ihre Schuld. Kommen Sie«, sagte er zu der Frau, »hier ist nichts mehr für uns zu tun.«

»Ich auch? Ganz sicher?« Der jüngere Mann hinkte hinter ihnen her.

»Ja, Sie auch«, sagte der Friedenshüter. »Es macht Ihnen doch nichts aus, eine Aussage unter Scan zu machen? Das ist eine Maßnahme, die ich in diesem Fall nur mit Ihrer Zustimmung durchführen darf.«

»Mit dem größten Vergnügen«, sagte der Techniker bereitwillig. »Diese verdammten, lausigen Meliorares, die auf diese Weise unschuldige Arbeiter für ihre Zwecke ausnutzen. Ich hoffe nur, daß sie jedem einzelnen von denen das Bewußtsein löschen.«

»Hinten ist etwas zu essen«, sagte die Frau ruhig, als sie in den Sumpfer stiegen.

»Seltsam, Rose«, meinte ihr Begleiter nachdenklich, als sie

Platz nahmen, »daß diese Bestien gerade rechtzeitig kamen, um dem Jungen Gelegenheit zur Flucht zu geben. Wenn man die Geschichten dieser Kinder verfolgt, dann wimmelt es von solchen Zufällen.«

»Ich weiß«, meinte Rose, als der Motor des Sumpfers zu summen anfing und das kleine Fahrzeug in den Wald glitt. »Nehmen Sie nur diese Flugschlange, von der man uns erzählt hat. Woher kommt die?«

»Von Alaspin, wenn die Information stimmt.«

»Richtig, Alaspin. Wenn ich mich an meine Galaktografie richtig erinnere, ist diese Welt ganz hübsch viele Parsek von hier entfernt. Ein höchst seltsamer Zufall.«

»Aber nicht unmöglich.«

»Anscheinend ist nichts unmöglich, wenn es um diese Kinder geht. Je früher wir den da in Gewahrsam nehmen und ihn dem Psychochirurgen übergeben, desto wohler wird mir sein. Da lobe ich mir doch einen anständigen, sauberen Mordfall. Dieses eklige Mutantenjagen geht mir auf die Nerven.«

»Er ist kein Mutant, Rose«, erinnerte sie ihr Begleiter. »Das ist ebenso unpräzise, wie wenn ich ihn ein Monstrum nenne.« Er blickte in den hinteren Teil des Sumpfers. Ihr Passagier schaufelte das Essen in sich hinein und achtete nicht auf ihr Gespräch. »Wir wissen nicht einmal, daß er irgendwelche besonderen Fähigkeiten besitzt. Die letzten zwei, die wir aufgespürt haben, waren so normal, daß es geradezu langweilig war.«

»Die Meliorares müssen aber anders darüber gedacht haben«, forderte Rose ihn heraus. »Die haben sich eine Menge Mühe gemacht, den zu fangen, und schauen Sie doch, was ihnen passiert ist.«

Sie waren jetzt ein gutes Stück in den Wald eingedrungen und flogen auf Südkurs. Das vernichtete Lager lag weit hinter ihnen, von den Bäumen und dem hügeligen Land verschlungen.

»Das müssen ziemlich große Tiere gewesen sein. Einheimische Fauna, vermute ich«, sagte ihr Begleiter. »Eine wild gewordene Herde, oder sowas, die überhaupt nichts mit dem Jungen oder irgendwelchen hypothetischen Fähigkeiten, die er vielleicht hat, zu tun hatte. Bis jetzt zeigt seine Spur nur, daß er der übliche verstörte junge Meliorare ist. Sie machen sich zu viel Sorgen, Rose.«

»Ja, ich weiß. Aber das ist nun mal besser in unserem Geschäft, Feodor.«

Und ihre Sorgen ließen sie nicht los, als die Nacht schließlich den dahinrasenden Sumpfer zu überholen begann.

Die Frau an der Kommunikationskonsole war sehr alt, fast so alt und gebrechlich wie das kleine Sternenschiff selbst, aber ihre Hände tanzten mit einer Vertrautheit über die Instrumente, wie sie nur aus langer Erfahrung erwächst, und ihr Gehör war scharf genug; sie konnte absolut sicher sein, daß ihr kein Teil der Sendung entgangen war. Sie blickte von ihrer Datenkonsole auf und sah dem großen, würdigen Mann ins Auge, der neben ihr stand, dann schüttelte sie langsam den Kopf.

»Es tut mir leid, Sir. Sie antworten auf keines unserer Signale. Ich kann nicht einmal mehr ihre Richtstrahlenfrequenz empfangen.«

Der Mann nickte widerstrebend. »Sie wissen, was das bedeutet?«

»Ja«, sagte sie mit trauriger Stimme. »Nyassa-lee, Haithness, Brora – alle tot. All die vielen Jahre.« Ihre Stimme war nur noch ein Flüstern.

»Sicher können wir nicht sein«, murmelte Cruachan. »Nicht hundertprozentig jedenfalls. Es ist nur ...«, er zögerte, »die hätten inzwischen antworten müssen, zumindest über die Noteinheit.«

»Diese Stampede war ein schreckliches Pech, Sir.«

»Wenn es Pech war«, sagte er leise. »Die Geschichte lehrt, daß das Unbekannte, wenn es um die Subjektkinder geht, manchmal dem Glück einen Schubs gibt – oder einen heftigen Stoß.«

»Das weiß ich, Sir«, sagte die alte Frau. Sie war müde,

und das wußte Cruachan, aber müde waren sie alle. Ihre Zeit ging zu Ende – und auch die der Melioraregesellschaft mit ihren edlen, so gründlich mißverstandenen Zielen. Man hatte vor Jahren daran gedacht, neue Jünger heranzubilden, sie mit den Techniken und den Zielen der genetischen Manipulation vertraut zu machen, die die Gesellschaft entwikkelt hatte, aber die Bürde, unter der sie tätig werden mußten, machte es unmöglich, junge Forscher zu gewinnen. Dafür sorgte die verleumderische Propaganda der Kirche und der Commonwealthregierung.

Verflucht sollten sie sein, diese unwissenden Primitiven! Doch noch war die Gesellschaft nicht tot.

Haithness, Nyassa-lee, Brora – wie ein Totengesang hallten ihre Namen in seinem Bewußtsein. Wenn sie jetzt wirklich nicht mehr waren, und so schien es zu sein, blieben nur noch sehr wenige von ihnen übrig, um das Werk weiterzuführen. Der Konflikt in ihm war stark. Sollte er hierbleiben oder fliehen, um irgendwo anders eine neue Operation einzuleiten? So viele alte Freunde, Kollegen, Wissenschaftler verloren – war dieses eine Subjekt es wert? Einen Beweis dafür hatten sie immer noch nicht. Nur Kurven und Zahlen aus den Computern. Aber den Computern war das gleichgültig. Allen war das gleichgültig.

Es gab nichts, das darauf hindeutete, daß das Subjekt in irgendeiner Weise für die unglückselige Stampede verantwortlich war, die das Camp und ihre ganze Hoffnung vernichtet hatte. Natürlich war es durchaus möglich, daß das Subjekt mit den anderen umgekommen war, sinnierte Cruachan. Wenn nicht, wenn er jetzt beschloß, dieses eine Subjekt weiter zu verfolgen, dann war eine externe Manipulation nicht mehr möglich. Sie würden das Subjekt direkt stellen müssen, so wie sie es vor Jahren mit dem Mädchen versucht hatten.

Der Kurs zu ihrer nächsten ›sicheren‹ Station war lang und kompliziert und führte durch unsichere galaktische Zonen. Cruachan war keineswegs überzeugt, daß es ihnen gelingen würde, nochmals einige Jahre im Versteck zu verbringen und ein anderes vielversprechendes Subjekt ausfindig zu machen. Wenn der lange Arm der Friedenshüter ihn bis dahin nicht ergriffen hatte, war es möglich, daß die Zeit und sein Alter der Regierung die Mühe abnahmen. Sie waren einen langen Weg zusammen gegangen, er und seine Begleiter. Ein großer Aufwand; viele Leben waren ausgelöscht worden, um das Projekt am Leben zu erhalten. Er und die paar Kollegen, die ihm geblieben waren, mußten diesen Fall zu Ende folgen, koste es, was es wolle. Sonst blieb nicht mehr viel Hoffnung.

»Danke, Amareth«, sagte er zu der Frau, die geduldig an der Konsole wartete. »Bleiben Sie für alle Fälle auf Empfang.«

»Natürlich, Dr. Cruachan, Sir.«

Er drehte sich um und ging langsam zum Konferenzsaal. Auf halbem Weg dorthin wurde sein Schritt schneller, lebendiger. So geht es nicht, sagte er sich. Als Präsident der Gesellschaft oblag es ihm, den anderen ein Beispiel zu geben, jetzt mehr denn je. Als er den Versammlungsraum erreicht hatte und ihn betrat, war anstelle seiner ursprünglichen Verzweiflung über die Berichte von unten eisige Entschlossenheit getreten.

Ein halbes Dutzend bejahrter Männer und Frauen saßen da und erwarteten ihn. So wenige, dachte er, so wenige, die noch übrig sind. Die letzten der Gesellschaft, die letzten Stützen einer großen Idee. Ihre Gesichter sahen ihn an und fragten alle stumm dieselbe Frage.

»Immer noch nichts«, sagte er fest. »Wir müssen daher annehmen, daß Brora, Haithnes und Nyassa-lee verloren sind.« Es gab keinen Ausdruck der Trauer, kein Klagen, kein Weinen. Sie warteten ruhig darauf, daß er fortfuhr, und ihr stummes Vertrauensvotum verstärkte seine Entschlossenheit.

»Ich empfehle, daß wir den Versuch fortsetzen, die Kontrolle über Nummer Zwölf zurückzugewinnen.«

»Wir haben Grund zu der Annahme, daß jetzt MO-Agenten in dieser Region tätig sind«, sagte eine alte Frau aus einem Winkel des behaglichen Raums.

»Na und?« fragte eine andere Frau scharf. »Die waren immer zwei Schritte hinter uns zurück. Das werden sie auch immer bleiben.«

»Ich wünschte, ich wäre da so sicher wie Sie, Hanson«, meinte die Frau, die zuerst gesprochen hatte. »Das lange Leben der Gesellschaft ist die Folge von Vorsicht und Überlegung, nicht von Verachtung derer, die uns verachten.« Sie blickte zu ihrem Anführer. »Sie sind ganz sicher, daß Sie die Operationen hier fortsetzen wollen, Cruachan?«

»Mehr denn je«, erwiderte er. »Wir haben zuviel in diese Nummer Zwölf investiert, um *nicht* fortzufahren.« Er zählte die lange Liste von Faktoren auf, die seine Entscheidung stützten.

Als er geendet hatte, meldete sich in einem anderen Winkel des Raumes ein hagerer, kleiner Mann, mit einer tiefen Stimme, die irgendwie nicht zu seiner Gestalt paßte. Er hatte ein künstliches Bein und ein Kunstherz, aber seine Augen blickten so fanatisch wie sie vor fünfzig Jahren geblickt hatten.

»Ich stimme zu! Die Chancen sprechen immer noch dafür. Wenn das Subjekt noch zugänglich ist ...«

»Wir haben keinen Grund zu der Annahme, daß er das nicht ist«, meinte Cruachan, was eine halbe Lüge war.

»... dann haben wir auch eine Chance, ihn vor den Häschern der MO zu erreichen. Wie Cruachan sagt, wir müssen das hier vorhandene Potential gegen unsere eigenen, sich verstärkenden Schwächen abwägen.« Er stampfte mit dem falschen Bein auf den Boden, um seine Entschlossenheit zu unterstreichen.

»Nun gut«, sagte die alte Frau, die sich Sorgen um eine Einschaltung des Commonwealth gemacht hatte. »Ich sehe, daß die meisten von Ihnen dafür sind, unsere Arbeit hier fortzusetzen. Ich muß gestehen, daß ich gegen die vielen Punkte, die Dr. Cruachan vorgebracht hat, wenig sagen kann. Aber wir haben es jetzt mit einem neuen Problem zu tun, das wir nicht durch Abstimmung werden lösen können.

Ist es richtig, daß im letzten Bericht aus dem Camp von einem alaspinianischen Miniaturdrachen in Gesellschaft des Subjekts die Rede ist?«

Cruachan nickte langsam. »Ja, es gibt einen Hinweis auf die Anwesenheit einer Katalysatorkreatur in der Nähe des Subjekts.«

»Was sollen wir dann machen? Abgesehen davon, daß dieses Tier wie ein Vergrößerungsglas für jegliches latente Talent fungiert, das das Subjekt vielleicht besitzt, ist es auch an sich ein tödliches Geschöpf. Wenn es eine emotionelle Bindung zu dem Subjekt entwickelt hat, wird es sich als ein viel gefährlicherer Gegner als ein Dutzend MO-Beamte erweisen.«

Cruachan wischte ihre Besorgnis beiseite. »Ich habe gründlich über diese Sache nachgedacht. Man wird sich um die Schlange kümmern, das verspreche ich Ihnen. Wenn wir nicht mehr imstande sind, ein Reptil zu neutralisieren, dann dürfen wir auch nicht den Anspruch erheben, Ideale unserer Gesellschaft weiterzutragen.«

»Das ist kein Reptil«, warf ein Mann von hinten ein. Seine Augen wirkten glasig, weil er dicke Kontaktlinsen tragen mußte. »Es sieht zwar reptilienhaft aus, aber in seinen Adern fließt warmes Blut, und man sollte es eher als ...«

»Mir ist verdammt gleichgültig, in welche Ordnung oder Gattung es gehört«, unterbrach ihn Cruachan ungeduldig. »das Vieh wird erledigt werden.« Seine Brauen schoben sich zusammen, als ihm plötzlich ein Gedanke kam. »Wenn jetzt eine solche geistige Bindung existiert, dann ist sie ja wahrscheinlich stärker als die, die das Subjekt mit seiner Adoptivmutter verbindet.«

»Also eine weitere Chance für externe Kontrolle!« rief eine Frau.

»Ja. Anstatt eine neue Drohung darzustellen, ist es sogar möglich, daß dieses Lebewesen unser Schlüssel für die Kontrolle des Subjekts ist. Da sehen Sie, wie man scheinbare Schwierigkeiten zu unserem Vorteil wenden kann.«

»Um Haithness und die anderen ist es schade«, murmelte

einer der alten Männer. »Ich kannte Haithness seit fünfundvierzig Jahren.«

»Ich auch«, erinnerte ihn Cruachan. »Wir dürfen schon im Andenken an sie, an Nyassa-lee und an Brora den Fall nicht aufgeben. Wenn sie sich, wie es wahrscheinlich ist, für unsere Sache geopfert haben, so ist das für uns ein weiterer Grund zum Weitermachen. Je mehr unsere Zahl schrumpft, desto mehr muß unsere Entschlossenheit wachsen.«

Zustimmendes Gemurmel hallte ihm aus dem Konferenzraum entgegen.

»Wir werden dieses Subjekt nicht aufgeben«, fuhr Cruachan mit kräftiger Stimme fort. »Er wird in unsere Gewalt kommen, gleichgültig, welche Mittel dafür erforderlich sind. Ich bitte jetzt um eine formelle Abstimmung.«

Cruachan konnte befriedigt feststellen, daß der Entschluß einstimmig gefällt wurde. So geschah dies bei Entscheidungen dieser Art meistens; in einer Organisation dieser Art war kein Platz für Dissenz.

»Ich danke Ihnen allen«, sagte er, als die Hände sich wieder senkten. »Denken Sie immer daran, diese Nummer Zwölf hält vielleicht den Schlüssel für unsere Rehabilitierung in der Hand. Mit der Hoffnung sollten wir ans Werk gehen. Von diesem Augenblick an wird unsere ganze Energie darauf gerichtet sein, die Kontrolle über ihn zu gewinnen.« Er wandte sich ab und ging zur Tür.

»Wir müssen uns beeilen. Wenn die MOs ihn zuerst finden, ist er für unsere Zwecke zerstört.«

Die Gruppe löste sich rasch auf, und ihre Entschlossenheit kam an Intensität nur der Verzweiflung gleich, die ihr das Leben verlieh.

15. Kapitel

Die Stadt stank nach den Ausdünstungen menschlicher und anderer Wesen, nach Tieren und exotischen Küchen, nach Kunstharzen und Baumaterialien, alten wie neuen, alle verstärkt durch die ewige Feuchtigkeit, die organische wie anorganische Materialien durchsetzte. Aber für Flinx waren das alles Düfte wie von Blumen und Gewürzen. Der Wagen kam zischend vor der kleinen Bar zum Stillstand, und er bezahlte mit dem wenigen Kredit, der ihm noch verblieben war. Die Maschine antwortete mit einem mechanischen »Danke, Sir«, ehe sie auf der Suche nach dem nächsten Fahrgast die Straße hinunterglitt.

Mutter Mastiff stützte sich schwer auf ihn, als sie in das Innere des Lokals gingen. Was sie durchgemacht hatte, hatte sie ihre Jahre spüren lassen, und sie war sehr müde. So müde, daß sie nicht einmal vor der Schlange zurückfuhr, die sich um Flinx' Schulter ringelte.

Drinnen angelangt, entrollte Pip sich unter dem Slicker, den Lauren Walder Flinx zur Verfügung gestellt hatte, und huschte auf die eigentliche Bar zu. Er wußte hier Bescheid. Auf der Theke vor ihm standen Schüsseln mit Brezeln, Tarmacnüssen und anderen interessanten salzigen Leckereien, mit denen zu spielen fast ebensoviel Freude machte wie sie zu essen.

Flinx hatte sie bewußt auf einer Zickzackroute zum Markt zurückgeführt, auf Umwegen, wobei er häufig das Transportmittel gewechselt und bis zum letzten Augenblick versucht hatte, gemeinsam mit anderen Bürgern zu reisen. So sehr er sich auch bemühte, hatte er doch keinerlei Anzeichen entdeckt, daß man ihnen gefolgt war, noch hatte der Minidrach negativ auf irgendeinen der Mitreisenden reagiert, die erstaunt den erschöpften Jungen und die alte Frau in seiner Gesellschaft angestarrt hatten. Diese Vorsicht war es auch, die sie dazu veranlaßte, diese Bar aufzusuchen, ehe sie in den Laden zurückkehrten. Es würde klug sein, nicht alleine nach Hause zu gehen, und Small Symm, der Besitzer der Bar, würde ein guter Begleiter sein, wenn sie ihre Tür mit dem Handabdruck öffneten.

Small Symm war ein Riese, und er war Flinx' Freund seit dem Tag seiner Adoption. Er kaufte oft interessante Utensilien von Mutter Mastiff, um sie in seinem Etablissement zu benutzen.

Eine riesige Hand tauchte auf und fegte die beiden Reisenden buchstäblich in eine Nische. An der langen Bar aus Metall machten die Gäste nervös Platz, um der akrobatischen Flugschlange Zugang zu den Brezeln zu gewähren.

»Ich habe gehört, daß ihr zurück seid«, sagte der Riese anstelle einer Begrüßung, und seine Stimme hallte wie ein dumpfes Echo aus seinem mächtigen Brustkasten. »So etwas spricht sich auf dem Markt schnell herum.«

»Bei uns ist alles in Ordnung, Symm.« Flinx schenkte seinem Freund ein müdes Lächeln. »Mir ist, als könnte ich ein Jahr schlafen. Aber davon abgesehen ist alles klar.«

Symm zog sich einen Tisch vor die Nische und benutzte ihn als Stuhl. »Was kann ich euch beiden bringen? Etwas Heißes zum Trinken?«

»Nicht jetzt, Junge«, sagte Mutter Mastiff mit einer abwehrenden Geste ihrer runzeligen Hand. »Wir brennen darauf, nach Hause zu kommen. Wir würden gern deine Gesellschaft haben, nicht deine Getränke.« Darauf verstummte sie und überließ es Flinx, die restlichen Erklärungen abzugeben.

Small Symm runzelte die Stirn, wobei seine Augenbrauen sich zusammenschoben wie Wolken am Himmel. »Ihr meint, diese Leute könnten immer noch hinter euch her sein?«

Fast hätte sie gesagt, »hinter mir sind die nicht her«, aber sie hielt den Mund. Sie glaubte immer noch, daß es zu früh war, Flinx alles zu sagen, was sie erfahren hatte. Viel zu früh. »Unwahrscheinlich, aber möglich. Und ich bin nicht der Typ dazu, das Schicksal zu versuchen, diese dreckige Hure.«

»Ich verstehe.« Symm stand auf, und sein Kopf reichte fast bis zur Decke. »Ihr möchtet also eine handfeste Begleitung auf dem Nachhauseweg.«

»Wenn du die Zeit erübrigen kannst«, sagte Flinx dankbar. »Ich glaube wirklich, daß wir mit diesen Leuten fertig sind.« Daß sie seiner Meinung nach alle tot waren, sagte er nicht. Es war ja nicht nötig, die Dinge zu sehr zu komplizieren. »Aber wohler würden wir uns ganz bestimmt fühlen, wenn du mitkommen würdest.«

»Nur einen Augenblick«, sagte Symm. »Wartet hier!« Er verschwand in einem Nebenraum. Als er zurückkam, begleitete ihn eine große junge Frau. Er redete eine Minute lang leise auf sie ein, wobei sie ein paarmal zustimmend nickte, dann schloß er sich seinen Besuchern an. Er trug jetzt einen Slicker, der weit genug war, um ein mittelgroßes Gebäude zu schützen.

»Ich bin soweit«, erklärte er. »Nakina paßt auf das Geschäft auf, bis ich zurück bin. Es sei denn, ihr wollt euch noch ein wenig ausruhen.«

»Nein, nein«, Mutter Mastiff stand ungeduldig auf. »Ich kann mich erst dann ausruhen, wenn ich wieder zu Hause in meinem Laden bin.«

Von Small Symms Lokal bis zu der Nebenstraße, in der sich Mutter Mastiffs Geschäft befand, war es nicht weit. Da Symm sie trug, kamen sie schnell von der Stelle.

»Scheint leer«, meinte der Riese, während er die alte Frau vorsichtig absetzte. Es war Abend. Die meisten der Geschäfte hatten bereits die Läden heruntergelassen, vielleicht, weil es noch heftiger als sonst regnete. Auf dem Marktplatz war das Wetter häufig ein wichtiger wirtschaftlicher Faktor.

»Scheint in Ordnung.« Mutter Mastiff ging auf die Tür zu.

»Augenblick!« Flinx streckte den Arm aus, um sie zurückzuhalten. »Dort drüben, links vom Laden.«

Symm und Mutter Mastiff blickten in die Richtung, die er ihnen wies. »Ich sehe nichts«, sagte der Riese.

»Ich dachte, ich hätte eine Bewegung gesehen.« Flinx warf einen Blick auf Pip. Die Flugschlange döste friedlich im Schutz seines Slickers. Natürlich waren die Launen der Schlange häufig unberechenbar, aber diese anhaltende Ruhe war ein gutes Zeichen. Flinx wies nach rechts. Der Riese nickte und entfernte sich wie ein riesiger Schatten, um sich in der Dunkelheit neben dem leeren Geschäft zur Linken zu verstecken. Flinx ging nach rechts – nach Steuerbord, wie Lauren gesagt hätte. Er hatte eine Weile gebraucht, bis er ihr ihr plötzliches Verschwinden verziehen hatte, und Mutter Mastiff, daß sie es zugelassen hatte. Er fragte sich, was sie wohl tun mochte, aber die Erinnerung an sie begann bereits zu verblassen. Seine Gefühle würden da etwas länger nachhallen.

Mutter Mastiff wartete und sah zu, wie Freund und Sohn sich in entgegengesetzte Richtungen entfernten. Es machte ihr nichts aus, im Regen stehenzubleiben. Es war drallarianischer Regen, und das war etwas völlig anderes als der, der überall sonst im Universum fiel.

Flinx schlich sich vorsichtig an den feuchten Plastikwänden der Ladenfassen entlang und arbeitete sich auf die Gasse zu, die sich hinter ihrem Haus vorbeischlängelte. Wenn die Bewegung, die er entdeckt zu haben glaubte, auf die Anwesenheit eines Spähers deutete, der ihre Rückkehr erwartete, so wollte er nicht, daß dieses Individuum seinen Vorgesetzten Meldung erstattete, bis Flinx ihm einige Informationen abgeknöpft hatte.

Da! – wieder eine Bewegung, diesmal nicht zu verkennen! Es entfernte sich von ihm. Er beschleunigte sein Tempo, blieb aber im finstersten Schatten. Das Stilett, das gewöhnlich in seinem Stiefel schlief, lauerte jetzt kalt und vertraut in seiner rechten Hand.

Da! – ein Schrei in der Dunkelheit vor ihm, und eine aufragende, mächtige Gestalt. Flinx rannte los, bereit zu helfen, obwohl es unwahrscheinlich war, daß der Riese irgendwelche Unterstützung brauchte. Und dann etwas Neues, etwas Unerwartetes.

Nervöses Gelächter?

»Hallo, Flinx-Junge!« Im schwachen Licht konnte Flinx das freundliche Gesicht ihres Nachbarn Arrapkha erkennen.

»Ach, du bist es, Arrapkha.« Flinx steckte das Stilett dorthin zurück, wo es hingehörte. »Du hast mir Anlaß zur Sorge gegeben. Ich dachte, mit finsteren Gestalten in der Nacht wäre jetzt ein Ende.«

»*Ich* hab *dir* Anlaß zu Sorge gegeben?« Der Handwerker wies auf die hünenhafte Gestalt Small Symms, der hinter ihm stand.

»Es tut mir leid«, sagte Symm, Nachsicht heischend. »Wir konnten dich nicht erkennen.«

»Jetzt wißt ihr es.« Er sah wieder zu Flinx hinüber. »Ich hab euren Laden für euch bewacht.« Symm ging zu Mutter Mastiff, um sie zu beruhigen. »Du weißt schon, ich hab aufgepaßt, daß keiner einbricht und versucht, was zu stehlen.«

»Das war nett von dir«, sagte Flinx, während sie zur Straße zurückgingen.

»Gut, dich wieder hier zu sehen, Flinx-Junge. Ich hatte dich schon aufgegeben, kurz nachdem du weggegangen warst.«

»Warum hast du dann weiterhin den Laden bewacht?«

Der ältere Mann grinste. »Wahrscheinlich, weil ich die Hoffnung nicht aufgeben konnte. Um was ging es denn überhaupt?«

»Etwas Illegales, in das Mutter Mastiff vor vielen Jahren verwickelt war«, erklärte Flinx. »Sie hat mir keine Einzelheiten gesagt, nur daß es um Rache ging.«

»Manche Leute haben ein langes Gedächtnis«, sagte Arrapkha und nickte wissend. »Da ihr wohlbehalten und gesund zurückgekehrt seid, nehme ich an, daß ihr mit den Entführern deiner Mutter Frieden geschlossen habt?«

»Wir haben die Sache zu Ende gebracht«, meinte Flinx knapp.

Sie kehrten zu der Straße zurück, wo Small Symm und Mutter Mastiff auf sie warteten.

»Du warst das also, Arrapkha. Du dummer Fleurm, uns so Sorge zu machen«, sagte Mutter Mastiff lächelnd. »Ich hätte nie gedacht, daß ich einmal froh sein könnte, dich zu sehen.«

»Ich umgekehrt auch nicht«, gestand der Holzschnitzer. Er deutete auf Flinx. »Dieser Junge da ist ebenso hartnäckig wie unvernünftig. Ich habe mir die größte Mühe gegeben, ihn davon zu überzeugen, daß er nicht hinter dir herrennen soll.«

»Ich hätte ihm das gleiche gesagt«, meinte sie, »und er hätte auf mich genauso wenig gehört. Dickköpfig, das ist er wirklich.« Sie blickte ihn mit dem Ausdruck verzeihenden Stolzes an. Flinx war das Ganze peinlich. »Und für mich ist das ein Glück.«

»Alte Bekannte und schlechte Geschäfte.« Arrapkha fuchtelte mahnend mit dem Finger. »Man hüte sich vor alten Bekannten und schlechten Geschäften und unerledigten Taten.«

»Ah, ja.« Sie wechselte das Thema. »Du hast also die alte Hütte für mich bewacht, wie? Dann wird es gut sein, wenn ich meinen Lagerbestand gründlich überprüfe, sobald wir wieder drin sind.« Sie lachten beide.

»Wenn ihr meint, daß ich jetzt gehen kann«, murmelte Small Symm. »Nakina ist manchmal etwas übellaunig, und das ist schlecht fürs Geschäft.«

Mutter Mastiff blickte nachdenklich. »Wenn unser Freund hier darauf besteht, daß er den Laden im Auge behalten hat ...«

»Ich hab ihn dauernd bewacht«, beharrte Arrapkha. »Wenn die sich keinen Tunnel hineingegraben haben, dann hat ihn keiner betreten, seit dein Junge weggegangen ist, um nach dir zu suchen.«

»Unter diesen Straßen gibt es keine Tunnels«, stellte sie grinsend fest. »Die würden nur auf die Abwässerkanäle stoßen.« Sie blickte wieder zu ihrem Begleiter auf. »Dank dir, Symm. Geh jetzt zurück zu deiner Lasterhöhle.«

»Das ist es wohl kaum«, erwiderte er bescheiden. »Eines Tages einmal, vielleicht, wenn ich mir Mühe gebe.«

Flinx streckte ihm die Hand hin, die in der Pranke des Riesen verschwand. »Auch meinen Dank, Symm.«

»Keine Ursache. Hab gern geholfen.« Der Riese drehte sich um und trottete davon.

Die drei Freunde traten an die Tür. Mutter Mastiff legte die rechte Handfläche auf das Schloß. Es klickte sofort, und die Tür glitt zur Seite und gab ihnen den Zugang frei. Flinx betätigte die Lichter, so daß sie deutlich sehen konnte, daß der Laden offenbar unberührt war. Die Ware war dort geblieben, wo sie sie zurückgelassen hatten, glänzend und im Licht beruhigend vertraut.

»Sieht genauso aus wie bei meinem Weggehen«, stellte Mutter Mastiff dankbar fest.

»Sieht genauso aus wie vor zehn Jahren.« Arrapkha schüttelte langsam den Kopf. »Du änderst dich nicht sehr, Mutter Mastiff. Und einiges von deinem Inventar auch nicht. Ich glaube, manche Stücke magst du viel zu gern, um sie zu verkaufen.«

»Da gibt es nichts, was ich zu gern mag, um es nicht zu verkaufen«, fauchte sie ihn an, »und mein Lagerbestand schlägt sich zweimal so schnell um wie dieser von Holzwürmern zerfressene Kitsch, den du arglosen Kunden als Kunst andrehen willst.«

»Bitte, jetzt keinen Streit!« flehte Flinx sie an. »Ich bin des Streitens müde.«

»Streit?« sagte Arrapkha mit überraschter Miene.

»Wir streiten nicht, Junge«, sagte Mutter Mastiff. »Weißt du denn immer noch nicht, wie sich alte Freunde begrüßen? Indem sie ausprobieren, wer die Beleidigungen des anderen übertrumpfen kann.« Um zu zeigen, daß sie das auch so meinte, lächelte sie Arrapkha freundlich zu. Der Holzschnitzer war wirklich kein übler Typ. Nur ein wenig langsam.

Ihren Wohnraum fanden sie in gleicher Weise unberührt: nämlich in völligem Chaos, genau wie Flinx ihn zuletzt gesehen hatte.

»Der Haushalt«, brummte Mutter Mastiff. »Ich hab die

Arbeit im Haushalt noch nie gemocht. Aber jemand muß hier saubermachen, und das übernehme wohl besser ich als du, Junge. Dafür hast du, fürchte ich, gar kein Talent.«

»Heute abend ganz bestimmt nicht, Mutter.« Flinx gähnte. Das Bild seines eigenen Bettes hatte sich vor ihm vergrößert, bis es den ganzen Raum füllte.

»Nein, nicht heute abend, Junge. Ich muß gestehen, daß ich auch ein wenig müde bin.« Flinx lächelte bei sich. Sie war am Rande des physischen Zusammenbruchs und würde einschlafen, wo immer sie hinfiel, aber verdammt wollte sie sein, wenn sie vor Arrapkha Schwäche zeigte und damit ihr Image der Unbesiegbarkeit zerstörte.

»Morgen bringen wir das alles in Ordnung. Ich kann untertags ohnehin besser arbeiten.« Sie versuchte, keinen Blick auf ihr eigenes Schlafzimmer zu werfen und wartete auf Arrapkha.

»Nun denn, dann will ich jetzt gehen«, sagte der Holzschnitzer. »Nochmal, es freut mich wirklich, daß ihr gesund zurückgekehrt seid. Ohne euch war die Straße nicht mehr dieselbe.«

»Denkmäler wie wir sind schwer loszuwerden«, sagte Mutter Mastiff. »Vielleicht sehen wir uns morgen.«

»Vielleicht«, nickte Arrapkha und drehte sich um und ging, wobei er sich vergewisserte, daß die Tür hinter ihm ins Schloß fiel.

Draußen angekommen, zog Arrapkha sich den Slicker über Kopf und Schultern, während er zu seinem eigenen Laden zurückeilte. Er hatte ebensowenig die Absicht, seine Freunde, so wie man ihn instruiert hatte, den Behörden zu übergeben, wie er auch nicht vorhatte, den Preis seiner Ware für irgendeinen reichen Kaufmann um fünfzig Prozent zu reduzieren. Er würde die Polizei nicht behindern, aber auch nichts tun, um sie zu unterstützen. Er konnte immer auf Unwissenheit plädieren, etwas, wofür er in diesem Teil des Marktes berühmt war.

So müde; so müde; die haben so müde ausgesehen, dachte er. Das war das erstemal, seit er sich erinnerte, daß

Mutter Mastiff auch so alt ausgesehen hatte, wie sie war. Selbst der Junge, der, wenn auch von kleinem Wuchs, früher nie von irgendeiner Arbeit erschöpft geschienen hatte, wirkte völlig ausgepumpt. Sogar dieses tödliche Biest, das immer auf seiner Schulter saß, hatte müde ausgesehen.

Nun, er würde ihnen ein paar Tage Zeit lassen, um ihr Haus in Ordnung zu bringen und wieder zu Kräften zu kommen. Dann würde er ihnen eine Überraschung bereiten, indem er sie zu Magrim's einlud, auf ein paar Gläser Tee und riesige Sandwiches. Dort würde er ihnen von dem geheimnisvollen Besuch der beiden Friedenshüter in ihrer kleinen Straße berichten. Es würde interessant sein, zu erfahren, was Mutter Mastiff davon hielt. Vielleicht würde sie das Interesse der Behörden für ihren Fall begrüßen – aber das glaubte er nicht. Aus diesem Grunde hatte er sich dafür entschieden, diesen Besuchern von Außerplanet nicht zu helfen.

Wir werden ein paar Tage warten und sie ausruhen lassen, entschied er, ehe wir sie mit dieser Information überfallen. Das würde sicher nichts schaden. Er öffnete die Tür zu seinem eigenen Geschäft und schloß sie hinter sich, um die Nacht und den Regen auszusperren.

Ein Tag verstrich, dann noch einer, und mit der Zeit, als die Unordnung, die die Eindringlinge hinterlassen hatten, aufgeräumt war, wurde ihr Laden wieder ihrem Zuhause ähnlicher. In dieser vertrauten Umgebung stellten sich Mutter Mastiffs Kräfte schnell wieder ein. Sie war eine so widerstandsfähige alte Frau, dachte Flinx bewundernd. Was ihn betraf, so suchte er bereits am zweiten Tag wieder seine vertrauten Schlupfwinkel auf, begrüßte alte Freunde, von denen einige von dem Zwischenfall gehört hatten und einige nicht, entfernte sich aber nie weit von dem Laden. Es war ja immerhin nicht ganz auszuschließen, daß selbst so spät und trotz seiner Überzeugung noch irgendwelche überlebenden Mitglieder der Organisation, die Mutter Mastiff entführt hatten, zurückkehrten, um Rache zu nehmen.

Aber nichts geschah, um seine Ängste zu bestätigen. Am dritten Tag hatte er angefangen, sich zu entspannen, geistig ebenso wie physisch. Erstaunlich, dachte er, als er sich zur Ruhe legte, was einem doch während einer langen Abwesenheit am meisten fehlt. Seltsam, wie vertraut und freundlich einem sein eigenes Bett wird, wenn man anderswo hat schlafen müssen ...

Es war Haß, der Pip weckte. Kalt und hart, wie der brutalste Tag des Winters auf der Eiswelt von Tran-ky-ky, riß er die Flugschlange aus tiefem Schlaf. Dieser Haß war nicht auf den Minidrach, sondern seinen Herrn gerichtet.

Sein rosa und blau gestreifter Leib glitt lautlos unter der Thermodecke hervor. Flinx schlief weiter, merkte nichts von der Aktivität seines kleinen Freundes. Bis zum Sonnenaufgang waren es noch einige Stunden.

Pip verhielt sich ganz ruhig und analysierte. Ein Beobachter, der den Minidrach am Fuß des Bettes untersucht hätte, hätte glauben können, er sei ein denkendes Wesen. Das war es natürlich nicht, aber seine geistige Fähigkeit war auch nicht belanglos. Tatsächlich wußte niemand ganz genau, wie der Geist des alaspinianischen Miniaturdrachen funktionierte, oder zu welch grundlegenden Nervenreaktionen er fähig war, da sich bis jetzt noch kein Xenobiologe nahe genug an einen herangewagt hatte, um ihn zu studieren.

Blau und rosafarbene Schwingen öffneten sich, Falten dehnten sich, und dann erhob sich die Schlange mit einem leisen Summen in die Luft. Sie schwebte hoch über dem Kopf ihres Herrn, besorgt, suchend, bemüht, den Punkt zu lokalisieren, von dem diese kalte Bösartigkeit ausging, die ihre Gedanken vergiftete. Der Haß war sehr nahe. Und schlimmer noch, er war vertraut.

Da war die kleine Öffnung im Dach, die Pip mit Beschlag belegt hatte, um ungestört kommen und gehen zu können. Die Schlange schoß auf die Öffnung zu, und ihre Schwingen schlossen sich im letzten Augenblick, so daß der schlanke Körper durch das gewundene Rohr gleiten konnte. Nichts das viel größer als eine Ratte war, hätte hindurchschlüpfen können, aber mit glatt an den muskulösen Körper gepreßten Schwingen bereitete die Öffnung dem Minidrach keine Schwierigkeiten.

Pip schob sich in den leichten frühmorgendlichen Regen hinaus. Dort oben lag der Haß, im Norden, weiter oben an der Gasse. Jetzt entfalteten sich seine Schwingen wieder, fächerten durch die Luft. Der Minidrach kreiste einmal über dem Laden, hielt inne, um sich zu orientieren, und summte dann entschlossen in die nahe Öffnung, wo die Seitengasse ins Wolkenlicht hinausführte.

Jetzt hielt sie inne, blieb in der Luft stehen und zischte das mentale Knurren an, das sie angezogen hatte.

»Hier drüben, brav, brav«, lockte eine Stimme. »Du weißt doch, wer dein Herrchen haßt, nicht wahr? Und du weißt auch, was wir mit ihm machen, wenn wir die Gelegenheit bekommen.«

Die Flugschlange schoß durch die teilweise geöffnete Tür in den haßerfüllten Raum dahinter. Zwei Menschen erwarteten sie in tödlicher Ruhe. Niemals würden sie die Chance bekommen, ihrem Herrn ein Leid zuzufügen. Niemals!

Ein dünner Giftstrahl schoß aus dem Oberkiefer der Flugschlange und auf den einen der beiden Zweibeiner zu. Er erreichte den Mann nie. Etwas war zwischen ihm und Pip, etwas Hartes, Durchsichtiges. Das Gift berührte es, zischte in der reglosen Luft, als es anfing, das durchsichtige Schild aufzufressen. Erschreckt zuckten die beiden Ungeheuer hinter dem Schild zusammen und richteten sich auf.

Aber die Tür zur Gasse war bereits hinter dem Minidrach ins Schloß gefallen. Plötzlich erfüllte ein fremdartiger, süßlicher Geruch den Raum. Pips Flügelschläge wurden matter, seine Augenlider flatterten und schlossen sich. Die Flugschlange klatschte hilflos auf dem Boden herum, wie ein Fisch, den man aus dem Wasser gezogen hat, und ihre Schwingen schlugen kraftlos gegen den Plastikschild, während sie nach Atem rang.

»Vorsichtig!« warnte eine entfernte Stimme. »Wir wollen ihm keine Überdosis verpassen. Tot nützt er uns nichts.«

»Ich würde diese Bestie lieber tot sehen und selbst unser Risiko mit dem Subjekt eingehen«, sagte ein anderer.

»Wir brauchen jeden Vorteil, den wir uns verschaffen können, darunter auch die Chance, die uns dieser kleine Teufel liefert.«

Die Männer verstummten. Bald hatten die Bewegungen der Flugschlange aufgehört. Lange Minuten verstrichen, ehe schließlich ein Mann es wagte, in den versiegelten Raum einzutreten. Er war von Kopf bis Fuß mit einem Schutzanzug bekleidet. Trotzdem blickten seine Augen hinter dem durchsichtigen Schirm besorgt. Mit der langen Metallstange, die er trug, stocherte er ein-, zweimal an dem betäubten Minidrach herum. Der zuckte konvulsivisch, ließ aber sonst keine Anzeichen von Leben erkennen.

Der Mann atmete tief durch, stellte die lange Stange zur Seite und beugte sich vor, um den dünnen Schlangenkörper aufzuheben. Er hing schlaff in seinen behandschuhten Händen.

»Der atmet immer noch«, erklärte er zu den Leuten gewandt, die sich gegen die durchsichtige Wand preßten.

»Gut. Bringen Sie das Vieh schleunigst in den Käfig«, sagte die Frau hinter dem Schild. Ihr Begleiter studierte das Loch, wo das Gift sich schließlich durch den Schutzschild gefressen hatte.

»Ich würde mir gern eine Molekularanalyse von diesem Zeug ansehen«, murmelte er, sorgfältig darauf bedacht, den immer noch zischenden Rändern des ausgefransten Loches nicht zu nahe zu kommen. »Etwas, das sich so schnell durch Pancryl frißt ...« Er schüttelte ungläubig den Kopf. »Ich begreife einfach nicht, wie dieses Zeug in den Giftdrüsen existieren kann, ohne sie aufzufressen.«

»Um das zu erklären, würden Sie einen Toxikologen und einen Biochemiker brauchen, wenn die das könnten«, sagte die Frau neben ihm und beugte sich ebenfalls vor, um das Loch zu untersuchen. »Vielleicht ist es mehr als nur gewöhnliches Gift. Vielleicht hat die Schlange mehrere Drüsen im Mund, deren Inhalt sich erst zur ätzenden Flüssigkeit vermischt, wenn sie spuckt.«

»Das würde einleuchten.« Der Mann wandte sich von dem Schild ab, das ihnen beinahe den Dienst versagt hätte. »Jetzt sollten wir uns aber beeilen. Das Subjekt wacht vielleicht jeden Augenblick auf. Achten Sie darauf, daß dieses Monstrum gründlich narkotisiert bleibt!«

»Ist das notwendig?« Sie runzelte die Stirn. »Der Käfig hält doch sicher dicht.«

»Das hatten wir von dem Schild auch gedacht. Der Käfig ist zäher, aber wir wollen kein Risiko eingehen. Ich möchte nicht, daß unser Gast sich den Weg freispuckt, so lange wir in unseren Betten schlafen.«

»Nein, das wollen wir wahrhaftig nicht.« Die Frau schauderte leicht. »Ich kümmere mich selbst darum.«

»Ich hatte gehofft, daß Sie das sagen würden.« Cruachan lächelte insgeheim. Er war in hohem Maße mit den Theorien vertraut, die die besonderen Bindungen zu erklären versuchten, die zwischen einem Katalysatorgeschöpf wie dem Minidrach und einem der Talentierten entstehen konnten. Ganz sicherlich war das Band zwischen diesem Geschöpf und dem als Nummer Zwölf bekannten Jungen ebenso stark wie in jedem anderen der nur unvollkommen aufgezeichneten Fälle, die er studiert hatte. Die Annahme, diese Bindung könnte stärker als die Zuneigung zwischen dem Jungen und seiner Adoptivmutter sein, war daher durchaus nicht unvernünftig.

Sie kamen ganz plötzlich über ihn, in seiner letzten Periode des REM-Schlafes, als er sich nicht verteidigen konnte. Aus dem Leeren tauchten sie plötzlich auf, narrten ihn, quälten ihn mit Gefühlen und Empfindungen, die er weder definieren noch verstehen konnte.

Alpträume.

Jemand schlang einen Draht um sein Gehirn, preßte es immer enger zusammen. Sicher war, daß ihm die Augen aus dem Kopf herausspringen und durch den Raum fliegen würden. Er lag in seinem Bett, zuckte leicht, und seine Augenlider zitterten, während sie an ihm arbeiteten, und seinen hilflosen, unbewußten Verstand heimsuchten.

Diesmal waren sie schlimmer als die meisten anderen; sich drehende, in sich verschlingende, abstrakte Gebilde, dunkle, wirbelnde Farben, und er selbst irgendwie in der Mitte von all dem, einen langen, unheildrohenden Korridor hinunterrennend. Am Ende jenes Korridors lag die Rettung für ihn, das wußte er, und was fast ebenso wichtig war, Antworten. Verständnis und Sicherheit.

Aber je schneller er rannte, desto langsamer kam er von der Stelle. Der Boden, der kein Boden war, löste sich unter seinen Füßen auf und ließ ihn wie eine relativistische Alice durch einen Fuchsbau von Raum-Zeit-Krümmungen fallen, während das ferne Ende des Korridors mit seinem Versprechen auf Licht und Verständnis über ihm immer tiefer in die Dunkelheit fiel. Dann war es ihm, als stürze er durch den Rand einer gewaltigen Galaxis, und die Gesteinstrümmer ringsum trugen Züge von Menschen und Aliens, und die Gesichter grinsten ihn böse und haßerfüllt an.

Er wachte auf, zuckte zusammen und sah sich schnell im Zimmer um. Erst nachdem er sich überzeugt hatte, daß seine Umgebung real war, begann er sich zu entspannen.

Es war das richtige Zimmer, sein Zimmer, das, in dem er den größten Teil seines Lebens verlebt hatte: winzig, spartanisch, behaglich. Das Trommeln des Regens war Musik auf dem Dach, und durch das Fenster über seinem Bett fiel schwaches Tageslicht. Er schwang die Beine unter der Decke hervor und rieb sich mit den Fingerknöcheln die Augen, um den Schlaf zu vertreiben.

Und dann hielten die Finger plötzlich in ihren Bemühungen inne. Etwas stimmte nicht.

»Pip?« Die Flugschlange war nicht in ihrer vertrauten Stellung oben auf dem Kissen eingeringelt und auch nicht darunter. Flinx zog die Decke zurück und beugte sich vor, um unter das Bett zu sehen. »Komm schon, Junge, versteck dich heute morgen nicht vor mir! Ich bin ganz erledigt, und mein Kopf bringt mich um.«

Doch auf sein Geständnis hin kam keine zischende Antwort. Er suchte in dem bescheidenen Zimmer herum, zuerst verwirrt, dann besorgt. Schließlich stellte er sich auf das Bett und schrie das Luftloch in der Decke an.

»Pip, Frühstück!«

Aber da war kein freundliches Summen hellfarbiger Schwingen von der anderen Seite. Er fand ein Stück Draht und stocherte damit in dem Loch herum. Doch das Loch war leer, und der Draht stieß ins Freie.

Er verließ sein Zimmer und durchsuchte hastig den Rest der Wohnung. Mutter Mastiff stand an dem Konvektionsofen und kochte etwas, das nach Pfeffer und weniger exotischen Gewürzen duftete. »Ist was, Junge?«

»Pip ist verschwunden.« Flinx suchte unter dem eben erst wieder zurechtgerückten Mobiliar herum, bewegte Schüsseln, Decken und Kissen.

»Das habe ich schon aus dem Geschrei geschlossen, das ich aus dem Schlafzimmer gehört habe«, meinte sie sarkastisch. »Wieder einmal verschwunden, wie?«

»Er bleibt nie bis zum Morgen aus, wenn er nachts einen Flug unternimmt. Nie!«

»Es gibt für alles ein erstesmal, selbst für Monster«, meinte Mutter Mastiff mit einem Achselzucken und wandte sich wieder ihren Kochkünsten zu. »Mir würde es gar nichts ausmachen, wenn das kleine Scheusal nicht zurückkäme.«

»Schäm dich, Mutter!« sagte Flinx mit gequälter Stimme. »Er hat mir das Leben gerettet, und deines wahrscheinlich auch.«

»Dann bin ich eben ein undankbarer alter Yax'm«, schnaubte sie. »Du kennst ja meine Gefühle für das Biest.«

Flinx beendete seine Inspektion ihres Zimmers und rannte dann entschlossen in das seine zurück und fing an, sich anzuziehen. »Ich geh draußen nach ihm suchen.«

Mutter Mastiff runzelte die Stirn. »Das Frühstück ist bald fertig. Warum dir die Mühe machen, Junge? Wahrscheinlich kommt er doch bald zurück, leider. Außerdem, wenn er irgendwo steckengeblieben ist, wirst du ihn ja doch nicht finden.«

»Er könnte in der Gasse hinter dem Laden sein«, wandte Flinx ein, »und ich kann ihn hören, selbst wenn ich ihn nicht sehen kann.«

»Wie du meinst, Junge.«

»Du brauchst auch mit dem Frühstück nicht auf mich zu warten.«

»Meinst du, ich will deinetwegen verhungern? Geschweige denn wegen irgend so einem Flugteufel?« Sie hatte es schon lange aufgegeben, mit ihm zu streiten. Wenn er sich zu irgend etwas entschlossen hatte – nun, dann könnte man ebensogut darauf warten, daß jemand die Ringe des Planeten fertigstellte, indem er die Lücken in ihnen schloß. In den meisten Belangen war er durchaus ein pflichtbewußter Sohn, aber er lehnte es einfach ab, sich irgendwie einschränken zu lassen.

»Wenn du zurückkommst, ist es fertig«, sagte sie, überprüfte die Behälter und drehte ihre Temperatur etwas herunter. »Du kannst es dir dann ja aufwärmen.«

»Danke, Mutter.« Obwohl sie sich geradezu halsbrecherisch verrenkte, um ihm auszuweichen, schaffte er es doch, ihr einen hastigen Kuß auf die lederne Wange zu drücken. Sie wischte sich die Stelle ab, aber nicht sehr fest, während sie ihm nachsah, wie er aus dem Laden rannte.

Einen Augenblick lang dachte sie daran, ihm zu sagen, was sie vor Tagen im Wald erfahren hatte. Das über diese seltsamen Meliorareleute und die Absichten, die sie ihm gegenüber hegten. Dann tat sie die Idee mit einem Achselzukken ab. Nein, sie hatten dieses widerwärtige Volk abgeschüttelt, und dem Blick nach zu schließen, den sie zuletzt auf ihr Lager geworfen hatte, würden sie ihren Jungen wohl nie wieder belästigen.

Was das betraf, was sie über seine Vergangenheit erfahren hatte, so würde es besser sein, dieses Geheimnis noch ein paar Jahre für sich zu behalten. Sie wußte, wie hartnäkkig impulsiv er manchmal sein konnte, und solche Informationen könnten leicht dazu führen, daß er in alle möglichen gefährlichen Richtungen wegrannte. Besser eine Weile nichts zu sagen. Wenn er ein vernünftiges Alter erreicht hatte, dreiundzwanzig vielleicht, würde sie ihn mit dem vertraut machen, was sie über seine Herkunft erfahren hatte. Bis dahin würde er den Laden übernommen und vielleicht geheiratet und sich zu einem vernünftigen, ruhigen Leben niedergelassen haben.

Sie tauchte den Löffel in den Topf und schnitt eine Grimasse. Zu wenig Saxifraga. Sie griff nach einer kleinen Gewürzdose.

»Pip! Komm zu mir, Junge!« Aber da war immer noch kein rosafarben blauer Blitz am Himmel, kein Summen zu hören. Wo er wohl hingeflogen sein mochte? Flinx wußte, daß der Minidrach die Gasse hinter dem Laden liebte. Dort war er schließlich zum erstenmal auf die Flugschlange gestoßen, und für die Vorstellung einer Schlange war die Gasse gewöhnlich voll interessanter Dinge, die man verzehren konnte. Und so geschickt und agil der Minidrach auch in der Luft war – eine Schachtel, die von einem Müllhaufen fiel, oder ein umstürzender Container konnte ihn leicht zu Boden drücken und ihn dort festhalten. Flinx wußte, daß sich wahrscheinlich kein Fremder auch nur auf zehn Meter an eine so eingezwängte Schlange heranwagen würde.

Nun gut, er würde es versuchen, entschied er sich. Er zwängte sich durch den engen Spalt, der Mutter Mastiffs Laden vom leerstehenden Bau daneben trennte, und fand sich kurz darauf in der Gasse. Dort war es feucht und finster und sah so armselig und kläglich wie immer aus.

Er bildete mit den Händen einen Trichter am Mund und rief: »Pip?«

»Hier drüben, Junge«, sagte eine sanfte Stimme.

Flinx' Muskeln spannten sich, aber seine Hand griff nicht nach dem Messer, das in seinem Stiefel versteckt war. Zu früh. Ein Blick verriet ihm, daß der Fluchtweg zur Straße noch offen war, ebenso wie das Stück Gasse hinter ihm. Und das Individuum, das reglos unter dem Torbogen vor ihm stand, sah auch nicht besonders bedrohlich aus.

Flinx blieb stehen, wo er war und überlegte, ehe er fragte: »Wenn Sie wissen, wo Pip ist, können Sie mir das genausogut von der Stelle aus sagen, wo Sie gerade stehen, und ich kann Sie auch ganz deutlich *von hier aus* hören.«

»Ich weiß, wo Pip ist«, gab der Mann zu. Sein Haar war völlig grau, stellte Flinx fest. »Ich bring dich zu ihm, wenn du willst.«

Flinx zögerte noch. »Ist alles mit ihm in Ordnung? Er hat doch nicht irgend etwas Dummes angestellt, oder?«

Der kleine Mann schüttelte den Kopf und lächelte freundlich. »Nein, er hat nichts angestellt, und es fehlt ihm auch nichts. Tatsächlich schläft er gerade.«

»Warum können Sie ihn dann nicht herausbringen?« fragte Flinx. Er blieb stehen, wo er war, jederzeit bereit, den Mann anzugreifen oder zur Straße zu rennen, je nachdem, wie es die Situation verlangte.

»Weil ich nicht kann«, sagte der Mann. »Wirklich, ich kann es nicht. Weißt du, ich befolge nur Befehle, die man mir gegeben hat.«

»Wessen Befehle?« fragte Flinx argwöhnisch. Plötzlich fingen die Dinge wieder an kompliziert zu werden. Und dann wurden ihm das Alter und die Haltung des Mannes bewußt. »Gehören Sie zu den Leuten, die meine Mutter entführt haben? Wenn Sie nämlich versuchen, an ihr Rache zu nehmen für das, in was sie vor Jahren verwickelt war, indem Sie jetzt mir etwas antun, dann wird das nicht funktionieren.«

»Ganz ruhig, Junge!« sagte der Mann. Eine Stimme hinter der Tür, die Flinx nicht verstehen konnte, flüsterte dem Mann etwas zu.

»Um Himmels willen, Anders, regen Sie ihn nicht auf!«

»Das versuche ich doch«, antwortete der alte Mann, ohne dabei den Mund aufzumachen, und dann, zu Flinx gewandt, lauter: »Niemand will dir etwas antun. Deinem Minidrach auch nicht, Junge. Darauf gebe ich dir mein Wort, selbst wenn du nicht glaubst, daß das viel wert ist. Meine Freunde und ich wollen nur das Beste für dich und deinen Pip.« Auf Flinx' Andeutung bezüglich seiner Adoptivmutter ging er nicht ein.

»Wenn Sie es uns nur gut meinen«, sagte Flinx, »dann haben Sie doch ganz bestimmt nichts dagegen, wenn ich schnell zurücklaufe und ...«

Der alte Mann trat einen Schritt vor. »Es ist nicht nötig, deine Mutter zu beunruhigen. Sie wird gleich ihren Laden öffnen und dann wird die Menschenmenge sie schützen, falls es das ist, was dich beunruhigt. Warum sie also ohne Not erschrecken? Wir wollen nur mit dir reden. Außerdem«, fügte er finster hinzu und ging damit ein kalkuliertes Risiko ein, »du hast keine andere Wahl, als mir zuzuhören. Nicht wenn du deinen Minidrach lebend wiedersehen willst.«

»Es ist ja nur eine Schlange.« Flinx legte eine Gleichgültigkeit an den Tag, die er in Wirklichkeit nicht empfand. »Was, wenn ich es ablehne, mit Ihnen zu kommen? Schließlich gibt es genügend andere Haustiere.«

Der alte Mann schüttelte langsam den Kopf, und sein Tonfall verriet, daß er mehr wußte. »Aber nicht eine wie die. Diese Flugschlange ist doch ein Stück von dir, oder?«

»Woher wissen Sie das?« fragte Flinx. »Woher wissen Sie, was ich für ihn empfinde?«

»Weil ich trotz allem, was du vielleicht jetzt über mich denkst«, sagte der Mann, plötzlich wieder zuversichtlicher, »von bestimmten Dingen viel verstehe. Wenn du mich läßt, werde ich dieses Wissen mit dir teilen.«

Flinx zögerte. Er war zwischen der Sorge um Pip und einer bösen Vorahnung, die gar nichts mit seinem besonderen Talent zu tun hatte, hin und her gerissen, aber der Mann hatte recht: er hatte keine Wahl. Er würde es nicht riskieren, daß Pip ein Leid geschah, obwohl er nicht hätte sagen können, warum.

»Also gut.« Er ging auf den alten Mann zu. »Ich komme mit Ihnen. Ich hoffe, daß Sie die Wahrheit sagen.«

»Darüber, daß ich dir und deinem kleinen Freund kein Leid zufügen will?« Das Lächeln wurde breiter. »Das verspreche ich.«

So sehr er sich auch bemühte, konnte Flinx keine feindlichen Gefühle wahrnehmen. Wenn man die Unzuverlässigkeit seiner Fähigkeit in Betracht zog, bedeutete das nichts – nach allem, was Flinx feststellen konnte, könnte dieser Mann ebensogut jetzt einen Mord planen, während er lächelnd dastand. Aus der Nähe wirkte er noch weniger furchterregend. Er war kaum so groß wie Flinx, und wenn auch nicht so alt wie Mutter Mastiff, so war es doch zweifelhaft, ob er ihm im Handgemenge Widerstand würde leisten können.

»Das ist meine Freundin und Kollegin Stanzel«, sagte der Mann. Eine Frau etwa seines Alters trat aus den Schatten hervor. Sie schien müde, zwang sich aber, aufrecht dazustehen und entschlossen zu blicken.

»Ich will dir auch nicht wehtun, Junge.« Sie studierte ihn mit unverhohlener Neugierde. »Niemand von uns will das.«

»Es gibt also noch mehr?« murmelte Flinx verwirrt. »Ich *verstehe* das alles nicht. Warum müssen Sie die ganze Zeit Mutter Mastiff und mich verfolgen? Und jetzt auch noch Pip? Warum?«

»Man wird dir alles erklären«, versicherte ihm die Frau, »wenn du jetzt einfach mit uns kommst.« Sie wies mit einer Handbewegung in die Gasse.

Flinx ging zwischen ihnen und stellte dabei fest, daß anscheinend weder der Mann noch die Frau bewaffnet waren. Das war ein gutes Zeichen, wenn auch ein verwirrendes. Sein Stilett fühlte sich kalt an seiner Wade an. Er blickte sehnsüchtig nach dem Laden zurück. Wenn er es nur Mutter Mastiff hätte sagen können! Aber, erinnerte er sich dann, so lang er nur bis abends zurückkam, wenn es Zeit war, zu Bett zu gehen, würde sie sich keine Sorgen machen. Sie war daran gewöhnt, daß er plötzlich unangekündigte Exkursionen in die Stadt unternahm.

»Glaub mir, was ich sage«, würde sie dann wieder verkünden, »deine Neugierde wird dir noch einmal den Tod einbringen!«

Wenn es aber nicht um eine Racheaktion gegen Mutter Mastiff ging, was wollten dann diese Leute von ihm? Es war für sie offenbar wichtig, sehr wichtig. Wenn nicht, hätten sie kein Zusammentreffen mit seinem tödlichen kleinen Freund riskiert. Trotz ihres Alters fürchtete er sie, und wäre es nur wegen der Tatsache, daß es ihnen allem Anschein nach gelungen war, Pip einzufangen, etwas, das die Fähigkeiten der meisten überstieg.

Aber irgend etwas, eine besondere Haltung vielleicht, kennzeichnete diese Leute als völlig anders als die üblichen Halsabschneider, von denen der Markt wimmelte. Sie waren ganz anders als alle Leute, denen er bisher begegnet war. Ihre Kühle und ihre Gleichgültigkeit verbanden sich mit ihrem ruhig entschlossenen Professionalismus und machten ihm Angst.

Die Gasse mündete in eine Nebenstraße, wo ein Flugwagen wartete. Der alte Mann sperrte ihn auf und bedeutete ihm mit einer Handbewegung, er solle einsteigen. Als Flinx sich anschickte, den kleinen Wagen zu besteigen, empfand er eine jener geheimnisvollen plötzlichen Aufwallungen emotionaler Einsicht. Sie war kurz, so kurz, daß er nicht einmal sicher war, sie tatsächlich empfunden zu haben. Sie löschte seine Furcht aus, hinterließ ihn aber verwirrter und unsicherer denn je.

Er mochte um Pip besorgt sein und vielleicht auch etwas um sich selbst, aber aus irgendeinem unbekannten Grund, das spürte er deutlich, hatten diese zwei äußerlich so entspannten und in hohem Maße zuversichtlichen Menschen eine geradezu panische Angst vor ihm!

17. Kapitel

Cruachan studierte die Computeranzeigen sorgfältig. Der Flügel des alten Lagerhauses, in dem sie untergekommen waren, war nur ein bescheidener Ersatz für die aufwendig ausgestattete Anlage, die sie mit soviel Mühe weit im Norden errichtet hatten. Aber es hatte ja keinen Sinn, über den Verlust nachzugrübeln. Jahre der Enttäuschung hatten ihn gegen solche Rückschläge abgestumpft. Die Maschinen, die ihn umgaben, waren hastig aufgebaut und miteinander verbunden worden.

Er war nicht enttäuscht. Trotz all ihrer Probleme standen sie jetzt an der Schwelle des Erfolgs, waren im Begriff, das zu erreichen, was sie sich auf dieser Welt vorgenommen hatten, wenn auch nicht in der Art und Weise, wie sie es ursprünglich geplant hatten. Anscheinend sollte sich die Anwesenheit des alaspinianischen Einwanderes zu ihrem Vorteil auswirken. Zum erstenmal, seit sie in Orbit um Moth eingetreten waren, empfand er mehr als bloß Hoffnung. Seine Zuversicht rührte aus Anders' und Stanzels letztem Bericht. Das Subjekt hatte sich ihnen ohne Widerstand angeschlossen und schien mit gewissem Widerstreben bereit, zu kooperieren, hatte aber bis jetzt keinerlei Anzeichen unerwarteter bedrohlicher Fähigkeiten an den Tag gelegt.

Daß sie dem Subjekt sein Tier weggenommen hatten – potentiell eine tödliche Handlung –, hatte sich als viel erfolgreicher erwiesen als der Versuch, die Adoptivmutter des Subjektes anzupassen. Cruachan räumte jetzt ein, daß diese Entscheidung ein Fehler gewesen war. Wenn sie nur von Anfang an über das Katalysatorgeschöpf informiert gewesen wären! Doch er machte dem Informanten keinen Vorwurf. Wahrscheinlich war der Minidrach erst nach dem Abschluß des Informationsberichts in den Besitz des Subjekts gelangt. Jetzt, wo sie das semisymbiotische Tier unter Kontrolle hatten, würde sich das Subjekt ihren Wünschen fügen. Von einem Versuch, den Jungen extern zu beeinflussen, konnte nicht länger die Rede sein. Sie würden die elektronischen Verbindungen, die für seine Mutter bestimmt gewesen waren, in das Gehirn des Jungen selbst einpflanzen müssen. Direkte Kontrolle schuf einige Risiken, aber soweit Cruachan und seine Kollegen das sehen konnten, hatten sie keine andere Wahl. Cruachan war froh, daß der Fall dem Abschluß nahe war. Er war sehr müde.

Es regnete heftig, als der kleine Flugwagen vor dem Lagerhaus anhielt. Flinx musterte den Bau angewidert. Das Viertel Drallars in der Nähe des Shuttlehafens war voll von häßlichen, schwerfälligen Denkmälern übermäßiger Erwartungen, die sich nicht erfüllt hatten, heute hauptsächlich von Maschinen bevölkert – finster, alles andere als einladend, und fremdartig.

Es kam ihm nicht in den Sinn, seine Meinung zu ändern und zu versuchen, zur nächsten Seitengasse oder in irgendeine halboffene Tür zu fliehen. Wer auch immer diese Leute waren, dumm waren sie nicht. Sie hatten die Intensität der Gefühle, die er für Pip empfand, richtig eingeschätzt und ihn aus diesem Grund nicht gefesselt und trugen auch keine Waffen.

Was sie mit ihm vorhatten, konnte er sich immer noch nicht zusammenreimen. Wenn sie ihn nicht belogen hatten und ihm wirklich nichts Böses zufügen wollten, welchen Nutzen konnte er ihnen dann schon bringen? Wenn es eines gab, was er nicht ertrug, waren es unbeantwortete Fragen. Und nach Erklärungen drängte es ihn fast ebenso wie zu Pip.

Sie schienen ihrer selbst sehr sicher zu sein. Daß keine Waffen zu sehen waren, bedeutete natürlich nicht, daß es keine gab. Er konnte die Furcht, die sie vor ihm empfanden, nicht mit dem Fehlen jeglicher Bewaffnung in Einklang bringen. Vielleicht hatten sie Angst vor ihm, dachte er, weil sie befürchteten, er könnte sein Wissen über die Entführung den Behörden mitteilen. Vielleicht wollten sie von ihm das Versprechen, Stillschweigen zu bewahren. Aber irgendwie gab das alles keinen Sinn.

»Ich wünschte, Sie würden mir sagen, was Sie mit mir vorhaben«, sagte er laut, »und was hier vorgeht.«

»Es ist nicht unsere Sache, das zu erklären.« Der Mann warf einen Blick auf seine Begleiterin und sagte dann so, als könne er seine eigene Neugierde nicht unterdrücken: »Hast du je von der Meliorare-Gesellschaft gehört?«

Flinx schüttelte den Kopf. »Nein. Aber ich weiß, was das Wort bedeutet. Was hat das mit mir zu tun?«

»Alles.« Er schien im Begriff, mehr zu sagen, aber die alte Frau brachte ihn mit einer Handbewegung zum Schweigen.

Das Gebäude, das sie betraten, war von einer Anzahl ähnlich nichtssagender Bauwerke umgeben. Sie lagen alle abseits von der Hauptzufahrt zum Shuttlehafen. Ihnen waren, seit sie das Viertel erreicht hatten, nur wenige Leute begegnet. Und in der heruntergekommenen Eingangshalle war überhaupt niemand zu sehen.

Sie fuhren mit einem Aufzug in den zweiten Stock. Seine Begleiter führten ihn durch breite, leere Korridore, vorbei an hohen Lagerräumen, die mit Plastizinkisten und Behältern angefüllt waren. Schließlich blieben sie vor einem kleinen Lautsprecher stehen, der in die Plastikvertäfelung einer Tür ohne Aufschrift eingelassen war. Worte wurden zwischen Flinx' Eskorte und jemandem auf der anderen Seite gewechselt, dann öffnete sich die Tür.

Sie betraten einen Raum, der mit Ballen und Kisten vollgestopft war. Was ihn von einem Dutzend ähnlicher Räume unterschied, war die Wand zu seiner Rechten. Die war fast vom Boden bis zur Decke mit einer eindrucksvollen Ansammlung elektronischer Geräte vollgepackt. Die leeren Kisten daneben deuteten darauf, daß man sie in allerjüngster Vergangenheit eilig ausgepackt hatte. Die Konsolen standen unter Strom und waren besetzt. Die Leute, die sie bedienten, musterten die Neuankömmlinge mit neugierigen Blikken, ehe sie sich wieder ihren Geräten zuwandten. Abgesehen von dem grimmigen Gesichtsausdruck, den sie alle zur Schau stellten, sahen sie aus wie die Insassen eines Altersheims auf einem Ausflug. Zwei Leute betraten den Raum. Kurz darauf ein dritter – ein hochgewachsener, silberhaariger, gut aussehender Mann. Er trat auf wie der geborene Führer, und Flinx konzentrierte sich sofort auf ihn. Der Mann lächelte Flinx zu. Obwohl er fast so alt wie Mutter Mastiff war, hielt der Mann sich kerzengerade. Wenn er an Altersschwäche litt, so schaffte er es meisterhaft, alle Anzeichen davon zu verbergen. Eitelkeit? Eiserner Wille? fragte sich Flinx. Er tastete nach den Emotionen des Mannes, hatte aber keine Wahrnehmung. Auch von Pips Gegenwart im Raum oder in der Nähe war nichts zu verspüren.

Während der hochgewachsene alte Herr ihm die Hand schüttelte, suchte Flinx nach einem Fluchtweg. Es schien nur einen Ausgang zu geben: die Tür, durch die sie eingetreten waren. Er hatte keine Ahnung, wohin die Tür am anderen Ende des Raums, durch die die anderen gekommen waren, führte, argwöhnte aber, daß das wahrscheinlich eine Sackgasse war.

»Es ist mir eine große Freude, dich endlich kennenzulernen, mein Junge«, sagte der alte Mann. Sein Händedruck war fest. »Wir haben große Mühe auf uns genommen, um dieses Zusammentreffen zu ermöglichen. Es wäre mir lieber gewesen, nicht so vorgehen zu müssen, aber die Umstände haben sich dazu verschworen und mich gezwungen.«

»*Sie* waren das also ...« – Flinx wies auf die anderen – »die für die Entführung meiner Mutter verantwortlich waren?«

Cruachan entspannte sich. In dem hageren, unschuldigen Jungen lag keine Gefahr. Was für Fähigkeiten auch immer er vielleicht besaß, sie waren bis jetzt latent und warteten auf die richtige Instruktion und Entwicklung. Seine Haltung war jedenfalls alles andere als bedrohlich.

»Ich habe ihn gefragt«, berichtete der Mann, der Flinx vom Markt hergebracht hatte, »ob er von der Gesellschaft gehört hätte. Er hat nein gesagt.«

»Dazu hatte er keinen Anlaß«, stellte Cruachan fest. »Sein Leben war eingeschränkt, sein Horizont beengt.«

Flinx ignorierte diese Einschätzung seiner Beschränktheit. »Wo ist Pip?«

»Deine Flugschlange, nehme ich an? Ja.« Der große Mann drehte sich um und rief etwas zur hinteren Tür. Der Abschnitt der Wand, der die Tür enthielt, gab ein ächzendes Geräusch von sich, als er beiseitegezogen wurde. Dahinter lag eine weitere endlose Folge von Lagerräumen, vollgepackt mit Behältern, Containern und Kisten. Auf einem Tisch ganz vorne stand ein durchsichtiger Würfel von etwa einem Meter Kantenlänge, und darauf ein paar kleine Metalltanks. Aus den Tanks führten Schläuche in den Würfel.

Links vom Tisch stand ein nervös aussehender alter Mann, der ein kleines flaches Kontrollgerät in der Hand hielt. Sein Daumen drückte einen der Knöpfe. Seine Augen wanderten beständig zwischen dem Würfel und Flinx hin und her.

Pip lag unten im Würfel, eingeringelt und allem Anschein nach tief schlafend. Flinx trat einen Schritt vor. Cruachan streckte die Hand aus, um ihn zurückzuhalten.

»Er ruht ganz behaglich. Die Luft in dem Käfig ist mit einem schwachen Schlafmittel vermischt. Westhoff reguliert die Mischung und den Gaszufluß. Falls du irgend etwas Unsinniges versuchen solltest, würde er den Gasfluß verstärken, ehe du dein Tier befreien könntest. Du siehst ja, der Käfig ist gut abgedichtet. Es gibt auch keine Klappe.

Die angepaßte normale Atmosphäre im Inneren des Würfels würde durch das narkoleptische Gas völlig ersetzt werden, und die Schlange würde ersticken. Es würde nicht lange dauern. Westhoff braucht bloß den Knopf kräftig niederzudrücken.«

Flinx hörte ruhig zu, während er den Abstand zwischen sich und dem Käfig abschätzte. Der ältere Mann, der das Kontrollgerät hielt, erwiderte seinen Blick grimmig. Selbst wenn er es irgendwie schaffen würde, den Händen auszuweichen, die ganz sicher nach ihm greifen würden, so wußte er doch nicht, wie er den Käfig öffnen und Pip befreien sollte. Sein Stilett würde ihm gegen das dicke Pancrylic nichts helfen.

»Ich habe Sie verstanden«, sagte Flinx. »Was wollen Sie von mir?«

»Die Erlösung«, erklärte Cruachan mit leiser Stimme.

»Ich verstehe nicht.«

»Das wirst du am Ende schon, hoffe ich. Für den Augenblick mag genügen, daß uns deine unberechenbaren, aber doch unverkennbaren Fähigkeiten interessieren. Dein Talent.«

All die Vorstellungen, die Flinx sich gemacht hatte, brachen zusammen. »Sie meinen, Sie hätten all das getan: Mutter Mastiff entführt und jetzt Pip, nur weil *meine* Fähigkeiten Sie interessieren?« Er schüttelte ungläubig den Kopf. »Ich hätte Ihnen gerne alles gesagt, was ich weiß, ohne daß Sie sich all die Mühe gemacht hätten.«

»Ganz so einfach ist es nicht. Du könntest eines sagen, es vielleicht sogar glauben, und dein Bewußtsein würde vielleicht ganz anders reagieren.«

Es wird immer verrückter, dachte Flinx. »Ich habe keine Ahnung, wovon Sie reden.«

»Das ist vielleicht ganz gut so«, murmelte Cruachan. »Du bist ein Emotionstelepath. Stimmt das?«

»Ich bin manchmal für das, was andere Leute empfinden, sensibel, wenn Sie das meinen«, äußerte Flinx etwas gereizt.

»Sonst nichts? Keine präkognitiven Fähigkeiten? Telekinese? Echte Telepathie? Pyrokinese? Dimensionale Wahrnehmung?«

Flinx lachte, und die Spannung, die den Raum erfüllte, ließ das Gespräch noch schärfer klingen. »Ich weiß nicht einmal, was die Worte alle bedeuten, abgesehen, von Telepathie. Wenn Sie damit meinen, ob ich Gedanken anderer Leute lesen kann – nein. Nur manchmal ihre Gefühle. Alles übrige ist doch sowieso alles reine Phantasie, oder?«

»Nicht ganz«, antwortete Cruachan leise, »nicht ganz. Jedes menschliche Bewußtsein besitzt das Potential, das glauben wir von der Gesellschaft wenigstens. Wenn man sie weckt, können weitere Reize, die durch Ausbildung und andere Mittel geliefert werden, solche Fähigkeiten zu vollem Erwachen bringen. Das war die ...« Er hielt inne und lächelte.

»Wie ich schon sagte, eines Tages wird man es verstehen, hoffe ich. Für den Augenblick reicht es aus, wenn du uns gestattest, ein paar Tests an dir vorzunehmen. Wir wollen die wahrscheinlichen Grenzen deines Talents messen und darüber hinaus andere mögliche, verborgene Fähigkeiten aufspüren, die bis jetzt noch unentwickelt sind.«

»Was für Tests?« Flinx musterte den hochgewachsenen Mann argwöhnisch.

»Nichts Kompliziertes. Messungen, Elektroencephalotopographie.«

»Das klingt mir aber sehr kompliziert.«

»Ich kann dir versichern, es tut überhaupt nicht weh. Wenn du jetzt mitkommen würdest ...« Er legte Flinx väterlich die Hand auf die Schultern. Der zuckte zusammen. Dort hätte seine Schlange sein müssen, keine fremde Hand.

Cruachan führte ihn zu den Instrumenten. »Ich verspreche dir: gib uns vierundzwanzig Stunden, und wir geben dir deinen kleinen Freund zurück, und du mußt das nie wieder über dich ergehen lassen.«

»Ich weiß nicht«, meinte Flinx. »Ich bin immer noch nicht ganz sicher, was Sie eigentlich von mir wollen.« Ihm schien die Zahl der Instrumente für ein paar einfache Tests recht groß, und einige davon sahen fast vertraut aus. Wo hatte er diese Kugel mit den Tentakeln daran schon einmal gesehen? – Über einem Tisch in einem Zimmer, weit im Norden, wurde ihm plötzlich klar.

Was mache ich jetzt? überlegte er verzweifelt. Er wollte sich nicht auf diesen Tisch legen lassen, unter diese wartenden Tentakel. Aber wenn er zögerte, was würden sie dann in ihrer Ungeduld und in ihrem Zorn mit Pip machen?

Und dann, während seine Gedanken noch durcheinanderwirbelten und er zu entscheiden versuchte, was er jetzt tun sollte, drängte sich eine plötzliche Aufwallung von

Emotionen in sein Bewußtsein. Da war Haß und ein wenig Furcht und vor allem Zorn. Er blickte zu Cruachan auf. Der lächelte freundlich auf ihn herab und runzelte die Stirn, als er den Ausdruck bemerkte, den das Gesicht des Jungen angenommen hatte. »Stimmt etwas nicht?«

Flinx gab keine Antwort. Er musterte die Gesichter der anderen Anwesenden im Raum. Doch die Gefühle, die er empfand, schienen von keinem davon auszugehen, und sie wurden immer kräftiger, ausgeprägter. Sie kamen ... sie kamen von ... Er blickte zum Eingang.

»Niemand bewegt sich!« befahl eine entschlossene Stimme. Die Leute, die durch die Tür hereinstürmten, nachdem sie das Schloß lautlos überlistet hatten, waren Flinx völlig fremd. Ein Paar in mittleren Jahren, wie Touristen von Außerplanet gekleidet, jeder mit einer Schußwaffe in der Hand, die größer als eine Pistole und länger als ein Karabiner war, und die sie vorsichtig mit beiden Händen hielten – sie sahen sich unter den erschreckten Insassen des Lagerraumes um.

Flinx erkannte ihre Waffen nicht. Das war ungewöhnlich. Seine Streifzüge auf dem Markt hatten ihn praktisch mit jeder Art persönlicher Bewaffnung vertraut gemacht. Aber die hier waren ihm neu, ebenso neu wie diese beiden Menschen. Sie wirkten eher durchschnittlich. Aber an der Art und Weise, wie sie sich bewegten, war nichts Durchschnittliches, und auch daran nicht, wie sie Befehle erteilten, oder diese seltsamen Waffen hielten. Die Meliorares jedoch schienen genau zu wissen, wen sie vor sich hatten.

»Commonwealth Friedenstruppe«, rief der Mann. »Sie stehen von diesem Augenblick an unter Haftbefehl der Regierung.« Er lächelte grimmig. »Die Anklagen gegen Sie, mit denen Sie sicherlich im einzelnen vertraut sind, sind recht zahlreich. Ich glaube, ich kann hier auf Einzelheiten verzichten.«

Flinx bewegte sich dankbar auf ihn zu. »Ich weiß nicht, wie Sie mich gefunden haben, aber ich bin wirklich froh, daß Sie da sind.«

»Keine Bewegung! Stehenbleiben!« Die Frau richtete ihre Waffe auf ihn. Ihr Gesichtsausdruck machte Flinx klar, daß sie bereit war, ihn niederzuschießen, wenn er auch nur einen weiteren Schritt auf sie zuging. Er erstarrte und blickte sie verwirrt an.

Da war etwas völlig Neues, etwas in ihren Augen, aber auch in ihrem Bewußtsein: nicht gerade Furcht, eher eine Art verdrehter Haß, Abscheu geradezu. Das Gefühl war geradewegs auf ihn gerichtet. Das war ihm so neu, so fremd, so ekelerregend, daß er nicht wußte, wie er reagieren sollte. Er wußte nur, daß diese Leute ebensowenig Zuneigung für ihn empfanden und wahrscheinlich sogar noch schlimmere Absichten hatten als diese wahnsinnige Gesellschaft der Meliorareleute.

Anstelle seiner Verwirrung trat Zorn, eine wilde Wut, die aus Enttäuschung und Verzweiflung erwuchs, und die das Gefühl der Hilflosigkeit noch verstärkte. Ohne eigenes Verschulden, einzig und allein von dem Wunsch beseelt, in Frieden gelassen zu werden, war er zum Brennpunkt von Mächten geworden, die er nicht kontrollieren konnte, Mächte, die sogar über seine Welt hinausreichten. Und er wußte nicht, hatte nicht die leiseste Ahnung, wie er mit ihnen zurande kommen sollte.

Und all die Verwirrung wurde von der einen klaren Erkenntnis überlagert: Er war nicht so erwachsen, wie er geglaubt hatte.

Hinten im Raum war der Mann namens Westhoff von den Friedenshütern nicht bemerkt worden. Er zögerte nicht, legte das Kontrollinstrument beiseite und zog sich hinter Kisten und Behältern Deckung suchend zurück. Der Knopf, den er bislang festgehalten hatte, war nicht länger niedergedrückt.

»Weg von den Konsolen! Alle!« befahl die Frau und gestikulierte mit ihrer Waffe. Die Meliorares erhoben sich von ihren Plätzen, hoben die Hände und beeilten sich, ihrer Anweisung nachzukommen.

»Wenn jemand einen Schalter berührt«, warnte sie der

andere Friedenshüter, »dann ist das das letzte, was er je berührt.«

Die Frau warf Flinx einen feindseligen Blick zu. »He, du auch! Los!« Widerwillen und Ekel strahlten von ihr aus. Flinx gab sich Mühe, die auf ihn eindringenden Emotionen abzuschütteln.

»Ich gehör nicht zu denen«, protestierte er. »Ich hab damit nichts zu tun.«

»Ich fürchte doch, Junge, ob es dir nun gefällt oder nicht«, widersprach sie. »Du hast eine Menge Ärger bereitet. Aber keine Sorge.« Sie lächelte schief. »Alles wird gut werden. Man wird dich so herrichten, daß du ein normales Leben führen kannst.«

Plötzlich fing auf einer der Konsolen ein Gerät zu summen an. Cruachan starrte ihn benommen an, dann wanderte sein Blick zu Flinx und schließlich zu den Friedenshütern.

»Um Himmels willen, bedrohen Sie ihn nicht!«

»Mich bedrohen?« Flinx weinte fast. Cruachans plötzliches Erschrecken ignorierte er, ebenso das Summen und auch alles andere, während er zu der Friedenshüterin sagte: »Was meint er damit, mich bedrohen? Und was haben Sie gemeint, als Sie sagten, Sie würden mich ›herrichten‹? Mir fehlt nichts.«

»Vielleicht ist das so, aber wahrscheinlich nicht«, antwortete sie, »denn diese *Meliorares*«, sie spie das Wort förmlich aus, »scheinen da anderer Ansicht zu sein. Das genügt mir. Ich bin keine Spezialistin. Sie sind es, die entscheiden werden, was mit dir geschehen soll.«

»Und je früher, desto besser«, fügte ihr Begleiter hinzu.

Flinx hatte das Gefühl, als würden ihm nicht nur sein Verstand, sondern auch seine Füße den Dienst versagen. Wo er Rettung erwartet hatte, war da jetzt nur neuer Schmerz, neue Gleichgültigkeit. Nein, schlimmer als Gleichgültigkeit, denn diese Leute sahen in ihm eine deformierte, ungesunde Kreatur. In diesem Raum gab es kein Verständnis für ihn, weder von seiten seiner Verfolger noch von seiten dieser Neuankömmlinge. Alle schienen gegen ihn zu sein.

›*Herrichten*‹, hatte die Frau gesagt, man würde ihn ›*herrichten*‹. Aber ihm fehlte doch nichts. Warum wollen sie mir das antun? fragte er sich zornig.

Der Schmerz und die Verwirrung erzeugten Resultate, die die beiden Parteien nicht wahrnahmen. Angestachelt von den kraftvollen Emotionen, die von ihrem Herrn ausgingen, nicht länger durch einen Zustrom von Schlafgas in ihren Käfig, wachte die Flugschlange auf. Sie brauchte nicht visuell nach Flinx zu suchen – der Schmerz, der aus ihm herausplatzte, war wie ein Leuchtturm, den man einfach nicht übersehen konnte.

Die Flügel der Schlange blieben eingefaltet, während sie schnell ihr Gefängnis untersuchte. Dann richtete sie sich auf und spuckte. In dem Stimmengewirr, das den Raum erfüllte, blieb das leise Zischen sich auflösenden Pancryls unbemerkt.

»Schaffen wir sie hinaus!« Der männliche Friedenshüter trat nach rechts und stellte sich neben den Eingang, während sie hinter die Gruppe trat, die sich in der Mitte des Raums versammelt hatte.

»In einer Reihe!« befahl sie und gestikulierte dabei mit ihrer Waffe. »Alle! Und die Hände oben lassen!«

Cruachan versuchte, mit ihr zu diskutieren. »Bitte, wir sind doch bloß ein paar harmlose alte Wissenschaftler. Das ist unsere letzte Chance. Dieser Junge ...« – dabei wies er auf Flinx – »ist vielleicht unsere letzte Chance, um zu beweisen ...«

»Ich habe Ihre Vergangenheit studiert und die Berichte gelesen.« Die Stimme der Frau war eisig. »Was Sie getan haben, ist unverzeihlich. Sie werden bekommen, was Sie verdienen, aber ganz bestimmt keine Chance, weiter an diesem verbildeten Kind herumzuexperimentieren.«

»Bitte, kann mir denn niemand erklären ...?« sagte Flinx verzweifelt. »Ich weiß nicht, wovon Sie reden! Will mir denn niemand sagen ...?«

»Das wird wahrscheinlich schon jemand«, sagte die Frau. »Ich bin mit den Einzelheiten nicht vertraut und auch nicht für Erklärungen zuständig.« Sie schauderte sichtlich. »Und darüber bin ich froh.«

»Rose, passen Sie auf!« Auf den warnenden Ruf ihres Begleiters wirbelte die Frau herum. Da war etwas in der Luft, etwas, das wie eine riesige Hummel summte und schnell hin- und herhuschte: etwas, das blau und rosafarben vor der Decke herumhuschte.

»Was, zum Teufel, ist denn das?« platzte es aus ihr heraus.

Flinx setzte zur Antwort an, aber Cruachan kam ihm zuvor, indem er aus der Reihe trat und auf den Friedenshüter zuging. »Das Tier gehört dem Jungen. Ich weiß nicht, wie es sich befreit hat. Es ist gefährlich.«

»Oh, ist es das?« Die Mündung des kurzen Karabiners hob sich.

»Nein!« Cruachan rannte auf sie zu, und der Summer von der Konsole kreischte schrill in seinen Ohren. *»Nicht!«*

Die Friedenshüterin reagierte instinktiv auf den unerwarteten Angriff. Ein kurzer Strahl hochintensiven Schalls traf den Anführer der Meliorares. Sein Leib explodierte förmlich, riß ihm die Wirbelsäule auseinander. Die Waffe hatte keinen hörbaren Ton von sich gegeben. Nur ein leises, stoßendes Geräusch war zu vernehmen gewesen, als der Strahl sein Ziel getroffen hatte.

Eine der älteren Frauen schrie entsetzt auf. Die Friedenshüterin stieß einen Fluch aus und zielte auf das, was all die Unruhe erzeugt hatte. Während sie die Waffe auf Pip richtete, prallten all die Wut und der Schmerz und die Angst in Flinx' Kopf aufeinander.

»Pip! Nein!« schrie er und sprang die Frau an. Der männliche Friedenshüter versuchte, seiner Begleiterin zu helfen. Pip schoß in den hinteren Teil des Lagerraums. Die Waffe der Frau verfolgte den Minidrach, und ihr Finger krümmte sich um den Abzug.

Etwas geschah. Cruachans Augen waren noch immer offen. Er nahm es wahr. Ein befriedigtes Lächeln breitete sich auf seinem Gesicht aus. Dann starb er.

Und plötzlich senkte sich Nacht über alles.

Flinx schwebte im Innern einer riesigen Baßtrommel. Etwas schlug von beiden Seiten darauf. Der Rhythmus war unregelmäßig, das Geräusch betäubend. Es tat weh.

Etwas lag auf seiner Brust. Ich liege auf dem Rücken, dachte er. Er hob den Kopf, um an sich selbst hinabzublikken. Pip lag auf dem Slicker. Er hatte ein paar Schürfwunden, lebte aber. Die Flugschlange sah benommen aus. Und als das Bewußtsein in sie zurückflutete, zuckte die schmale Zunge wiederholt heraus, prüfend um über Flinx' Lippen und Nase zu huschen. Flinx versuchte sich aufzusetzen.

Irgend etwas stimmte nicht mit seinem Gleichgewicht. Der einfache Übergang von der liegenden in die sitzende Haltung wurde zu einer größeren Operation. Zwei Dinge fielen ihm sofort auf; es war kalt, und der Regen durchnäßte sein Gesicht. Dann wurde sein Blick klarer, und er sah den alten Mann, der sich über ihn beugte. Einen Augenblick lang kehrte die Furcht zurück. Aber dies war kein Meliorare. Es war ein freundliches fremdes Gesicht. Der Alte war ganz anders gekleidet als die Mitglieder der Gesellschaft. An ihrer Kleidung war nichts Schäbiges gewesen, dieser Fremde jedoch war von einfacherer Lebensart.

»Alles in Ordnung, Junge?« Er blickte über die Schulter und sagte: »Ich glaube, ihm fehlt nichts.«

Flinx sah an dem alten Mann vorbei. Ein paar weitere Fremde hatten sich hinter ihm versammelt. Flinx bemerkte, daß er das Zentrum ihrer besorgten Neugierde war. Starke Arme griffen nach ihm und halfen ihm beim Aufstehen. Er hörte Fragen bezüglich der Flugschlange, die auf seiner Schulter saß.

Ein jüngerer Mann trat vor. »Alles in Ordnung?« Er musterte Flinx' Gesicht. »Ich bin in Erster Hilfe ausgebildet.«

»Ich bin nicht ... ich glaube ...« Komisch, sein Mund funktionierte nicht richtig. Er schluckte. »Was ist passiert?«

»Das mußt *du* uns sagen«, sagte der junge Mann ohne zu lächeln. Er war adrett gekleidet, eleganter als der Alte, der als erster Flinx untersucht hatte. Ein gelbgrün gestreifter Slicker bedeckte einen bunten Straßenanzug.

»Ich bin Faktotum für das Subhaus von Grandier. Ich wollte mich gerade um eine Sendung von Evoria kümmern, die gerade angekommen ist.« Er drehte sich um und deutete auf ein Gebäude. »Das ist unser Lagerhaus dort drüben. Ich wäre fast über dich gestolpert.«

»Ich auch«, sagte der Alte, »obwohl ich kein Faktotum für irgend jemanden bin, nur für mein eigenes Haus.« Er grinste und entblößte dabei einige Zahnlücken.

Flinx wischte sich die nassen Haarsträhnen aus dem Gesicht und von der Stirn. Wie kam es, daß er so naß geworden war? Er konnte sich nicht erinnern, daß er auf der Straße gewesen oder hingefallen war.

Jetzt, wo die Leute ringsum sich etwas beruhigt hatten, hatte das Brüllen, das seine Ohren erfüllte, seit er wieder zu Bewußtsein gekommen war, betäubende Dimensionen angenommen. Es klang wie Sirenengeheul. Ein paar Häuserblocks entfernt loderten Flammen aus dem obersten Geschoß eines Lagerhauses. Ein Skimmer der Feuerwehr schwebte daneben, und seine Mannschaft spritzte feuerhemmenden Schaum in die Flammen. Der Schaum vereinte sich mit dem Regen im Kampf gegen die Feuersbrunst.

»Jedenfalls«, fuhr der jüngere Mann neben Flinx fort, während sie beide zu dem Inferno hinüberblickten, »ich bin gerade von dort drüben in unser Büro gekommen, als dieses Gebäude« – er wies mit einer Kopfbewegung auf die Flammen – »in die Luft flog. Wenn ich mich recht entsinne, war es vier oder fünf Stockwerke hoch. Wie man sehen kann, sind nur noch zwei übrig. Die obersten drei müssen in den ersten paar Sekunden hochgegangen sein. Die Straßen sind voller Trümmer. Mich hat es einfach umgeworfen, genau wie dich.« Flinx' Blick wanderte über die Menschenmenge, die sich versammelt hatte, um das ungewöhnliche Schauspiel zu genießen. Große Feuer waren in Drallar selten.

»Da hat sich jemand auf einigen Ärger eingelassen«, murmelte der Alte. »Explosivstoffe innerhalb der Stadtgrenzen gelagert. Schlimme Sache. Schlimm.«

»Jemand hat mir gesagt, die hätten die Explosion bis in die inneren Stadtviertel gespürt«, meinte der junge Mann. »Ich möchte wissen, was die dort gelagert hatten, daß es eine solche Explosion geben konnte? Ein Metallstück ist wie ein Schrapnell knapp an mir vorbeigeflogen und in unserer Vordertür steckengeblieben. Und als ich mich aufrappelte, habe ich dich dort auf der Straße liegen sehen. Entweder hat dich ein Brocken getroffen, oder du bist k.o. gegangen, als du mit dem Kopf auf das Pflaster trafst.«

»Ich habe nicht gesehen, daß ihn etwas getroffen hätte«, sagte der Alte.

»Das hat nichts zu sagen, so schnell wie das Zeug rumflog.« Der Büroangestellte sah Flinx an. »Ich wette, du hast überhaupt nichts bemerkt.«

»Nein«, gab Flinx zu, immer noch schrecklich verwirrt. »Ich hab auch nichts bemerkt. Aber jetzt ist alles in Ordnung.« Flinx brachte ein schwaches Grinsen zuwege. »Ich fühle mich wieder ganz in Ordnung.« Er schwankte einen Augenblick lang und stand dann gerade.

Der Büroangestellte studierte immer noch den Minidrach, der sich um Flinx' linke Schulter gerollt hatte. »Das ist aber ein interessantes Tier.«

»Das finden alle. Danke für Ihre Hilfe. Dank Ihnen beiden.« Er drängte sich durch den Ring der Zuschauer, die das zerstörte Lagerhaus anstarrten.

Widerstrebend füllte sein Gehirn die leeren Stellen aus, die in seiner Erinnerung klafften. Im zweiten Stock, er war dort oben gewesen, und die Meliorares hatten gerade angefangen, einige Tests an ihm durchzuführen. Dann hatten die Friedenshüter den Raum gestürmt, und Pip hatte sich befreit und einer von ihnen hatte auf ihn schießen wollen, und der Chef der Meliorares – Flinx konnte sich nicht an seinen Namen erinnern, nur an die Augen – war in Panik geraten und hatte den Friedenshüter angegriffen. Flinx erinnerte sich daran, wie er verzweifelt geschrien hatte, die Frau sollte nicht schießen, solle Pip nicht verletzen, solle nicht ...

Und dann war er erwacht, völlig durchnäßt und benommen und auf der Straße liegend, und ein alter Mann hatte sich besorgt über ihn gebeugt, und Pip hatte ihm den Mund geleckt.

Seine Hand griff an seinen Hinterkopf, der immer noch dröhnte wie die Trommel, in der er sich eingeschlossen geglaubt hatte. Doch da war keine Beule, kein Blut, und trotzdem fühlte es sich an, als hätte er dort einen heftigen Schlag bekommen. Nur daß der Schmerz sich im *Inneren* seines Schädels konzentrierte.

Leute kamen jetzt aus dem brennenden Lagerhaus: ärztliches Personal in weißen Slickers. Sie führten jemanden. Die Kleider der Frau waren zerfetzt und mit Blut besudelt. Sie war auf den Beinen, wurde aber von zwei Ärzten gestützt.

Plötzlich konnte Flinx sie fühlen, nur einen Augenblick lang, aber da war keine Emotion, keine Emotion und auch keinerlei Gefühle. Und dann bemerkte er ihre Augen. Ihr Blick war leer; die Augen starrten glasig, unbewegt. Wahrscheinlich war sie noch von der Explosion benommen, dachte er. Sie war die Friedenshüterin, die auf Pip hatte schießen wollen.

Im Krankenhaus würde diese Leere wahrscheinlich wieder verschwinden, dachte er. Obwohl es beinahe so war, als ob man sie bewußtseinsgelöscht hätte, und zwar nicht selektiv. Sie sah wie die leere Hülle eines menschlichen Wesens aus. Flinx wandte sich von ihr ab und empfand Unbehagen, ohne zu wissen, weshalb, als man sie zu dem Ambulanzskimmer führte. Das Fahrzeug stieg auf und jagte mit heulender Sirene in Richtung auf die Innenstadt davon.

Er kämpfte immer noch darum, jene letzten Sekunden in dem Lagerhaus für sich zu rekonstruieren. Was war dort wirklich geschehen? Diese unglückselige Frau war im Begriff gewesen, Pip zu töten. Flinx hatte sich auf sie gestürzt, wie wild protestierend, und ihr Begleiter hatte seinerseits eine Waffe auf ihn gerichtet. Die Waffen selbst funktionierten völlig lautlos. Hatte die Frau gefeuert? Oder der Mann?

Die Instrumente, die den Lagerraum erfüllt hatten, benötigten eine Menge Energie. Wenn der Friedenshüter Flinx verfehlt hatte, wenn er vielleicht nur einen Warnschuß abgegeben hatte, hätte der Strahl etwas ähnlich Empfindliches, aber Gefährlicheres als Menschenfleisch treffen können. Gewöhnlich war aber die Energieversorgung von Lagerhäusern ziemlich knapp bemessen, aber vielleicht hatte es Treibstoffzellen im Raum gegeben. Der Schuß hätte sie zur Explosion bringen können. Oder hatte vielleicht einer der Meliorare – vielleicht der, der vor Pips Käfig geflohen war – irgendein Selbstmordgerät ausgelöst, um seinen Kollegen die Schande eines Schauprozesses zu ersparen? Während er die beiden Erklärungen überlegte, fühlte er sich viel wohler. Sie paßten zu dem, was vorgefallen war, waren recht plausibel.

Das einzige, was sie nicht erklärten, war, wie es kam, daß er zwei Häuserblocks entfernt gelandet war, allem Anschein nach völlig unverletzt, sah man von dem bohrenden Kopfschmerz ab. Nun, er *hatte* sich auf die Tür zubewegt, und Explosionen bewirkten manchmal komische Dinge.

Inzwischen war auch die Polizei aufgetaucht. Bei ihrer Ankunft wandte Flinx sich instinktiv ab, ließ die Menge hinter sich und verbarg Pip unter seinem Slicker. Er war froh, daß er nicht gezwungen gewesen war, sein Messer einzusetzen, und pries sich glücklich, noch am Leben zu sein. Vielleicht würden ihn jetzt endlich einmal diese äußeren Kräfte in Frieden lassen, ihn und Mutter Mastiff und Pip.

Er dachte ein letztes Mal an jenen letzten Augenblick im Lagerhaus. Der Zorn und die Verzweiflung hatten sich in ihm aufgebaut, bis er es nicht länger hatte ertragen können, und er sich blindlings auf die Friedenshüterin gestürzt hatte, die Pip töten wollte. Er hoffte, daß er nie wieder in seinem Leben so zornig sein würde. Die Menge achtete nicht auf den Jungen, als der vom Schauplatz des Geschehens entfloh; er tauchte in den schützenden Schatten und schmalen Gassen unter, die ins Zentrum der Stadt führten. An ihm war nichts Auffälliges, und die Gendarmen hatten keinen Anlaß, ihn aufzuhalten und zu befragen. Der alte Mann und der Büroangestellte, die ihn auf der Straße gefunden hatten, hatten ihn bereits vergessen und konzentrierten sich ganz auf den ungewöhnlichen Anblick eines Großbrandes im ewig feuchten Drallar.

Flinx strebte den belebteren Vierteln der Stadt zu, auf die Gerüche und Bilder des Marktplatzes mit seinem Geschrei und dem ewigen Streiten und Feilschen, und Mutter Mastiffs warmen, vertrauten kleinen Laden. Er empfand Trauer, Trauer über all die Probleme, die allem Anschein nach er verursacht hatte. Trauer für die komischen alten Meliorares, die es nicht mehr gab. Trauer für die übereifrigen Friedenshüter.

Mutter Mastiff würde keine Trauer empfinden, das wußte er. Sie konnte rachsüchtig wie ein AAnn sein, besonders wenn etwas, das ihr nahestand, bedroht worden war.

Für seine Person aber bedauerte er den Tod von so vielen. Alles für nichts und wieder nichts, alles wegen einer unzuverlässigen, harmlosen, gewöhnlich nutzlosen Fähigkeit, Empfindungen zu lesen, die er besaß. Aber sie waren selbst schuld. Alles, was passiert war, war ihre eigene Schuld gewesen. Die der Meliorares ebenso wie die der Friedenshüter. Er hatte versucht, sie zu warnen. Sie hätten einfach nicht versuchen sollen, sich zwischen ihn und seine Schlange zu stellen.

Der Weg nach Hause erschöpfte den Rest seiner Kraft. Nie zuvor war ihm die Stadt so riesengroß erschienen, ihre Gassen und Nebenstraßen so verschlungen und mühsam. Er war völlig ausgepumpt.

Mutter Mastiff erwartete ihn so besorgt im Laden, wie sie sonst Kunden erwartete. Ihr dünner, alter Arm legte sich um seine Schultern und war ihm behilflich, die letzten mühsamen Schritte in den Laden hinein zurückzulegen.

»Ich hatte Todesangst um dich, Junge! Verdammt sollst du sein, daß du einer armen alten Frau solche Sorgen bereitest!« Ihre Finger strichen über seine aufgeschürften Wangen, seine Stirn, während ihre Augen nach ernsthafteren Schäden suchten. »Und wie siehst du denn aus? Was ist denn mit dir passiert, Flinx? Irgendwann wirst du doch einmal lernen müssen, solchen Ärger zu vermeiden.«

Er lächelte gequält und war froh, wieder zu Hause zu sein. »Anscheinend sucht der Ärger mich, Mutter.«

»Hmm! Ausreden. Immer nur Ausreden! Was war denn?«

Er versuchte, Ordnung in seine Gedanken zu bringen, während er Pip aus dem Slicker schlüpfen ließ. Mutter Mastiff trat einen Schritt zurück. Der Minidrach war so schlaff wie ein Stück Schnur. Er lag eingeringelt im Schoß seines Herrn, und wenn er nicht schlief, so erweckte er jedenfalls den Eindruck.

»Ein paar Leute haben Pip entführt. Sie nannten sich Meliorares. Aber in Wirklichkeit wollten sie mich. Sie ...« Seine Stirn runzelte sich bei dem Versuch, sich zu erinnern. »Einer von ihnen hat gesagt, er wollte mich herrichten. Was herrichten? Was hatten die mit mir vor?«

Sie überlegte einen Augenblick lang und blickte ihn prüfend an. Dann sagte sie:

»Jetzt hör mir gut zu, Junge, denn das ist wichtig für dich. Ich brauche dir nicht zu sagen, daß du anders als wir bist, du bist immer anders gewesen. Du mußt das verbergen, so gut du kannst, und wir werden uns selbst verstecken müssen. Drallar ist groß. Wenn nötig, können wir den Laden verlegen. Aber du wirst lernen müssen, still zu leben, und du mußt dein Anderssein für dich behalten, sonst plagt uns wieder diese lästige Aufmerksamkeit fremder Leute.«

»Das ist alles so albern, Mutter. Nur weil ich manchmal spüren kann, was andere Leute fühlen?«

»Ja, das. Und vielleicht noch mehr.«

»Mehr gibt es nicht. Das ist alles, was ich kann.«

»Wirklich, Junge? Wie bist du diesen Leuten entkommen?« Sie blickte an ihm vorbei, zur Straße hinaus, plötzlich besorgt. »Werden die wieder auftauchen?«

»Das glaube ich nicht. Die meisten waren tot, als ich wegging. Ich weiß nicht, wie ich ihnen entkommen bin. Ich glaube, einer von ihnen hat auf etwas geschossen, das explosiv war, und es ist in die Luft geflogen. Ich bin aus dem Gebäude herausgeblasen worden auf die Straße.«

»Dann hast du Glück, daß du noch lebst, scheint mir, wenn ich mich auch frage, welche Vorsehung dir da geholfen hat. Vielleicht ist es so am besten. Vielleicht ist es am besten, wenn du gar nicht zuviel über dich weißt. Dein Verstand war immer schon deinem Körper voraus, und vielleicht gibt es noch etwas anderes, das auch dem noch voraus ist.«

»Aber ich *will* nicht anders sein«, beharrte er und weinte fast. »Ich möchte so sein wie alle anderen.«

»Ich weiß schon, Junge«, sagte sie sanft, »jeder von uns muß die Karten ausspielen, die das Schicksal uns zuteilt. Und wenn du den Joker hast, dann mußt du einfach lernen, damit klarzukommen und ihn irgendwie zu deinem Vorteil ausnützen.«

»Ich will keinen Vorteil! Nicht wenn er solchen Ärger bereitet.«

»Das will ich nicht hören, Junge! Ein Unterschied kann immer zum Vorteil sein. Es ist Zeit, daß du dir einen Beruf auswählst. Ich weiß, daß du keine Lust hast, einen Laden wie den hier zu führen. Was würdest du denn gerne machen?«

Er überlegte eine Weile, ehe er Antwort gab. »Was mir wirklich Freude macht, ist, wenn ich andere Menschen glücklich machen kann.«

Sie schüttelte traurig den Kopf. »Manchmal denke ich, du hast nicht genügend Selbstinteresse, um dich am Leben zu erhalten. Aber wenn du das gern tust, dann mußt du irgendeinen Weg finden, um dir damit deinen Lebensunterhalt zu verdienen.«

»Manchmal träume ich davon, Arzt zu werden und die Leute zu heilen.«

»Ich würde dir raten, dein Ziel etwas niedriger anzusetzen, Junge.«

»Also gut. Dann Schauspieler.«

»Nein, nicht so tief. Sei doch vernünftig. Such dir etwas aus, das du *jetzt* tun kannst, ohne Jahre des Studiums.«

»Ich könnte hier auf dem Markt auftreten«, sagte er nachdenklich. »Ich kann ganz gut jonglieren. Du hast mich ja gesehen.«

»Ja, und dich oft genug angeschrien, weil du mit meinen teuren Waren übst. Aber die Idee ist nicht schlecht. Wir müssen eine gute Straßenecke für dich finden. Vor diesen Leuten hier aufzutreten, sollte dir keinen Ärger eintragen. Aber jetzt geh hinein und leg dich hin. Du schläfst ja fast im Stehen ein. Und daß du mir ja dein Monstrum mitnimmst!«

Flinx hob den erschöpften Pip auf und ging ins Haus. Mutter Mastiffs Augen blickten ihm nach.

Was sollte nur aus dem Jungen werden? Irgendwie hatte er die Aufmerksamkeit mächtiger, gefährlicher Leute auf sich gezogen. Zumindest jetzt war die Chance recht gut, daß sie eine Weile nicht belästigt werden würden –, wenn diese Leute tatsächlich tot waren, wie Flinx gesagt hatte.

Wie er wohl entkommen sein mochte? Manchmal machte er ihr immer noch Angst. Oh, nicht weil er ihr je auch nur ein Haar krümmen würde, ganz im Gegenteil, wie ja seine hartnäckige Verfolgung und am Ende ihre Rettung in diesen letzten paar Tagen bewiesen hatten. Aber in diesem Knabenkörper waren Kräfte am Werk, Kräfte, die das Begriffsvermögen einer einfachen Ladenbesitzerin überstiegen, Kräfte, die er vielleicht nicht würde kontrollieren können. Und daran war mehr als nur das Lesen der Emotionen anderer. Dessen war sie sicher. Wieviel mehr, konnte sie nur argwöhnen, denn daß der Junge selbst diese Kräfte bis jetzt noch nicht kannte, war offenkundig.

Nun, sollte er ruhig eine Weile als Jongleur auftreten, das war ganz sicher harmlos. In diesem Beruf sollte er nicht viel Ärger bekommen.

Das sagte sie sich den Rest des Nachmittags immer wieder, und auch am Abend noch, als sie dasaß und er schlief. Als sie schließlich ebenfalls ins Bett schlüpfte, dachte sie, sie hätte diese Ängste von sich geschoben, aber das war nicht der Fall.

Sie spürte, daß der Junge, der zufrieden und friedlich im anderen Zimmer lag, für mehr bestimmt war als ein Leben, das darin bestand, andere an Straßenecken zu unterhalten. Viel mehr. Irgendwie wußte sie, daß ein Universum, das seine Nase in die Angelegenheiten unschuldiger Bürger steckte, jemanden, der so einmalig wie Flinx war, nie in Frieden lassen würde.

Zum Autor

1946 in New York City geboren, wuchs Alan Dean Foster in Los Angeles in Kalifornien auf. Nachdem er einen Bachelor's Degree in politischen Wissenschaften und einen Master of Fine Arts in Filmwissenschaft von der UCLA in den Jahren 1968/1969 erhalten hatte, war er zwei Jahre lang als Public Relations Texter in einer kleinen Firma in Studio City in Kalifornien tätig.

Seine Schriftstellerlaufbahn begann 1968, als August Derleth einen langen Brief Forsters kaufte und ihn als Kurzgeschichte in seinem alle zwei Jahre erscheinenden *Arkham Collector Magazine* veröffentlichte. Verkäufe von Kurzgeschichten an andere Magazine folgten. Sein erster Versuch eines Romans, *The Tar-Aiym Krang,* wurde von Ballantine Books 1972 veröffentlicht (Heyne-Buch Nr. 06/3640).

Foster hat längere Reisen in Asien und auf den Inseln im Pazifik unternommen. Zu seinen Hobbies zählen neben dem Reisen klassische Musik und Rockmusik, alte Filme, Basketball, Body Surfing und Karate. Er hat Kurse über das Schreiben von Drehbüchern, Literatur und Filmgeschichte an der UCLA und dem Los Angeles City College abgehalten.

Derzeit wohnt er mit seiner Frau Jo An in Arizona.

BIBLIOTHEK DER SCIENCE FICTION LITERATUR

Bd. 23: Curt Siodmak, **Das dritte Ohr** 06/23 – DM 6,80
Bd. 24: Alfred Bester, **Tiger! Tiger!** 06/24 – DM 6,80
Bd. 25: Ursula K. LeGuin, **Die zwölf Striche der Windrose** 06/25 – DM 7,80
Bd. 26: Harry Harrison, **New York 1999** 06/26 – DM 6,80
Bd. 27: John Wyndham, **Die Triffids** 06/27 – DM 6,80
Bd. 28: Karl Michael Armer/Wolfgang Jeschke, **Die Fußangeln der Zeit** (Bd. 1) 06/28 – DM 7,80
Bd. 29: Karl Michael Armer/Wolfgang Jeschke, **Zielzeit** (Bd. 2) 06/29 – DM 9,80
Bd. 30: Philip K. Dick, **Eine andere Welt** 06/30 – DM 6,80
Bd. 31: Oliver Lange, **Vandenberg oder Als die Russen Amerika besetzten** 06/31 – DM 7,80
Bd. 32: Helga Abret/Lucian Boia, **Das Jahrhundert der Marsianer** 06/32 – DM 9,80
Bd. 33: Ray Bradbury, **Fahrenheit 451** 06/33 – DM 5,80
Bd. 34: Curt Siodmak, **Donovans Gehirn** 06/34 – DM 6,80
Bd. 35: Carl Amery, **Das Königsprojekt** 06/35 – DM 7,80
Bd. 36: Bob Shaw, **Andere Tage, andere Augen** 06/36 – DM 6,80
Bd. 37: Olaf Stapledon, **Sirius** 06/37 – DM 6,80
Bd. 38: Keith Roberts, **Pavane** 06/38 – DM 7,80
Bd. 39: Sterling E. Lanier, **Hieros Reise** 06/39 – DM 9,80
Bd. 40: Thomas M. Disch, **Auf Flügeln des Gesangs** 06/40 in Vorb.
Bd. 41: Christopher Priest, **Der stelle Horizont** 06/41 – DM 7,80
Bd. 42: Edgar Pangborn, **Davy** 06/42 – DM 9,80
Bd. 43: Ursula K. LeGuin, **Planet der Habenichtse** 06/43 – DM 9,80
Bd. 44: Theodore Sturgeon, **Baby ist drei** 06/44 – DM 6,80
Bd. 45: Roger Zelazny, **Herr des Lichts** 06/45 – DM 7,80
Bd. 46: Karel Capek, **Der Krieg mit den Molchen** 06/46 – DM 6,80
Bd. 47: Ursula K. LeGuin, **Die Kompaßrose** 06/47 – DM 6,80
Bd. 48: Algis Budrys, **Projekt Luna** 06/48 in Vorb.
Bd. 49: Walter M. Miller jr., **Lobgesang auf Leibowitz** 06/49 in Vorb.
Bd. 50: Brian W. Aldiss, **Helliconia: Frühling** 06/50 – DM 9,80
Bd. 51: Brian W. Aldiss, **Helliconia: Sommner** 06/51 – DM 12,80
Bd. 52: Brian W. Aldiss, **Helliconia: Winter** 06/52 – DM 12,80

Wilhelm Heyne Verlag München

Preisänderungen vorbehalten.